ro
ro
ro

Es war eine von jenen Nächten, wie Lena sie normalerweise liebte. Der Mond stand voll am Himmel und schien größer als sonst. Er tauchte das kleine Dorf Bichlbrunn in ein geheimnisvolles Licht. Silbern glänzten die ausladenden Dächer der alten Bauernhäuser, deren Bewohner im tiefen Schlummer lagen; silbern glänzten auch die Blätter der Bäume, die Sträucher und Rosen in den Gärten, an denen Lena auf ihrem Weg zum Gewerbehof vorbeiradelte. Eine Katze sprang von einem Zaunpfosten und lief lautlos über die Straße, und irgendwo bellte verschlafen ein Hund. Alles wirkte ungemein friedlich. Doch Lena wusste, dass der Schein trog. Irgendwo da oben am Teufelskopf, dessen Silhouette sich deutlich vom mondhellen Himmel abhob, spielte sich womöglich gerade ein Drama ab ...

Sophie Zach ist das Pseudonym einer erfolgreichen Autorin, die bereits Krimis, Liebesromane und historische Romane geschrieben hat. Sie wuchs in einem Dorf in den Alpen auf, lernte mit drei Jahren Skifahren und jobbte auf der Zugspitze, bevor sie auszog, sich die Welt anzusehen. Heute lebt sie wieder in ihrem Geburtsort, von wo aus sie ausgedehnte Wanderungen mit ihrem Hund in die Berge unternimmt. Was liegt da näher, als ihre Freunde bei der Bergwacht auszufragen und eine dramatische Serie zu schreiben, mitten in den Bayerischen Alpen, die sie liebt? «Gipfelstürme» ist der zweite Band ihrer erfolgreichen «Bergwacht»-Serie. Der erste Teil wurde von Leserinnen und Lesern begeistert aufgenommen.

«Es ist ein kurzweiliges Vergnügen, das Sophie Zach ihren Lesern bietet. Und sie macht mit dem ersten Buch Lust darauf, möglichst schnell weiterzulesen.» (*Garmisch-Partenkirchner Tagblatt* über «Die Bergwacht. Alpenglühen»)

SOPHIE ZACH

DIE BERGWACHT

Gipfelstürme

ROMAN

Rowohlt Taschenbuch Verlag

Dieses Projekt wurde von der VG WORT
im Rahmen des von der Beauftragten
der Bundesregierung für Kultur und Medien (BKM)
initiierten Programms NEUSTART KULTUR gefördert.

Originalausgabe
Veröffentlicht im Rowohlt Taschenbuch Verlag, Hamburg,
September 2023

Redaktion Nadia Al Kureischi
Karte Wettersteingebirge und Bichlbrunn bürosüd, München
Covergestaltung bürosüd, München
Satz aus der Thesis
Druck und Bindung CPI books GmbH, Leck
ISBN 978-3-499-00994-5

Die Rowohlt Verlage haben sich zu einer nachhaltigen Buchproduktion verpflichtet. Gemeinsam mit unseren Partnern und Lieferanten setzen wir uns für eine klimaneutrale Buchproduktion ein, die den Erwerb von Klimazertifikaten zur Kompensation des CO_2-Ausstoßes einschließt.
www.klimaneutralerverlag.de

FSC
www.fsc.org
MIX
Papier | Fördert gute Waldnutzung
FSC® C083411

Einsatzprotokoll

Montag, 22. August

Einsatzort: Teufelskopf/Rupertisteig
Bemerkungen: «Du Depp hältst jetzt den Mund!»

1

Der Alarm des Piepsers riss Lena aus dem Tiefschlaf. Augenblicklich war sie hellwach. Vor dem Fenster war es stockdunkel. Sie schaltete das Gerät aus und tastete nach ihrem Handy, um bei der Leitstelle anzurufen.

«Was gibt's?», fragte sie, während sie schon aus dem Bett sprang, sich ihre Bergsteigerklamotten zusammenklaubte und ins Bad lief.

«Ein Paar hat sich am Rupertisteig verstiegen und kommt nicht mehr vor und zurück. Die Angaben der beiden Bergsteiger waren nicht sehr genau, sie müssten irgendwo knapp unterhalb des Gipfels sein. Offenbar hat sich ein Seil verkantet. Angerufen hat uns die Frau ...» Lenas Kollege verstummte einen Moment, offenbar studierte er seine Notizen. «Sabine heißt sie. Schmidt. Die beiden sind aus der Gegend, sie klang vom Dialekt her jedenfalls so.»

«Verstehe.» Lena stellte das Handy auf die Ablage unter dem Spiegel, während sie in ihre Hose schlüpfte. «Warum melden die sich erst jetzt?», wollte sie wissen, während sie sich ihre Haare zu einem Zopf flocht und sich etwas Wasser ins Gesicht spritzte. Ein Blick auf die Uhr sagte ihr, dass es kurz vor Mitternacht war. Lena war erst vor einer knappen Stunde ins Bett gegangen. Ein ungewöhnlicher Zeitpunkt für einen abgesetzten Notruf. «Sind sie etwa abends aufgestiegen?»

«Nein, am Vormittag schon, aber sie haben viel länger gebraucht als geplant. Als sie merkten, dass sie es nicht mehr schaffen würden, war es bereits Abend, hat die Frau gesagt. Sie haben sich einen Standplatz eingerichtet und haben wohl gehofft, es morgen früh alleine wieder runterzuschaffen. Doch jetzt haben sie es offenbar mit der Angst zu tun bekommen. Ich weiß nicht, wie sie beieinander sind und wie ihre Ausrüstung aussieht.»

Lena warf einen Blick aus ihrem Badfenster. Die Nacht war klar und wolkenlos. Tagsüber war es zwar noch sommerlich warm, aber die Nächte wurden sogar im Tal schon empfindlich kühl. «Die Temperaturen gehen sicher gegen null da oben. Da ist durchaus Gefahr im Verzug.»

«Ja, seh ich auch so. Der Hubschrauber ist angefordert. Er dürfte in etwa zehn, fünfzehn Minuten bei euch eintreffen.»

Lena bedankte sich knapp und beendete die Verbindung. Sie zog sich fertig an und schnappte sich ihren Rucksack. Als sie sich auf ihr Fahrrad schwang, waren seit dem Alarm knapp zehn Minuten vergangen.

Es war eine von jenen Nächten, wie Lena sie normalerweise liebte. Der Mond stand voll am Himmel und schien größer als sonst. Er tauchte das kleine Dorf Bichlbrunn in ein geheimnisvolles Licht. Silbern glänzten die ausladenden Dächer der alten Bauernhäuser, deren Bewohner im tiefen Schlummer lagen; silbern glänzten auch die Blätter der Bäume, die Sträucher und Rosen in den Gärten, an denen Lena auf ihrem Weg zum Gewerbehof vorbeiradelte. Eine Katze sprang von einem Zaunpfosten und lief lautlos über die Straße, und irgendwo bellte verschlafen ein Hund. Alles wirkte ungemein friedlich. Doch Lena wusste, dass der Schein trog. Irgendwo da oben am Teufelskopf, dessen Silhouette sich deutlich vom mondhellen Himmel abhob, spielte sich womöglich gerade ein Drama ab. Mit ungewissem Ausgang. Eines der Dinge, die ihre Arbeit bei der Bergwacht oft so nervenaufreibend machten, waren die wenigen Informationen, die sie über die bevorstehenden Einsätze erhielt. Man konnte nie sagen, was einen erwartete. Die Menschen, die den Notruf absetzten, waren oft nicht in der Lage, genau zu beschreiben, wo sie sich befanden. Oder sie konnten sich vor Aufregung und Angst nicht richtig artikulieren. Hinzu kam, dass die Handyverbindungen in den Bergen meist instabil waren, was sich viele Wanderer und Bergsteiger nicht bewusst machten. Das Paar am Rupertisteig war offenbar unverletzt, aber womöglich schlecht ausgerüstet, unterkühlt, erschöpft. Eine schlechte Kombination, die schnell zu unüberlegten Handlungen, ja zu Panikreaktionen führen konnte. Lena trat stärker in die Pedale. Wie immer zu Beginn eines Einsatzes war sie unruhig, hatte das Gefühl, dass ihr die Zeit davonlief.

Die tiefen Glockenschläge der Bichlbrunner Pfarrkirche waren gerade verklungen, als Lena an der Halle eintraf, wo die Bergwacht ihre Fahrzeuge stehen hatte und wo auch die Ausrüstung lagerte. Der Landeplatz für den Rettungshubschrauber war nur wenige Meter entfernt. Sie hob kurz den Kopf und lauschte, konnte aber das signifikante Knattern des Helikopters noch nicht hören.

Lena sprang vom Rad und lehnte es gegen die Mauer. Sie war die Erste vor Ort, denn sie wohnte am nächsten. Alle anderen Mitglieder der Bergwacht Bichlbrunn, die heute Abend Bereitschaft hatten, waren ebenfalls per Piepser informiert worden und würden gleich kommen. Lena trat unruhig von einem Bein auf das andere und musterte den stillen, sternenübersäten Nachthimmel. Noch immer kein Hubschraubergeräusch. Jetzt bog Ferdi Schorer um die Ecke, ebenfalls auf dem Fahrrad, Jack Reiter und Andi Kornbichler folgten in ihren Autos. Kurz darauf trafen auch Jonas Kaminski und Florian Burgstaller ein, die eigentlich keine Bereitschaft hatten. Flo war das Küken ihres Teams, einundzwanzig Jahre alt und erst seit ein paar Wochen vollwertiges Bergwachtsmitglied. Er stellte sich gut an, hatte alle notwendigen Kurse absolviert und war begierig darauf, sich zu beweisen. Vermutlich hatte er den Piepser einfach angeschaltet gelassen, ebenso wie Jonas, der junge Polizist, der immer alles stehen und liegen ließ, ganz gleich, ob er Bereitschaft hatte oder nicht. Flo studierte Jura in München, wohnte aber im Haus seiner Eltern in Bichlbrunn und fuhr nur zu den Vorlesungen die rund hundert Kilometer bis zur Uni, sodass er bei den meisten Einsätzen dabei sein konnte. Lena freute sich, dass ihre Leute so einsatzwillig waren. Sie war der gleiche Typ. Schon bevor sie vor zwei Monaten die Leitung der Bergwacht übernommen hatte, war sie so gut wie immer zur Stelle gewesen, wenn ein Notruf sie alarmiert hatte, ganz gleich, ob sie für die Bereitschaft eingeteilt war oder nicht. Man hatte die Bergwacht im Blut. Oder eben nicht.

Als alle versammelt waren, klärte Lena ihr Team über die Sachlage auf. «Wir wissen nicht, wie kritisch die Lage ist, also werden wir einen Nachteinsatz riskieren», schloss sie. «Der Heli wird jeden Moment da sein.»

«Wenn sie sehr erschöpft oder ungenügend ausgerüstet sind, kann so eine Nacht lebensgefährlich sein», bestätigte Ferdi.

Lena drehte sich um und sah zum Teufelskopf hinüber. Ein mächtiger Berg, der seinem Namen alle Ehre machte. Düster ragte er in den Nachthimmel empor, ein markanter Gipfel, der mit etwas Fantasie tatsächlich eine gewisse Ähnlichkeit mit dem Profil eines Mannes mit scharfer Nase und vorstehendem Kinn hatte. Er war fast so hoch wie die Zugspitze, die sich dahinter erhob. Dazwischen lagen ein unwirtliches, einsames Tal und die Teufelsklamm. Die «Rupertisteig» genannte Süd-Ost-Route auf den Teufelskopf war nach Lenas Vater Rupp Veith benannt, dem die Erstbegehung über diese Route auf den Gipfel gelungen war. Es war eine schwere Tour, die nicht sehr häufig begangen wurde.

«Eine Rettung von da oben mitten in der Nacht wird schwierig werden», meldete sich Jack erstmals zu Wort.

Lena nickte. «Wir müssen sehen, was möglich ist.» Sie wandte sich an Ferdi, der nicht nur seit den Neuwahlen vor sechs Wochen, die sie zur Leiterin der Bergwachtssektion Bichlbrunn gemacht hatten, ihr Stellvertreter war, sondern auch der Notfallsanitäter des Teams. «Mach dich zusammen mit Jonas und Andi bereit, falls eine Bergung zu Fuß notwendig wird. Jack und ich fliegen mit dem Notarzt hoch.» Sie warf Florian Burgstaller einen Blick zu. «Und wir nehmen Flo mit.»

Der junge Bergwachtler riss die Augen auf, sagte jedoch nichts. Er hatte noch nicht so viele Einsätze im Helikopter absolviert, nachts war er noch nie geflogen, doch Lena wusste, dass er darauf brannte, mitgenommen zu werden. Wenn er nun schon mal da war, ohne dass er Bereitschaft hatte, sollte das auch belohnt werden.

Sie nickte den Männern zu. «Der Hubschrauber wird gleich da sein.»

Wie aufs Stichwort zerriss in diesem Moment das Knattern des Helikopters die nächtliche Stille. Lena, Jack und Flo packten ihre Ausrüstung und liefen zum Landeplatz hinüber. Auf dem brachliegenden Grundstück hinter der Gewerbehalle drückte der Wind, den der Rotor verursachte, das Gras und die Büsche nieder, und die Bergwachtler warteten in sicherer Entfernung, bis der leuchtend gelbe Helikopter auf der betonierten Landefläche aufgesetzt hatte und der Rotor zum Stillstand kam. Der Downwash hatte Orkanstärke, dieser Abwind war gefährlich und konnte schon mal lose Gegenstände und Staub aufwirbeln und durch die Luft katapultieren. In der Nähe des Hubschraubers war es dann kaum möglich, aufrecht zu stehen.

Als Lena einstieg, sah sie, dass die übliche Crew an Bord war: Christian Berger, der erfahrene Pilot, HEMS-TC Daniel, als medizinisch-technisches Besatzungsmitglied immer dabei, und Charlie Seiler, der Notarzt. Sie begrüßten einander knapp, und der Heli stieg sofort wieder auf.

Christian und Daniel trugen Nachtsichtgeräte, die das Restlicht verstärkten und ohne die eine Nachtrettung im unbekannten Terrain unmöglich war. Dennoch blieb das Fliegen in der Dunkelheit gefährlich. Ihr Sichtfeld war durch die am Helm befestigte Brille, die einem Fernglas glich, eingeschränkt, und es erforderte hohe Konzentration, damit exakt zu fliegen – und vor allem: zu landen. Rettungsmanöver an einer Bergwand waren damit nachts nicht in gleichem Maße möglich wie bei Tageslicht. Dennoch mussten sie es versuchen.

Sie flogen auf den Teufelskopf zu und folgten langsam

der Ruperti-Route, die starken Scheinwerfer auf den Berg gerichtet. Lenas Blick wanderte mit dem Lichtkegel mit, der über die zerklüftete Felswand kroch und dabei langsam höher stieg. Trotz des grellen Lichts war es schwer, Details auszumachen, da die zackigen Felsformationen gespenstische Schatten warfen und die Szenerie unwirklich eindimensional wirken ließen.

Soweit sie sehen konnte, gab es von den Bergsteigern bislang keine Spur. «Wo zum Teufel sind die nur?», murmelte Lena und wählte zum zehnten Mal Sabine Schmidts Handynummer, nachdem sie die gesamte Route mehrmals vergeblich abgeflogen waren und dabei immer wieder erfolglos versucht hatten, mit ihr Kontakt aufzunehmen.

Der Empfang war hier sehr schlecht. Inzwischen war es bereits Viertel nach eins. Während Lena es erneut klingeln ließ, warf sie einen Blick nach vorne ins Cockpit, wo die Außentemperatur angezeigt wurde: null Grad. Hoffentlich war seit dem Absetzen des Notrufs nichts passiert. Wenn die beiden abgestürzt oder aus irgendeinem Grund bewusstlos waren, würde es ewig dauern, sie in der zerfurchten Wand ausfindig zu machen. Doch in diesem Moment knackte es in der Leitung, und ein leises «Hallo?» war zu hören. Lena atmete erleichtert auf.

«Sabine, wir sind da. Können Sie den Hubschrauber sehen?», fragte Lena.

«Nein, nur hören.» Die Frau klang erschöpft und gleichzeitig hoffnungsvoll.

Lena warf Jack einen besorgten Blick zu. «Sie sehen uns nicht», sagte sie in ihr Headset. «Sie sind also gar nicht auf dem Rupertisteig.»

Jack informierte Christian Berger, während Lena mit Sabine in Kontakt zu bleiben versuchte. Der Helikopter stieg steil auf und entfernte sich etwas von der Felswand, um sich dann langsam wieder anzunähern.

«In welcher Richtung sollen wir suchen?», fragte Christian durch das Funkgerät, während die starken Scheinwerfer über den grauen Fels glitten und ihn in taghelles Licht tauchten, was die Szenerie so unwirklich wie eine Theaterkulisse wirken ließ.

«Ich weiß es nicht», gab Lena zurück und warf einen Blick hinaus. Der Rupertisteig führte an einer exponierten Kante des Felsens hinauf. Angenommen, man verstieg sich, wo würde man am ehesten Probleme bekommen? Sie war die Tour schon ein paar Mal gegangen und versuchte, sich die Route zu vergegenwärtigen. «Flieg etwas weiter westlich», sagte sie nach kurzer Überlegung.

«Aber da sind doch nur Felsabbrüche», wandte Daniel zweifelnd ein.

«Ebendarum. Sie sagten doch, sie kommen nicht mehr weiter. Die Ostseite ist einfacher, da würden sie keinen Standplatz bauen, sondern eher absteigen. Vielleicht sind sie unter der Zweierkante.» Sie warf Jack einen kurzen Blick zu. Der nickte zustimmend.

Christian drehte steil ab und umrundete dann den zerfurchten Gipfel langsam in westlicher Richtung, bevor er wieder zu sinken begann. Hier war die Wand zerklüfteter und noch unübersichtlicher. Doch von den beiden Bergsteigern war auch hier keine Spur.

Lena wandte sich wieder ihrem Telefon zu und verwickelte die Frau in ein Gespräch, um sie abzulenken und zu beruhigen. Nach ein paar Minuten hörte Lena sie aufgeregt ins Telefon rufen. «Jetzt! Ich kann die Scheinwerfer sehen! Ich seh Sie!»

Christian Berger steuerte den Heli näher an die Wand heran. Angestrengt schauten Lena und ihr Team aus den Fenstern.

Mit seinem Nachtsichtgerät entdeckte Daniel die Verunglückten als Erster. «Da drüben!», rief er und deutete zu einer Stelle unterhalb des Gipfels, etwa zweihundert Meter von der offiziellen Route entfernt. Christian drehte den Helikopter, und das Licht der Scheinwerfer erfasste zwei bunte Punkte.

«Verfluchte Scheiße!», entfuhr es Jack. Und auch Lena musste schlucken.

«Unter einer Felskante», hatte die Frau ihnen ihre Position beschrieben, deshalb hatte Lena vermutet, dass sie sich an der Zweierkante befanden, die sich etwas westlich des eigentlichen Steigs befand. Die Zweierkante, selbst bei versierten Kletterern berüchtigt, war ein Überhang, dessen Überwindung ziemlich knifflig war und an dem Lena selbst sich früher mehrmals vergeblich versucht hatte, bevor sie ihn schließlich überwunden hatte. Unter dem Einstieg befand sich ein windgeschütztes Plateau, das sich gut als Standplatz eignete. Lena hatte vermutet, die beiden seien von dort nicht weitergekommen und hätten deshalb beschlossen, auf dem Plateau zu übernachten und es am nächsten Morgen erneut zu versuchen, die Zweierkante zu überwinden. Doch das war ein Irrtum gewesen. Sie befanden sich viel weiter westlich, direkt unterhalb des wuchtigen, gezackten Vorsprungs, der, vom Tal aus betrachtet, das Kinn des Teufelskopfes bildete. Offenbar waren sie von der Zweierkante aus einfach irgendwie aufs Geratewohl westwärts weitergeklettert. Das hatte sich als fatal erwiesen. Von hier führte kein Weg nach oben, wenn man nicht gerade eine Spinne war und kopfüber klettern konnte. Und auch nach unten ging es von dieser Stelle aus nicht mehr, denn der Vorsprung, auf dem sie saßen, fiel etwa hundert Meter senkrecht ab. Die zwei Bergsteiger hätten erst zurück zu dem Plateau unterhalb der Zweierkante steigen müssen, was sie offenbar nicht mehr geschafft hatten. Der Kollege vom Notruf hatte etwas von einem verkanteten Seil berichtet.

Offenbar hatten sie aus diesem Grund nicht mehr umdrehen können und gehofft, das Seil bei Tageslicht besser lösen zu können.

«Wir sehen Sie!», rief Lena ins Telefon. «Ich melde mich gleich bei Ihnen zurück! Bleiben Sie ruhig.» Sie unterbrach die Verbindung und musterte den schmalen Vorsprung, auf dem die beiden, in Wärmedecken gehüllt, kauerten und aufgeregt winkten.

Wie zur Hölle sind die da hingekommen?, dachte Lena fassungslos. In Jacks und Flos verblüfften Mienen las sie die gleiche Frage. Es war immer wieder erstaunlich, wie lange manche Bergsteiger plan- und orientierungslos im unwegsamen Gelände umherirrten, bis sie sich schließlich eingestanden, dass sie vom Weg abgekommen waren. Meist erst dann, wenn sie – wie hier – nicht mehr weiterkamen. Handys spielten dabei oft eine unselige Rolle. Die Routen wurden oft viel zu ungenau angezeigt, ihr Verlauf spiegelte meist nicht die tatsächlichen Verhältnisse wider. Dennoch verließen sich immer mehr Bergsteiger allein auf Google. Viele konnten Wanderkarten, in denen auch die Höhenprofile eingezeichnet waren, gar nicht mehr lesen. Lenas und Jacks Blicke trafen sich. Sie wusste, was er dachte, ohne dass sie darüber auch nur ein Wort verlieren mussten. Schnell traf sie eine Entscheidung und wandte sich per Headset an Christian Berger.

«Kannst du näher ranfliegen? Wir müssen das Seil sehen.» Sie nahm ihr Fernglas zur Hand.

Christian hob einen Daumen. Langsam näherte sich der Helikopter der Wand und stieg, dirigiert von Lena, etwas höher.

«Sie sind gut gesichert», stellte sie schließlich fest und ließ das Fernglas sinken. «Auch die Ausrüstung ist ausreichend, wie es scheint.» Sie sah auf die Uhr. Es war kurz vor zwei, etwa um halb sieben würde die Sonne aufgehen.

Jack, der ebenfalls durch sein Fernglas gesehen hatte, nickte zustimmend. «Das sind offenbar keine Greenhorns.»

«Wie sind die Wetteraussichten?», fragte Lena Daniel, der ihr nach einem Blick auf die exakten meteorologischen Daten bestätigte, was sie angesichts des wolkenlosen Nachthimmels und des hellen Monds schon vermutet hatte: Es würde eine klare, ruhige Nacht bleiben, weder Regen noch Gewitter in Sicht.

Flo, der bisher noch kein Wort gesagt hatte, sah von einem zum anderen. «Was wollt ihr tun?», fragte er. Als niemand antwortete, dämmerte es ihm. «Wollt ihr sie etwa nicht retten?», fragte er fassungslos.

«Nicht jetzt», korrigierte ihn Lena. «Es ist zu gefährlich in der Dunkelheit. Der Hubschrauber kann hier nirgends landen, und wir können sie an der Stelle, an der sie sich jetzt befinden, nicht aufnehmen. Wir müssen ein Seilgeländer bauen und ...»

«Aber wir können sie doch nicht zurücklassen!», rief Flo aufgebracht. Sein Gesicht lief vor Empörung rot an. «Was, wenn sie abrutschen, erfrieren, wenn einer von ihnen einen Herzanfall bekommt ...»

«Flo, es ist zu gefährlich. Sie sind unverletzt, fit, nicht alt, und es sind nur noch ein paar Stunden, bis es hell wird.»

«Ich versteh das nicht! Christian kann uns auf den Gipfel bringen, und wir seilen uns zu ihnen ab!», rief Flo, der Lena offenbar gar nicht zugehört hatte.

«Es ist eine überhängende Wand. Wir können uns nicht einfach von oben abseilen ...»

«Ich mach das!» Flo kramte hektisch in seinem Rucksack und zog seine Stirnlampe heraus. «Ich geh das Risiko ein, ich ...»

«Du Depp hältst jetzt den Mund!», schrie ihn Jack plötzlich an, so laut und aufgebracht, dass Flo erschrocken den Mund zuklappte und Lena ihrem Kollegen einen irritierten Blick zuwarf. «Die Lena hat recht, es ist ein unnötig hohes Risiko, die beiden jetzt zu holen, und basta!», fuhr Jack den jungen Bergwachtler an. «Pack die depperte Lampe wieder ein und gib Ruh. Keiner wird sich heut wegen dir den Hals brechen.»

Flo sah Jack bitter gekränkt an. Stumm steckte er die Stirnlampe in den Rucksack zurück und schloss die Riemen.

Lena hob die Augenbrauen. Obwohl sie Jacks Temperament kannte, wunderte sie sich. Sie wusste, dass Jack Flo mochte und schätzte, sie hatte noch nie gehört, dass er den jungen Mann, den er selbst ausgebildet hatte, angeschnauzt hätte. Im Übrigen hätte es diese Einmischung gar nicht gebraucht, sie hätte Flo auch gut alleine zur Räson gebracht. Junge Bergwachtler waren eben manchmal übermotiviert und deswegen ein wenig leichtsinnig. Es ehrte Flo zwar, dass er die Rettung dieser Leute über seine eigene Sicherheit stellte, doch damit war niemandem geholfen, weder den beiden Bergsteigern noch ihm selbst und seinen Kameraden, die er damit in Gefahr brachte. Aber jetzt war nicht die Zeit, über Jacks unangebrachten Wutausbruch oder Flos Teamverhalten zu diskutieren.

Lena rief die Verunglückten noch einmal an und erklärte ihren Plan. Sie nahmen die Nachricht, dass sie noch ein paar Stunden im Seil ausharren mussten, gefasst auf. Allein die Tatsache, dass sie gefunden worden waren, schien die beiden aufzubauen. Lena erkundigte sich, ob sie genügend Getränke dabeihatten, stellte ihnen noch einige Fragen zu ihrem Allgemeinzustand und ihrer Ausrüstung, insbesondere zu den Wärmedecken, und bot ihnen an, in ständigem Kontakt zu bleiben.

«Sie können mich jederzeit anrufen», sagte sie und versprach, dass die Bergung spätestens um sieben beginnen würde.

Dann legte sie auf und rief Ferdi an, um ihm und den anderen, die im Tal warteten, die Lage zu schildern. «Ihr könnt nach Hause gehen und euch noch ein bisschen aufs Ohr legen», schloss sie. «Wir treffen uns um sechs wieder am Landeplatz.»

Christian Berger drehte ab. Das verunglückte Pärchen wurde von der Dunkelheit verschluckt. Rasch entfernten sie sich, und Lena starrte nachdenklich zurück. Der Teufelskopf hob sich jetzt nur noch als formlose, schwarze Masse vom Nachthimmel ab.

Wie mochten sich die beiden Verunglückten jetzt wohl fühlen, während sich das Geräusch des Helikopters langsam wieder entfernte? Wie würden sie die kommenden Stunden überstehen, eng aneinandergekauert auf ihrem unbequemen Nachtlager, um sich herum nachtschwarze Kälte und nur durch ein paar Seile und Klemmkeile vom Sturz in den Abgrund entfernt? Würden sie einnicken oder sich gegenseitig wach halten, aus Angst, doch noch abzustürzen, wenn der Schlaf sie übermannte? Würden sie schweigen oder sich alte Geschichten erzählen, um sich abzulenken, oder aber gar gegenseitige Vorwürfe machen, streiten, weinen, still verzweifeln?

Lena hatte selbst schon ein paar Notbiwaks erlebt, eingeschneit in einem Schneesturm oder ähnlich exponiert wie die beiden jetzt, und wusste, alles war möglich. Solche Nächte gingen nicht spurlos an einem vorüber, gleichgültig, wie erfahren man sein mochte. Sie war versucht, Sabine noch einmal anzurufen, hatte den Finger bereits auf der Tastatur, dann überlegte sie es sich doch anders und steckte das Handy weg. Es war alles gesagt, ein weiterer Anruf würde die beiden verunsichern. Ihre Entscheidung war richtig gewesen. Lena wandte sich wieder nach vorne und sah Flo an, der mit gesenktem Kopf dasaß und schweigend auf seine Hände starrte. Sie ahnte, wie er sich fühlte: ohnmächtig, nutzlos, wütend. Alles schwer zu ertragen. Doch er würde lernen, es auszuhalten.

2

Ihr habt sie einfach da oben gelassen?» Alex schauderte und rieb sich die nackten Arme. «Ich weiß schon, warum ich mir die Berge lieber nur von unten anschaue.»

«Wir haben sie nicht *einfach* oben gelassen», verteidigte sich Lena. «Wir haben entschieden, die Bergung erst bei Tageslicht einzuleiten, weil keine akute Gefahr bestand und das Risiko für das Team ...»

«Ja, ja, ich hab's schon kapiert. Geschieht ihnen eh recht, wenn sie euch erst mitten in der Nacht alarmieren.» Alex winkte ab. «Und waren die armen Teufel recht durchgefroren heut Morgen?»

«Sie waren total erledigt. Selbst wenn sie ihr Seil allein wieder losgebracht hätten, sie wären nie und nimmer heil auf den Gipfel, geschweige denn ins Tal gekommen. Wir sind zu viert über den Steig und die Zweierkante zu ihnen aufgestiegen, haben sie abgeseilt und von weiter unten mit dem Hubschrauber am Tau aufgenommen. Um elf waren wir erst wieder in Bichlbrunn. Mit dem Heliflug in der Nacht hat das Ganze über sieben Stunden gedauert.» Sie gähnte ausgiebig.

«Na, wenigstens waren die beiden zu zweit. Da konnten sie sich gegenseitig wärmen und lieben sich jetzt mehr als je zuvor. Oder aber sie lassen sich nach dieser Nacht scheiden.» Alex biss herzhaft in ihr Cornetto.

Die zwei Freundinnen saßen bei Paolo in der Eisdiele. Wegen dieser Verabredung war Lena nach ihrem Einsatz gar nicht erst nach Hause gefahren, sondern mit verklebten Haaren, verschwitzt und staubig, wie sie war, und in Bergsteigerklamotten zu Paolo gegangen. Bei Alex konnte sie das machen, ohne sich unhöflich oder unwohl zu fühlen. Ihre beste Freundin hatte sie schon in allen möglichen Zuständen erlebt und umgekehrt, schließlich hatten sie ihre Jugend miteinander verbracht, was bekanntermaßen nie das Zuckerschlecken ist, das einem die ältere Generation stets einzureden versucht. Sie hatten sich gemeinsam für Partys in eiskalten Gartenhäuschen und muffigen Kellern aufgebrezelt, ihre Lieblingslieder gesungen, bis sie heiser waren, und bis zum Morgengrauen getanzt. Sie hatten sich mit so schrecklichen Dingen wie Asbach-Cola, klebrig-süßen Feiglingen und Apfelkorn betrunken, die ersten heimlichen Zigaretten und Joints geraucht, sich gegenseitig gestützt, wenn eine sich übergeben musste, und die darauffolgenden Kater ebenso gemeinsam überstanden wie Heulkrämpfe und Wutanfälle aus Liebeskummer. Sie hatten sämtliche Dramen und Peinlichkeiten der Teenagerzeit zusammen durchgestanden, ihnen war aneinander nichts mehr fremd.

Hinfallen, aufstehen, Krönchen richten, war einer der damals populären Sprüche gewesen. Doch sie hatten damit nie etwas anfangen können. «Ich scheiß auf das Krönchen», hatte Alex immer gesagt und sich kampflustig die blonden Haarsträhnen aus dem Gesicht gepustet. «Ich hau den Kerl um, der mich geschubst hat.» Über solche Sprüche hatten sie sich gekringelt, und Lena musste heute noch lächeln, wenn sie daran dachte.

Gerade fuhr Jack Reiter mit seinem Auto über den Dorfplatz zu seinem ehemaligen Elternhaus, in dem er zusammen mit seinem Sohn Felix seit einiger Zeit wieder wohnte. Seine Frau Babsi war nicht mehr zu ihm zurückgekehrt, man munkelte, dass die Scheidung bereits eingereicht sei. Es erstaunte Lena nicht, dass Jack erst jetzt nach Hause kam. Jack blieb nach den Einsätzen oft noch länger in der Halle. Er reparierte und reinigte die Ausrüstung, ordnete alles sauber in die Regale und schraubte hin und wieder an dem Quad und den beiden Ski-doos herum, die dort standen. Es schien, als könnte er sich einfach nicht von der Bergwacht trennen.

Alex war ihrem Blick gefolgt. «Wie läuft's denn jetzt mit Jack? Macht er dir noch Schwierigkeiten?»

Glücklicherweise hatten Jack und Lena ihr tiefes Zerwürfnis überwunden, das durch die Konkurrenz um die Bergwachtsleitung entstanden war. Sie kamen inzwischen sogar besser miteinander aus als früher. Bei den Wahlen hatte Jack nicht nur für Lena als neue Bergwachtsleiterin gestimmt und damit Franz Schallers Vorschlag, nicht Jack selbst zu seinem Nachfolger zu machen, offenbar ohne Groll akzeptiert, sondern er unterstützte sie seitdem geradezu offensiv.

Lena zuckte mit den Schultern. «Eigentlich gibt es keine Probleme. Die Zusammenarbeit mit ihm funktioniert sogar besser als früher, aber ...» Sie verstummte mitten im Satz und dachte an seinen Wutausbruch in der Nacht, auf den sie sich keinen Reim machen konnte. Flo hatte heute Morgen noch immer sehr bedrückt gewirkt.

«Aber?», fragte Alex nach.

«Na ja ...» Lena überlegte. «Ich werde nicht recht schlau aus ihm. Einerseits scheint er sein Leben gerade wieder so nach und nach auf die Reihe zu kriegen, aber manchmal ist er so unbeherrscht, und oft wirkt er total angespannt. Besonders bei Einsätzen. Dabei ist er doch einer der Erfahrensten von uns.» Sie erzählte Alex, wie er Flo in der Nacht angeschnauzt hatte.

«Klingt für mich typisch für ihn», entgegnete Alex. «Er war doch schon immer so aufbrausend.»

«Ich weiß, aber dieses Mal gab es keinen Anlass dafür. Flo hat sich lediglich schwer damit getan, zu akzeptieren, dass wir die Verunglückten nicht sofort retten. Mehr war da nicht.»

«Vielleicht tut ihm seine Skepsis dir gegenüber leid, und er will dich als Leiterin jetzt umso deutlicher unterstützen?», mutmaßte Alex.

«Kann sein. Aber das ist alles irgendwie übertrieben, verstehst du? Er ist immer drüber, kommt mir ständig vor wie ein Schnellkochtopf kurz vorm Explodieren. Ich glaub, da steckt noch irgendetwas anderes dahinter.»

Alex schüttelte den Kopf. «Männer sind in der Regel sehr viel einfacher gestrickt, als wir uns vorstellen können.» Sie zwinkerte ihr zu. «Immer wenn ich mich mit Luis gestritten und ihm lange Reden darüber gehalten habe, was ich empfinde und worüber ich mich ärgere, ist er aus allen Wolken gefallen. Er hat gar nicht kapiert, wovon ich spreche.»

«Apropos, wie läuft's denn gerade zwischen euch?», fragte Lena.

Sie hatte keine Lust, sich weiter über Jack Reiter zu unterhalten. Alex hatte recht, sie neigte dazu, sich zu viele Gedanken um anderer Leute Probleme zu machen. Da war es doch spannender, sich von Alex auf den aktuellen Stand ihrer langjährigen On-off-Beziehung zum Musiker und Dorfstriezi Luis Stadler bringen zu lassen.

«Ach je!» Alex lachte auf, doch es klang nicht besonders freudig. «Es läuft wie immer. Allerdings bemüht Luis sich zurzeit. Er kümmert sich sehr liebevoll um Emma, gibt ihr Gitarrenunterricht und lädt mich zum Essen oder ins Kino nach Garmisch ein. Aber ich bin auf der Hut. Ich weiß ja, dass er das nicht lange durchhält.»

«Aber vielleicht hat er sich tatsächlich geändert?»

Alex sah sie milde lächelnd an. «Träum weiter, Lena», sagte sie und drehte ihr Gesicht zur Sonne. «Der Tag ist eh viel zu schön, um sich über Männer den Kopf zu zerbrechen. Was meinst, sollen wir uns noch einen Cappuccino gönnen?»

Als Lena zustimmte, hob Alex die Hand und winkte Paolo, der ihnen zunickte. «Subito!», rief er und verschwand in der Eisdiele.

Lena blinzelte in die Sonne und atmete tief durch. Die schroffen Berggipfel des Wettersteinmassivs, die Bichlbrunn majestätisch einrahmten, wirkten im Licht der Vormittagssonne und unter dem makellos blauen Augusthimmel wie ein Postkartenmotiv. Friedlich, harmlos, fast ein wenig kitschig, sodass es schwerfiel, sich die Dramen vorzustellen, die sich immer wieder dort oben abspielten. Es war ein langer, schöner Sommer gewesen, und bald würde es Herbst werden. Die Blätter der Kastanienbäume auf dem leicht erhöhten Kirchplatz hinter der Eisdiele wurden bereits langsam braun. Eine zarte Brise strich Lena über das verschwitzte Gesicht, kühlte Wangen und Stirn. Langsam fiel die Anspannung und Anstrengung des Einsatzes von ihr ab, und eine wohlige Gelassenheit überkam sie. Sie liebte die kleine Eisdiele von Paolo und Imelda, und sie liebte es, mit Alex dort zu sitzen und zu plaudern. Diese kleinen, unspektakulären Dinge waren es, die sie nach einer anspruchsvollen Rettungsaktion wieder erdeten.

Paolo hatte wie immer scherzhaft salutiert, als Lena angekommen war und sich draußen an einen der hübschen, pastellfarbenen Tische gesetzt hatte. Er kannte sie seit ihrer Kindheit. *Signorina soccorso alpino* nannte er sie immer, Fräulein Bergwacht, und stand jedes Mal stramm, wenn sie in ihrer blau-roten Ausrüstung vorbeikam. Jetzt eilte er mit einem seltsam anmutenden Eisbecher in der Hand an ihren Tisch.

Die Porzellanschale erinnerte an eine altmodische Suppenschüssel im Miniaturformat.

«Signorine», sagte Paolo und strahlte sie beide an, «wollts meine neue *creazione* probieren?»

«Hast du wieder etwas ausgetüftelt?», wunderte sich Alex. «Du bist ein unverbesserlicher Optimist.»

Paolo war ein kreativer Kopf, der immer wieder mal mit leckeren, neuen Geschmackskompositionen aufwartete, zum Beispiel Schokolade-Roter Pfeffer, Zitrone-Ingwer oder Mascarpone-Kaffee. Leider war er dabei bislang am konservativen Geschmack der Bichlbrunner gescheitert, die stur an Schokolade, Zitrone, Vanille, Erdbeere und Haselnuss festhielten, daher bot er mittlerweile nur noch diese biederen Eissorten an. Doch manchmal, wenn er in ganz abenteuerlicher Stimmung war, gab es zusätzlich Stracciatella und gesalzenes Karamell, wobei Lena argwöhnte, dass sie die einzige Abnehmerin letzterer Köstlichkeit war. Seit ihrer Zeit in Frankreich liebte sie gesalzenes Karamell in allen Varianten und gönnte sich jedes Mal, wenn Paolo ihr schon von Weitem in seinem typischen bayerisch-italienischen Slang zurief: «*Signorina soccorso alpino:* Heit gibt's *caramello salato*!», üppige Portionen, solange das Eis verfügbar war.

«Ich war letzte Woche in München und hab eine super Idee ghabt», begann er jetzt eifrig zu erzählen. «Das Dorf wird meine neue *creazione* lieben. Und die Touristen noch viel mehr.» Er legte Daumen und Zeigefinger an die Wange, drehte die Finger und machte dazu ein schmatzendes Geräusch. Dann beugte er sich zu ihnen hinunter und setzte den Porzellaneisbecher mit formvollendeter Eleganz ab. «Ecco!»

Eine große, weiße, leicht grün gesprenkelte Eiskugel thronte darin, flankiert von kleinen blau-weißen Fähnchen und einer ...

«Ist das eine Wurst?» Lena betrachtete stirnrunzelnd das kleine Gebilde aus weißem Fondant.

«Sì, sì!», erwiderte Paolo stolz. «Des is a bayerische Weißwurst!»

Alex griff mit spitzen Fingern nach der kleinen Zuckerwurst und hielt sie in die Höhe. Dann betrachtete sie die weiße Eiskugel in der Miniterrine. «Das ist nicht dein Ernst.» Es klang regelrecht erschüttert.

«Ma certo, Alex! Des is Weißwursteis! Die Leute werden's lieben. Ist echte Wurst drin. Ich sag euch, ich werd damit berühmt werden, die Leute werden bis aus München zu Paolos Gelateria kommen, nur um diese *creazione* zu kaufen!» Er machte eine auffordernde Handbewegung. «Los, probierts mal. Geht aufs Haus!»

Lena beugte sich misstrauisch über die Kugel und schnupperte. Es roch nach nichts. «Die grünen Punkte da drin, ist das etwa Petersilie?»

«No!» Paolo schnalzte mit der Zunge. «Das sind gehackte Pistazien. Und geriebene Limettenschale.»

Da Paolo erwartungsvoll neben ihnen stehen blieb, nahm Lena notgedrungen einen Löffel und probierte. Das Eis war wunderbar cremig, wie alle Sorten von Paolo, sie schmeckte Sahne, Zucker und die Limette heraus und – tatsächlich – recht deutlich Weißwurst.

«Und was sagst du?», wollte Paolo wissen.

Lena hob die Schultern. «Es ist nicht schlecht», sagte sie vorsichtig.

«Nicht schlecht?!» Paolo sah sie entrüstet an. «Das ist *fantastico*. So etwas gab es noch nie.»

Lena musste lachen. «Ja, das stimmt. Allerdings bin ich mir nicht sicher, ob die Bichlbrunner schon bereit dafür sind.»

«Da unterschätzt du sie, *cara*! Sie werden's lieben, ganz

sicher.» Er wandte sich zum Gehen. Neue Gäste waren gekommen und warteten an der Theke. «Ihr werdet schon sehen.»

Nachdem Paolo in der Eisdiele verschwunden war, sahen Alex und Lena sich an und mussten grinsen. Alex tauchte todesmutig ihren Löffel in die schon zu schmelzen beginnende Eiscreme, schob sich eine kleine Portion in den Mund und verzog das Gesicht. «Okaaaay», sagte sie gedehnt und legte den Löffel weg. «Du kannst Gift drauf nehmen, dass die Bichlbrunner für diese *creazione* noch lange nicht bereit sind.»

Es war Imelda, Paolos Frau, die ihnen noch zwei weitere Cappuccinos brachte. Alles an der kleinen Frau war rund, angefangen von ihrem kugeligen Dutt aus dichtem, blond gefärbtem Haar über ihre Kulleraugen bis zu ihrer ausladenden weiblichen Figur. Als sie das Weißwursteis bemerkte, das in seiner Terrine inzwischen geschmolzen war, hob sie in einer hilflosen Geste die Schultern. «Oh *Dio*, hat er euch etwa auch damit malträtiert?»

Die beiden nickten.

«Ihr habt ihm diesen Blödsinn hoffentlich ausgeredet?»

«Wir haben's versucht, aber ist nicht so einfach, Paolo etwas auszureden», erwiderte Lena.

«Wem sagst du das.» Imelda seufzte. «Im Moment experimentiert er mit Brezeneis. Mein verrückter Mann will ein komplettes Weißwurstfrühstück aus Eis machen.» Sie murmelte ein paar italienische Wörter, die nicht sehr schmeichelhaft klangen. «*Mamma mia*, dieser Mensch macht mich noch wahnsinnig.» Sie schüttelte den Kopf, packte die Terrine mit der Eispfütze und watschelte zurück in die Eisdiele.

Alex sah Lena an. «Brezeneis?», wiederholte sie fassungslos. «Da tun sich ja wahre Abgründe auf.»

Lena kam nicht mehr dazu, etwas zu erwidern, denn jetzt

fuhr ein Auto über den Dorfplatz, das ihre ganze Aufmerksamkeit gefangen nahm: Es war ein champagnerfarbenes Mini-Cabriolet mit Münchner Kennzeichen – und es kam direkt auf sie zu.

«Oh nein», murmelte sie. Sie erinnerte sich an das Auto, vor allem aber an die Person, der es gehörte: Victoria Pistorius. Der Mini parkte direkt vor der Eisdiele, und die dunkelhaarige Frau, die Lena zwar erst einmal gesehen, die sich dabei aber unauslöschlich in ihr Gedächtnis eingebrannt hatte, stieg aus. Sie trug ein weißes, flatterndes Kleid, das ihre Sommerbräune betonte, dazu zierliche Sandaletten. An ihren schlanken Armen klimperten mehrere dünne Armreife, und sie hatte eine riesige Sonnenbrille auf.

«Du meine Güte, die Tussi schaut aus wie aus der Raffaello-Werbung», bemerkte Alex, halb beeindruckt, halb verächtlich, als die Frau näher kam. Die ging schnurstracks in die Eisdiele.

«Das ist Victoria Pistorius», sagte Lena bitter und wurde sich plötzlich überdeutlich ihrer verschwitzten Klamotten und der zerzausten Haare bewusst. Sie richtete sich etwas auf und strich sich die Strähnen zurück, die ihr noch immer an den Schläfen klebten.

«Du kennst die?» Alex schaute sie verwundert an.

«Kennen ist zu viel gesagt. Ich hab sie einmal getroffen, als ich zu Ben gefahren bin, um ... ach egal. Das ist Bens Freundin.»

Alex riss die Augen auf. «Du meinst Ben Fellner? Den Baby-Sheriff?»

«Nenn ihn nicht so!», fuhr Lena ihre Freundin an. «Das ist doch ein bescheuerter Spitzname.»

«Ja, so wie Plumpsklo.»

Lena zuckte zusammen. So hatte Ben sie früher genannt, weil es anfangs auf der Alm ihrer Tante, wo sie aufgewachsen war, keine richtige Toilette gegeben hatte. Es hatte sie tief verletzt, deshalb hatte sie Ben als Retourkutsche als Baby-Sheriff verspottet, in Anspielung auf den Spitznamen seines Vaters, der damals als Dorfpolizist die Bichlbrunner schikaniert hatte. Obwohl sie noch so jung gewesen war, hatte sie zielsicher gewusst, wie sehr es Ben treffen würde, mit seinem verhassten Vater in einen Topf geworfen zu werden. Und genau das hatte sie beabsichtigt: ihn genauso zu verletzen wie er sie. Inzwischen jedoch sah sie einige Dinge anders. «Das ist Jahrhunderte her. Wir waren Kinder und ziemlich dumm», erklärte sie.

Lena spürte, wie der Blick ihrer Freundin einen Moment lang forschend auf ihr ruhte, und wich ihm aus. Stattdessen schaute sie zum Eingang der Eisdiele, wo Victoria Pistorius gerade wieder nach draußen trat. Sie trug eine große Schachtel, auf der in bunten Lettern *Gelato di Paolo* stand. Die Sonnenbrille hatte sie sich in die Haare gesteckt, was das Mondäne an ihrer Erscheinung noch unterstrich. Mit langen wippenden Schritten wie ein Model auf dem Laufsteg ging sie direkt an ihrem Tisch vorbei, und Lena erhaschte einen Blick auf die orange-weiß gemusterte Ledertasche, mit Sicherheit irgendein aktuell angesagtes «Must-have», und eine klobige goldene Armbanduhr. Ihre Arme waren zart gebräunt, ihre Haut makellos, schimmernd wie Samt. Natürlich hatte sie keine Sommersprossen, weder im Gesicht noch sonst irgendwo. Alles an dieser großen, schlanken Frau wirkte stylish, schön, leicht, da hatte Alex mit ihrer Anspielung auf die Raffaello-Werbung nicht ganz unrecht. Vielleicht war sie tatsächlich ein Model.

In diesem Moment blieb Victoria Pistorius stehen, stutzte und drehte sich um. Lena versuchte, so unbeteiligt wie möglich aufzublicken, als sie an ihren Tisch trat und Lena prüfend musterte. «Wir kennen uns doch?», fragte sie.

Lena zögerte, am liebsten hätte sie verneint, doch dann kam ihr das albern vor, zumal Alex neben ihr saß. Der hatte sie ja gerade erst von ihrer Begegnung erzählt. Also nickte sie und zwang sich zu einem matten Lächeln. «Ja, flüchtig. Wir haben uns oben an der Vogelwarte am Pförtnerhaus getroffen ...»

«Ach ja!» Victoria Pistorius' hübsches Gesicht hellte sich auf. «Sie sind Bens Bekannte von früher, nicht wahr? Katja ...?»

«Lena», korrigierte Lena sie.

«Stimmt.» Victoria wedelte mit einer Hand, während sie auf der anderen weiter die große Pappschachtel balancierte. «Entschuldigen Sie, ich bin ganz schlecht mit Namen.» Ihr Blick wanderte zu Lenas Rucksack, der neben ihrem Stuhl stand, zu den staubigen Bergschuhen und über ihre Kleidung.

Lena widerstand dem Impuls, sich erneut ordnend über ihre Haare zu streichen, und hob demonstrativ das Kinn. Sie mochte vielleicht nicht aussehen wie einer Fernsehwerbung entsprungen, verstecken würde sie sich vor dieser Person dennoch nicht.

«Sie sind wohl viel in der Natur unterwegs?», fragte Victoria.

«Kann man so sagen», bestätigte Lena zurückhaltend. «Ich bin bei der Bergwacht.»

«Oh, spannend!» Victoria sah sich um. «Ich würde ja gerne noch ein bisschen plaudern, es ist schön, alte Freunde von Ben zu treffen, aus der Zeit, als ich ihn noch nicht kannte. Da gibt es sicher einige nette Geschichten.» Sie lächelte, und Lena musste widerwillig zugeben, dass sie ein bezauberndes Lächeln hatte – auch wenn es ihr etwas oberflächlich und nicht ganz echt schien. Überhaupt war die Frau bezaubernd. So bezaubernd, dass Lena fast das Weißwursteis wieder hochkam.

«Ich glaube nicht, dass ich viel Erheiterndes zu erzählen

hätte», erwiderte sie, ebenfalls lächelnd, was sich allerdings mehr wie Zähnefletschen anfühlte. «Wir konnten uns nicht ausstehen.»

Victoria lachte. «Das kann ich mir vorstellen. Ben hat mir erzählt, dass er in seiner Jugend ein ziemlich wilder Kerl war. Nicht, dass sich daran bis heute viel geändert hätte. Man muss ihn schon zu zähmen wissen.» Sie zwinkerte kokett.

Lena gab keine Antwort.

Entweder Victoria registrierte Lenas ausbleibende Reaktion nicht, oder sie ignorierte sie bewusst. «Sorry, ich muss weiter, sonst schmilzt die Eisbombe.» Sie hob demonstrativ die Schachtel in die Höhe. «Eine Überraschung für Ben; er hat ja heute Geburtstag. Und der Champagner wird auch warm. Ich hatte ihn zwar auf Eis gelegt, aber inzwischen ist es natürlich geschmolzen ...» Sie zuckte mit den Schultern. «Bis bald, man sieht sich.»

Schweigend sahen Lena und Alex zu, wie sie zu ihrem Auto ging, die Eisbombe verstaute, einstieg und davonfuhr. Alex war die Erste, die das Wort ergriff, nachdem sie verschwunden war. «Das ist Ben Fellners Freundin? Ernsthaft?»

Lena rührte in ihrem Cappuccino. «Du hast es doch gehört: Sie ist diejenige, die ihn zu zähmen weiß.» Obwohl ihr eigentlich nicht danach zumute war, musste sie grinsen, und Alex prustete los.

«Ich fass es echt nicht», ächzte sie schließlich und wischte sich erschöpft die Lachtränen aus den Augenwinkeln. «Die ist das wandelnde Münchner Klischee. Wie passt das denn zusammen?»

«Wir haben keine Ahnung, was zu Ben passt», wandte Lena ein. «Er hat schließlich jahrelang in München gelebt. Da ist er sicher nicht ständig in Rangerklamotten herumgelaufen.» Es versetzte ihr einen unerwarteten Stich, an Ben und Victoria als Paar zu denken, wie sie in München gemeinsam auf Partys gingen, sich in teuren Restaurants mit schicken Freunden trafen, Vernissagen und Konzerte besuchten. Wie sah Ben wohl im Anzug aus? Alex hatte recht. Es passte nicht. Sie konnte sich Ben in diesem Szenario nicht vorstellen.

Nachdenklich sah Alex in die Richtung, in die der Mini davongebraust war. «Dich jedenfalls kann Miss Raffaello schon mal nicht ausstehen.»

«Wie kommst du denn darauf? Sie kennt mich doch gar nicht.»

Alex musterte sie ungläubig. «Sag bloß, das hast du nicht bemerkt! Die war doch nur deshalb so scheißfreundlich, weil sie dich hasst. Sie denkt offenbar, dass du eine Gefahr für sie bist.»

Lena lachte auf. «Was für ein Schmarrn. Wieso sollte sie so was denken?»

«Sag du's mir.» Alex' blaue Augen sprühten Funken. «Wo hast du sie noch mal kennengelernt?»

«Bei Ben. Ich wollte ... mit ihm etwas besprechen, aber er war nicht da, also bin ich wieder gegangen. Sie und ich haben keine zwei Sätze miteinander gesprochen.»

«Hat wohl gereicht.» Alex nippte an ihrem Cappuccino und fuhr leichthin fort: «Ich wusste gar nicht, dass du und der neue Ranger schon so wichtige Dinge zu besprechen habt, dass du deswegen gleich persönlich zu ihm hochfährst.»

«Was willst du damit sagen?»

«Kann es sein, dass du Ben Fellner gar nicht so abstoßend findest, wie du immer behauptest?»

«Spinnst du?», empörte sich Lena. «Ich wollte nur mal ein paar Takte mit ihm reden, damit wir in Zukunft besser miteinander auskommen. Immerhin werden wir uns jetzt öfter über den Weg laufen.»

«Schon klar. Versteh ich.» Alex nickte so ernst und nachdrücklich, dass Lena argwöhnisch wurde.

«Machst du dich grad lustig über mich?»

«Würd ich mich nie trauen!» Vehement schüttelte Alex den Kopf. «Ist ja auch egal, ob du auf ihn stehst ...»

«Ich steh nicht auf ihn!»

«Wie auch immer, der böse Ben hat ja eh seine Löwenbändigerin, nicht wahr?»

«Genau!», gab Lena zurück, vielleicht etwas energischer als notwendig.

Sie stellte sich Victoria in ihrem weißen Flatterkleid und dem schicken Auto vor und Ben, zu dem eine Geburtstagsfeier mit Eisbombe und Champagner ungefähr so gut passte wie Klangschalenmeditation zu Jack Reiter, und wollte lachen, doch es gelang ihr nicht. Der schöne Spätsommertag hatte an Glanz verloren, die Sonne blinzelte weniger fröhlich durch die Blätter der Kastanie am Kirchplatz, die ihren Schatten auf die Tische vor der Eisdiele warf, das wolkenlose Blau des Himmels wirkte plötzlich leer und endlos weit entfernt. Sie fühlte sich, als hätte sie etwas verloren, von dem sie bisher gar nicht gewusst hatte, dass sie es hätte haben wollen.

3

Bichlbrunn 5 km.

Nora Demir folgte erleichtert dem gelben Schild, das von der Bundesstraße weg und in den Wald führte. Endlich. Die Fahrt von Berlin bis München war bei Weitem weniger anstrengend gewesen als der letzte Abschnitt ihrer Reise. Zuerst kilometerlanger Stau, weil viel zu viele Autos sich von der Autobahn in das schmale Tal drängten, das nach Garmisch-Partenkirchen führte, dann die Weiterfahrt auf einer extrem schmalen, kurvigen Straße Richtung Tirol, weswegen sie schon gedacht hatte, sie hätte sich verfahren. Und jetzt glücklicherweise der erste Hinweis darauf, dass ihr Navi recht hatte und das Ziel tatsächlich nicht mehr weit entfernt war.

Die Straße schlängelte sich zunächst durch einen leblos wirkenden, dunklen Forst, vorbei an endlosen Reihen dünner Fichtenstangen, eine an der anderen, aufgereiht wie Soldaten. Dann weiter nach oben, wo die Eintönigkeit langsam in dichten Mischwald überging. Nach einer Kehre, vorbei an einem bedrohlich überhängenden Felsen, der aussah, als würde er jeden Moment auf die Straße stürzen, trat der Wald urplötzlich zurück und gab den Blick in ein von hohen Bergen umgebenes, idyllisches Tal frei.

Nora fuhr an den Straßenrand und stieg aus. Eine milde Brise wehte ihr die Haare ins Gesicht. Mit einer ungeduldigen Handbewegung strich sie sie hinter die Ohren. In den letzten fast zwei Jahren waren sie ziemlich gewachsen. Von dem Undercut war nichts mehr zu sehen, die Haare reichten ihr bis zu den Schultern, lockten sich sogar leicht. Durch ihren neuen Haarschnitt wirkte sie weicher und offener, wie ihre Schwester bei ihrem letzten Besuch gemeint hatte. Doch das täuschte, denn in Noras Inneren war in den vergangenen Monaten genau das Gegenteil passiert. Alles in ihr hatte sich verschlossen und verhärtet, sie fühlte sich, als wäre sie innerlich aus Stein. Nora trat ein paar Schritte an die Kante, dorthin, wo die Straße wieder nach unten führte, und musterte das Dorf. Bichlbrunn schmiegte sich an die flache Flanke eines sanft gerundeten Bergs, der sich, gemessen an den umgebenden Gipfeln, mit seiner grünen Kuppe niedrig und harmlos ausnahm. Etwas weiter rechts erhob sich der markante Gipfel des Teufelskopfs, den sie bereits von Aufnahmen kannte: ein schroffer, zackiger Brocken, der in seiner Wuchtigkeit feindselig aussah – ganz im Gegensatz zur Zugspitze, die sich weiter entfernt dahinter im milchigen Dunst des Spätsommernachmittags verlor und so freundlich-entrückt wie ein mystischer Ort wirkte. Nora spürte, wie in ihr beim Anblick des Teufelskopfs die Angst vor der bevorstehenden Aufgabe hochkroch wie eine Schlange, die sich an ihrem Rückgrat emporschlängelte, und sie überkam das dringende Bedürfnis, eine Zigarette zu rauchen. Nach fast zehn Jahren Abstinenz hatte sie im letzten Jahr wieder zu rauchen begonnen, aus Verzweiflung und Langeweile und dem destruktiven Wunsch, sich selbst Schaden zuzufügen. Aber natürlich durfte sie jetzt nicht rauchen. Es würde das harte Konditionstraining zunichtemachen, dem sie sich mithilfe ihres Coaches unterzogen hatte. Ein ganzes Team aus Physiotherapeuten, Fitness- und Mentaltrainern war seit Monaten damit beschäftigt, sie wieder fit zu machen, sie kam sich vor wie ein gestraucheltes Rennpferd, das zu wertvoll war, um es zu erschießen. Noch nicht, aber das würde sich schlagartig ändern, wenn sie jetzt versagte. Sie hatte sich von ihrem Berater überzeugen lassen und alles, ihre gesamte Zukunft!, auf diese eine Karte gesetzt, Sponsoren- und Werbeverträge abgeschlossen, Fernsehinterviews gegeben, sich bei der Reha von einem Fernsehteam begleiten lassen und ein medienwirksames Geheimnis um die Art und Weise ihres Comebacks gemacht. Niemand rechnete damit, dass es hier und auf diese Weise erfolgen würde. Doch heute Abend würden sie die Bombe platzen lassen. Steffen, ihr Berater, war bereits seit gestern da, er wohnte in einem Hotel in Garmisch, wo sie ebenfalls hätte absteigen sollen. Flug von Berlin nach München, dann mit einem Fahrer nach Garmisch ins beste Hotel am Platz, das war der Plan gewesen, doch sie hatte abgelehnt. Sie brauche Zeit allein für sich, hatte sie argumentiert, Ruhe und die Nähe der Berge. Es ergebe keinen Sinn für sie, in Garmisch abzusteigen. Steffen hatte widerwillig zugestimmt, doch als sie sich für eine kleine Pension statt des Hotels Post entschieden hatte, des einzigen Hotels in Bichlbrunn, war er wütend geworden. «Eine Pension? Bist du bescheuert? Nora Demir kann doch nicht in einer popeligen Dorfklitsche wohnen. Nicht jetzt, wo du zurückkommst. Wie sieht das denn aus, verflucht noch mal?»

Sie hatte sich dennoch durchgesetzt. Ihr Physio-Team und sogar Steffen würden in ein paar Tagen nachkommen und dann im Hotel absteigen. Das war der Vorteil, wenn man ein wertvolles Rennpferd war, das zudem als labil und leicht durchgeknallt galt: Man wurde wie ein rohes Ei behandelt und konnte sich sogar bescheuerte Ideen leisten. Nur rauchen, das durfte man nicht.

Nora riss sich vom Anblick der beeindruckenden Kulisse des Wettersteingebirges los und stieg wieder in ihr teures neues Auto, natürlich vom Hersteller gesponsert, startete und fuhr los. Die lange Autofahrt, allein von Berlin hierher, war ebenfalls Teil ihres eigenen Plans gewesen. Sie müsse endlich wieder Autofahren, hatte sie Steffen beschworen. Sie konnte sich schließlich nicht ihr Leben lang herumkutschieren lassen. Er hatte auch in diesem Punkt nachgegeben, doch dieser Teil war der schwerste gewesen. Sie hatte erst damit drohen müssen, alles hinzuwerfen, bis er klein beigegeben und zornig ausgestoßen hatte: «Mach doch, was du willst.»

Die Straße wand sich jetzt bergab, über sanft gewellte Wiesen, auf denen Kühe grasten und Bauern mit ihren Traktoren mit der Heuernte beschäftigt waren. Nora ließ das Fenster herunter, sog den warmen, würzigen Duft ein, der sie an alte Heidi-Filme, nackte Zehen im Gras und milde Sommerabende vor den Toren der Stadt denken ließ. Langsam überquerte sie die ziemlich neu wirkende Nepomukbrücke, die sich über einen Fluss spannte, der Ache hieß. Beides konnte sie von einem makellos weißen Schild ablesen. Unter ihr schäumte hellgrün und wild der Fluss, der sich in einer großen Schleife durch das Tal zog. Dann näherte sie sich dem Dorf. Ein spitzer Kirchturm ragte in den blauen Himmel und scharte die Häuser mit ihren Geranien vor den Fenstern und den großen Vordächern um sich wie eine Glucke ihre Küken.

«Eine verdammte Puppenstube ist das hier», murmelte sie, während sie in das Dorf hineinfuhr, und dachte an Neukölln, wo sie aufgewachsen war. Einen größeren Kontrast gab es wohl nicht.

Sie fuhr vorbei an der Feuerwehr und weiter die Dorfstraße entlang. Die Schule und der Kindergarten sahen beide frisch renoviert aus, es gab ein bunt gestrichenes Klettergerüst in einem Garten, in dem tatsächlich Gras und Blumen wuchsen und der offenbar den Pausenhof bildete. Nora dachte an ihren alten Schulhof, eine betonierte Fläche, daneben der angeranzte Sportplatz, von einem löchrigen Gitter umgeben, überall Graffiti und kein einziger Grashalm, von Blumen ganz zu schweigen. Sie hätten sowieso keinen Tag überlebt. Wo sie aufgewachsen war, hatte man etwas gegen schöne Dinge. Die einzige Möglichkeit, mit ihnen umzugehen, war, sie zu zerstören.

Es folgte eine kleine Tankstelle mit zwei museumsreifen Zapfsäulen, ein Zeitungsladen, der ein wenig einem Berliner Späti glich, und dann kam der sauber gepflasterte Dorfplatz mit dem Rathaus, einem Wirtshaus samt Biergarten und einer Eisdiele. Kirche, Wirtshaus, Rathaus. Die bayerische Dreifaltigkeit.

Als sie weiterfuhr durch enge Gassen mit bunt bemalten Häusern, hinter denen sich schroff die Berge erhoben, beschlich sie das Gefühl, sich in einer alten Postkarte zu befinden, in einem Traum oder einem kitschigen, etwas überbelichteten Film aus den Fünfzigerjahren des letzten Jahrhunderts. Es war von allem zu viel. Zu viele Blumen an den Fenstern, zu bunte Malereien an den Fassaden, das Kopfsteinpflaster zu romantisch, die Berge zu malerisch, der Himmel zu blau.

«So wohnt doch niemand ernsthaft», murmelte sie. «Da kann man ja gleich ins Museum ziehen.» In letzter Zeit sprach sie öfter mit sich selbst, das hatte sie sich in den endlosen Stunden im Krankenbett angewöhnt, was ihr seltsame Blicke der Schwestern und Mitpatienten eingebracht hatte. Sollten sie doch glotzen. Sie brauchte das, um zu hören, dass sie unter all dem Gips, den Verbänden, den Schmerzen und der Verzweiflung wirklich noch am Leben war.

Das Navi bat, bei der Bäckerei in eine schmale Sackgasse einzubiegen, die an kleinen Handwerksbetrieben und blühenden Gärten vorbeiführte. Am Ende des Sträßchens stand ein Haus mit roten Fensterläden, von Efeu und wildem Wein überwuchert, inmitten eines riesigen Grundstücks. In großen, geschwungenen Buchstaben stand über der Tür: *Pension Wildgruber.*

Nora parkte und stieg aus. Die Büsche am Zaun entlang blühten rot und violett und waren von Insekten bevölkert. Astern? Sie kannte sich nicht besonders gut mit Blumen aus. Es brummte und summte, und ein satter Geruch nach Kräutern, reifen Früchten, Gras, Natur drang ihr in die Nase. Sie hob den Kopf. Schwalben drehten am Himmel ihre Kreise und stießen spitze, hohe Schreie aus. Irgendwo läuteten Kuhglocken. Ansonsten herrschte Stille. Nora verzog das Gesicht zu einem kurzen, verlegenen Lächeln. Es fühlte sich ungewohnt an, wie eingefroren. Wann zum Teufel hatte sie zum letzten Mal gelacht? Sie konnte sich nicht erinnern. Tief einatmend, sah sie sich noch einmal um. Sie war im Märchenwunderland gelandet, alles hier war fast zu schön, um wahr zu sein, irgendwo musste es einen Haken geben. Dennoch: Ihr fast schon ganz zu Stein gewordenes, geschundenes Herz signalisierte ihr, dass sie eine gute Entscheidung getroffen hatte. Das hier war der richtige Ort für sie.

4

Auf den Tag genau zwei Monate war Ben nun wieder in Bichlbrunn. Der Hochsommer war in den Spätsommer übergegangen, ein Gewitter und ein paar Regentage in der letzten Woche hatten die brütende Hitze fortgewaschen, und als schließlich die Sonne wieder hervorgekommen war, war ihr Licht weicher, die Luft klarer gewesen und der Himmel von einem stillen, unwirklich leuchtenden Blau, das man in München nie erleben konnte, weshalb es gerade im Spätsommer und im Herbst die Städter in Scharen hinaus in die Berge zog.

Er konnte es verstehen, jetzt, wo er wieder hier lebte. Gerade um diese Zeit war es hier unvergleichlich schön. Die vergangenen Wochen waren intensiv gewesen. Er hatte versucht, all die widersprüchlichen Emotionen, die ihn seit seiner Rückkehr schier überwältigt hatten, mit Arbeit in den Griff zu bekommen, und davon gab es mehr als genug. Sein Vorgänger, Xaver Feichtmeier, der sich nach seiner Pensionierung als Förster noch eine Weile ehrenamtlich um die Naturschutzgebiete rund um Bichlbrunn gekümmert hatte, bevor er zu seiner Tochter nach Spanien gezogen war, hatte zwar ein gutes Gespür für die Natur und ihre Bedürfnisse besessen. Aber in der praktischen Umsetzung war vieles im Argen geblieben, dazu war er einfach schon zu alt gewesen.

Ben hatte sich mit den Wegen für die Touristen rund um das Dorf beschäftigt, sie neu ausgeschildert, marode Stellen zusammen mit den Gemeindearbeitern instandgesetzt, Hinweis- und Warnschilder und Erklärungstafeln entworfen und einen Plan entwickelt, wo sie aufgestellt werden sollten. Jede freie Minute, die er nicht mit Wegearbeiten oder vor dem

PC in seinem neuen Büro in der Vogelwarte verbracht hatte, war er mit seiner Irischen Wolfshündin Hilde querfeldein durch das Gebiet gestreift, hatte versucht, ein Gespür für sein Revier zu bekommen, einem Wolf ähnlich, der das alte Rudel verlassen hat und sich eine neue Heimat erschließt. Maxi, sein Praktikant, hatte ihn hin und wieder begleitet, bevor er sich im Juli zurück an die Uni verabschiedet hatte, doch am liebsten war Ben allein unterwegs gewesen. Mit Miri Gulbrandt, der Leiterin der Vogelwarte, kam er gut aus. Teilweise überschnitten sich ihre Arbeitsbereiche, im Übrigen ließen sie einander in Ruhe, von gelegentlichen abendlichen Treffen vor Bens Haus mit Bier oder einem Glas Wein abgesehen.

Ben warf einen Blick aus dem Küchenfenster hinaus auf die Wiese, die sich rund um das Pförtnerhaus bis zum Waldrand erstreckte. Das Gras leuchtete im satten, saftigen Grün, es war ein schöner, warmer Sommer gewesen, nicht zu trocken und nicht zu feucht. Der Bauer, der die Fläche gepachtet hatte, würde vermutlich zur letzten Mahd erst im September kommen. Der Blick über die weite Lichtung und die dunkle Baumlinie, die sie begrenzte, entspannte ihn. Die Vogelwarte mit dem Pförtnerhäuschen lag etwas erhöht am Hang des Rabensteins. Von seinem Küchenfenster aus hatte Ben daher einen guten Blick auf Bichlbrunn, das sich unterhalb des Waldes bis zu den Flussauen der Ache erstreckte, die dort hellgrün schäumend in Richtung Garmisch dahinfloss. Die Straße, die dem Flusslauf folgte, war der einzige Zugang in das enge Bichlbrunner Tal, das sich, umringt von Wetterstein und Zugspitze, an die Flanke des Rabensteins schmiegte.

Ben verband eine tiefe Hassliebe mit diesem Ort, und jedes Mal, wenn er hier am Fenster stand und bewusst ins Tal hinunterblickte, machten sich diese widersprüchlichen Empfindungen bemerkbar. Er liebte die Natur, die ihn hier umgab, das Wilde und Ursprüngliche, das sich in dieser Ecke der bayerischen Alpen aufgrund der Abgelegenheit des Bichlbrunner Tals noch weitgehend erhalten hatte, und er hatte vor, sich mit ganzem Herzen dafür einzusetzen, dass es erhalten blieb.

Andererseits hatte das abgelegene und enge Tal auch seine Schattenseiten: die Engstirnigkeit vieler Bichlbrunner, die sich weigerten, einen Blick über den Tellerrand, sprich: über die sie umgebenden Bergspitzen hinaus zu werfen. Wer hier nicht geboren war, würde nie dazugehören, und wer sich einmal gegen die eingeschworene Gemeinschaft gestellt hatte, dem wurde nicht vergeben. Sämtliche Ereignisse, Missgeschicke wie Glücksfälle, Tragödien, Komödien, Peinlichkeiten und Fehltritte, alles, was in einer größeren Stadt eine Halbwertszeit von Tagen oder wenigen Wochen hatte – sofern es überhaupt registriert wurde –, ging hier ins kollektive Gedächtnis des Ortes ein, verband sich mit Gewesenem, Erinnertem und Hinzuerfundenem und fügte sich ein in das Gewebe, aus dem die ehernen Gesetze der Dorfgemeinschaft bestanden. Diese Gesetze nährten sich aus Geschichten, die Jahrhunderte oder auch nur ein paar Jahre alt sein konnten, ein dicht gewebter Teppich aus Worten und Erinnerungen, nahezu unzerstörbar.

Bens Gedanken wanderten zu Lena. Auch sie war lange Zeit fort gewesen und wieder zurückgekommen. Mike aus der Bongo-Bar hatte es ihm erzählt. Mit ihm verstand er sich. Mike war ebenfalls ein Außenseiter, nicht bereit, sich den Dorfgepflogenheiten vollständig anzupassen, und hatte sich damit ganz gut durchgesetzt, wie es schien. Doch wie ging Lena damit um, wieder in ihr Heimatdorf zurückgekehrt zu sein? Sie war Mitglied der Bergwacht, Leiterin sogar. Also war sie sicher voll in die Dorfgemeinschaft integriert. Andererseits hatte sie lange in Frankreich gelebt, war viel auf Reisen gewesen. Rieb sie sich nicht auch manchmal an diesem Ort, so wie er? Ben erinnerte sich an die Zeit, als sie beide noch Kinder gewesen waren. Damals war sie auch so etwas wie eine Außenseiterin gewesen. Das Mädchen, das auf der Alm wohnte. Das keine Mutter hatte, dafür eine etwas verrückte Tante, die im Dorf ebenso verehrt wie gefürchtet wurde. Frech und stur war Lena gewesen und schon damals erstaunlich unerschrocken, gemessen an ihren eher braven Mitschülerinnen. Ihre Rolle als Exotin hatte allerdings nicht dazu geführt, dass sie beide sich deshalb gut verstanden hätten. Im Gegenteil. Einmal hatten sie sich sogar geprügelt. Ben verzog den Mund zu einem melancholischen Lächeln. In gewisser Weise hatte er Lena immer anziehend gefunden. Sogar damals schon, als Kind. Sie hatte ihn gereizt, wütend gemacht, aber er hatte sie gemocht, hatte sich ihr auf eine verquere Weise nah gefühlt, auch wenn er es natürlich niemals zugegeben hätte.

Er wandte sich vom Fenster ab. Es war müßig, immer wieder auf den alten Geschichten herumzukauen.

Als er sich entschlossen hatte, nach Bichlbrunn zurückzukehren, hatte er gehofft, noch einmal neu anfangen zu können. Doch diese Hoffnung hatte sich schnell zerschlagen. In den Augen der meisten Dorfbewohner war er noch immer der Sohn des Sheriffs, und das würde er hier in diesem Tal auf ewig bleiben. Sobald ihm das klar geworden war, hatte er begonnen, den Ort selbst weitgehend zu meiden. Er fuhr nur zum Einkaufen hinunter und besuchte hin und wieder die Bongo-Bar, allerdings sehr selten und immer recht früh am Abend, auf ein Bier und einen kleinen Ratsch mit Mike, noch bevor die anderen Gäste eintrafen. Seit jenem Abend, an dem er idiotischerweise geglaubt hatte, mit einem Lied eine Brücke zwischen der Vergangenheit und der Gegenwart zu schlagen, mied er die Bar am späteren Abend, aus Angst, dort Lena zu begegnen. Immerhin war es ihre Stammkneipe, sie wohnte direkt darüber. Wenn ihm im Pförtnerhaus die Decke auf den Kopf fiel, fuhr er lieber nach Garmisch, in das dortige Irish Pub, wo ihn niemand kannte, und unterhielt sich mit den amerikanischen Gästen, die dort verkehrten. Diese Abende erinnerten ihn an seine Zeit in Kanada, während der er in einer Auffangstation für Wölfe gearbeitet hatte.

Ben hatte viel darüber nachgedacht, warum er trotz aller Vorbehalte ausgerechnet nach Bichlbrunn hatte zurückkehren müssen. Victoria hatte es für eine komplette Schnapsidee gehalten, und er hatte ihr nicht einmal widersprechen können. Doch inzwischen war er zu dem Schluss gekommen, dass er es als eine Art Herausforderung betrachtete. Er hatte sein vorheriges Leben in München so spektakulär gegen die Wand gefahren, beruflich wie privat, dass sein gesamtes Selbstverständnis nachhaltig erschüttert worden war. Nach diesem Desaster hatte er einen Ort gesucht, an dem er sich neu beweisen musste. Und so war er auf seinen alten Heimatort gekommen.

Eine größere persönliche Herausforderung, als hier wieder Fuß zu fassen, konnte er sich nicht vorstellen. Und – dieser Gedanke kam ihm allerdings erst jetzt, während er sich in der alten Küche seiner geliebten Großeltern umsah – unbewusst hatte ihn vielleicht auch eine Sehnsucht nach Heimat angetrieben? Wie ein verletzter Wolf in seine alte Höhle zurückkehrte, um sich die Wunden zu lecken? Ben wusste es nicht genau. Er konnte ja nicht einmal sagen, wo eigenes Verschulden am Scheitern seines bisherigen Lebens aufhörte und das der anderen begann: War es Victorias Schuld, weil sie einen Schlussstrich unter eine Beziehung gesetzt hatte, die er schon lange vorher hätte beenden sollen? Oder seine, weil er nicht den Mut aufgebracht hatte, den ersten Schritt zu tun? Oder hätte er vielmehr um diese Beziehung kämpfen müssen?

Waren seine Vorgesetzten schuld daran, dass er seine Arbeit hatte kündigen müssen, weil sie ihn fallen gelassen hatten? Oder war es auch hier seine Schuld gewesen, weil er die Probleme, die sich seit Längerem wie dunkle Wolken am Horizont angekündigt hatten, früher hätte bemerken können? Bemerken müssen. So hätte er womöglich das Schlimmste verhindern können. Doch er hatte die Augen davor verschlossen, war einfach immer weitergelaufen, wie eine Lok ohne Führer – bis er entgleist war.

So oder so. Er war zurückgekehrt in diesen Ort. Er hatte die Herausforderung angenommen, sich hier neu zu verwurzeln, den Schatten der Vergangenheit die Stirn zu bieten. Er liebte nicht nur die Natur, sondern auch dieses Haus, wo ihm als Kind seltene Momente der Unbeschwertheit und des Glücks vergönnt gewesen waren. Die Arbeit machte ihm Spaß, und wer weiß, vielleicht gelang es ihm irgendwann, Frieden mit allem anderen zu schließen.

«Wir kriegen das hin, Hilde», sagte er, an seine übergroße Hündin gewandt, die neben seinem gepackten Rucksack auf dem Boden lag und ihn mit diesem geduldigen, liebevollen Blick musterte, der ihn immer wieder aufs Neue rührte.

Sie sprang auf, wedelte kurz mit dem Schwanz, und er kraulte ihren Kopf.

Hilde kümmerte seine Vergangenheit nicht die Bohne. Hauptsache, er sorgte für ausreichend Futter und Streicheleinheiten und beschützte sie, wenn Unbill in Form von Gewittern, lauten Menschen, Drogendealern oder rüpelhaften Hunden drohte. Sie belohnte ihn dafür mit unerschütterlicher Treue, vielen nassen Küssen und dem ständigen Bemühen, nachts sein Bett zu entern und sich mit ihren gut vierzig Kilo so eng wie möglich an ihn zu kuscheln. Ben hatte sie aus einem von Junkies besetzten Abbruchhaus gerettet und bemühte sich seitdem, ihr zu zeigen, dass das Leben schön war, was nicht nur ihr, sondern auch ihm guttat. Trotz ihrer Größe war Hilde ein schreckliches Sensibelchen und traute sich nur langsam aus ihrem Schneckenhaus, um die Welt außerhalb der vier Wände zu erkunden.

Heute würde es ein neues Abenteuer für sie geben, und Ben war schon gespannt, wie sie darauf reagieren würde. Er schulterte den Rucksack und ging in den Flur, um seine Bergstiefel anzuziehen. Es war sein Geburtstag, und zur Feier des Tages hatte er beschlossen, eine Nacht im Wald zu schlafen. Das hatte er hin und wieder in Kanada gemacht und auch im Rahmen der Survivalcamps mit den Kids, mit denen er in München gearbeitet hatte. Er vermisste das Gefühl, einmal keine vier Wände um sich herum zu spüren, noch nicht einmal ein Zelt, nichts, was ihn von der Natur trennte.

Gerade als er in seine Stiefel geschlüpft war und sie geschnürt hatte, klingelte es an der Haustür. Unwillig sah Ben auf, während Hilde zu bellen begann. Sie hassten beide gleichermaßen die Türklingel, bedeutete das Läuten doch Eindringlinge, Störenfriede, Menschen, mit denen man sich befassen musste, ob man wollte oder nicht.

«Das ist bestimmt nur Miri», sagte er zu Hilde und legte eine Hand an ihr Halsband, was sie augenblicklich beruhigte. Er ging zur Tür, öffnete – und prallte zurück, als hätte ihn ein Schlag getroffen.

Auf der Schwelle stand Victoria, auf der einen Hand eine riesige weiße Schachtel balancierend, in der anderen eine Flasche, vermutlich Prosecco. «Überraschung!», rief sie mit einem breiten Lächeln, trat auf ihn zu und küsste ihn auf beide Wangen. Ihr Duft umhüllte ihn, während eine Ecke der Pappschachtel sich in seine Brust bohrte. Er war viel zu verdattert, um zu reagieren. «Happy Birthday, Mr. Ranger», murmelte Victoria in der Nähe seines Ohrs, und dann spürte er noch einmal ihre weichen Lippen kurz und leicht auf seinem Bart.

Endlich erwachte er aus seiner Erstarrung und wich zurück. «Was soll das?», knurrte er und trat noch einen weiteren Schritt in den Flur. Sie hatte ihn schon zweimal überraschend hier besucht – und das, obwohl sie ihm vor über einem halben Jahr den Laufpass gegeben hatte. «Was willst du hier?»

Sie schaute ihn enttäuscht an. «Ich wollte dir zum Geburtstag gratulieren. Unter Freunden macht man das.»

«Dafür hättest du mir einfach schreiben können», erwiderte er trocken.

Victoria ließ die Hände sinken und biss sich auf die Lippen. «Entschuldige, aber nach unserem letzten Treffen hatte ich gedacht, wir wären drüber hinweg und könnten neu anfangen.»

Ben unterdrückte einen Seufzer. Das war so typisch Victoria, dass es fast schon wieder komisch war: Sie interpretierte die Realität einfach so, wie es ihr am besten passte. Als sie das letzte Mal hereingeschneit war, irgendwann im Juli, wenn er sich recht erinnerte, war er ebenfalls nicht begeistert gewesen, aber sie war trotzdem geblieben, und sie hatten einen unerwartet netten Tag miteinander verbracht. Sie hatten geredet, zunächst ungewohnt ernsthaft, über ihre Beziehung und deren Ende. Danach, gegen Abend, war es bei einem Glas Wein zunehmend entspannter geworden, und sie hatten viel gelacht, was in der letzten Phase ihrer Beziehung nicht mehr vorgekommen war. Es war fast wie ganz am Anfang gewesen, als sie sich kennengelernt hatten. Damals hatten sie viel Spaß miteinander gehabt. Vermutlich hatte er Victoria nicht klar genug gemacht, dass er trotz allem nicht beabsichtigte, ihre gemeinsame Geschichte fortzusetzen. Sich einen Abend lang mit jemandem wohlzufühlen reichte nicht, um eine Beziehung wieder aufleben zu lassen. Dafür hatte es genug Gründe gegeben, weshalb sie gescheitert war.

Als er jetzt ihre verletzte Miene sah, tat ihm seine Schroffheit trotzdem leid. «Entschuldige», sagte er und fuhr sich nervös durch die Haare. «Das hab ich nicht so gemeint. Aber ich bin grad am Gehen ...» Er machte einen Schritt zur Seite und ließ sie eintreten.

Ihr Blick fiel auf den Rucksack, der neben seinen Füßen im Flur stand und der mit Schlafsack und Isomatte unmissverständlich auf ein größeres Vorhaben hindeutete. «Gehst du campen?», fragte Victoria.

«Nicht direkt. Ich wollte nur meinen Geburtstag im Wald verbringen und dort übernachten.»

«Ganz allein und ohne Zelt?» Sie sah ihn mit großen Augen an.

Ben nickte.

«Wie aufregend.» Zielstrebig ging sie in die Küche, und er folgte ihr. «So etwas habe ich noch nie gemacht.»

«Kann ich mir bei dir auch schwer vorstellen.» Ben schmunzelte.

«Oh, ich könnte das schon! Täusch dich nicht. Ich bin viel tougher, als ich aussehe.» Victoria stellte Schachtel und Flasche auf dem Tisch ab, und Ben bemerkte, dass es kein Prosecco, sondern teurer Champagner war. Auch das war typisch Victoria. Mit halben Sachen gab sie sich nicht ab.

«Ich weiß», gab Ben ihr recht und bereute es sofort, als Victorias Augen freudig aufleuchteten. Jetzt klappte sie die Schachtel auf, und sobald Ben sah, was sich darin befand, musste er unwillkürlich schlucken. «Victoria ...», begann er unbehaglich, doch sie unterbrach ihn sofort.

«Ich dachte, du fändest es vielleicht ganz nett, dich an alte

Zeiten zu erinnern. Wir hatten es doch auch mal schön, wir beide, oder?»

Ben schwieg. In der Schachtel befand sich eine Eistorte, aufwendig mit weißen, gelben und zartgrünen Rosetten verziert. In Zuckerschrift stand darauf: *Un gelato al limon, für Ben*. Es war eine Anspielung auf ihren ersten gemeinsamen Urlaub. Sie waren damals in Italien gewesen, irgendwo am Meer, und die kleine Strandbar hatte immer und immer dieses alte Lied von Paolo Conte gespielt. Es war zu ihrem gemeinsamen Lied geworden, Ben hatte es sogar extra auf der Gitarre einstudiert und einmal Victoria vorgesungen, unter ihrem Fenster, mitten in der Nacht, wie ein liebeskranker Romeo. Es war ihm peinlich, daran zu denken, trotzdem war er gerührt.

«Freust du dich?»

«Schon ... ähm ... nett von dir.» Ben räusperte sich. «Danke. Aber ich ...»

«Du kannst sie einfrieren, wenn wir sie heute nicht essen», sagte Victoria schnell. «Es gibt doch hoffentlich eine Gefriertruhe hier?» Suchend sah sie sich um.

«Ja.» Diese Anschaffung hatte er selbst getätigt, weil er es leid gewesen war, ständig einkaufen zu gehen. Er deutete vage Richtung Speisekammer und nahm ihr die Torte ab, um sie dort zu verstauen.

Als er zurückkam, trat Victoria auf ihn zu und griff nach seiner Hand. Ihre warmen, weichen Finger schlossen sich um die seinen. «Ich wollte dich nicht von deinen Geburtstagsplänen abbringen, Ben. Ich dachte nur, du freust dich vielleicht, wenn dir jemand persönlich gratuliert.»

Ben löste sich abrupt aus ihrem Griff. «Glaubst du, du bist die Einzige, die weiß, wann ich Geburtstag habe?»

«So meinte ich das nicht. Ich dachte nur, weil du quasi neu hier bist ...» Sie hob die Arme und zuckte dann mit den Achseln.

Er erwiderte nichts. Tatsächlich hatte sie mit ihrer Annahme nicht ganz unrecht. Seine Mutter hatte angerufen, und sein Kumpel Lothar hatte ihm auf WhatsApp zum Geburtstag gratuliert, aber hier am Ort wusste niemand davon. Er hatte sich eingeredet, das sei vollkommen egal, wen kümmere schon eine dumme Zahl, doch jetzt musste er überrascht zugeben, dass er sich freute, weil Victoria daran gedacht hatte.

«Nimmst du mich mit?»

«Wie?» Ben blinzelte irritiert.

«Darf ich mitkommen auf deinen Übernachtungstrip?»

«Nein.»

«Bitte, Ben. Schick mich nicht wieder weg.» Sie sah ihn fast flehend an.

«Wie stellst du dir das vor?» Er deutete auf ihr zartes weißes Kleid und die dünnen Sandalen. «Damit kommst du keine hundert Meter weit.»

Augenblicklich verzog sich Victorias hübsches Gesicht zu einem breiten Lächeln. «Warte einen Moment, ich bin sofort wieder da.»

Er sah ihr nach, wie sie aus der Küche huschte, und hatte das unbehagliche Gefühl, dass hier etwas ablief, das sich seiner Kontrolle entzog. Dann blickte er zu Hilde, die neben dem Tisch saß und ihn aufmerksam musterte. Lag da ein Vorwurf in ihrem Blick?

«Ja, ich weiß selbst, dass das nicht gut ist», sagte er. «Schau mich nicht so an.»

Als Victoria zurückkam und neben ihrem Weekender aus Kalbsleder einen nigelnagelneuen Rucksack und ebensolche Bergschuhe heranschleppte, wusste er, dass er geschlagen war. Seltsamerweise fühlte es sich nicht annähernd so unangenehm an wie erwartet. Statt sich darüber aufzuregen, wie Victoria offenbar versuchte, ihn zu überrumpeln, musste er lachen. «Was soll das denn bitte bedeuten?», fragte er. «Du willst mir doch nicht ernsthaft weismachen, dass du plötzlich die Wanderlust in dir entdeckt hast?»

«Nein, Gott bewahre», erwiderte Victoria mit entwaffnender Ehrlichkeit. «Eigentlich kann ich mir nichts Schlimmeres vorstellen, als durch irgendwelches Gestrüpp zu stapfen, und hier vermutlich auch noch ständig bergauf, denn man stößt ja in jeder Richtung unweigerlich auf einen Berg.»

«Die Bremsen und Mücken nicht zu vergessen!»

«Ja, und die Zecken ...» Victoria schüttelte sich.

«Dann wären da noch die Kreuzottern ...»

«Kreuzottern? Echt?» Sie sah ihn so schockiert an, dass Ben erneut lachen musste. «Die gibt's hier tatsächlich. Wenngleich sie anders als Mücken und Bremsen Menschen lieber aus dem Weg gehen.»

«Pah! Damit werde ich auch noch fertig, wenn's sein muss», erwiderte Victoria nach kurzem Zögern todesmutig.

Ben betrachtete sie einen Moment schweigend, dann wanderte sein Blick erneut zu dem Rucksack, an dem noch das Preisschild klebte – teuer natürlich –, und zu den jungfräulichen Bergstiefeln.

Victoria folgte seinem Blick mit den Augen. «Ich habe mir was dabei gedacht, Ben», sagte sie leise und hob den Rucksack hoch. «Ich wollte dir vorschlagen, dass du einen Ausflug mit mir machst und mir dabei deine Arbeit erklärst.» Sie zögerte, dann fuhr sie vorsichtig fort: «Es war nicht nur deine Schuld, dass unsere Beziehung in die Brüche ging, auch wenn ich das nie zugeben wollte. Ich war immer nur mit mir beschäftigt, habe mich zu wenig für das interessiert, was du tust, was dir wichtig ist ...»

«Vicki, bitte, das ist doch Schnee von gestern ...», unterbrach Ben sie und benutzte dabei unwillkürlich die ihm so vertraute

Abkürzung ihres Namens, doch Victoria ignorierte ihn und redete hastig weiter.

«Ich weiß, dass es zu spät ist, um all das wiedergutzumachen. Aber bitte, gib mir wenigstens die Chance, dir zu zeigen, dass mehr in mir steckt als die verwöhnte Schickimickitussi, die du zuletzt gesehen hast.» Als sie den Kopf hob und ihn ansah, standen ihre Augen voller Tränen.

Ben schluckte schwer. Er wollte sich abwenden, wollte ihr sagen, dass sie bitte, bitte gehen und nicht mit seinem armen Herzen Schindluder treiben solle, doch er konnte nicht. Obwohl er lange vor dem Ende geahnt hatte, dass ihre Beziehung längst zum Scheitern verurteilt war, hatte er Victoria bis zum Schluss – und darüber hinaus – geliebt. Er hatte gelitten wie ein Hund, als es vorbei gewesen war. So etwas wollte er nicht noch einmal erleben. Obwohl sämtliche Alarmglocken in seinem Kopf schrillten und sein Verstand ihn förmlich anschrie, es sein zu lassen, brummte er: «Hast du eine Jeans oder so was dabei?»

«Klar.» Victoria wischte sich über die Augen, und ein Lächeln erschien wieder auf ihrem Gesicht. «Und Mückenspray.»

Sie gingen über den breiten Trampelpfad an der Vogelwarte vorbei in Richtung der Ostflanke des Rabensteins. Dort gab es einen Ort, den Ben auf seinen Streifzügen entdeckt und den er sich für den heutigen Tag und die Nacht ausgesucht hatte. Der Weg dorthin war nicht allzu lang, aber ziemlich unwegsam, ging überwiegend querfeldein, was für jemanden, der solche Touren nicht gewohnt war, sicher eine Herausforderung darstellte. Aber Ben hatte keine Lust, sich eine einfachere Alternative auszudenken, nur weil Victoria unbedingt mitkommen wollte. Sie wünschte zu sehen, wie und wo er arbeitete, also würde er es ihr zeigen. Überdies war das Ziel so schön, dass sie auf der Stelle verstehen würde, was er ihr in der Vergangenheit mit Worten nie hatte begreiflich machen können.

Victoria lief schweigend neben ihm her. Sie trug eine helle Jeans und ein dunkelblaues T-Shirt, auf dem *GIRLPOWER* stand, dazu ein blaues Käppi. Sogar an eine Regen- und eine Fleecejacke hatte sie gedacht. Ihre schulterlangen Haare hatte sie zu einem Pferdeschwanz gebunden, der bei jedem Schritt fröhlich wippte. Ben hatte den Proviant und die Getränke für sie aufgestockt, eine weitere Isomatte und seinen alten, längst ausgemusterten Schlafsack herausgesucht, den er nur noch nicht weggeworfen hatte, weil er so viele schöne Erinnerungen an Kanada damit verband. Am Ende hatte er ihr noch zwei Wanderstöcke gereicht. «Was soll ich denn damit?», hatte sie empört gefragt. «Ich bin gerade mal dreißig und ganz sicher nicht fußkrank!»

«Nimm sie einfach mit», hatte Ben geantwortet, die Stöcke auf die kleinste Größe zusammengeschoben und in ihren Rucksack gesteckt. Entgegen ihrer sonstigen Art hatte Victoria nicht widersprochen.

Als sie den Trampelpfad verließen und das Gelände unwegsamer wurde, hielt sie sich hinter ihm, im Gegensatz zu Hilde, die sich so eng an Ben drückte, dass er fast meinen könnte, die Hündin sei eifersüchtig. Ben betrachtete sie lächelnd und tätschelte ihr hin und wieder beruhigend den Kopf. Vor ein paar Wochen hatte er eine Man-Trailing-Ausbildung mit Hilde begonnen und beabsichtigte, mit ihr Teil der Rettungshundestaffel zu werden, sobald sie so weit war. Das intensive Training hatte ihre Bindung zu ihm noch verstärkt.

Langsam wurde es steiler. Der Wald wurde dichter und wilder, erkennbar weitgehend unberührt von Menschenhand. Sie mussten über umgestürzte Bäume klettern, sich durch niedriges Gestrüpp kämpfen und große Findlinge umgehen. Victoria schlug sich wacker. Obwohl ihr Gesicht hochrot war und ihr die Anstrengung anzusehen war, beklagte sie sich kein einziges Mal.

Im Schatten eines großen verwitterten Steins machten sie Rast und tranken ein wenig Wasser.

«Das ist Absicht, oder?», sagte Victoria, nachdem sie wieder zu Atem gekommen war.

«Was meinst du?»

«Du jagst mich hier kreuz und quer durch den Urwald, obwohl zehn Meter weiter vermutlich eine zweispurige Forststraße da hochführt.» Sie trank noch einen Schluck und schob die Flasche wieder zurück in ihren Rucksack.

«Hältst du mich für so gemein?»

Victoria nickte überzeugt. «Ich könnte es dir nicht mal verdenken. Wenn ich du wäre, würde ich es jedenfalls so machen. Ich hätte meinen Spaß daran, die Stadtpflanze das Fürchten zu lehren.» Grinsend wischte sie sich den Schweiß aus den Augen.

«Dafür muss ich keine Spielchen spielen», sagte Ben. «Hier gibt's keine Forststraße. Es gibt überhaupt keinen Weg, um genau zu sein.»

Einige Sekunden lang sah Victoria ihn nachdenklich an. «Gar keinen Weg, sagst du?» Ihre Stimme klang nun doch ein wenig beunruhigt. «Nirgends?»

«Nicht auf dieser Seite des Berges.»

«Aber woher weißt du dann, ob wir richtig sind?»

«Ich weiß es eben.»

«Und wenn wir uns trotzdem verirren?»

«Wir verirren uns nicht.»

«Und wenn ich mir den Fuß verstauche oder mich eine Schlange beißt ...»

«Wenn du vorsichtig bleibst, wird das nicht passieren.» Er

stand auf und hielt ihr seine Hand hin, um ihr aufzuhelfen. «Außerdem passt Hilde auf uns auf.»

Victoria warf einen Blick auf die Hündin und murmelte: «Ich weiß nicht, ob ich das beruhigend finde.»

Nach ihrer Rast gingen sie etwa eineinhalb Stunden weiter steil bergauf. Nach und nach wurde der Wald etwas lichter und erlaubte hin und wieder spektakuläre Aussichten hinunter in das Bichlbrunner Tal. Als Victoria immer langsamer wurde, zeigte Ben ihr, wie sie mit kurz eingestellten Wanderstöcken kräfteschonender bergauf gehen konnte. Nach ein paar widerwilligen Versuchen gab sie zu, dass diese Art, die Stöcke zu nutzen, nichts mit fußkranken Rentnern zu tun hatte. Überhaupt wirkte sie trotz der Anstrengung ziemlich zufrieden und kein bisschen auf Krawall gebürstet. Sie schwieg weitestgehend, vermutlich, weil sie außer Atem war, ihr Gesicht war gerötet, und auf der Stirn stand der Schweiß, doch zu Bens Überraschung hielt sie tapfer mit, ohne sich zu beklagen. Die Victoria, die er von früher kannte, wäre schon nach der ersten halben Stunde theatralisch ins Gras gesunken und hätte sich geweigert, noch einen Schritt weiterzugehen. Heute schien sie jedoch wild entschlossen, Ben zu beweisen, dass sie es ernst meinte, seine Arbeit und sein Leben kennenlernen zu wollen, und Ben ertappte sich dabei, dass ihm dieser Wille durchaus Respekt abnötigte. Für eine ausgemachte Stadtpflanze wie Victoria, die auf High Heels laufen konnte, als wäre sie damit auf die Welt gekommen, war es noch etwas ganz anderes, querfeldein auf einen Berg zu stapfen, als für ihn, der es schließlich gewohnt war.

Endlich, nachdem sie eine weitere von Latschen und niedrigen Schösslingen zugewachsene Böschung hinaufgeklettert waren, weitete sich das Gelände zu einem von mächtigen Kiefern umgebenen kleinen Plateau. Die Kronen der Bäume spendeten lichten Schatten, und der kleine Bach, der ihnen bei ihrem Aufstieg bereits hin und wieder begegnet war, bahnte sich seinen Weg durch hohes, saftig grünes Gras. Hinter der Lichtung erhob sich schroff und steil der Rabenstein, und vorne bot der Platz einen unvergleichlichen Ausblick über Bichlbrunn und das gesamte Tal. Ein Rauschen erfüllte die Luft.

Victoria sah sich staunend um. «Was ist das für ein Geräusch?»

«Komm mit.» Ben winkte ihr und verschwand links zwischen den Bäumen.

Victoria folgte ihm, und als er nach vorne deutete, schnappte sie nach Luft. Dort, aus einem etwa zwei Meter großen Loch in der Felswand, stürzte ein Wasserfall fast senkrecht in die Tiefe. Gischt wirbelte über dem Wasser und glitzerte in allen Regenbogenfarben.

«Oh, mein Gott!» Victoria schlug die Hände vor den Mund, und Ben freute sich über ihre Begeisterung.

«Das ist der Katzenbachwasserfall. Wenn du nach unten schaust, siehst du, dass er ein fast kreisrundes Becken in den Felsen gegraben hat. Das ist die Blaue Gumpe.»

Victoria machte vorsichtig einen Schritt in Richtung Abgrund und sah nach unten, wo die Blaue Gumpe ihrem Namen alle Ehre machte. Wie ein geschliffener Saphir schimmerte sie tief unter ihnen. «Das sieht ja aus wie ... ich weiß nicht ... wie in der Karibik!»

«Besser», befand Ben und verspürte so etwas wie Besitzerstolz, weswegen er sich sofort albern schalt. Es war schließlich nicht seine Gumpe und die Schönheit dieses Ortes nicht sein Verdienst.

Sie gingen wieder zurück zur Lichtung und suchten sich einen Platz unter einem der Bäume neben dem Bach. Es war inzwischen Nachmittag geworden, die Sonne stand tief, und ihre Strahlen hatten die Farbe von Honig. Der Boden unter dem Baum war mit Nadeln und Moos dick gepolstert, sie mussten nur die zahlreichen Kiefernzapfen, Steine und kleinen Äste entfernen, bevor sie die Isomatten ausbreiteten. Abwechselnd warfen sie die Zapfen weiter weg ins Gras, wo Hilde übermütig wie ein Welpe nach ihnen suchte und sie ihnen wieder zurückbrachte.

«Das ist nicht der Sinn der Sache, Hilde.» Ben lachte und warf erneut. «Weißt du, wie wir die Zapfen hier nennen?», fragte er Victoria nach einer Weile, als Hilde müde geworden war und im Schatten döste. Da Victoria den Kopf schüttelte, schmiss er ihr einen der kleinen, runden Zapfen zu. «Buggasla.»

Victoria fing den kleinen Zapfen auf. «Was ist das bitte für eine Sprache?», kicherte sie. «Ist das noch bayerisch oder schon zwergisch?»

«Eher zwergisch. *Ein hinterlistiges kleines Bergvolk in Lederhosen, das sich jodelnd verständigt*, so hat ein Lexikon vor hundert Jahren die Alpenbewohner beschrieben. Es meinte zwar damit explizit die Tiroler, aber die sind ja nicht weit weg. Die Sprache ist fast die gleiche.» Er setzte sich neben Victoria auf den Boden.

«Oje, wo bin ich hier nur hingeraten! Vermutlich ist dieser Ort verzaubert. Wenn ich morgen wieder nach Hause fahre, werden hundert Jahre vergangen sein, und niemand wird mich mehr erkennen.» Stöhnend ließ Victoria sich auf den Rücken fallen.

Ben tat es ihr nach. Schweigend lagen sie nebeneinander und sahen in die Baumkrone. Das Licht flirrte durch die langen, dünnen Nadeln, und es roch intensiv nach Harz und Wald. Durch das Rauschen des nahen Wasserfalls hindurch war der Gesang einer Amsel zu hören.

Nach einer Weile drehte Victoria den Kopf und schaute Ben an. «Danke», sagte sie. «Danke, dass du mich mitgenommen hast.»

Ben erwiderte ihren Blick. Sie waren sich so nah, dass er die grünen Einsprengsel in ihren goldbraunen Augen erkennen konnte. Er war sich nie ganz sicher gewesen, ob Victoria grüne oder braune Augen hatte, aber heute waren sie eindeutig braun. Sehr schöne Augen. Abrupt richtete er sich auf. «Hast du auch so einen Hunger wie ich?»

«Wie ein Wolf.»

Er nahm seinen Rucksack und begann, den Proviant auszupacken, während Victoria zum Bach lief und sich wusch. Als sie zurückkam, waren ihr Gesicht und die Haare nass, das Wasser rann ihr in kleinen Rinnsalen den Hals hinunter und verschwand im Ausschnitt ihres Shirts. An den Schläfen kräuselten sich kleine Locken. Sie sah bezaubernd aus.

«Käse oder Wurst aufs Brot?», fragte Ben und wandte den Blick von ihr ab. «Es gibt außerdem noch Eier, Gurken, Oliven und Tomaten. Und das hier.» Er zog eine italienische Salami aus dem Rucksack.

«Alles», sagte Victoria und begann, nun ebenfalls in ihrem Rucksack zu kramen.

Erstaunt sah Ben sie an. «Auch Salami? Du hast früher nie Salami gegessen. Pures Fett, erinnerst du dich?»

Victoria zuckte mit den Schultern. «Ich weiß. Aber heute habe ich vermutlich mehr Fett verbrannt, als ich essen kann, also was soll's? Eigentlich liebe ich Salami. Und das Beste kommt noch. Voilà!» Zwischen Fleecejacke und Jogginghose zog sie die Flasche Champagner hervor.

«Du hast den Champagner mitgeschleppt?» Ben sah sie kopfschüttelnd an. «Kein Wunder, dass dein Rucksack so schwer war.»

«Natürlich habe ich den mitgenommen, was dachtest du denn? Schließlich ist heute dein Geburtstag.» Unschlüssig wog sie die Flasche in der Hand. «Aber jetzt ist er leider zu warm. Wenn ich ihn öffne, explodiert der Inhalt vermutlich, und wir können keinen Schluck davon retten.»

Ben stand auf, nahm sie ihr aus der Hand und legte sie in den Bach. «Das Wasser ist eiskalt, in einer Stunde schmeckt er fast wie aus dem Kühlschrank.»

«Perfekt!» Victoria klatschte in die Hände. «Wenn ich das meinen Freunden in München erzähle. Ich wette, keiner von denen hat jemals an einem Ort wie diesem Champagner getrunken. Noch dazu bachgekühlt.» Sie nahm ihr Handy und machte ein paar Fotos.

«Wem willst du das erzählen?», fragte er leicht irritiert. «Wer weiß denn, dass du mich besuchen gekommen bist, wenn nicht einmal ich es wusste?»

«Niemand.» Victoria winkte ab. «Das war doch nur so dahingeredet. Abgesehen davon ist es ja kein Geheimnis, oder? Schließlich waren meine Freunde auch mal deine Freunde. Sie fänden es sicher toll, wenn sie wüssten, dass wir uns wieder treffen.»

Ben gab keine Antwort. Victorias Freunde waren nie seine Freunde gewesen. Sie hatten einander zur Kenntnis genommen und dann weitgehend ignoriert, so wie Vertreter verschiedener Spezies es tun, wenn sich ihre Reviere überschneiden.

Er nahm den halben Laib Brot, den er eingepackt hatte, das Messer und das Holzbrett und konzentrierte sich darauf, das Brot zu schneiden. Nach einer Weile wurde ihm bewusst, dass Victoria ihn beobachtete, und er sah auf. «Was?»

«Nichts.» Sie schüttelte lächelnd den Kopf, wirkte verlegen. «Es ist nur, ich glaube ... ich hab dich noch nie Brot schneiden sehen.»

«Kann ich mir nicht vorstellen.» Ben runzelte die Stirn. «Wir waren sechs Jahre zusammen. Da habe ich doch sicher ...»

«Nein», unterbrach sie ihn entschieden. «Wir waren meist essen oder haben uns etwas geholt.»

Nachdenklich sah Ben sie an. Er und Victoria hatten nie zusammengewohnt. Beide hatten ihre Wohnungen und ihre Unabhängigkeit nicht aufgeben wollen. Wenn, dann hatte Ben bei Victoria übernachtet, doch so etwas wie einen gemeinsamen Alltag hatten sie kaum gehabt, dazu waren beide zu beschäftigt gewesen. Ben mit seiner Arbeit, den Kids, mit denen er oft wochenlang irgendwo unterwegs gewesen war, und Victoria mit ihrer Boutique, den Messebesuchen, Modeschauen, Vernissagen, Partys und so vielem anderen. Vielleicht war das der Fehler gewesen, überlegte er jetzt und wunderte sich gleichzeitig über seine Gedanken. Es war Unsinn, sie beide hatten noch ganz andere Probleme gehabt als nur einen fehlenden Alltag. Sie hatten nie wirklich zusammengepasst, ihre Welten hatten sich selbst in der Anfangsphase, als sie sehr verliebt gewesen waren, kaum berührt. Tatsächlich waren sie wie zwei verschiedene Arten gewesen, deren Reviere sich nur zufällig überschnitten. Und für eine Weile war das genug gewesen.

Inzwischen war Ben mit dem Brot fertig und packte nun das restliche Essen aus. «Ich kann nicht nur Brot schneiden, neuerdings koche ich sogar», verriet er und nahm sich die Salami vor. «Auf dem Ungetüm von Holzherd meines Großvaters.»

«Echt? Das kannst du? Wenn ich das früher gewusst hätte. Männer, die kochen können, finde ich total sexy.» Victoria schnappte sich eine Scheibe Salami.

«Du flirtest jetzt aber nicht mit deinem abgelegten Ex, oder?», erkundigte sich Ben mit einer hochgezogenen Braue.

«Oh Gott, nein!», wehrte Victoria lachend ab. «Würd ich mich nie trauen. Ich weiß doch, was für ein ungehobelter Klotz er sein kann. Besonders dann, wenn ihm was gegen den Strich geht.»

«Na, dann ist ja gut, dass du ihn los bist.» Ben packte sich Salami und Käse zwischen zwei Brotscheiben und biss herzhaft hinein.

Victoria rutschte näher, nahm ein Ei und schlug es an einem Stein neben der Isomatte auf. «Bin ich auch», erklärte sie, während sie die Schale abpulte. «Es ist so viel entspannter, seit er nicht mehr da ist. Ich habe endlich Ruhe vor diesen kriminellen Jugendlichen, die immer um ihn rumgeschlichen sind, habe das ganze Sofa für mich, muss mir keine Tiersendungen von den Galapagosinseln ansehen und mein Bad nicht mit jemandem teilen, der irgendwelche komischen Pflanzen oder, igitt, Fischlaich von Spaziergängen mit nach Hause bringt und in meiner Wanne zwischenlagert ...»

«Was für ein Freak! Kaum zu glauben, dass du es so lange mit diesem Kerl ausgehalten hast», sagte Ben kopfschüttelnd und steckte sich eine Tomate in den Mund.

Victoria sah ihn an. «Das war eine Tomate.»

«Ich weiß.» Ben kaute und schluckte. «Wieso?»

«Die isst man nicht im Ganzen. Tomaten sind doch keine Weintrauben. Man schneidet sie in Scheiben oder Viertel ...»

«Das war eine kleine Tomate.»

«Sooo klein auch wieder nicht. Sie war so groß wie ein Tennisball.»

«Siehst du? Ich bin eben ein Freak. Esse Tomaten wie Weintrauben», gab Ben grinsend zurück.

Einen Moment lang musterte Victoria ihn, dann schob sie sich mit einem provokanten Blick das ganze Ei in den Mund, das sie gerade gepellt hatte.

Ben musste lachen, während er ihr dabei zusah, wie sie mühsam versuchte, sich nicht zu verschlucken. Er klopfte ihr auf den Rücken. «Nichts überstürzen. So etwas braucht jahrelange Übung, meine Liebe. Vielleicht fängst du lieber erst mal mit Weintrauben an.»

Sie blieben dort sitzen, aßen und frotzelten, bis die Schatten länger wurden und die Sonne langsam hinter den Bergspitzen versank. Victoria wurde stiller, während die Dämmerung sich langsam über die Landschaft senkte und die Zugspitze und das Wettersteinmassiv sich blau verfärbten. Nach und nach glommen unten im Tal die Lichter auf.

Sie schwiegen beide, in Gedanken versunken. Nach einer Weile wandte Ben den Kopf und betrachtete Victorias Profil, das im Licht der Dämmerung schärfer konturiert, strenger als sonst wirkte. «Warum bist du hier?», fragte er sie.

«Das sagte ich doch schon. Um mit dir Geburtstag zu feiern.»

«Weich nicht aus, Vicki», beharrte Ben. «Was willst du hier?»

Victoria sah ihn einen Moment lang unentschlossen an, schien mit sich zu kämpfen, dann sprang sie jäh auf. «Oh mein Gott, der Champagner!» Sie lief die wenigen Schritte zum Bach und kam mit der Flasche zurück. Als sie sie mit einem Knall öffnete, sprang Hilde erschrocken auf und bellte. «Oh. Entschuldigung.» Schuldbewusst warf Victoria einen Blick zur Hündin, dann reichte sie Ben die Flasche. «Wir haben die Gläser vergessen.»

«Daran soll's nicht scheitern.» Er zuckte mit den Schultern, nahm einen herzhaften Schluck direkt aus der Flasche und gab sie Victoria zurück. Sie setzte sich neben ihn, und abwechselnd tranken sie, während es um sie herum immer dunkler wurde.

Ben fühlte sich merkwürdig, und das lag nicht nur an dem Champagner, den zu trinken hier oben, mitten in der Wildnis, schon merkwürdig genug war. Dem trocken perlenden Geschmack aus dieser absurd schweren und absurd teuren Flasche auf der Zunge nachzuspüren, während irgendwo über ihnen ein Käuzchen schrie, schien ihm das perfekte Sinnbild der aktuellen Situation zu sein: Victoria mit ihm hier oben, in Jeans und Fleecejacke im Schneidersitz neben ihm in der Dunkelheit, das war absolut surreal, der Einbruch von etwas Fremdem, Unpassendem in eine Welt, die er sich gerade erst mühsam zurückeroberte. Victoria war wie ein falsches Puzzlestück, bunt und glänzend, goldbesprenkelt, sie passte in Form und Farbe nicht zum Rest. Sie gab sich Mühe, das musste er ihr zugestehen. Sie hatte kein einziges Mal wegen irgendwelcher Insekten aufgekreischt, war klaglos hinter ihm hergestapft und wirkte sehr viel natürlicher, als er sie in Erinnerung hatte. Dennoch war da eine aufgesetzte Unbeschwertheit, die ihn dazu brachte, auf der Hut zu bleiben. Sie hat mich verlassen, rief er sich immer wieder in Erinnerung. Knallhart und kategorisch, ohne weitere Diskussion. «Es ist alles gesagt», war ihre dürftige Begründung gewesen.

Warum war sie wieder hier? Wieso hatte sie ihre Meinung geändert? Er hütete sich, sie noch einmal danach zu fragen. Er hatte diese Frage schon zweimal gestellt und keine klare Antwort bekommen.

Ein leicht lädierter Vollmond kroch über die Silhouette des Brunnenkogels, ihm fehlte schon ein Stück zum vollkommenen Rund, und es wurde Zeit, schlafen zu gehen. Als Victoria ungeniert gähnte, stand Ben auf und packte im Licht der Campinglampe die Schlafsäcke aus. Es war kühl geworden, und sie kletterten hinein. Mit einem Mal schien Victoria befangen, und als er ihr eine gute Nacht wünschte, erwiderte sie so leise, als wollte sie die Nacht, den Wald, die Berge nicht stören: «Dir auch.»

Wieder schrie das Käuzchen, das er zuvor schon gehört hatte, ein lang gezogener klagender Ruf, und irgendwo ganz in der Nähe raschelte es.

«Was war das?», flüsterte Victoria erschrocken.

«Keine Ahnung. Irgendein kleines Tier», gab Ben zurück. «Vielleicht eine Maus.»

«Ihhhh.»

Ben hörte, wie sie sich in ihrem Schlafsack unruhig bewegte. Er hatte ihr den neuen, noch kaum benutzten Hightech-Schlafsack überlassen; seinen alten, fadenscheinigen Daunensack, dessen Innenfutter stellenweise bereits durch das abgewetzte Kunststoffgewebe schimmerte und der ständig Federn verlor, deren Kiele sich in die Haut bohrten, hatte er ihr nicht zumuten wollen. Ben mochte den alten ohnehin lieber, obwohl die Daunen darin inzwischen so platt und kraftlos geworden waren, dass sich der Schlafsack wie eine simple Wolldecke anfühlte. Schon unzählige Male gewaschen, meinte Ben darin immer noch den würzigen Duft der Red-Cedar-Bäume und des Zuckerahorns zu erahnen sowie den Holzrauch der Hickoryfeuer in Kanada.

«Ben? Schläfst du schon?»

Er war tatsächlich bereits am Einnicken gewesen, als ihn ihre leise Stimme wieder aufschreckte. «Mmmmh ...», brummte er.

«Ich glaube, ein Tier ist an meinem Schlafsack vorbeigelaufen. Keine Maus. Etwas Großes.»

«Ganz sicher nicht. Das hätte Hilde bemerkt.» Hilde lag neben ihm und hatte ihren Kopf entspannt auf seine Füße gelegt. Sie schnarchte leise und schien ihre erste Übernachtung in der freien Natur zu genießen.

«Kann es eigentlich sein, dass einem eine Spinne über das Gesicht krabbelt, während man schläft?»

«Möglich. Aber eher unwahrscheinlich. Spinnen kommen den Menschen freiwillig nicht so nahe. Versuch, nicht an solche Dinge zu denken. Schau in den Himmel und zähl die Sterne.»

Eine Weile war Ruhe, dann meldete sich Victoria erneut zu Wort. «Ben?»

«Was?»

«Ich kann nicht schlafen. All diese gruseligen Geräusche ... Und außerdem ist mir kalt.» Ihre Stimme klang verzagt wie die eines kleinen Mädchens. «Darf ich zu dir kommen?»

Ben unterdrückte einen Seufzer. Er hatte geahnt, dass es dazu kommen würde, hatte jedoch diese Möglichkeit so gut wie möglich auszublenden versucht. Er wollte Nein sagen, brachte es aber nicht über sich. «Wir können die Schlafsäcke zusammenfügen», sagte er und verfluchte sich gleichzeitig dafür. «Dann ist es wärmer.»

Er knipste das Licht wieder an und schälte sich aus den Daunen. Victoria hockte dicht neben ihm, den Schlafsack bis zum Kinn hochgezogen und so fest verschnürt, als befänden sie sich irgendwo in der Antarktis. Sie sah aus wie eine verschreckte Raupe. Ihre Augen wirkten dunkel und groß im schwachen Licht.

Es dauerte ein paar Minuten, die beiden Schlafsäcke mit den umlaufenden Reißverschlüssen zu verbinden, sodass ein großer daraus entstand. Victoria kroch neben ihm hinein. Dann löschte er wieder das Licht und starrte in den Himmel. Unzählige Sterne funkelten am dunklen Firmament, und er erinnerte sich daran, wie er sich als Kind immer gefragt hatte, warum sie blinkten und flackerten, wenn es doch niemanden gab, der die Lampen an- und abschaltete. Inzwischen wusste er, dass es etwas mit den unterschiedlichen Luftschichten zu tun hatte, doch wenn er ehrlich war – wirklich interessiert hatte ihn die wissenschaftliche Begründung nie. Es war ein so viel tröstlicherer Gedanke, dass die Lichter dort draußen in der Unendlichkeit des Weltalls den unbedeutenden Menschen auf der Erde zuzwinkerten, als dass sie starr, kalt und unbeweglich waren und ihr Licht womöglich schon vor Hunderten von Jahren erloschen war, bevor es die Erde überhaupt erreichte.

Victoria schmiegte sich an ihn, und er legte den Arm um sie, ohne den Blick von den Sternen abzuwenden. Es war falsch. Sie sollten hier nicht sein, gemeinsam in diesem Schlafsack unter diesem funkelnden Nachthimmel. Nicht Victoria und er. Er spürte die Wärme ihres Körpers an seinem, ihr Gesicht, das sich an seine Brust legte, und der Duft ihres Haars drang in seine Nase. Mandel und Vanille. Das gehörte zu Victoria, seit er sie kannte. Er wusste nicht, ob es ein Parfum, ein Shampoo oder einfach ihre Haut, ihr Haar war, er hatte es nie herausgefunden, es war einfach nur Vicki.

Mit dem vertrauten Duft kehrten die Erinnerungen zurück, nicht an erbitterte Diskussionen und kaltes Schweigen, tagelange Funkstille. Sondern Erinnerungen an Umarmungen, daran, wie sich ihre Haut unter seinen Händen anfühlte, wie sich ihr Körper unter seinem bewegte, wie sie ihn berührte, ihre Blicke sich ineinander verhakten, ineinander eintauchten. Er drückte sie fester an sich, spürte, wie ihre Hände über sein Gesicht glitten, zart wie die Flügel eines Nachtfalters, er spürte, wie sie sich halb erhob und über ihn beugte, und als er ihre kühlen, weichen Lippen auf seinen wahrnahm, so schmerzhaft vertraut, als wären nicht Monate, ja fast ein Jahr vergangen, dass sie sich zum letzten Mal geküsst hatten, gab er sich geschlagen. Mit plötzlicher Begierde packte er sie und drehte sie auf den Rücken. Als er sich über sie beugte und sie die Arme um ihn schlang und sich an ihn presste, fühlte er, wie sein Herz klopfte, schnell und heftig, und er wusste nicht zu sagen, ob es aus Ablehnung oder Leidenschaft war.

Einsatzprotokoll

Dienstag, 23. August

Einsatzort: Rathaus – Sitzungssaal
Bemerkungen: Griechischer Wein

1

Lenas alter roter Peugeot hustete gequält, während sie den kurvigen Berg hinaufkroch. Es wurde vermutlich tatsächlich langsam Zeit, sich nach einem neuen Auto umzusehen. Sie hatte ihren kleinen *puce* nun seit über acht Jahren, was heutzutage für ein Auto offenbar eine unglaublich lange Zeit war, zumindest wenn man ihren autoaffinen Bergwachtskollegen Glauben schenken wollte. Vollkommen unrentabel sei es, ein Auto so lange zu behalten, war deren einhellige Meinung. Die Reparaturarbeiten überstiegen irgendwann den Restwert, eine alte Karre sei eine wahre Dreckschleuder und finanziell gesehen ein Fass ohne Boden.

Vielleicht hatten sie recht, doch Lena fiel es schwer, sich

von ihrem Floh zu trennen. Sie hatte ihn noch in Frankreich gekauft, war mit ihm nach Bichlbrunn heimgekehrt, bis zum Rand vollgepackt mit ihren Habseligkeiten, sogar ihre beiden Topfpflanzen, ein Kaktus und eine Monstera, hatte sie damals mitgenommen. Beide besaß sie noch immer. Die Monstera machte ihrem Namen alle Ehre und hatte in den vergangenen sechs Jahren riesige Ausmaße angenommen, ihre ausladenden, glänzenden Blätter krochen am großen Südfenster entlang und gaben dem Wohnzimmer etwas Dschungelähnliches, während der Kaktus mehr oder weniger unverändert geblieben war. Wenn er nicht jedes Jahr zuverlässig ein bis zwei Mal einen Kranz kleiner pinkfarbener Blüten hervorbrächte, hätte man meinen können, er wäre nicht echt. Sie hatte den Kaktus Etienne getauft, nach ihrem stoischen Lehrer während der Bergführerausbildung in Chamonix.

Endlich war der Berg überwunden, Lena atmete auf und meinte, auch vom *puce* einen Stoßseufzer der Erleichterung zu hören. Sie gab Gas, und das kleine Auto nahm rasant Fahrt auf. Zunächst fuhren sie durch Ettal, ein winziges Dorf, das von einer mächtigen Benediktinerabtei dominiert wurde, dann weiter Richtung Oberammergau, wo sich die Rehaklinik befand, in der Franz noch bis Ende des Monats untergebracht war. Er bemühte sich wacker, wieder richtig auf die Beine zu kommen, doch der Weg dorthin erwies sich als langwieriger, mühsamer und schmerzhafter als erwartet. Entsprechend schwankte seine Stimmung zwischen Ungeduld, Verzagtheit und Langeweile, je nachdem, welche Fortschritte er gerade machte. Lena besuchte ihn immer am Morgen, noch bevor seine Anwendungen begannen, und hatte das Gefühl, ihre Besuche taten ihm gut.

Nun erreichte sie die Rehaklinik, die gut sichtbar am Hang über dem Dorf stand und sich in ihrer deprimierend zweckmäßigen Siebzigerjahre-Architektur deutlich vom malerischen Dorfkern mit den üppig mit Lüftlmalerei geschmückten Häusern abhob. Lena parkte und stieg aus. Sie hatte frische Butterbrezen, Nusshörnchen und Croissants gekauft, um mit Franz zu frühstücken, weil sie wusste, dass er die Semmeln und das Brot in der Klinik nicht ausstehen konnte. Franz war gelernter Bäcker, und wenn er auf industriell gefertigte Aufbackware stieß, verließ ihn seine sprichwörtliche Gelassenheit, und er konnte fuchsteufelswild werden.

Auf dem Weg zum Klinikeingang kam sie an einem staubigen roten Pick-up vorbei, der hinten auf der Ladefläche einen Aufkleber hatte. *Nur ein Schreiner kann seine Frau glücklich machen*! Eine Kampagne der Schreinerinnung vor einigen Jahren, die sich jetzt, auf diesem Auto, wie der blanke Hohn ausnahm. Denn der Pick-up gehörte Jack Reiter, der gerade erst von seiner Frau verlassen worden war. Lena erkannte den Wagen und auch das Kennzeichen und wunderte sich. Es war erst kurz nach neun. Sonst besuchte Jack seinen alten Freund erst nach Feierabend, Franz hatte ihr davon erzählt. Sie spielten dann hin und wieder Schafkopf mit zwei anderen Patienten.

Als sie den Gang betrat, in dem sich Franz' Zimmer befand, kam ihr prompt Jack entgegen. Er wirkte abwesend, hatte seinen Blick gesenkt und sah sie offensichtlich nicht kommen.

«Servus, Jack», rief Lena ihm zu.

Er zuckte zusammen. «Grüß dich, Lena», stotterte er und klang irgendwie ertappt, als hätte sie ihn bei etwas Verbotenem erwischt.

«Magst noch mit uns frühstücken?» Sie hob einladend die Papiertüte. «Ich hab genug für drei dabei.»

Jack schüttelte den Kopf. «Muss in die Arbeit», brummte er und schob sich rasch an Lena vorbei.

Überrascht von seiner Unfreundlichkeit, sah sie ihm nach, wie er den in einem aufdringlichen Zitronengelb gestrichenen Flur entlanghastete, geradezu vor ihr zu flüchten schien, und erinnerte sich an seinen Wutanfall während ihres Einsatzes. «Was zur Hölle stimmt nicht mit ihm?», murmelte sie leise vor sich hin, bevor sie an Franz' Tür klopfte und nach seinem «Herein!» eintrat.

Ihr alter Freund und Mentor saß auf einem der Stühle vor dem Fenster, und als er Lena sah, ging ein breites Lächeln über sein Gesicht. Franz war gerade sechzig geworden und immer stolz darauf gewesen, jünger auszusehen, sportlich und stets braun gebrannt. Der schwere Bergunfall und die Zeit in Krankenhaus und Reha hatten jedoch ihren Tribut gefordert. Die Sonnenbräune war verblasst, und er hatte abgenommen. Die Falten an Hals und Gesicht traten nun stärker hervor. Seine blauen Augen blitzten allerdings so verschmitzt wie eh und je.

«Lena!» Er stand auf und ging auf sie zu. Sie umarmten sich kurz, und Lena zeigte auf die Brötchentüte.

«Hast Lust auf ein gscheites Frühstück?»

Franz lachte. «Immer. Ich kann die geschmacklosen Putzlappen, die sie einem hier als Brot servieren, echt nimmer sehn.»

Lena lief noch einmal rasch zur Cafeteria, um zwei große Becher Cappuccino zu holen, und als sie zurückkam, saß Franz bereits auf dem kleinen Balkon seines Zimmers und erwartete sie.

Eine Weile aßen und plauderten sie über Belangloses. Dann erzählte Lena von ihrem nächtlichen Einsatz am Rupertisteig und ihrer Entscheidung, das verunglückte Pärchen erst am Morgen zu retten, und dabei drängte sich Jack wieder in ihre Erinnerung.

«Hätt ich genauso gemacht.» Franz nickte mit vollem Mund.

«Weißt du, was mit Jack los ist?», fragte sie unvermittelt.

«Wieso?» Erstaunt sah Franz sie an, doch Lena konnte sich des Eindrucks nicht erwehren, dass er nicht ganz so verwundert über diese Frage war, wie er erscheinen wollte.

«Er benimmt sich seltsam», antwortete Lena nachdenklich. «Manchmal hab ich das Gefühl, er versucht, ganz besonders zu zeigen, dass er auf meiner Seite steht, fast scheint es, als ob er mich beschützen will, aber ich verstehe nicht, wovor. Und manchmal wiederum geht er mir aus dem Weg, so als ob er immer noch was gegen mich hätte. Sein Verhalten ist mir echt ein Rätsel.»

Franz hob die Schultern. «Dass er was gegen dich hat, glaub ich nicht. Er hat dich bei der Wahl voll und ganz unterstützt.»

«Ja, schon. Ich glaub auch nicht, dass es das ist.» Sie sah auf den Klinikgarten hinunter und dachte nach. «Da steckt etwas anderes dahinter. Aber ich weiß nicht, was. Wenn das so bleibt, werd ich ihn mal drauf ansprechen müssen.» Sie seufzte. Mit Jack Reiter über solche Dinge zu reden, gehörte nicht zu den Aufgaben als neue Bergwachtsleiterin, um die sie sich riss.

«Ich glaub, du machst dir zu viele Gedanken», wiegelte Franz ab. «Jack hat momentan einige private Probleme, das weißt du doch. Wahrscheinlich ist er deswegen etwas angespannt. Die Scheidung läuft gerade, bald ist die Verhandlung. Du hilfst ihm vermutlich am meisten, wenn du ihn in Ruhe lässt.»

Lena warf Franz einen verblüfften Blick zu. Dieser Rat passte so gar nicht zu ihrem alten Freund. Er hatte sich als Leiter der Bergwacht immer große Mühe gegeben, die Stimmung im Team hochzuhalten, und sich nicht gescheut, seine Kollegen auch mal auf private Probleme anzusprechen, wenn er es für nötig erachtet hatte. Und jetzt riet er ihr mehr oder weniger unverblümt, Jack nicht wegen seines Verhaltens zur Rede zu stellen? Wieso? Es gab nur eine Antwort auf diese Frage.

«Er hat mit dir gesprochen», stellte sie fest.

«Wie? Was meinst du?» Unschuldig betrachtete Franz den Garten.

«Jack. Er war doch grad bei dir. Ich hab ihn gesehen, als er gegangen ist, und er war ziemlich durch den Wind. Er muss dir von seinem Problem erzählt haben.»

«Schmarrn!» Franz winkte ab. «Wir haben nur ein bissl geratscht, wie immer.»

«Nur geratscht? Und deshalb kommt er so früh am Morgen zu dir? Noch vor der Arbeit?»

«Du bist doch auch da.» Franz widmete sich seiner Butterbreze, als gäbe es nichts Interessanteres auf der Welt. «Wir sind halt alte Freunde. Da muss man sich nicht an Besuchszeiten halten.» Damit biss er von der Breze ab und hielt sein Gesicht in die Sonne. «So ein schöner Tag heut. Eigentlich sollt ich lieber ein bissl spazieren gehen statt der ewigen Anwendungen.» Zur Demonstration streckte er sein rechtes Bein, das bis vor Kurzem noch genagelt und geschient gewesen war, in die Höhe und wackelte mit den nackten Zehen.

Lena schwieg. Ganz offensichtlich log Franz sie an. Er wusste, weshalb Jack sich merkwürdig benahm, und wollte es ihr aus irgendeinem Grund nicht sagen. Sie presste die Lippen aufeinander und versuchte, sich ihren Ärger nicht anmerken zu lassen. Vermutlich hatte es gar nichts mit ihr zu tun. Vielleicht hatte Jack ein persönliches Problem, und Franz hatte ihm Verschwiegenheit versprochen. Trotzdem ärgerte es sie. Franz hätte einfach sagen können, dass er Jack Stillschweigen zugesagt hatte, das hätte sie vermutlich akzeptiert, zumindest, solange es Jacks Arbeit bei der Bergwacht nicht beeinträchtigte.

Da Franz aber stattdessen so tat, als bilde sie sich das alles nur ein, machte er sie nur noch neugieriger. Wofür hielt er sie? Für ein einfältiges Schulmädchen? Lena stand auf.

«Willst du schon gehen?»

«Ja.» Sie hielt ihr Gesicht ebenfalls in die Sonne und blinzelte. «Ich glaub, ich hab keine Lust, mich von dir für dumm verkaufen zu lassen», erklärte sie so leichthin, als spräche sie mit Franz über das Wetter und seinen geplanten Spaziergang. Sie gab ihm einen Kuss auf die Wange. «Servus, bis bald.»

Noch bevor er sich von seiner Überraschung erholt hatte, war sie gegangen.

Vor der Geschäftsstelle der Bergwacht erwartete sie Vroni Steiger. Die Sechzehnjährige war die Enkelin des Bichlbrunner Bürgermeisters und vor ein paar Wochen als Anwärterin in die Bergwacht eingestiegen. Noch war sie in der Jugendgruppe, die Lenas Kollege Andi Kornbichler leitete, seit Jack Reiter diesen Posten aufgegeben hatte. Vroni hatte sich erst getraut, sich anzumelden, nachdem Lena zur Leiterin gewählt worden war. Bislang war sie das einzige Mädchen. Sie war eine gute Bergsteigerin, ein wahres Energiebündel und mit viel Enthusiasmus bei der Sache. Jetzt allerdings wirkte sie alles andere als enthusiastisch. Ihre Miene war grimmig. Fast meinte Lena, eine schwarze Gewitterwolke über ihrem Kopf schweben zu sehen.

«Grüß dich, Vroni!»

«Hi, Lena! Ich muss mit dir reden», platzte Vroni heraus, noch bevor Lena die Tür zum Büro aufgesperrt hatte.

«Was gibt's denn?»

«Ich bin total sauer auf den Andi.» Vroni stürmte noch vor Lena ins Büro.

Überrascht hob Lena die Brauen. «Wieso denn?» Soweit sie

wusste, war Andi Kornbichler bei der Jugend recht beliebt. Sie schloss die Tür und setzte sich auf die Schreibtischkante.

«Ihr habt doch jetzt bald die Nachtübung, und einige von uns dürfen schon dabei sein, aber ich nicht!»

«Du bist doch erst ein paar Wochen dabei, Vroni ...»

«Aber der Strobl Hannes auch! Er hat mit mir angefangen, und er darf schon mitmachen.» Vroni blies sich eine Haarsträhne aus dem Gesicht. Sie war ein großes, hübsches Mädchen mit einem kräftigen toffeefarbenen Haarschopf und Sommersprossen. Ihre dunklen Augen blitzten zornig. «Das macht Andi nur, weil ich ein Mädchen bin.»

Lena zog zweifelnd die Nase kraus. «Das kann ich mir nicht vorstellen.» Zugegebenermaßen war Andi zwar nicht besonders freigeistig, was dieses Thema anbelangte, aber er würde es nicht wagen, das einzige Mädchen in seiner Gruppe offen zu diskriminieren. Schon gar nicht, wenn sie die Enkelin des Bürgermeisters war.

«Doch. Ich weiß es.»

«Woher? Hat er das gesagt?»

«Nein. Aber letztens hat der Hannes, der Idiot, einen Witz auf Kosten von Frauen gemacht, und Andi hat mitgelacht. Ich hab's gesehen.» Vronis Miene verdüsterte sich noch mehr. Ihre dichten, dunklen Augenbrauen zogen sich so eng zusammen, dass sie Frida Kahlo glich.

«Was war das denn für ein Witz?», wollte Lena wissen.

Vroni verdrehte die Augen und zitierte mit tiefer Stimme: «Google ist definitiv weiblich. Es macht dir schon Vorschläge, bevor du deinen Satz beendet hast. Ha, ha, ha ...» Sie steckte sich zwei Finger in den Mund und deutete an, sich übergeben zu müssen.

Wider Willen musste Lena lächeln. «Also mit Google verglichen zu werden, finde ich eher schmeichelhaft. Ich wäre lieber

Google als jemand, der Schwierigkeiten hat, seinen Satz zu beenden.»

Vroni starrte sie an. «Das hätt ich zu ihm sagen sollen.»

«Leider fallen einem die guten Sachen immer erst später ein», räumte Lena ein. «Hast du mit dem Andi über deine Teilnahme bei der Übung geredet?»

«Ich hab Angst, dass das zickig rüberkommt», gab Vroni mit einem Achselzucken zu.

Eine Weile musterte Lena das Mädchen. «Zickig ist nur ein Wort, um Frauen kleinzuhalten», sagte sie dann. «Wenn dir was nicht passt, musst du es ansprechen.» Fast hätte sie gelacht, während sie das sagte. Sie hatte jahrelang eine Menge fauler Kompromisse mitgemacht, nur um nicht als zickig zu gelten. «Glaub mir, ich weiß das besser, als du denkst», fügte sie nach kurzem Zögern hinzu.

Langsam nickte Vroni, und ihre Zornesfalten glätteten sich. «Werd ich machen. Eigentlich passt's ja auch in der Gruppe. Die sind schon alle ganz in Ordnung. Also, alle außer dem Strobl Hannes. Der ist ein totaler Vollpfosten.»

«Solche gibt's doch immer. Zumindest meint man das. Und dann merkt man manchmal nach einer Weile, dass man sich in jemandem absolut getäuscht hat.» Unwillkürlich dachte sie an Ben, und ein leiser Stich durchzuckte sie. Was war das? Trauer? Bedauern? Gar Eifersucht? Rasch wischte sie die Gedanken beiseite.

Na, ich glaub nicht, dass mir das beim Hannes passieren wird.» Vroni schüttelte sich demonstrativ. «Einmal Vollpfosten, immer Vollpfosten.»

«Trotzdem müsst ihr zusammenhalten, wenn's drauf ankommt.»

«Das sagt der Andi auch immer.» Vroni schnaubte, dann fügte sie hoffnungsvoll hinzu: «Vielleicht hält der Hannes die

Anwärterzeit ja nicht durch, dann muss ich auch nicht mit ihm auf einen Einsatz. Ich hab ihm schon geraten, doch lieber zu den Schützen zu gehen oder zur Feuerwehr, aber das macht er beides schon. Und trotzdem muss der Depp unbedingt auch noch zur Bergwacht.» Sie rollte mit den Augen und seufzte tief angesichts ihres schweren Loses.

Nachdem Vroni sich einigermaßen besänftigt verabschiedet hatte, schaltete Lena den Computer ein und setzte sich davor. Sie musste unbedingt mit den Kollegen aus Garmisch und Tirol die Vorbereitungen zum Trail nächste Woche besprechen und die kommenden Mitgliedertreffen organisieren. Das war Basis ihrer gemeinsamen Arbeit und eine ihrer Hauptaufgaben jetzt als Leiterin der Bergwacht. Doch sie konnte sich nicht konzentrieren. Immer wieder schweifte ihr Blick ab, hinaus auf den Dorfplatz. Hinter den Häusern und der Kirche erhob sich die bewaldete Kuppe des Rabensteins. Dort oben zwischen den Bäumen, von hier aus nicht sichtbar, befand sich die Vogelwarte und das Pförtnerhaus, in dem Ben Fellner wohnte. Der Gedanke an Ben lag ihr im Magen, und das nicht erst, seit sie gestern erneut seiner Freundin begegnet war. In den letzten beiden Monaten hatte sie ihn nicht mehr getroffen. Ein paar Mal hatte sie ihn oder seinen Range Rover im Dorf gesehen; im kleinen Bichlbrunn war es fast unmöglich, sich komplett aus dem Weg zu gehen, doch mit ihm gesprochen hatte sie nicht. In die Bongo-Bar war er auch nicht mehr gekommen, zumindest nicht, wenn sie dort gewesen war. Sie hatte Mike nach Ben gefragt, ziemlich unauffällig, wie sie hoffte, eher so nebenbei, hatte wissen wollen, ob er vielleicht mit ihm über einen weiteren Auftritt gesprochen habe, doch Mike hatte betrübt mit den Schultern gezuckt. «Ich hab ihn gefragt, als er letztens mal auf ein Bier bei mir war, aber er wollte nichts davon wissen. Das eine Mal hat ihm schon gereicht, hat er gesagt.» Lena hatte nicht weiter nachgefragt. Sie wusste genau, was Ben damit gemeint hatte.

Sie versuchte, sich vorzustellen, wie Ben mit Victoria seinen Geburtstag gefeiert hatte. Hatte es eine Party gegeben? Waren womöglich noch mehr Gäste aus München da gewesen? Oder hatten er und Victoria ganz alleine gefeiert, in trauter Zweisamkeit, romantisch, bei Kerzenlicht? Unwirsch wandte Lena den Blick vom Fenster ab. Weshalb versuchte sie sich das überhaupt vorzustellen? Das war doch alles Schwachsinn. Sollte er doch feiern, wie und mit wem er wollte, verflucht. Sie hatte achtzehn Jahre nichts mit ihm zu schaffen gehabt, und so würde es auch in der Zukunft bleiben. «Himmelherrgottnocheins, reiß dich mal zusammen!», sagte sie laut.

«Entschuldigung! Ich habe angeklopft.»

Erschrocken fuhr Lena zusammen und drehte sich zur Tür um. Dort stand Jonas in Polizeiuniform – die Bichlbrunner Außenstelle der Garmischer Polizei hatte ihr Büro wie die Bergwacht und die Dorfbücherei hier im weitläufigen alten Gemäuer des Rathauses.

Lena spürte, wie sie vor Verlegenheit rot wurde. «Alles gut. Komm rein.»

«Ich wollte nur noch mal mit dir wegen der Gemeinderatssitzung heute Abend reden.» Jonas trat näher. «Die Leute im Ort sind ziemlich aufgeregt deswegen. Gestern bin ich in den Dorfwirt gerufen worden wegen einer Schlägerei. Zwei Typen aus dem Sägewerk haben sich doch tatsächlich wegen des geplanten Hotelprojekts so in die Haare gekriegt, dass einer dem anderen zwei Zähne ausgeschlagen hat.» Er sah sie an. «Was hast du für ein Gefühl? Wie wird's ausgehen?»

«Keine Ahnung. Ich kann noch nicht mal sagen, wie Andi und Jack abstimmen werden.»

Betrübt nickte Jonas. «So ein Mist, dass wir die Erklärung der Bergwacht nicht zustande bekommen haben.»

Der Bürgermeister Ludwig Ramsauer hatte im Vorfeld eine gemeinsame Erklärung der Bergwacht gegen den Hotelbau im Naturschutzgebiet Rabensteiner Forst angeregt, doch weil Jack Reiter der Schwager des Hauptinitiators Erich Habacher war und damals noch in dessen Sägewerk gearbeitet hatte, war eine solche Erklärung nicht möglich gewesen. Inzwischen hatte sich der Sachverhalt zwar geändert, Jack Reiter hatte nach der Trennung von seiner Frau im Sägewerk gekündigt und seine alte Arbeit als Schreiner wieder aufgenommen. Aber Lena und ihre Kameraden waren sich einig gewesen, dass sie Jack in dieser Situation nicht in Zugzwang bringen wollten.

Andi Kornbichler, der wie Jack im Gemeinderat saß und heute Abend ebenfalls über die geplante Satzungsänderung abstimmen würde, mit der das Projekt auf den Weg gebracht werden sollte, hatte sich bisher auch bedeckt gehalten. Aus Lenas Sicht war es absolut unverantwortlich, in einem so sensiblen Gebiet zu bauen und dafür einen Teil des Waldes abzuholzen, der als Lawinenschutz diente. Trotzdem war nicht klar, wie die beiden abstimmen würden. Ebenso wenig wie die anderen Mitglieder des Gemeinderats. Die Stimmung im Dorf war gespalten. Während die einen Lenas Ansicht teilten, waren die anderen der Meinung, das geplante Sporthotel täte der Region gut und schaffe Arbeitsplätze – auch für die jungen Leute im Ort –, ein Argument, das vielen einleuchtete, weil immer mehr Familien aus der Region abwanderten. Dies hatte allerdings viele Gründe, angefangen bei den hohen Mieten und der Tatsache, dass es Arbeitsplätze eben nur in der Gastronomie und im Tourismus gab, woran der Bau dieses riesigen Hotelkomplexes nichts würde ändern können.

«Wirst du etwas dazu sagen?», wollte Jonas wissen.

Lena nickte. «Ludwig hat mich um eine Stellungnahme gebeten.» Sie öffnete ihr Mailprogramm und suchte die Einladung zur Gemeinderatssitzung. «Die Investorengruppe wird auch da sein», erklärte sie, nachdem sie die Tagesordnungspunkte noch einmal überflogen hatte. «Der Konzern, der diesen Powerdrink mit irgendwelchen Superpowerkräutern herstellt, auf den grad alle so abfliegen, grün und hip und alles angeblich ganz fair.» Achselzuckend öffnete sie das Informationsblatt, das die Sekretärin des Bürgermeisters mitgeschickt hatte. «Zu dem Konzern gehört auch eine Eventagentur, *Crazy Heroes Mountain Experience*.» Stirnrunzelnd überflog sie deren Beschreibung. «Das sind die Leute, die den Trail nächste Woche organisieren.»

Jonas verdrehte die Augen. Zu dieser Veranstaltung hatte es im Frühjahr bei der Genehmigungsanfrage schon einige Diskussionen gegeben. Geplant war ein Megaevent, bei dem unter anderem auf den Teufelskopf gelaufen werden sollte, über eine Route unweit des Rupertisteigs. Das hatte die Bergwacht Bichlbrunn damals scharf kritisiert. Von ähnlichen Events rund um oder sogar auf die Zugspitze wussten sie, dass die Läufer meist nur in Turnschuhen und leichter Laufkleidung unterwegs waren. Dafür war das Gelände zu gefährlich, doch sie waren nicht gehört worden. Solche Bergläufe waren in Mode, es gab viele zahlungskräftige Sponsoren, vor allem Sportartikelhersteller, und eine große Community, die das ganze Sommerhalbjahr an ähnlichen Veranstaltungen auf der ganzen Welt teilnahmen. Einer der anspruchsvollsten Bergmarathons wurde am Montblanc ausgetragen. Lena hatte dort in ihrer Zeit in Chamonix als Helferin an einem der Streckenposten gearbeitet und die örtliche Bergwacht unterstützt. Alain, ihr damaliger Freund, war ein Fan von diesen Veranstaltungen gewesen, er war regelmäßig die rund 170 Kilometer mitgelaufen, wenn er nicht gerade auf Expedition irgendwo anders unterwegs gewesen war. Lena konnte diesen Bergmarathons nichts abgewinnen. Sie hatte kein Problem mit sportlichen Herausforderungen, die einen an seine Grenzen brachten, aber der krasse Wettbewerbscharakter solcher Läufe stieß sie ab. Für sie waren die Berge Kraftorte, denen mit Respekt und Demut zu begegnen war. Sie zu einem bloßen Sportgerät zu degradieren, um den eigenen Ehrgeiz zu befriedigen, verachtete sie. Das hatte damals regelmäßig zu heftigen Diskussionen mit Alain geführt.

Bei dem geplanten Event in einer Woche war die gesamte Bergwacht der Region im Einsatz, die Garmischer und sogar die Tiroler Kollegen würden ihre Truppe unterstützen und die Streckenposten besetzen, um entkräftete oder auch verunglückte Teilnehmer sicher ins Tal zu bringen. Manchmal mussten die Läufer auch vor sich selbst geschützt werden, da sie sich in eine regelrechte Trance liefen und gar nicht mehr bemerkten, dass sie längst am Ende ihrer Kräfte waren. Es hatte schon ein paar tragische Fälle gegeben, bei denen sich die Läufer buchstäblich zu Tode gelaufen hatten.

«Crazy Heroes», wiederholte Jonas laut und schüttelte den Kopf. «Verrückte Helden, das klingt schon irgendwie übel. Und die sind an dem Hotel beteiligt?»

Lena nickte. «Es soll eine Art Stützpunkt für *besondere Erfahrungen* werden.» Sie malte mit Zeige- und Mittelfinger Gänsefüßchen in die Luft. «Das letzte Abenteuer. Die Berge als Kampfarena. Und danach Wellness.» Lena schnaubte wütend. Sie hatte miterlebt, wie den Bergen Gewalt angetan wurde, hatte die Müllberge am Rande der Route auf den Mount Everest gesehen, die Ignoranz und den Egoismus vieler Bergsteiger, und verabscheute diesen Zirkus zutiefst. Es war vermutlich das Erbe ihrer Kindheit auf der Alm, dass diese

Art von Freizeitvergnügen sie so wütend machte. Franz, dem diese Entwicklung zwar auch nicht behagte, hatte ihr schon oft geraten, etwas gelassener damit umzugehen, doch es war ihr nicht möglich. Es verursachte ihr fast körperliche Schmerzen, mitanzusehen, wie Berggipfel überall auf der Welt überrannt wurden und die grandiose Landschaft nur noch als Kulisse für Instagram-Fotos wahrgenommen wurde.

«Ich werde diesen Typen meine Meinung sagen, darauf kannst du dich verlassen», knurrte sie und schloss die Seiten auf ihrem PC.

«Das werde ich mir auf alle Fälle ansehen.» Jonas lachte auf. «Wenn ich einer dieser Investoren wäre, hätte ich Angst vor dir.»

«Tatsächlich?»

«Oh ja. Du kannst ganz schön furchterregend sein, wenn du sauer bist.»

«Das nehm ich mal als Kompliment.» Lena grinste.

Nachdem Jonas sich wieder verabschiedet hatte, kümmerte sich Lena um die anstehenden Aufgaben, schrieb ein paar Mails an ihre Garmischer und Tiroler Kollegen, überprüfte die Einsatzpläne und tüftelte am PC an der Verteilung der Streckenposten auf dem Trailgelände, um die entsprechende Logistik planen zu können. Zum Schluss feilte sie noch ein wenig an ihrer Stellungnahme für den Abend, dann fuhr sie nach Hause.

Ihre Wohnung war klein und nicht besonders ordentlich. So strukturiert Lena in der Arbeit sein konnte, so chaotisch war sie oft in anderen Dingen. Ihr Wohnzimmer glich einer gemütlichen grünen Dschungelhöhle, die von einem großen, hellen Südfenster begrenzt wurde. Zu Etienne und der Monstera aus Frankreich hatten sich im Laufe der letzten Jahre noch eine Menge weiterer Grünpflanzen gesellt, die das Licht und das Klima des Zimmers offensichtlich schätzten und eifrig wucherten. Der kleine Küchenbalkon war mit Kräutern und Kakteen so vollgestellt, dass nur noch Lenas rot lackierter Klappstuhl darauf Platz fand. Zeitschriften und Bücher lagen auf dem Sofa und dem Couchtisch herum, den honigfarbenen Holzboden davor bedeckte ein bunter Kelim, den sie aus dem Kaukasus mitgebracht hatte; das Bügelbrett samt Wäschekorb stand unbeachtet in der Ecke – Lena hasste Bügeln.

Seufzend plumpste sie auf eine freie Fläche auf dem Sofa und ließ den Blick über die ockerfarbenen Wände schweifen, wo viele gerahmte Fotos von ihren früheren Reisen und Expeditionen hingen. Die meisten waren auf irgendwelchen Gipfeln geschossen worden, in Biwakzelten, an Felswänden. Auf den meisten lächelte sie unter Helm, Kapuze, Sonnen- oder Skibrille.

Über dem Fernseher thronte eine aufwendig geschnitzte und bemalte balinesische Maske an der Wand, der Affenkönig. Eine alte Frau, bei der sie vor zehn Jahren auf Bali eine Weile gewohnt hatte, hatte ihr die Maske zum Abschied mit den Worten geschenkt: «Du bist wie er, rastlos und unerschrocken, mit großem Mut, merkwürdigem Humor und manchmal überraschender Weisheit.» Als sie Alex später diese Geschichte erzählt hatte, hatte diese nur trocken gemeint, das mit der Weisheit fände sie doch sehr fraglich.

Lena musterte die Maske, und plötzlich fragte sie sich, ob die Zuschreibung der alten Frau damals tatsächlich gestimmt hatte – von der Weisheit, die sie wie Alex von Anfang an angezweifelt hatte, einmal abgesehen. War sie tatsächlich rastlos, unerschrocken, mutig? Ja, sie war es wohl gewesen, damals. Inzwischen hatte sich zumindest die Rastlosigkeit gelegt. Doch was war mit ihrem Mut, mit der spontanen Unbekümmertheit, mit der sie früher die Dinge einfach angepackt hatte, ohne lange zu überlegen? Waren diese Eigenschaften noch vorhanden, oder waren sie mit den Jahren verblasst wie die Farben auf einem alten Foto?

Noch einmal glitt ihr Blick über die Fotos an der Wand, dann sprang sie auf und ging in ihr kleines, leuchtend blau gestrichenes Schlafzimmer.

Sie zog eine staubige Schuhschachtel unter dem Bett hervor, trug sie zurück ins Wohnzimmer und setzte sich damit auf das Sofa. Bedächtig hob sie den Deckel. In dem Karton waren die älteren Bilder verwahrt, die es nicht in Rahmen und an die Zimmerwände geschafft hatten: Fotos von ihr als Kind auf der Alm, Klassenfotos und unzählige Schnappschüsse von ihren Reisen um die halbe Welt. Sie sah sie mit einem etwas wehmütigen Lächeln durch, erinnerte sich an fast alle Orte, an denen sie aufgenommen worden waren, an die Gerüche, Geräusche und die Menschen, denen sie begegnet war und die sie längst vergessen geglaubt hatte. Ein Foto ließ sie innehalten. Es zeigte sie nicht an irgendeinem exotischen Ort oder beim Spazierengehen mit den Elefanten in Thailand, auch nicht in Bali oder Tibet, sondern in Südfrankreich, in einem Dorf irgendwo in der Provence, während eines Urlaubs, als sie schon in Chamonix gewohnt hatte. Auf dem Bild trug sie ein weites, auffällig geblümtes Sommerkleid, eine Sonnenbrille und einen riesigen Strohhut, und sie sah damit so anders aus als heute, dass sie sich fast nicht wiedererkannt hätte.

Das Kleid hatte sie selbst genäht. Eine Freundin aus Chamonix hatte ihr das Nähen beigebracht. Gemeinsam hatten sie viele verrückte Dinge geschneidert, bunte, weit schwingende Röcke, zarte Blusen mit flatternden Ärmeln, Tops und enge

Kleider in auffallenden Farben, klatschmohnrot und wiesengrün, orange gestreift, blau gepunktet ... Sie ließ das Foto sinken und sah an sich hinunter. Jeans und ein einfaches T-Shirt. Wie jeden Tag. Praktisch und vollkommen unspektakulär. Natürlich war es sinnvoll, sich so zu kleiden, wenn man viel in den Bergen unterwegs war und ständig mit einem Einsatz rechnen musste, aber mittlerweile trug Lena nur noch diese Art von Kleidung, nichts anderes mehr.

Sie dachte an das flatternde weiße Kleid von Bens Freundin, an die Leichtigkeit und Frische, die Victoria umgeben hatte, und an deren Blick, als sie Lena gemustert hatte. Sie dachte an ihr Gespräch heute Vormittag mit Vroni Steiger, bei dem sie dem Mädchen kluge Ratschläge gegeben hatte, und ihr wurde klar, dass sie diese selbst jahrelang ignoriert hatte. Lena warf einen Blick zu dem Affenkönig. Es hatte auch etwas mit Mut zu tun, wie man sich kleidete. Bei ihr jedenfalls. Seit ihrem Eintritt in die Bergwacht vor knapp sechs Jahren war sie so bemüht gewesen, nicht anzuecken, sich richtig zu verhalten, ihrem Vater alle Ehre zu machen und nur ja nicht «zickig» rüberzukommen, dass sie tatsächlich vergessen hatte, wie gerne sie früher bunte Farben, Hüte, auffallende Kleider und ausgefallene Schuhe gemocht hatte. Sie hatte sich eine Uniform zugelegt und sich selbst praktisch unsichtbar gemacht, als ob nicht beides möglich wäre: bei der Bergwacht zu sein *und* Freude an bunten Stoffen und Kleidern zu haben. Und sie wollte einer jungen, selbstbewussten Frau wie Vroni Steiger Ratschläge in Sachen weiblicher Courage erteilen? Wo es ihr seit Jahren nicht einmal gelungen war, eines ihrer früher so geliebten auffallenden Kleider zu tragen, geschweige denn sich etwas Verrücktes, Neues zuzulegen, aus Angst, im Dorf oder bei ihren Kollegen negativ aufzufallen? Sie legte das Foto auf den niedrigen Sofatisch und stand auf. Im Keller stand noch eine Umzugskiste mit Kleidung, Sachen, von denen sie ausgegangen war, sie hier nicht mehr zu brauchen. Schisserin, die sie war.

2

Ben erwachte bei Sonnenaufgang. Die ersten Sonnenstrahlen krochen gerade über die Bergspitzen und glitzerten durch die Äste der Kiefern hindurch. Die Luft war kühl und die Außenseite der Schlafsäcke nass von der Feuchtigkeit der Nacht. Victoria lag seitlich abgewandt auf seinem Arm und schlief tief und fest. Sie wachte nicht einmal auf, als er den Arm vorsichtig unter ihrem Kopf herauszog und aus dem wärmenden Kokon ihrer miteinander verbundenen Schlafsäcke kroch. Sie seufzte nur leise und rollte sich weiter zusammen. Hilde allerdings spitzte sofort die Ohren, als sie bemerkte, dass er wach war. Sie hatte es sich am Fußende bequem gemacht und streckte sich erst hingebungsvoll, bevor sie schwanzwedelnd auf Ben zukam, um ihm einen guten Morgen zu wünschen. Er kraulte sie kurz am Kopf, dann ging er barfuß durch das taufeuchte Gras zu einem Stein am Rand des Plateaus und setzte sich.

Dünne Nebelschleier lagen noch über Bichlbrunn und dem ganzen Tal, während die Bergspitzen langsam im Licht der Sonne erstrahlten. Hilde, die ihm gefolgt war, setzte sich neben ihn. Sie gähnte erst ausgiebig und sah ihn dann erwartungsvoll an. Doch als ihr klar wurde, dass noch nichts weiter geboten wurde, trottete sie wieder zurück und legte sich neben Victoria auf den Schlafsack, dorthin, wo er gerade aufgestanden war.

Ben beobachtete lächelnd, wie Hilde sich ihrer ganzen Länge nach ausstreckte, bis sich ihr Kopf auf der Höhe von Victorias kastanienbraunem Haarschopf befand, der aus dem Schlafsack hervorlugte. Wenn sie aufwachte und ihr statt seiner ein zottiges Hundegesicht gegenüberlag und ihr zublinzelte, würde sie vermutlich einen Schrecken bekommen. Sein Lächeln gefror, als ihm bewusst wurde, was in der Nacht vorgefallen war.

Sie hatten miteinander geschlafen. Ohne sich über die Konsequenzen Gedanken zu machen, hatte er sich hinreißen lassen.

Ben schloss die Augen und stöhnte leise. Er war so ein verfluchter Idiot. Hätte er sich nicht beherrschen, zurückhalten, auf Distanz bleiben können, wie er es sich vorgenommen hatte? Wenigstens so lange, bis er sich im Klaren darüber war, was Victoria bezweckte oder, noch wichtiger, was er selbst wollte? Er schüttelte den Kopf. Sich diese Fragen zu stellen, war völlig überflüssig, denn er wusste die Antworten bereits. Zumindest zwei davon: Nein, offensichtlich hatte er sich nicht zurückhalten können. Und natürlich wusste er, was Victoria wollte. Sie hatte es ihm gesagt, mit Worten, mit Blicken, mit einer Eisbombe, die an alte Zeiten erinnerte, und dem Kauf einer Wanderausrüstung. Doch das war nicht entscheidend, solange er auf die dritte Frage keine Antwort wusste: Was zum Teufel wollte er? Er sah hinunter auf Bichlbrunn, das nun langsam aus dem Nebel erwachte.

«Es war scheiße», sagte er, an das noch im Schatten liegende Tal gewandt. «Die ganze Beziehung war am Ende völlig verkorkst.»

«Aber am Anfang nicht», flüsterte ihm eine leise Stimme in seinem Kopf zu.

«Sie hat mich sitzen lassen, als es mir richtig mies ging», erwiderte er.

«Du hattest es verdient», kam prompt die Antwort.

«Und wenn schon, wir passen nicht zusammen!», schleuderte er dem Tal entgegen.

«Menschen können sich ändern. Du hast dich geändert, warum sie nicht auch?»

Darauf wusste er nichts mehr zu erwidern. Stumm sah er auf sein Heimatdorf hinab, das er voller Zorn verlassen hatte mit dem festen Vorsatz, nie wieder hierher zurückzukehren, und das ihn offenbar doch nie losgelassen hatte. Er hatte sich Ruhe erhofft, hatte gehofft, Frieden mit sich und seiner Vergangenheit schließen und neu anfangen zu können, aber das Leben war offensichtlich nicht einverstanden mit seinen Plänen. Bichlbrunn ließ ihn nicht zur Ruhe kommen, Victoria auch nicht. Victoria ... die letzte Nacht ... Es war schön gewesen, und ihm wurde klar, dass ein Teil von ihm nie aufgehört hatte, Victoria zu lieben. Aber er wusste nicht, ob dieser Teil groß genug war, um sich auf ein neues Abenteuer mit ihr einzulassen. Ob *er* stark genug dafür war.

Etwas traf ihn am Kopf.

«Au!» Ein Kiefernzapfen kullerte ihm vor die Füße, und er drehte sich um. Victoria war aufgewacht. Sie saß auf ihrem Lager, mit zerzausten Haaren, in den Schlafsack gewickelt, und klaubte Kiefernzapfen vom Boden auf.

«Guten Morgen!», rief sie und hob die Hand mit einem Zapfen. «Wie heißen die Dinger noch mal auf Zwergisch?»

«Buggasla», sagte er lächelnd und wich einem weiteren Wurfgeschoss aus.

«Kannst du noch mehr Zwergisch?», rief sie kichernd. «Das klingt richtig sexy!»

Als sie sich anschickte, einen dritten Zapfen nach ihm zu werfen, sprang er auf und ging mit drohender Miene auf sie zu. «Ich werd dir gleich ein paar zwergische Schimpfwörter beibringen», rief er, während sie lachend versuchte, aus dem Schlafsack zu krabbeln.

Doch sie war nicht schnell genug, und er stürzte sich auf sie.

Prustend wälzten sie sich am Boden, und als sie schließlich innehielten und er ihr Gesicht betrachtete, das ihm noch immer so vertraut war, dachte er, dass er vielleicht doch stark genug sein könnte. Er beugte sich vor und küsste sie, schnell und ein wenig verlegen.

Sie lächelte ihn an, strich mit einem Finger über sein Gesicht, dann kroch sie unter seinen Armen heraus und fragte: «Was gibt's zum Frühstück?»

Sie verputzten den Rest ihres Proviants und tranken dazu Wasser aus dem Bach, ohne die gemeinsam verbrachte Nacht anzusprechen. Schließlich füllten sie ihre Wasserflaschen auf und packten die Sachen zusammen. Als sie fertig waren, verriet nichts außer ein bisschen zerdrücktes Gras, dass sie hier für eine Nacht ihr Lager aufgeschlagen hatten.

Für den Abstieg wählte Ben einen anderen Weg, der zwar ein gutes Stück länger war, dafür aber weniger steil. Außerdem führte er an der Blauen Gumpe vorbei. Sie wanderten gemächlich abwärts, über sonnenbeschienene Buckelwiesen und durch kühle Waldstücke, beide in Gedanken versunken. An der Blauen Gumpe machten sie kurz Rast. Victoria war begeistert und schoss eine Unmenge Fotos von sich und Ben und dem kleinen türkisfarbenen See am Fuße des Wasserfalls.

Kurz war Ben versucht, ihr zu erzählen, dass die Blaue Gumpe für ihn als Kind eine Zuflucht gewesen war, ein magischer Ort, an dem er ganz er selbst hatte sein können, doch aus irgendeinem unerfindlichen Grund zögerte er und behielt es schließlich doch für sich. Lena fiel ihm wieder ein, wie sie ihn damals beim Gitarrespielen ertappt hatte. In einem Winkel seiner Seele hatte sich noch lange danach die Überzeugung eingenistet, dass sie es gewesen war, die die Magie dieses Ortes zerstört hatte, obwohl ihm gleichzeitig klar gewesen war, dass dies nicht stimmte. Seine Wut war es gewesen. Ihr erschrockenes Gesicht von damals, ihre überstürzte Flucht – vor ihm! – hatten ihn jahrelang verfolgt. Nach dieser Begegnung war es erst einmal vorbei gewesen mit dem Gitarrenspiel und mit der Magie der Blauen Gumpe sowieso.

Ben und seine Mutter waren weggezogen. Und auch wenn der Fortgang aus Bichlbrunn, weg von seinem gewalttätigen Vater, einerseits eine Erlösung gewesen war, hatte sich ihm dieser Moment, das Zusammentreffen mit Lena hier, als eines der beschämendsten Ereignisse seines Lebens ins Gedächtnis eingebrannt. Er hatte versucht, dieses Gefühl endlich loszulassen, mit Lena ins Reine zu kommen, vor zwei Monaten, in der Bongo-Bar, doch sie hatte es nicht begriffen, oder ihr war es egal gewesen, jedenfalls war sie gegangen. So oder so, er hatte sich zum Affen gemacht. Vielleicht war der Versuch, Victoria hierherzubringen, an diesen Ort, ein neuerlicher Versuch, die Vergangenheit zu überschreiben, neue Erinnerungen an die Stelle dieser alten Geschichte zu setzen? Doch es funktionierte nicht.

«Kann man hier baden?», wollte Victoria wissen und sah sich fasziniert um.

«Schon», antwortete Ben einsilbig.

«Wunderbar!» Sie wollte sich ihr T-Shirt über den Kopf ziehen.

«Nein.» Ben schüttelte den Kopf.

«Warum nicht?» Erstaunt sah Victoria ihn an.

«Ich ... ich habe keine Zeit mehr, ich muss arbeiten. Lass uns ein andermal zurückkommen. Es ist nicht weit zur Vogelwarte, wenn wir den direkten Weg nehmen», stotterte Ben unbehaglich.

Victoria zog ihr Shirt glatt. «Ein andermal?», fragte sie leise. «Du möchtest also, dass ich wiederkomme?»

Ben gab keine Antwort. Der Zauber des Morgens oben auf der Anhöhe war zerstört, und es war seine Schuld. Er hätte nicht hierherkommen sollen. «Lass uns gehen», sagte er und hörte selbst, wie ungeduldig er plötzlich klang.

Den Rest des Weges gingen sie wieder schweigend, doch anders als zuvor war es jetzt ein befangenes Schweigen. Zwischen ihnen hatte sich eine Distanz aufgetan. Beim Pförtnerhaus angekommen, packte Victoria ihre Sachen in den Mini, der in der Mittagssonne glühte, und öffnete das Verdeck.

Ben stand etwas unbeholfen daneben und sah ihr dabei zu. Schließlich gab er sich einen Ruck. «Vicki ...», begann er und trat einen Schritt auf sie zu.

«Es war ein wunderschöner Ausflug», unterbrach ihn Victoria. «Und ... was passiert ist, beinhaltet keine Verpflichtung, wenn dir das Sorgen bereiten sollte.»

«Nein, Vicki ... ich fand es auch schön, es ist nur ...»

Victoria schüttelte den Kopf und legte ihm einen Finger auf die Lippen. «Alles ist gut. Ruf mich an, wenn du dich entschieden haben solltest, es noch mal mit uns beiden zu versuchen. Wenn nicht, dann leb wohl.» Sie küsste ihn sacht auf die Wange und stieg ein.

Wie betäubt sah Ben ihr nach, während sie wendete und davonfuhr.

3

Lena hatte sich fürs Erste einen knielangen Rock in A-Form ausgesucht, den sie selbst genäht hatte. Der breite, elastische Bund war leuchtend orangefarben, der Rock selbst moosgrün, mit einem auffallenden Muster aus kleinen Kästchen, Kreisen und Spiralen in Blau, Gelb und Dunkelrot, fast wie ein Hundertwassergemälde. Als sie sich damit auf ihr Fahrrad schwang, fühlte sie sich ungewohnt luftig und frei, und dieses Gefühl brachte Erinnerungen an die Vergangenheit zurück, an besondere Sommermomente, in denen sie diesen Rock getragen hatte. Abendliche Vespafahrten an der Costa Brava zusammen mit einem Urlaubsflirt, vertrödelte Nachmittage in einem Straßencafé in der Provence, durchtanzte Nächte am Strand von Goa, barfuß in einer Strandbar in Thailand, eine Tarantella auf einem Dorffest irgendwo im Hinterland von Sizilien ... Sie hatte diesen Rock bei unzähligen Gelegenheiten getragen, er war lange eines ihrer Lieblingsteile gewesen.

Einmal den Entschluss gefasst, hatte Lena nicht nur die Kiste mit den so lange verschmähten Kleidern hinauf in ihre Wohnung geschleppt, sondern auch die alte Nähmaschine wieder hervorgeholt, die unter einer grauen Stoffhaube versteckt im Kellerregal hinter Skiern, Schlitten und ausrangierten Möbeln ihr trauriges Dasein gefristet hatte. In der Wohnung hatte sie die alten, halb vergessenen Kleidungsstücke eines nach dem anderen aus der Kiste genommen, glatt gestrichen, mit einer Mischung aus Wehmut und Erstaunen betrachtet und sie dann auf Bügeln an die Wäscheleine auf dem Balkon zum Auslüften gehängt, damit der Geruch nach Staub und Mottenkugeln verflog.

Jetzt warf sie einen Blick nach oben: Ihr Balkon mit den flatternden bunten Stoffen über ihrer Kräuter- und Kakteensammlung sah unglaublich fröhlich aus, und sie freute sich schon darauf, all diese Kleidungsstücke wieder zum Leben zu erwecken und vielleicht sogar neue zu nähen, wenn sie dieses Handwerk nicht schon vollkommen verlernt hatte.

Während sie in die Pedale trat, umspielte die noch warme Abendluft ihre nackten Beine. Die Füße steckten in flachen weißen Sneakers. Sie trug ein schlichtes, ebenfalls weißes Shirt und hatte für den Abend eine alte Motorradjacke aus weichem Wildleder eingepackt, die sie ebenfalls in der Kiste gefunden hatte.

Trotz all der Leichtigkeit, die sie in diesem Moment erfüllte, war ihr auch etwas mulmig zumute bei dem Gedanken an die bevorstehende Gemeinderatssitzung. Für ihre Verhältnisse sah sie geradezu spektakulär auffallend aus. Normalerweise hätte sie wie immer Jeans getragen und vermutlich dem Anlass entsprechend eines der schlichten roten Polohemden, die sie mit dem gestickten Aufnäher, einem Edelweiß mit rotem Kreuz, als Bergwachtsmitglied auswies. Ihre übliche Uniform. Doch sie hatte sich bewusst dagegen entschieden. Für Vroni Steiger und für sich selbst. Ihre Meinung würde sie in einem flatternden bunten Rock ebenso deutlich zum Ausdruck bringen können wie in Jeans und Polohemd. Sie musste lächeln, als ihr klar wurde, wie albern das eigentlich war. Lag es an Bichlbrunn, wo alles als außergewöhnlich galt, was nicht so war wie «immer schon»? An der Bergwacht? An ihrem Vater und dem Bemühen, ihm nachzueifern? Wahrscheinlich an allem ein bisschen.

Als sie den Dorfplatz erreichte, ertönte hinter ihr ein lautes Hupen wie von einer Tröte. Noch in Gedanken versunken, zuckte sie zusammen und kam kurz ins Schlingern. Sie drehte sich um und sah, dass es Alex war, auf ihrer vanilleeisfarbenen Uralt-Vespa, einem Oldtimer aus den Fünfzigerjahren. Die Vespa war ein Geburtstagsgeschenk ihres Bruders gewesen. Wenn Mike nicht in der Bongo-Bar arbeitete, schraubte er mit Vorliebe an alten Autos und Motorrädern herum, zusammen mit einem Kumpel, der eine Autowerkstatt betrieb. Mike hatte die Vespa irgendwo in Italien aufgetrieben, verrostet und alles andere als fahrtüchtig, sie auseinandergenommen, repariert, wieder zusammengebaut und neu lackiert. Alex liebte ihre Vespa, auch wenn sie ihre Macken hatte und selten so funktionierte, wie sie sollte. Einer so alten Lady durfte man das durchgehen lassen, war Alex' Ansicht, und darin war sie mit ihrem Bruder einer Meinung, was selten genug vorkam.

Als Lena stehen blieb, knatterte Alex auf sie zu. «Hey!», rief sie und bremste neben ihr.

«Grüß dich.»

Alex trug stilecht einen cremefarbenen Jethelm ohne Visier und eine runde, verspiegelte Sonnenbrille, die sie jetzt abnahm. «Ich war grad unterwegs und hab bei dir vorbeigeschaut, weil ...» Sie stutzte und musterte Lena verblüfft. «Wie siehst du denn aus?»

«Wieso?» Lena machte ein unschuldiges Gesicht.

«Du trägst einen Rock! Und er ist total bunt.»

In gespieltem Erschrecken blickte Lena an sich hinunter. «Oh, mein Gott, stimmt! Wie ist das denn passiert?»

Alex sah sie streng an. «Verarsch mich nicht. Du trägst nie Röcke.» Sie kniff die Augen zusammen und musterte Lena genauer. «Hast du ein Date?»

Lena musste lachen. «Nein.»

«Was ist es dann?»

«Nichts. Ich hatte einfach nur mal ...», sie hob die Schultern, «Bock auf Rock.»

«Sehr witzig. Los, sag schon, wohin gehst du?»

Lena deutete auf das Rathaus. «Da rein. Total unromantisch. Heute ist doch die Gemeinderatssitzung, in der über das Hotel am Wiesanger entschieden wird. Ludwig hat mich gebeten, ihn im Namen der Bergwacht zu unterstützen, um dem Gemeinderat die Konsequenzen dieses Baus klarzumachen.»

«Ach.» Alex sah kein bisschen enttäuscht darüber aus, dass sich hinter Lenas Aufzug kein romantisches Date verbarg. Im Gegenteil, sie grinste und wirkte wie eine Katze, die an der Sahne geleckt hatte. «Dann ist ja alles klar.»

«Was ist klar?» Jetzt war Lena an der Reihe, Alex misstrauisch zu mustern.

«Ist Ben Fellner nicht auch zur Sitzung geladen?»

«Ja, schon, aber ich verstehe nicht ...» Da ging Lena auf, was Alex meinte. «Du denkst, ich habe wegen Ben einen Rock angezogen?» Sie sah Alex empört an und tippte sich an die Stirn. «Du spinnst wohl. Da würde ich ja lieber in Lumpen gehen!»

«Kein einziger Gedanke an Lady Raffaello und ihr weißes Kleid?»

«Hör auf!», fauchte Lena. «Du bist total auf dem Holzweg. Ben Fellner interessiert mich nicht die Bohne, und das weißt du!»

«Schon gut.» Alex hob beschwichtigend die Hände. «Ist ja auch egal. Du siehst so oder so toll aus und kannst ruhig öfter mal ein bisschen Bein zeigen. Geiles Teil, dieser Rock! Aber ich wollte dir eigentlich ganz was anderes erzählen. Weißt du, wer gestern bei uns in der Pension abgestiegen ist?» Ohne Lenas Antwort auf ihre ohnehin rhetorisch gemeinte Frage abzuwarten, beugte sich Alex zu ihr hinüber und raunte mit bedeutungsschwangerer Stimme: «Nora Demir.»

Lena runzelte die Stirn und kramte in ihrem Gedächtnis.

Irgendwoher kam ihr der Name bekannt vor. «Ist das nicht … eine Fußballspielerin?»

«Nicht eine, sondern *die* Fußballspielerin!», belehrte Alex sie. «Sie war die erste Frau, für die ein englischer Verein eine Ablöse in Millionenhöhe gezahlt hat! Danach hat sie mit ihrem Verein abgeräumt, was geht. Torschützenkönigin, Sportlerin des Jahres, ganz Großbritannien lag ihr zu Füßen. Nora Demir ist eine Ikone des Frauenfußballs!»

«Ah.» Lena war nur mäßig beeindruckt. Im Gegensatz zu Alex und ihrer Familie, allesamt glühende Fußballfans, konnte sie mit diesem Sport wenig anfangen. Es war ihr zu viel Gedöns um einen einzigen Ball. Darum kannte sie sich kaum aus. Alex hingegen hatte sich seit Längerem voll und ganz dem Frauenfußball verschrieben und war super informiert.

Allerdings klingelte jetzt sogar bei Lena etwas, und sie zog die Nase kraus. «Demir … Gab es da nicht irgendein Drama? Wann war das, letztes Jahr?»

«Vor zwei Jahren. Nora hatte einen furchtbaren Verkehrsunfall. Ihre Freundin Carrie Parker, auch eine Fußballerin, ist dabei gestorben. Nora selbst wurde so schwer verletzt, dass sie eine Weile im Koma lag. Anfangs hieß es, damit sei ihre Karriere beendet. Aber Nora ist eine Kämpferin, und sie hat sich davon nicht unterkriegen lassen.» Alex sah Lena vorwurfsvoll an. «Es gibt sogar eine Doku darüber. Auf Netflix. *Zurück ins Leben*. Sag bloß, du kennst die nicht?»

Lena schüttelte den Kopf. «Bist du dir total sicher, dass sie es ist?»

«Was willst du damit sagen?», fragte Alex empört. «Hältst du uns etwa für nicht gut genug? Wir sind vor Kurzem sogar ins Onlineverzeichnis *Charming B&Bs worldwide* aufgenommen worden.»

«Das meine ich doch gar nicht. Aber ich frage mich, was sie

in Bichlbrunn will. Wir sind ja hier nicht gerade der Hotspot für Prominente.»

«Ich weiß, weshalb sie hier ist!», erwiderte Alex mit triumphierender Miene. Sie rollte mit ihrer Vespa noch ein wenig näher an Lena heran und raunte in vertraulichem Ton: «Sie läuft beim Trail nächste Woche mit!»

«Echt?» Lena hob überrascht die Brauen. «Und das hat noch niemand mitbekommen?»

«Es ist noch ein Geheimnis. Aber mir hat sie es verraten. Ich hab sie nämlich sofort erkannt und drauf angesprochen, da konnt ich mich echt nicht beherrschen. Ich mein, hallo, Nora Demir steht vor mir? Ihre Reservierung lief über eine Agentur, aber dann hat sie sich ganz lässig mit ihrem eigenen Namen ins Meldeformular eingetragen! Da hab ich sie gefragt, wie sie auf Bichlbrunn und unsere Pension gekommen ist, so ganz beiläufig natürlich.»

Lena musste schmunzeln. Sie konnte sich schon vorstellen, wie «beiläufig» das vonstattengegangen war. Alex war der direkteste Mensch, den sie kannte.

«Sie will ihre Ruhe haben, bevor der ganze Zirkus losgeht, hat sie gesagt. Niemand soll wissen, dass sie bei uns wohnt. Und als ich dann gefragt habe, von welchem Zirkus sie spricht, hat sie mir verraten, dass dieser Trail nächste Woche ihr Comeback in der Sportlerwelt werden soll! Aber alles ist noch ganz geheim, jedenfalls so lange, bis es offiziell verkündet wird.»

«Und trotzdem erzählst du's sofort mir?» Lena grinste.

«Klar, aber eben nur dir. Wir sind Freundinnen, und du kannst dichthalten. Außerdem kenne ich niemanden, der so ignorant in Bezug auf Fußball ist wie du. Wenn ich es Mike erzählen würde, würde der glatt einen Demir-Burger kreieren.»

«Danke auch», erwiderte Lena trocken. «Und wann wird das bekannt gegeben?»

«Keine Ahnung.» Alex zuckte mit den Schultern. «Da hab ich nicht nachgefragt. Man will ja nicht so neugierig sein. Sie wohnt in unserem neuen Tiny House und will auch nicht mit den anderen Gästen frühstücken. Ich werd sie so gut wie möglich in Ruhe lassen. Da kann sie sich drauf verlassen.»

Luis Stadler, Alex' Ex, hatte zusammen mit ein paar Kumpels in den letzten beiden Monaten endlich das lang ersehnte kleine Häuschen in den riesigen Garten der Pension Wildgruber gebaut. Alex hatte schon lange davon geträumt, ihren Gästen ein Tiny House anbieten zu können. Gleich nach der Fertigstellung hatte Lena es besichtigt. Es war schlichtweg bezaubernd. In Bullerbü-Rot gestrichen, mit weißen Fensterrahmen und einem Pultdach, mit Blick auf den verträumten Katzenbach und die Berge dahinter, stand es vor neugierigen Blicken verborgen hinter einem großen Brombeerstrauch. Das kleine Häuschen war mit allem ausgestattet, was man für ein Ferienapartment brauchte. Jeder Quadratzentimeter war genutzt, und es gab sogar ein Badezimmer. Lena wäre am liebsten selbst dort eingezogen, ebenso wie Emma, die gemeinsame Tochter von Luis und Alex. Sie hatte sich während der Führung durch das Häuschen auf das Bett unter dem Dach geworfen und zu ihrer Mutter gemeint: «Ich freu mich schon auf den Moment, in dem du mal zu mir sagst: Solange du deine Füße unter meinen Tisch stellst ... Dann weiß ich schon, wo ich hinziehe.» Emma war allerdings erst zwölf Jahre alt und zeigte gottlob bisher keine Anzeichen, sich zu jenem Pubertätsmonster zu entwickeln, vor dem Alex sich so fürchtete, weil sie früher selbst eins gewesen war.

«Wie lange bleibt deine Fußballikone denn?»

«Sie hat für zehn Tage gebucht.» Alex strahlte. «Sie sieht toll aus. Ihren coolen Haarschnitt hat sie aber leider nicht mehr, den Undercut, du erinnerst dich?»

Lena nickte, sie erinnerte sich vage. Nora Demir war vor einigen Jahren eine der am meisten fotografierten Frauen gewesen. Eine auffallende Erscheinung, hübsch, dunkelhaarig, mit diesem leicht punkigen Haarschnitt und einer etwas rotzigen Art zu sprechen. Eine Frau, die sich nichts gefallen ließ und auch genauso rüberkam.

«Die Haare sind länger, aber sonst top in Form. Ich glaub, sie hat ihren Unfall jetzt überwunden. Zumindest körperlich, wie's drinnen ausschaut, weiß man ja nicht ...»

Lena warf einen Blick auf ihre Uhr. «Du, tut mir leid, aber die Sitzung fängt gleich an», unterbrach sie ihre Freundin. «Können wir ein andermal weiterreden?»

«Klar!» Alex setzte ihre Sonnenbrille wieder auf, und Lena sah sich für einen Moment darin winzig klein gespiegelt. «Kommst du später noch in die Bongo-Bar?»

«Wenn's nicht allzu lange dauert, sicher. Vermutlich werde ich danach nach einem Bier lechzen.»

«Vielleicht brauchst auch was Stärkeres.» Alex verzog das Gesicht. «So wie ich diese Deppen kenne, werden sie geschlossen fürs Hotel stimmen. Die haben doch alle schon Dollarzeichen in den Augen, wenn sie nur dran denken.»

«Verschrei's nicht. Vielleicht gibt's ja doch noch ein paar Vernünftige.» Damit schwang Lena sich wieder aufs Rad.

Sie winkten einander zu, Alex knatterte weiter, und Lena fuhr die wenigen Meter zum Rathaus.

Im Foyer brummte es wie in einem Bienenstock. Die Sitzung würde öffentlich sein, und eine Menge Bichlbrunner hatten sich bereits versammelt und warteten, um von der Galerie aus zuzusehen. Lena kannte fast alle zumindest vom Sehen, sie nickte nach links und nach rechts, während sie sich einen Weg durch die Leute bahnte, die sich in Grüppchen leise unterhielten. Es lag eine Spannung in der Luft, die fast mit den Händen greifbar war.

Lena konnte den Bürgermeister gut verstehen, der kürzlich einmal zu ihr ins Bergwachtsbüro auf einen kleinen Ratsch gekommen war und ihr gestanden hatte, dass er sich am meisten um den Zusammenhalt im Dorf sorgte, sollte das Hotel verwirklicht werden. «Die Sache ist zu groß für Bichlbrunn», hatte er gesagt und tief geseufzt. «Selbst wenn sie nicht im Naturschutzgebiet, sondern woanders bauen würden, was soll unser kleiner Ort mit einem Hotel mit dreihundert Betten? Wo bringen wir die denn hier unter? Die werden ja nicht den ganzen Tag in ihrem Hotel sitzen. Sollen die alle zum Dorfwirt zum Essen gehen, oder was?» Lena und Ludwig Ramsauer verstanden sich recht gut, er war ein anständiger und umgänglicher Mensch, sofern man ihn nicht über die Gebühr reizte – dann konnte er ziemlich laut und schroff werden. Seine Sekretärin hatte es einmal treffend beschrieben: «Wenn der Ludwig sauer ist, kommt er mir vor wie ein wütender Ochse – und ich bin dann der Elektrozaun.» Heute war so ein Tag, an dem ein imaginärer Elektrozaun im Sitzungssaal nicht geschadet hätte. Nicht nur beim Bürgermeister, sondern auch bei allen anderen Anwesenden.

Lena hielt sich nicht bei den Wartenden auf, sie ging durch das Foyer und weiter bis zum Ende des Flurs, wo sich die Tür zum Sitzungssaal befand. Hier war es ruhiger. Die Zuschauer würden direkt vom Foyer über den ersten Stock in die Galerie geleitet, sie kamen nicht bis hierher. Lena atmete auf, als sie am Einwohnermeldeamt vorbeiging. Dann blieb sie abrupt stehen.

Da saß Ben Fellner, vornübergebeugt auf einem der Stühle

vor dem Sitzungssaal. Er hatte die Unterarme auf die Oberschenkel gestützt und las in einer Mappe, die er in den Händen hielt. Er hatte sich nicht in Schale geworfen für die Gemeinderäte, sondern trug Bergschuhe und seine offizielle «Rangeruniform», schwarze Cargohose und olivgrünes Shirt mit einem kleinen retromäßig rund gestalteten Aufdruck, auf dem unter der stilisierten Silhouette des Teufelskopfs *Ranger Naturerlebnisregion Bichlbrunn* stand. Dieses Logo gab es erst seit ein paar Wochen, Bürgermeister Ramsauer war besonders stolz darauf. Seine Tochter Vevi Steiger hatte es entworfen, und Ramsauer hatte verkündet, dass es sehr viel zeitgemäßer sei als die gängigen Logos anderer Gemeinden, die ja alle «total oldschool» seien. Lena vermutete stark, dass dies eher die Meinung seiner Tochter Vevi war, die schon ihren Hofladen entsprechend hip im Vintage-Style aufgepeppt hatte. Wörter wie «oldschool» kamen im Wortschatz von Ludwig Ramsauer normalerweise nicht vor. Trotzdem musste sie ihm recht geben. Bens Outfit sah überhaupt gut aus, was aber auch daran lag, dass Ben selbst gut aussah. Mit seinen breiten Schultern, dem Bart und den Tattoos war er eine eindrucksvolle Erscheinung, was Lena jetzt, nachdem sie ihn so lange nicht mehr gesehen hatte, wieder besonders auffiel. Sie überlegte, ob sie wieder umkehren und zurück ins Foyer gehen sollte, verwarf es wieder, weil es ihr albern vorkam. Sie war ja nicht auf der Flucht vor Ben Fellner. Das fehlte noch!

«Servus, Ben», sagte sie stattdessen.

Er hob den Kopf. «Lena.» Er nickte zur Begrüßung, mit distanzierter Miene.

«Äh ... alles Gute zum Geburtstag, nachträglich», stammelte sie, plötzlich verlegen.

Er hob die Brauen. «Woher weißt du, dass ich Geburtstag hatte?»

«Deine Freundin ... ich habe sie bei Paolo getroffen. Sie hat dort eine Eisbombe für dich abgeholt.»

«Ah.» Er nickte, schien noch etwas hinzufügen zu wollen, überlegte es sich dann aber offenbar anders und sagte stattdessen nur: «Danke.»

«Schön gefeiert?»

«Ja, wieso?» Ben kniff misstrauisch die Augen zusammen.

«Nur so ...» Lena wedelte unentschlossen mit den Armen. Was war nur mit ihr los, verflucht noch mal? Alle Leichtigkeit, die sie auf dem Weg hierher gefühlt hatte, war mit einem Schlag verflogen. Sie wünschte sich in ihre übliche Kleidung zurück, damit hätte sie sich vermutlich sicherer gefühlt. Der unselige Abend in der Bongo-Bar und die damit verbundene Erinnerung an den Tag an der Blauen Gumpe standen wie unüberwindbare Hindernisse zwischen ihnen. Sie konnte förmlich spüren, wie jedes ihrer Worte, jeder Versuch, eine unbefangene Konversation zu führen, an ihnen abprallte.

«Na, hoffentlich geht das heute gut aus», wechselte sie das Thema und deutete auf die Mappe in Bens Händen. «Bist bestimmt gut vorbereitet.»

Ben nickte nur stumm und senkte dann den Blick wieder demonstrativ auf seine Unterlagen.

Lena blieb unschlüssig stehen. Ich sollte gehen, mahnte sie sich. Ben hatte mehr als deutlich gemacht, dass er keine Lust hatte, mit ihr zu reden. Es war ganz einfach: die Tür öffnen und in den Sitzungssaal gehen. Sich setzen und auf die anderen warten. Doch sie tat nichts dergleichen. Stattdessen sah sie sich kurz um. Der Flur war menschenleer. In ein paar Minuten würden die Gemeinderäte und der Bürgermeister eintreffen. Damit wäre die Gelegenheit, Ben allein anzutreffen, wieder verstrichen, und sie hatte die Geschichte, die zwischen ihnen stand, wieder nicht aus der Welt schaffen können. Irgendwann würde es zu spät sein, es noch anzusprechen. Lena atmete tief ein und dachte an die Maske des Affenkönigs in ihrem Zimmer. Unerschrocken und mutig. Also jetzt. Sofort. Sie räusperte sich und strich sich mit ihren Händen über den Rock, dann platzte sie hastig heraus: «Es tut mir leid, letztes Mal in der Bongo-Bar, als du Gitarre gespielt hast! Ich bin nicht wegen dir gegangen, musst du wissen, sondern wegen Jack Reiter, wir hatten ein paar Probleme, und ich wollte ihm nicht begegnen. Ich wollte dir die ganze Zeit sagen, dass ich's kapiert habe ...»

Langsam hob Ben erneut den Kopf. Fast widerwillig, wie es schien. «Was kapiert?»

«Das Lied. *Lady D'Arbanville.* Ich hab verstanden, was du damit sagen wolltest.» Sie spürte, wie ihr heiß wurde. Ihre Wangen brannten, und sie unterdrückte nur mit Mühe den Reflex, sich einfach auf dem Absatz umzudrehen und zu gehen. «Ich weiß, dass ...», sie kam ins Stottern, sah zu Boden. «Es war meine Schuld, nicht deine, damals ... an der Blauen Gumpe. Ich hätte nicht ... hätte mich nicht so anschleichen dürfen ... Es tut mir leid. Alles.» Jetzt war es heraus. Sie hob den Kopf und sah ihn an.

Er erwiderte ihren Blick, verblüfft, wie ihr schien, dann legte er die Mappe weg, stand auf und trat einen Schritt auf sie zu. Sie spürte, wie ihr Herzschlag sich beschleunigte. Die Erinnerung war so schnell wieder da, als hätte sie am Rande ihres Bewusstseins nur auf diesen Moment gewartet: die schwüle Sommerhitze, die bedrückenden Gedanken am Todestag ihres Vaters, Ben mit der Gitarre dort an der Blauen Gumpe, seine Verletztheit und Wut, all die Gefühle, die sie damals geradezu überwältigt hatten. Sie sah in seinen Augen, dass es ihm genauso ging. Sie hatten die gleichen Bilder im Kopf. Es gab eine Verbindung zwischen ihnen, von der niemand sonst wusste, die nur ihnen gehörte.

«Lena …», begann er, und seine Stimme klang ein wenig heiser, doch in diesem Augenblick ertönte hinter ihr die dröhnende Stimme Ludwig Ramsauers.

«Grüß euch zwei. Gut, dass ihr schon da seid!» Schwere Schritte kamen auf sie zu, und dann stand Ludwig Ramsauer im Trachtenanzug und weißen Hemd zwischen ihnen.

Ben schloss den Mund, seine Miene wurde wieder so unverbindlich wie vorher.

Lena biss sich auf die Lippen. Sie wünschte, Ben hätte seinen Satz zu Ende sprechen können. Sie hätte gerne gewusst, was er hatte sagen wollen. Doch daran war nicht mehr zu denken. Der Bürgermeister sprach auf sie ein, sie hörte etwas von «Tagesordnung» und «PowerPoint-Präsentation», aber sie konnte nicht richtig folgen. Wie betäubt ging sie hinter Ramsauer und Ben in den Sitzungssaal, während sich die Galerie über ihnen langsam mit Menschen füllte.

Lena sah nach oben. Unter den Zuhörern erspähte sie ihre Bergwachtskollegen Ferdi und Jonas sowie Miri Gulbrandt, ein Redakteur vom Garmischer *Tagblatt* war ebenfalls anwesend und natürlich Erich Habacher, der Eigentümer des fraglichen Waldgrundstücks und Inhaber des Sägewerks, der am meisten von dem Bauprojekt profitieren würde. Er saß neben einem etwa fünfzigjährigen Mann mit grau meliertem Haar, den Lena nicht kannte. Er trug einen sportlich geschnittenen, blauen Anzug und ein am Kragen offenes Hemd. Der arrogante, leicht belustigte Gesichtsausdruck, mit dem er die laut diskutierenden Bichlbrunner um sich herum musterte, machte ihn Lena augenblicklich unsympathisch.

Es dauerte nicht lange, bis die drei Sitzreihen auf der Galerie voll waren. Und noch immer drängten Menschen nach, sie verteilten sich an der Wand entlang und an der Brüstung, bis irgendwann einer der Rathausangestellten einschritt und die Tür schloss.

Inzwischen waren auch die sechzehn Gemeinderatsmitglieder vollzählig, darunter Jack Reiter und Andi Kornbichler. Sie nickten Lena zu, die sich zusammen mit Ben auf die freigehaltenen Stühle links vom Platz des Bürgermeisters an den Tisch setzte, während der Gemeinderat an den U-förmig davor aufgestellten Tischen Platz nahm.

Während Ramsauer die Sitzung eröffnete und zunächst ein paar unwichtigere Dinge besprochen wurden, war sich Lena Bens Nähe so deutlich bewusst, dass sie fast versucht war, mit ihrem Stuhl etwas nach hinten wegzurutschen. Es erschien ihr geradezu ungehörig, so nah beieinanderzusitzen. Sie konnte die Wärme spüren, die Bens Körper ausstrahlte, nahm seinen Geruch nach frischer Luft, Holzrauch und irgendetwas Herbem wahr und wagte es nicht, den Kopf zu drehen und ihn anzusehen. Ihr war heiß, die Luft im Saal war aufgrund der vielen Menschen jetzt schon stickig, und sie hatte Schwierigkeiten, sich auf etwas anderes als auf Bens Gegenwart zu konzentrieren. Verflucht noch mal, rief sie sich innerlich zur Räson. Was ist los mit dir? Du stehst nicht auf Ben Fellner. Hast du noch nie getan. Und selbst wenn, hast du seine Freundin vergessen? Victoria-mit-dem-weißen-Kleid-und-dem-Champagner-Pistorius?

Als Ben plötzlich aufstand und sein Bein dabei ihr Knie streifte, zuckte sie zusammen. Sie hatte gar nicht mitbekommen, dass sie schon zum Haupttagesordnungspunkt des Abends gekommen waren. Ben war an der Reihe, seine Stellungnahme zu dem Projekt abzugeben.

Mit herausforderndem Blick in die Runde erklärte er, dass er zunächst eine allgemeine Stellungnahme zu dem geplanten Projekt unter dem Gesichtspunkt des Naturschutzes abzugeben gedachte und dann noch auf das Unbedenklichkeitsgutachten eingehen wolle, das die Investoren vorgelegt hatten. Letzteres verursachte bereits nervöses Gemurmel unter den Zuhörern rund um Erich Habacher, der offenbar davon ausgegangen war, dass der Inhalt dieses Gutachtens vertraulich behandelt werden würde. Stefan Stangassinger, einer der Gemeinderäte, meldete sich prompt.

«Wie kann es sein, dass dieses Gutachten nach außen gedrungen ist?», wollte er wissen. «Wo kommen wir denn da hin, wenn Hinz und Kunz ...»

«Mit Hinz und Kunz meinen Sie wohl die Bichlbrunner Bürger?», unterbrach ihn Ben mit provozierender Ruhe, was zustimmendes Geraune von der Tribüne nach sich zog. «Gibt es einen Grund, warum die Öffentlichkeit den Inhalt des Gutachtens nicht erfahren darf?»

«Nein, natürlich nicht», erwiderte Stangassinger hastig. «Ich meinte nur, nicht jeder versteht, wovon da die Rede ...» Der Rest des Satzes ging in empörten Rufen von der Tribüne unter.

«Was der Stangassinger versteht, kapieren wir schon lang», rief eine Frau, und mehrere Leute lachten.

Stangassinger, der den kleinen Supermarkt in Lenas Haus führte und den Ruf hatte, ein rechter *Gschaftlhuber*, also ein Wichtigtuer zu sein, wurde rot vor Zorn und schwieg.

Jetzt schaltete sich Ramsauer ein. «Eben weil die Materie kompliziert ist, haben wir ja auch unsere Experten in den Bereichen Naturschutz und Gefahrenabwehr eingeladen, Ben Fellner und Lena Veith, damit sie uns sagen, was für mögliche Probleme bei dem Projekt entstehen können.»

Zustimmendes Gemurmel war von einem großen Teil der Zuhörer auf der Tribüne zu hören, lediglich Habacher lachte bei dem Wort «Experten» verächtlich auf und flüsterte seinem Sitznachbarn etwas zu. Lena spürte, wie sie unwillkürlich ihre Hände zu Fäusten ballte.

Ben dagegen begann völlig unbeeindruckt von der gereizten Stimmung im Saal, die jetzt schon mit den Händen zu greifen war, mit seinen Ausführungen, wobei er von Anfang an keinen Zweifel daran ließ, was er von dem geplanten Projekt hielt: «Man muss sich klarmachen, dass jeder, der heute für dieses Hotelprojekt stimmt, billigend in Kauf nimmt, dass er das Dorf und seine Bewohner in erhebliche Gefahr bringt. Nicht nur durch Schneelawinen, die ohne den Schutzwald ungehindert bis ins bewohnte Gebiet gelangen werden, sondern auch durch Schlammlawinen und Murenabgänge. Das Territorium oberhalb des Wiesangers ist instabil, und nur ein Dummkopf käme auf die Idee, den einzigen Halt, den es dort gibt, den Wald, abzuholzen, um ein Hotel hinzustellen ...» Erneut ertönte ein Raunen, und spätestens jetzt war allen im Raum klar, dass das, was Ben zu sagen hatte, weit mehr war als eine höfliche Stellungnahme.

Es war ein flammender Appell an das Gewissen des gesamten Gemeinderats, und Ben scheute sich dabei nicht, die Dinge beim Namen zu nennen, sprach die einzelnen Mitglieder direkt an und beschrieb die möglichen Auswirkungen dieser «an Gier und Ignoranz kaum zu übertreffenden Schnapsidee» in drastischen Bildern. Alle, Lena eingeschlossen, lauschten Ben mit offenem Mund, während er dazu überging, das Gutachten Satz für Satz zu zerpflücken und jede einzelne Behauptung mit Gegenargumenten zu widerlegen. Er schloss mit dem Hinweis, dass seine Stellungnahme jederzeit für Hinz und Kunz einsehbar sei, und entnahm seinem Rucksack einen Stapel dünner Mappen, die er an die überraschten Gemeinderatsmitglieder verteilte.

Als er schließlich verstummte, noch einmal kurz in die

Runde nickte, ohne sich allerdings für die Aufmerksamkeit zu bedanken, wie es oft üblich war, oder irgendetwas anderes Verbindliches zu äußern, und sich wieder zu Lena setzte, war es für einen Moment vollkommen still im Saal.

Lena warf Ben einen raschen Blick zu. Seine Miene war finster und entschlossen. Er drehte sich nicht zu ihr, und sie wusste nicht, ob er ihren Blick überhaupt bemerkte. Wie schon bei seiner ersten Vorstellung gegenüber der Bergwacht im Juni hatte er auch jetzt keinerlei Anstrengung unternommen, in irgendeiner Weise sympathisch zu erscheinen und die Gemeinderäte auf seine Seite zu ziehen. Im Gegenteil. Jedem im Saal musste bereits bei seinen Eingangsworten klar geworden sein, dass mit diesem neuen Ranger nicht gut Kirschen essen war, zumindest dann nicht, wenn Belange des Naturschutzes zur Diskussion standen. Und jedes seiner Argumente war klar, fundiert und absolut überzeugend gewesen, fand zumindest Lena.

Im Grunde hatte sie dem nichts mehr hinzuzufügen. Sie hätte ihm gerne dafür gedankt, doch es blieb keine Zeit. Nachdem sie ihre Verblüffung überwunden hatten, begannen die Gegner des Hotelprojekts von der Tribüne herunter laut zu jubeln und zu klatschen, während die Befürworter mit finsterer Miene schwiegen. Lena riskierte einen Blick hinauf und sah Erich Habacher, der ganz vorne saß, mit verkniffenem Gesicht. Durch seine kleinen Schweinsäuglein starrte er hasserfüllt auf Ben Fellner hinunter. Lena, die wusste, wie nachtragend und unversöhnlich der Sägewerksbesitzer sein konnte, ahnte, dass Ben sich mit dieser Rede heute einen Feind fürs Leben gemacht hatte.

Als wieder Ruhe eingekehrt war, bat Ramsauer den Vertreter von Greeneagle – so lautete der blumige Name des Konzerns, der hinter den Investoren stand –, das Projekt noch einmal vorzustellen. Wie zu erwarten war, lobte der Mann mit einer PowerPoint-Präsentation seine Pläne in den höchsten Tönen und spielte die Gefahren für die Umwelt nicht nur herunter, sondern tat vielmehr so, als sei dieses Hotel so unglaublich nachhaltig und zertifiziert, dass es geradezu ein Segen für die Umwelt sei, es zu bauen. Auf Bens Stellungnahme ging er mit keinem Wort ein.

Nach seinem Vortrag erhob sich erneut erregtes Gemurmel unter den Zuschauern und Gemeinderäten, das Ramsauer schließlich mit einem lauten «Seids jetzt bitte ruhig!» unterband.

Jetzt war Lena an der Reihe.

Sie wollte schon aufstehen, doch der Bürgermeister bedeutete ihr mit einer Handbewegung, sitzen zu bleiben, räusperte sich und erklärte: «Die Investorengruppe hat mich kurzfristig gebeten, einen weiteren Beitrag anzuhören, da sich bei dem geplanten Projekt ein neuer, sehr positiver Aspekt ergeben hat, der noch nicht dargelegt worden ist ...» Er warf einen Blick auf seine Notizen. «Die *Crazy Heroes Mountain Experience Company*» – er räusperte sich erneut, sichtlich überfordert mit den englischen Begriffen, die in seinem starken bayerischen Dialekt ungewollt komisch wirkten – «also, das ist die Eventagentur, die an der Projektplanung ebenfalls beteiligt ist. Sie möchte uns etwas verkünden, das bisher noch unter Verschluss gehalten wurde, weil es vor allem in der Sportwelt für großes Aufsehen sorgen wird.» Wieder sah er auf seine Notizen. «Aber das wird uns gleich ein Mann erzählen, der selbst ein Großer in der Sportwelt ist, Bergsteiger, Kletterer, Extremsportler. Ich bitte Sie, den Leiter der Crazy-Heroes-Agentur zu begrüßen, Herrn Alain Rochat aus der Schweiz.»

Lena entfuhr ein lautes Keuchen. Sie glaubte, sich verhört zu haben. Alain? Rochat? *Das kann doch nicht wahr sein!* Sollte tatsächlich ihr Ex etwas mit diesem Hotelprojekt zu schaffen haben? Das war unmöglich. Es musste ein Zufall sein, sie hatte sich bestimmt verhört. Doch als die Tür aufging und sie den Mann erblickte, der nun den Saal betrat, wurde ihr klar, dass sie sich nicht verhört hatte. Vor ihnen allen stand Alain. Unverkennbar trotz stylish-sportlichen Jacketts und T-Shirt zu lässiger Jeans und Turnschuhen. Wie früher hatte er seine dunklen, lockigen Haare zu einem Pferdeschwanz gebunden und trug dieses spitzbübische, gewinnende Lächeln zur Schau, in das sich Lena einst verliebt hatte und von dem sie heute wusste, dass es nichts als Fassade war. Sie atmete scharf ein und spürte, wie ihr Körper sich versteifte.

Alain, der nicht besonders groß war, stellte sich rechts neben Ramsauer auf und wurde so von dessen wuchtiger Erscheinung aus Lenas Sicht halb verdeckt. Sie hätte sich vorbeugen müssen, um ihn anzusehen, was sie tunlichst vermied. Stattdessen starrte sie auf ihre Hände, die nervös verknotet auf der weißen Resopaltischplatte lagen, und versuchte, ihre Gedanken zu sortieren. Sie hatte keine Ahnung gehabt, dass Alain inzwischen eine Eventagentur leitete. Hatte er denn mit dem Profibergsteigen aufgehört?

«Bonjour und grüß Gott, liebe Bichlbrunner, sehr geehrter Herr Bürgermeister, die Herren Gemeinderäte. Es ist mir eine Ehre, hier vor Ihnen allen sprechen zu dürfen.»

Alain machte eine andeutungsweise Verbeugung, und Lena verzog das Gesicht. Dieser Schleimer. Er hatte sich kein bisschen verändert. Mit seinem charmanten, französischen Akzent stellte er sich kurz vor und erwähnte dabei wie nebenbei in täuschend echter Bescheidenheit seine Erfolge als Bergsteiger, kam dann auf die Agentur zu sprechen, die angeblich eine der größten und angesehensten ihrer Art im gesamten Alpenraum war, und ließ dann die Bombe platzen: «Ich bin sehr stolz, verkünden zu dürfen, dass die Crazy-Heroes-Agentur als Kooperationspartner in den europäischen Frauenfußball einsteigen wird.» Er machte eine dramatische Pause und hob dann theatralisch die Stimme: «Wir werden das geplante Hotel hier in Bichlbrunn zu einem dauerhaften internationalen Regenerations- und Trainingsstandort machen.»

Ein Raunen ging durch den Saal, gefolgt von erregtem Getuschel. Lena warf dem Bürgermeister einen fragenden Blick zu, doch dieser wirkte ebenso ahnungslos wie alle anderen Gemeindemitglieder im Raum.

«Bichlbrunn ist dafür perfekt geeignet», fuhr Alain fort, nachdem sich die Unruhe gelegt hatte und ihm wieder die ganze Aufmerksamkeit galt. «Die fantastische Natur, die relative Abgeschiedenheit des Tals, die es den Sportlerinnen leicht macht, abzuschalten und sich ganz auf sich selbst zu konzentrieren, und gleichzeitig die Nähe zu München machen diesen Ort zur idealen Wahl für uns und den Verband. Um dies zu unterstreichen, haben wir eine Ikone des deutschen Fußballs gewinnen können, für uns und dieses Projekt die Botschafterin zu sein. Ihr Kampf zurück ins Leben, den einige von Ihnen sicher im Fernsehen mitverfolgt haben, wird in einer Woche seinen vorläufigen Höhepunkt erreicht haben, wenn ...», er machte eine weitere gewichtige Pause, um seine pathetischen Worte sacken zu lassen, und fuhr dann fort: «... wenn unsere Topfußballerin Nora Demir ihr grandioses Comeback einläutet. Hier in Bichlbrunn, als Teilnehmerin des Crazy-Heroes-Trails auf den Teufelskopf, der *Black Devil Challenge.*» Bevor der Tumult bei den Zuhörern erneut losging, machte Alain eine beschwichtigende Handbewegung. «Ich bitte noch um einen Moment Ruhe, bevor wir diese wunderbare Neuigkeit zusammen feiern können, um noch etwas Persönliches loszuwerden.» Sein Blick wurde ernst, und die

Zuschauer warteten gespannt ab. «Ich kannte Bichlbrunn schon, lange bevor dieses Projekt im Gespräch war. Meine damalige Gefährtin, mit der ich einige Achttausender und viele andere Gipfel auf der ganzen Welt bestiegen habe, hat mir häufig von ihrem Heimatdorf erzählt, und es erschien mir damals schon als ein magischer Ort.» Er trat einen Schritt zurück und drehte sich zu Lena um.

Er hat mich also längst bemerkt, und nicht nur das. Er hat mich eingeplant!, dachte Lena, fassungslos darüber, wie weit seine Unverfrorenheit ging. Sie schaute ihn an, und er zeigte ihr dieses so gewinnende wie verhasste Lächeln. Alles in Lena gefror zu Eis. Sie wollte aufspringen und ihm den Mund verbieten, aber sie war so sprachlos vor Entsetzen, dass sie sich nicht zu rühren vermochte, während Alain mit scheinbar ergriffener Stimme weitersprach.

«Es ist also zum Teil dir, Lena, zu verdanken, dass wir alle heute zusammen hier stehen dürfen, am Beginn einer neuen Ära für Bichlbrunn! Merci!»

Die Stille, die sich jetzt im Saal ausbreitete, erdrückte Lena förmlich. Es fühlte sich an, als könnte sie darin ihre eigene Sprachlosigkeit angesichts dieser Unverschämtheit spüren, mit der Alain sie überrumpelt hatte. Es entging ihr allerdings auch nicht, dass die Hotelbefürworter aufzuatmen schienen angesichts des Coups, den Alain unbestreitbar gelandet hatte und der Bens Plädoyer vollkommen in den Hintergrund rücken ließ. Was war schon ein bisschen Wald gegen einen internationalen Trainingsstandort?

Lena sprang auf. «Nein ...!», rief sie. «Ich bin ganz und gar nicht ...»

«Sei nicht so bescheiden, Lena!», unterbrach sie Alain. «Ich denke, du hast einen großen Applaus verdient!»

Er hob die Hände und klatschte so demonstrativ, als befänden sie sich auf einer Wahlkampfveranstaltung für den nächsten amerikanischen Präsidenten, und ein großer Teil der Zuschauer – zu Lenas Entsetzen nicht nur die Hotelbefürworter – fiel mit ein. Lena spürte Übelkeit in sich hochsteigen. Es packte sie eine so ungeheure Wut, dass sie zitterte. Was fiel diesem Mistkerl ein, sie so schamlos zu benutzen, um die Leute auf seine Seite zu ziehen? Sie registrierte die zahlreichen ungläubigen Blicke auf den Rängen. Viele der Zuhörer wussten offenbar nicht, was sie davon halten sollten. Die meisten von ihnen kannte Lena, sie alle wussten, dass Lena entschieden gegen diesen Hotelbau war. Doch Alain war so überzeugend gewesen, dass sie enttäuscht wirkten. Sogar Ludwig Ramsauer musterte sie irritiert.

«Das stimmt nicht!», rief sie, doch sie drang nicht durch. Die Leute hatten zwar aufgehört zu klatschen, aber der Lärmpegel im Sitzungssaal war zu hoch. Sie begriff, dass es sinnlos war. Alains Worte konnten nicht ungehört gemacht werden. Selbst wenn sie jetzt versuchte, wütend und verletzt, wie sie war, gegen die Menge anzuschreien, würde es nichts ändern. Im Gedächtnis würde nur Alains eloquente Rede bleiben, die Tatsache, dass sie und Alain ein Paar gewesen waren und er sich bei ihr bedankt hatte.

Sie schüttelte nur stumm den Kopf und wandte sich ab. Dabei fiel ihr Blick auf Ben. Auch er war aufgestanden, seine Augen waren dunkel vor Zorn. Einen Moment lang schaute er sie an, als wollte er sie packen und schütteln, dann drehte er sich um und verließ den Saal.

«Ruhe!», rief Ramsauer, aber niemand beachtete ihn. Es wurde immer lauter und erregter. Plötzlich entstand ein Tumult, jemand war offenbar geschubst worden und setzte sich lautstark zur Wehr. Die hinterste Reihe auf der Tribüne begann, sich zusammenzuballen, ein Handgemenge brach aus. Lena sah nur noch ein Gewoge aus Köpfen und Körpern und hörte aggressive Rufe und Geschrei. Gleich würde die gesamte Galerie zu raufen beginnen.

«RUHE!» Ramsauers Stimme dröhnte mächtig durch den Raum. Er hieb mit der Faust so kräftig auf den Tisch, dass die Mineralwasserfläschchen und Gläser darauf klirrten. Sein breites Gesicht und der Stiernacken waren dunkelrot angelaufen, seine Augen funkelten zornig. Für einen Moment verstummten die Rufe, die Raufbolde in der Galerie verharrten, und alle sahen den Bürgermeister an. «Die Sitzung ist geschlossen!», donnerte er. «Die Entscheidung wird vertagt. Das hier ist kein Kasperltheater. Geht nach Hause und beruhigt euch gefälligst!»

Niemand erwiderte etwas. Lena sah in teils beschämte, teils unvermindert zornige, aber auch in zufriedene, geradezu euphorische Gesichter. Dann öffneten sich die beiden Türen links und rechts der Galerie, und die Rathausmitarbeiter forderten die Leute auf zu gehen. Langsam erhoben sich die Gemeinderäte und verließen den Saal.

Ramsauer sah Lena an. «Was war denn das gerade?», fragte er. «Hättest du mir nicht sagen können, dass du und dieser Alain ...?»

«Was hätte ich dir sagen sollen?», fauchte Lena aufgebracht. «Glaubst du etwa den Mist, den er verzapft hat? Du weißt doch, wo ich stehe.»

«Ja, freilich.» Ramsauer guckte etwas unschlüssig. «Aber ihr wart mal zusammen, du und er?»

«Spielt das eine Rolle? Ich habe ihn seit sechs Jahren nicht gesehen. Er hat mich ...» Ihr versagte für einen Moment die Stimme. Sie schloss einen Moment die Augen und atmete tief ein. Ihr Kinn begann, verdächtig zu zittern. Gleich würde sie die Beherrschung verlieren. «Er hat mich benutzt.»

«Lena …» Ramsauer machte ein betroffenes Gesicht und wollte auf sie zugehen, doch sie winkte ab.

«Alles gut!», stieß sie hervor, dann drehte sie sich auf dem Absatz um und ergriff die Flucht.

Lena sah sich nach Alain und dem Greeneagle-Mitarbeiter um, doch beide waren nicht mehr im Raum. Sie lief zur Tür, hinaus auf den Flur, auch dort konnte sie sie nirgends entdecken. Im Foyer musste sie sich erneut durch die Zuschauer drängen, die jetzt teils noch immer aufgeregt, teils wie begossene Pudel über die Treppe von der Galerie kamen. Sie hörte jemand ihren Namen rufen, spürte Blicke auf sich, aber sie reagierte nicht darauf, schob die Leute beiseite und lief weiter zum Ausgang, stürzte hinaus und sah sich um.

Bis auf ein paar Passanten war der Dorfplatz leer. Es dämmerte inzwischen, die Schwalben flogen am noch leuchtenden Himmel, vom nahen Dorfwirt herüber roch es appetitlich nach Grillfleisch und Bratkartoffeln. Alles war ganz friedlich, ungeachtet des Sturms, der gerade im Rathaussaal entfacht worden war. Lena eilte zum Dorfwirt, ließ den Blick über den voll besetzten Biergarten schweifen, wo viele Touristen und auch ein paar Einheimische saßen, betrat das Wirtshaus und sah sich im ebenfalls vollen Schankraum und in der Nebenstube um. Vergeblich, von Alain Rochat und dem Greeneagle-Fuzzi keine Spur. Lena unterdrückte einen Fluch. Sie musste sich Alain vorknöpfen, jetzt sofort, sonst würde sie platzen.

«Grüß dich, Lena! Suchst du jemand Bestimmtes?» Es war Simmerl, der Sohn des Wirts, der an der Schenke stand und Bier zapfte. Er war so alt wie Lena, die beiden waren früher in dieselbe Klasse gegangen.

Lena drehte sich zu ihm um. «Servus. Du hast nicht zufällig

grad zwei Männer gesehen, nicht von hier, einer mit einem dunklen Pferdeschwanz ...»

«Ein Franzos?»

«Schweizer, aber ... ja.»

«Die wollten noch einen Platz zum Essen für vier Personen, aber ich hab sie weitergschickt. Hier ist alles voll, und das Stüberl sperr ich nicht extra auf wegen vier Hanseln, wo wir nur eine Bedienung heut habn.» Er stellte eine weitere Halbe Bier auf ein schon fast volles Tablett und hob es dann hoch, als wäre es leicht wie eine Feder.

«Weißt, wohin sie gegangen sind?»

«Ich hab ihnen die Post empfohlen. Aber vielleicht sinds auch nach Garmisch gefahren. Die warn ja nicht von da.» Er zuckte mit den mächtigen Schultern. Simmerl Zechbauer hatte die gleiche Statur wie sein Vater, zu groß, zu breit für jeden normalen Raum, mit riesigen Händen. Lena erinnerte sich noch, wie schwer er sich in der Grundschule mit dem Schönschreiben getan hatte. Der Schulfüller hatte zwischen seinen dicken Wurstfingern ausgesehen wie ein Miniaturspielzeug, und er hatte voller Anstrengung und Konzentration die Zunge zwischen die Lippen geklemmt in dem vergeblichen Versuch, die Buchstaben in Reih und Glied zwischen die schmalen Hilfszeilen zu quetschen.

«Danke!» Sie lief hinaus zu ihrem Fahrrad, das noch vor dem Rathaus stand.

Grimmig fuhr sie über den Dorfplatz in Richtung Posthotel. Im Gegensatz zu vielen anderen Dörflern hatte sie grundsätzlich nichts gegen Veränderungen, auch nicht, wenn es um den Tourismus ging, immerhin lebten viele in der Gegend ganz gut davon – ihre Freundin Alex mit ihrer Familie zum Beispiel und nicht zuletzt auch Lena selbst als Bergführerin. Stillstand war nie gut. Dieses Hotelprojekt jedoch war ihr zuwider. Ihr wurde wieder übel bei dem Gedanken daran, wie Ben sie angesehen hatte, nachdem Alain die Zuschauer animiert hatte, für sie zu klatschen. Natürlich war er der Meinung, dass sie von all dem, was Alain von sich gegeben hatte, schon vorher gewusst hatte. Vielleicht dachte er sogar tatsächlich, sie hätte Alain und die Greeneagle-Leute erst auf die Idee gebracht, nach Bichlbrunn zu kommen. Es war schließlich kaum zu glauben, dass jemand so perfide vorgehen konnte wie Alain. Lena knirschte vor Wut mit den Zähnen. Sie wusste es besser. Es war sogar typisch Alain. Er ging über Leichen, um zu bekommen, was er wollte. Das war damals so gewesen, als er die Expedition fortgesetzt hatte, obwohl einer ihrer besten Freunde neben ihnen in den Tod gestürzt war. Und es war jetzt nicht anders. Er hatte sich keinen Deut geändert.

Sie erreichte das Hotel und sprang vom Rad. Das Hotel Post war sehr gediegen, man war sichtlich stolz auf seine fast dreihundertjährige Tradition, in der es sich von einer schlichten Taverne mit Pferdestation zum ersten Haus am Platz entwickelt hatte. Überall hingen alte Schwarz-Weiß-Fotos, Pferdegeschirre, Messinglampen von Kutschen und Wagenräder aus Holz.

An der Rezeption bog Lena links in das Restaurant. Sie sah Alain und seine Begleiter sofort. Die Runde saß an einem Tisch am Fenster, Alain hatte ihr den Rücken zugekehrt.

Neben Alain und dem Greeneagle-Vertreter, der das Projekt bei der Sitzung präsentiert hatte, saßen dort der grau melierte Mann, der während der Sitzung neben Erich auf der Galerie Platz genommen hatte, und eine dunkelhaarige junge Frau, die Lena als Nora Demir identifizierte.

Ein paarmal atmete Lena tief ein, dann ging sie langsam auf den Tisch zu. Nur ruhig bleiben, ermahnte sie sich.

«Hallo, Alain», sagte sie, als sie zu der Gruppe trat.

Alle am Tisch sahen auf. Sie hatten halb ausgetrunkene Sektgläser vor sich stehen, kleine Brotsäckchen und Schälchen mit Butter, Kräuterquark und Olivenöl waren über den Tisch verteilt. Aus Lautsprechern, die irgendwo in der gebeizten Zirbenholzdecke versteckt waren, drang leise Zithermusik.

Alain wirkte zunächst ein wenig erschrocken, fing sich aber schnell. «Salut, Lena!», rief er, sprang auf und versuchte, sie nach französischer Art auf beide Wangen zu küssen, doch Lena wich vor ihm zurück. Er gab sich unbeeindruckt, lächelte sogar. «Ich hätte dich natürlich begrüßt und zu uns gebeten, doch nachdem die Emotionen im Saal so hochgekocht sind, hielten wir es für besser, uns fürs Erste zurückzuziehen», erzählte er leutselig und deutete auf die Tischgesellschaft. «Darf ich vorstellen: Bertrand Wyss von Greeneagle, den du ja in der Sitzung schon kennengelernt hast, Nora Demir und Steffen Meinhart, ihr Berater. Und das ist Lena Veith, meine jahrelange, wunderbare Seilschaftsgefährtin ...»

«Spar dir das Süßholzraspeln», fuhr Lena ihm über den Mund. Ihre Bemühungen, Ruhe zu bewahren, zeigten ähnlich viel Wirkung wie der Versuch, den Brand eines Hochhauses mit einer Gießkanne zu löschen. Ihr ganzer Körper war heiß vor Zorn, jetzt, wo sie ihrem Ex-Freund gegenüberstand. «Du brauchst mir deine Begleiter gar nicht erst vorzustellen, denn ich werde sie mir ohnehin nicht merken», erwiderte sie kühl. «Wir werden uns nämlich nicht noch einmal begegnen.»

Alains selbstzufriedenes Lächeln verblasste ein wenig. «Wieso? Was willst du damit sagen? Die Abstimmung ist doch sicher ...»

«Nein, ist sie nicht.»

«Der Gemeinderat hat doch nicht etwa dagegen gestimmt?», schaltete sich jetzt der grau melierte Mann ein, der ihr als Nora Demirs Berater vorgestellt worden war. Er klang völlig fassungslos.

«Nein. Noch nicht. Die Abstimmung wurde vertagt», gab Lena zurück. «Es war aber nicht die reine Begeisterung, die Monsieur Rochat mit seiner hinterhältigen Aktion entfacht hat.» Sie wandte sich wieder Alain zu. «Auch wenn du versucht hast, es anders darzustellen, kann ich dir versichern, dass ich gegen dieses Projekt bin, Frauenfußball hin oder her. Und wenn ich es irgendwie verhindern kann, wird dieses Hotel in Bichlbrunn nicht gebaut werden.»

Alain schnappte nach Luft, sein Lächeln war ihm aus dem Gesicht gefallen. Lena fiel auf, dass sich ein paar graue Fäden in sein dunkles Haar mischten und seine Züge nicht mehr ganz so scharf gemeißelt waren wie früher. Die Kinnpartie hatte schon einen unübersehbaren Drall nach unten. Alain Rochat verlor also auch äußerlich an Kontur.

Er wollte etwas erwidern, doch Lena wandte sich brüsk ab. Sie nickte den anderen, die ihr schweigend zugehört hatten und jetzt ziemlich belämmert vor ihren Sektgläsern saßen, kurz zu. «Ich wünsche Ihnen noch einen schönen Abend.» Mit diesen Worten machte sie auf dem Absatz kehrt und verließ das Restaurant.

Vor der Tür schnappte sie erst einmal nach Luft. Sie zitterte vor Anspannung, und ihre Wangen, ja ihr ganzer Kopf glühte. Sie schwang sich auf ihr Rad und radelte davon.

Zu Hause angekommen, stellte Lena ihr Fahrrad in den Hausflur, sperrte es ab und trat über die rückwärtige Tür in den Hinterhof, der zur Bongo-Bar gehörte. Obwohl es abends inzwischen schon deutlich kühler wurde, waren die Tische unter den bunten Glühbirnen, die kreuz und quer an Lichterketten über den Hof gespannt waren, noch voll besetzt. Leise Musik und fröhliches Gemurmel hallte von den Hausmauern wider, die den Hof umschlossen, es roch nach gebratenem Fleisch und geschmolzenem Käse und, wenn man ganz aufmerksam schnupperte, auch leicht süßlich nach Marihuana. Doch das mochte täuschen. Mike schwor jedenfalls, dass er das Zeug seit dem Vorfall mit Bens Hündin Hilde, die ihn wegen der Drogen einmal beinahe angefallen hatte, nicht mehr anrührte.

Lena entdeckte ihre Freundin an der Bar. Als sie auf sie zukam, winkte Alex ihr mit ihrem Weißbierglas. «Na endlich, ich dachte schon, ihr übernachtet im Rathaus», rief sie Lena zu. «Ich bin schon betrunken.» Sie lachte und wirkte noch kein bisschen betrunken. Doch auch das mochte täuschen. Alex vertrug einiges. «Wie ist es ausgegangen?», wollte sie wissen, während Lena neben sie auf den Barhocker kletterte.

Lena winkte ab. «Erzähl ich dir gleich. Erst muss ich was trinken.» Sie bestellte bei Mike einen Schnaps, kippte ihn auf ex und schüttelte sich, dann berichtete sie Alex von der Gemeinderatssitzung. Als sie Nora Demir und das Projekt erwähnte, begannen Alex' Augen zu leuchten.

«Internationaler Trainingsstandort? Hier bei uns? Mann! Ich krieg die Krise!»

«Dazu wird's hoffentlich nicht kommen.» Lena sah sie finster an und schilderte dann minutiös Alains Auftritt. Mit jedem Satz veränderte sich Alex' Miene, sie schwankte zwischen überrascht, ungläubig, wütend und endete bei fassungslos.

«Was für ein Arsch!», rief sie, nachdem Lena den Bericht beendet hatte. «Ich hab deinen Alain ja nie getroffen, als ihr noch zusammen wart, aber ich glaub, jetzt brauch ich ihn auch nicht mehr kennenzulernen.» Sie winkte ihrem Bruder, der zwischen Küche und Bar hin und her wuselte, und bestellte noch zwei Schnaps.

«Es ist definitiv nicht *mein* Alain», stellte Lena richtig. «Ich hab ihn seit sechs Jahren nicht mehr gesehen und hätte auch heute gut darauf verzichten können.»

«Schon klar.» Alex winkte ab. «Und was hat Ben zu der Sache gesagt?»

«Nichts. Er ist gegangen.» Lena seufzte. «Aber vorher hat er mich angesehen, als wollte er mich fressen.»

Alex legte den Arm um Lena und drückte sie fest. «Magst was essen auf den miesen Abend hin? Ich lad dich ein. Mike macht mir eh grad ein Sandwich. Eine Neuschöpfung, hat er gemeint, extra für mich.»

Mikes nach Musikern oder Bands benannten Sandwichkreationen waren eine Schau, knusprig und dick belegt mit besonderen, von ihm selbst gemixten Soßen. Doch Lena schüttelte den Kopf. «Mir ist heut echt der Appetit vergangen.»

In dem Moment stoppte die Musik, und ein neues Lied ertönte, eine tiefe Frauenstimme sang: «Mein Freund, der Baum ...», und alle Gäste schauten sich irritiert um. Mike kam mit einem Sandwich aus der Küche, auf dem ein brennender Sternwerfer blitzte und funkelte.

Alex stöhnte auf. «Ich schwör dir, ich bring dich um, Mike!»

Ungerührt stellte Mike den Teller vor Alex auf die Theke. «Tataaa! Sandwich Alexandra.»

«Mach sofort diese Musik aus!», schimpfte sie und warf ihrem Bruder einen bösen Blick zu.

Lena hob die Brauen. «Hab ich was verpasst?»

«Ich hab einen Neuzugang auf der Speisekarte», erläuterte Mike mit einem Grinsen. «Nach Alexandra, der Sängerin, benannt. Die war nämlich schuld, dass meine Schwester Alexandra heißt, haben wir erst letztens erfahren. Das haben unsere Eltern uns bis jetzt verheimlicht! Unser Vater steht auf alte Schlager. Und mich hat das total inspiriert. Seitdem seh ich Alex mit ganz anderen Augen.» Er zwinkerte seiner Schwester ein wenig boshaft zu und deutete auf das Sandwich. «Hühnchen mit sauscharfen Jalapeños und Röstzwiebeln. Ich hätts eigentlich auch ‹Die scharfe Alex› nennen können, aber das wär vielleicht a bissl sexistisch rübergekommen, und außerdem muss ich ja meinem Konzept treu bleiben: nur Musiker», er machte eine bedeutsame Pause und fügte hinzu: «-innen.»

«Hast jetzt auch noch das Gendern für dich entdeckt?», knurrte Alex und verdrehte die Augen.

«Hey, das sollte doch grad dir gefallen, so als Frau!», protestierte er. Im Hintergrund klagte Alexandra monoton weiter, dass ihr Freund, der Baum, tot war.

«So als Frau geht mir das gehörig auf den Zeiger», fauchte Alex. «Und jetzt mach wieder gscheide Musik an, sonst kannst dir deine scharfe Alex sonst wohin stecken.»

«Also ich find's toll», widersprach Mike, verschwand jedoch nach drinnen, und Alexandras Klage über den toten Baum wurde von Wanda abgelöst, die von den Sternen high wurden und ein Bussi von ihrem Baby erflehten.

«Na bitte. Geht doch.» Alex machte sich über ihr Sandwich her.

Nachdem der Abend so grässlich begonnen hatte, wurde er noch unerwartet vergnüglich, was zu einem Teil wohl am Alkohol lag, zu einem großen Teil aber an Alex und Mike, die, nachdem die scharfe Alexandra verputzt und ausgiebig gelobt worden war, ihr Bestes gaben, Lena aufzuheitern. Es endete damit, dass Alex und Lena auf der winzigen Bühne des Hinterhofs tanzten und *Griechischer Wein* sangen.

Als Lena schließlich müde und glücklich darüber, so gute Freunde zu haben, im Bett lag und gegen den Schwindel ein Bein auf dem Boden behielt, drang durch das offene Fenster noch als Abschiedslied *I will survive* nach oben. Es war nur gut, dachte sie bei sich, dass in dem Haus nur sie wohnte, alles andere waren Büros. Kein anderer Mensch würde die Bongo-Bar als Nachbar aushalten.

Einsatzprotokoll

Mittwoch, 24. August

Einsatzort: Gamskar
Bemerkungen: «Das hätte brutal schiefgehen können.»

1

Jack ließ den Hobel ein letztes Mal über das Brett gleiten, dann fuhr er mit der Hand sanft über die samtig glatte Fläche. Es war das letzte Brett, das er für den Korpus brauchte. Ein Küchenbuffet würde es werden. Aus rötlichem Kirschbaumholz, das er liebte, wegen der Farbe und der schönen Ausstrahlung. Shakermöbel waren oft aus Kirschbaum, und er mochte ihren schlichten, funktionalen Stil, die saubere Handarbeit, schnörkellos, perfekt ineinandergefügt, ohne einen einzigen Nagel. Seine Frau hatte dafür nur Verachtung übriggehabt. Altmodisch, langweilig und spießig fand sie solche Möbel. Entsprechend ihrem Geschmack war die gemeinsame Wohnung eingerichtet gewesen, die Küche aus Edelstahl, Hängeschränke mit glatten Lackfronten, grauer Steinboden im ganzen Haus. Jack hatte sein Zuhause immer als kalt und ungemütlich empfunden und fröstelte noch heute, wenn er daran dachte. Als er vor zwei Monaten zurück in sein altes Elternhaus gezogen war, hatte er sich geschworen, dass er alles, was zu erneuern und renovieren war, mit seinen eigenen Händen machen würde. Und so viel wie möglich aus Holz. Bloß kein Edelstahl mehr! Und Steinplatten höchstens auf der Terrasse.

Er verharrte einen Moment und sah zum Fenster. Das Morgenlicht flimmerte im Holzstaub ... wie Goldpuder. Überrascht von sich selbst schüttelte er verlegen den Kopf. Goldpuder! Wie kam er nur darauf? In letzter Zeit hatte er öfter so gspaßige Gedanken. Sein Leben hatte sich in den letzten zwei Monaten von Grund auf geändert, er hatte das Gefühl gehabt, kaum mehr hinterherzukommen. Von Babsi getrennt, das gemeinsame Haus zum Verkauf angeboten, Arbeit beim Habacher Erich hingeschmissen, seine alte Schreinerei wiederbelebt. Und dieses Haus. Das Haus seiner Eltern, in dem er groß geworden war. Auch das nach Babsis Geschmack altmodisch, langweilig, spießig. Und unpraktisch mit den verwinkelten Zimmern, niedrigen Holzdecken, breiten Ritzen im alten Holzboden, in denen sich der Staub sammelte, und dem riesigen, leeren Speicher, wo nachts die Mäuse und ab und an ein Marder mit seiner Familie fröhliche Urständ feierten und sich durch nichts vertreiben ließen.

Jack hatte einen radikalen Schnitt gemacht. Anfangs gezwungenermaßen, dann mit immer größerem Vergnügen. Gestern Abend hätte er mit allergrößter Genugtuung gegen das Hotelprojekt und gegen Erich Habacher und seine Spezln gestimmt, wenn es dazu gekommen wäre. Was war das nur für ein Mistkerl gewesen, dieser angeberische Schweizer mit dem Pferdeschwanz? Was hatte Lena mit ihm zu schaffen, und warum hatte sie niemandem etwas davon gesagt, dass er kommen würde? Hatten die beiden das etwa gemeinsam ausgeheckt? Einige waren dieser Meinung, das hatte er aus den erregten Gesprächen der Leute heraushören können, die nach der geplatzten Versammlung noch vor dem Rathaus herumgestanden waren. Er konnte es sich jedoch nicht vorstellen, so gut glaubte er Lena zu kennen. Außerdem hatte sie ganz und gar nicht glücklich ausgesehen über den Aufritt dieses Aufschneiders. Sie hatte ebenso überrascht gewirkt wie alle anderen, mehr noch, regelrecht entsetzt. Je länger er darüber nachdachte, desto überzeugter war er davon, dass sie von ihm überrumpelt worden war. Jack schnaubte grimmig. Wie hatte der Kerl noch geheißen? André? Armand? Er hatte sich den Namen nicht gemerkt. Hoffentlich war dieser Spuk bald vorbei, und diese Art Leute waren in Bichlbrunn Geschichte.

Es war noch gar nicht allzu lange her, da hatte er vollkommen anders darüber gedacht. Denken müssen. Wegen seiner verwandtschaftlichen und beruflichen Verbandelung mit Erich und der ganzen Habacher-Sippschaft. Noch vor Kurzem hätte er natürlich für das Projekt gestimmt, gegen seine innere Überzeugung, hätte es sich gar nicht leisten können, sich anders zu entscheiden. Doch jetzt, nachdem er alles hinter sich gelassen hatte, war er frei. Und das fühlte sich gut an.

Fast frei, korrigierte er sich nach kurzem Zögern. Etwas gab es noch. Etwas plagte ihn, jetzt viel mehr als früher, als alles zugemüllt gewesen war mit dem Druck, die Schulden abzubauen, seine stets unzufriedene Frau zufriedenzustellen, mit Erich Habacher auszukommen. Kurz: ein Leben zu erhalten, das er nie gewollt hatte. Doch jetzt, wo sich so vieles geklärt hatte und er sich endlich frei fühlen konnte, belastete ihn das, was noch ungeklärt war, umso mehr. Es war an die

Oberfläche gestiegen wie eine Flaschenpost, die Algen und Schlingpflanzen jahrelang unter Wasser gehalten hatten und die jetzt, wo sich das trübe Wasser geklärt hatte, nach oben geploppt war.

Er schüttelte wieder den Kopf. Seltsame Bilder schossen ihm durch den Kopf. Erst Goldpuder, dann eine Flaschenpost, Algen und Schlingpflanzen. Man kann vieles über Jack Reiter sagen, dachte er mit grimmiger Selbstironie: Er ist ein guter Handwerker, ein leidlich guter Vater – so hoffte er jedenfalls –, ein jähzorniger Hitzkopf und, wenn es nach Babsi ging, ein miserabler Ehemann, aber ein Poet ist er noch nie gewesen.

Trotzdem war es das richtige Bild. Und die Flaschenpost, diese unheilvolle Nachricht aus der Vergangenheit, die hielt er jetzt in den Händen. Er wusste, ganz wurscht, wie oft er versuchen sollte, sie wieder zurück ins Wasser zu werfen, sie würde nicht mehr untergehen. Das war so wie mit dem Marder auf dem Dachboden, der sich einfach nicht vertreiben ließ. Die Wahrheit in dieser gut verstöpselten, jahrelang verborgenen Flasche wollte endlich ans Licht. Und er, er wollte es auch, dass diese Wahrheit ans Licht kam. Er wollte endlich das schwere Gepäck loswerden, wieder frei sein – ganz und gar frei. Jack zog sein Handy aus der Tasche und wählte Franz Schallers Nummer.

Franz meldete sich nach dem dritten Klingeln. «Guten Morgen, Jack. Bist aus'm Bett gefallen?» Er gähnte. «Ist ja noch nicht mal acht ...»

Jack hielt sich nicht mit langen Vorreden auf. «Ich halt's nicht mehr aus», sagte er ohne Begrüßung und betrachtete dabei den leuchtenden Holzstaub, der im Sonnenlicht schwebte.

Stille antwortete ihm am anderen Ende der Leitung, dann erwiderte Franz in einem so geduldigen Tonfall, als spräche er zu einem unvernünftigen Kind: «Wir waren uns doch einig.

Du kannst ihr nicht die Wahrheit sagen. Erst gestern haben wir drüber geredet ...»

«Ich weiß das alles!», unterbrach ihn Jack heftig. «Aber es ist nicht richtig.»

«Nicht richtig für wen?», fragte Franz, und Jack hörte eine ungewohnte Schärfe in der Stimme seines Freundes. «Es wird sie fertigmachen. Und zu welchem Preis? Damit's dir besser geht mit deinem neuen Leben? Denk doch auch mal an Lena.»

«Ich denk an nix anderes. Lena hat die Wahrheit verdient. Ich kann ihr sonst nicht mehr in die Augen schauen.»

«Aber danach wirst du's können, ja?» Jetzt war Franz hörbar zornig. «Die ganzen letzten Jahre hast du dich nicht um Lena gekümmert, du wolltest sie nicht mal in der Bergwacht, und jetzt auf einmal ...»

«Ja, und was meinst du, warum ich sie nicht dabeihaben wollte?», gab Jack verärgert zurück. «Mir wär's lieber gewesen, sie wär nie wieder nach Bichlbrunn zurückgekommen.»

«Geht's jetzt um dich oder um Lena?»

«Dasselbe könnt ich dich auch fragen. Wenn ich ihr die Wahrheit erzähle, wirst du dich auch vor ihr rechtfertigen müssen.»

Franz fluchte ungewohnt laut und heftig. «Wir haben das damals zusammen entschieden!», schrie er ins Telefon. «Um dich, aber vor allem um Lena zu schützen, verdammt noch mal. Ich warne dich! Mach jetzt nicht alles kaputt, nur weil du plötzlich auf einem Scheißselbstfindungstrip bist!»

Jack schwieg. Dann beendete er die Verbindung und steckte sein Handy zurück in die Hosentasche. Die Sonne war mittlerweile endgültig ums Hauseck gekrochen, und das Licht, in dem der Staub tanzte, erfüllte den ganzen Raum. Es roch nach Holz und den Wachsen und Ölen, Balsamterpentin, Zitrone, Walnuss, Bienenwachs. Er hatte dieses Glück und die tiefe

Zufriedenheit, die er neuerdings immer öfter empfand, nicht verdient, solange er nicht reinen Tisch machte. Er würde Lena die Wahrheit sagen, ganz gleichgültig, was Franz dazu meinte. Um seiner selbst willen, ja, das auch, aber vor allem um Lenas willen. Wenn er an Lenas Stelle wäre, würde er die Wahrheit wissen wollen. Sie war jetzt die Leiterin der Bergwacht, war in die Fußstapfen ihres Vaters getreten und würde ihre Sache gut machen. Es war nicht recht, sie im Unklaren zu lassen. Sie musste Bescheid wissen, um selbst richtig reagieren zu können, sollte es je dazu kommen. Er musste nur noch den richtigen Zeitpunkt finden.

2

Erneut riss das Piepsen des Alarms Lena aus dem Tiefschlaf. Sie fuhr hoch und ließ sich augenblicklich wieder zurück in ihr Kissen fallen. In ihrem Kopf hämmerte es. Stöhnend tastete sie nach dem Piepser, schaltete ihn aus und kroch dann vorsichtig aus dem Bett. Anders als bei dem Alarm vor zwei Tagen war es heute jedoch schon heller Tag. Blinzelnd sah sie auf die Uhr. Viertel nach acht – sie hatte verschlafen. Auch wenn sie sich die Büroarbeit frei einteilen konnte, achtete sie darauf, spätestens um neun in der Geschäftsstelle zu sein. Normalerweise. Aber an normalen Tagen hatte sie auch keinen Kater von zu viel Schnaps und was sonst noch alles. Ein paar Biere waren es jedenfalls noch gewesen. Und irgendein Cocktail, rot und süß. Sie schüttelte sich und tippte auf die Telefonnummer der Leitstelle auf ihrem Handy, um zu erfahren, um welche Art Einsatz es sich handelte.

Fünfzehn Minuten später schwang sie sich aufs Rad. Sie hatte zwei Aspirin eingeworfen, und ihre Haare waren noch nass von der Dusche. Doch das hatte sein müssen. Ohne Dusche wollte sie sich ihren Kollegen nicht zumuten. Als sie auf die Halle zufuhr, sah sie, dass – wie so oft – alle sechs Mitglieder versammelt waren, also auch diejenigen, die keine Bereitschaft hatten. Bei dem Anblick überkam sie ein warmes Gefühl der Zuneigung. Das zeichnete ihre Kollegen aus: Sie waren immer da, selbst wenn sie es nicht sein müssten. So hielten sie es in ihrer Truppe immer schon. Erst wenn sich abzeichnete, dass es ein leichter Einsatz werden würde, etwa wenn sich jemand an einem gut zugänglichen Wanderweg den

Knöchel verstaucht hatte, fuhren diejenigen, die keine Bereitschaft hatten, wieder nach Hause oder zurück zur Arbeit. Die Bergwacht Bichlbrunn war eine sehr kleine Truppe, vor allem gemessen an ihrem Einsatzgebiet, da kam es meist auf jeden Einzelnen an, und niemand wollte seine Kollegen hängen lassen, wenn er eigentlich Zeit hatte. Deshalb blieb der Piepser meistens die ganze Zeit über an, unabhängig vom jeweiligen Bereitschaftsdienst. Lena hatte es in der Vergangenheit ganz selbstverständlich auch so gehalten. Und jetzt, wo sie als Leiterin die Verantwortung für die Einsätze trug, war ohnehin klar, dass sie immer dabei war, dicker Kopf hin oder her. Sie spürte, wie sich ein Lächeln auf ihrem Gesicht ausbreitete. Vergessen war ihr Kater, vergessen war für einen Moment auch die Gemeinderatssitzung vom vorigen Abend. Das war es, weshalb sie diesen Job so liebte! Was kümmerte sie dieser Idiot Alain? Sie hatte die besten Kameraden, die sie sich vorstellen konnte. Sie hielten zusammen, waren ein eingeschweißtes Team, sie vertrauten einander, wie es Bergsteiger taten, und daran würde so ein dummes Gerede nichts ändern. Ihre Kameraden wussten alle, wie sie zu diesem Hotelbau stand und dass sie ihnen und den anderen Gegnern des Projekts nie auf diese Weise in den Rücken fallen würde.

Noch immer lächelnd sprang Lena vom Rad und ging auf die Truppe zu. «Guten Morgen.»

Die Gespräche verstummten. Jonas und Ferdi erwiderten ihren Gruß, wenngleich verhalten, während Andi und Flo stumm auf ihre Schuhspitzen starrten. Jack sah grimmig drein. Sein Kopf war gerötet, und die Haare standen ihm zu Berge. Lenas Lächeln erstarb.

«Was ist los?», fragte sie, obwohl sie es schon ahnte. Sie hatte sich getäuscht. Die Männer hatten sich schneller verunsichern lassen, als sie angenommen hatte. Es versetzte ihr einen Stich, als sie in die Runde blickte, das Misstrauen in Andis Miene sah und die Enttäuschung bei Jonas und Ferdi. Flo wich ihrem Blick ganz aus, er tat so, als wäre er mit dem Riemen seines Rucksacks beschäftigt.

Es war Jack, der schließlich das Wort ergriff. «Lena, der Typ gestern, das, was er in der Sitzung geredet hat ...»

«Ich wusste nichts davon», sagte Lena und fühlte sich elend, allein deswegen, weil sie jetzt doch gezwungen war, sich vor ihren Kameraden zu rechtfertigen.

«Ich weiß», antwortete Jack zu ihrer großen Überraschung. «Ich hab's dir angesehen.» Er räusperte sich und sagte dann energisch und etwas lauter als notwendig, «und deshalb möchte ich, dass du weißt, dass wir alle hinter dir stehen und ...»

«... du hättest uns wenigstens sagen können, dass dieser Kerl und du mal was miteinander hattet», fiel ihm Andi wütend ins Wort. «Dann wären wir nicht wie die ahnungslosen Deppen dagestanden, denen die eigene Leiterin in den Rücken fällt. Kannst du dir vorstellen, wie dumm uns die Leute angemacht haben?»

Das *Wir alle*, von dem Jack gerade gesprochen hatte, betraf offenbar nicht Andi Kornbichler. Auch die anderen sahen nicht recht überzeugt aus. Jacks Worte und seine wütende Miene ließen vermuten, dass er vor Lenas Eintreffen versucht hatte, ihnen seine Sicht der Dinge nahezubringen, und dabei nicht besonders erfolgreich gewesen war.

Lena sah Andi und die anderen an. Keiner erwiderte ihren Blick, alle wichen aus, niemand sagte etwas. Sie schluckte ihre Enttäuschung und ihre Wut hinunter. Sie würde sich nicht weiter rechtfertigen. Jetzt war nicht der richtige Zeitpunkt, diese Dinge zu klären. So neutral wie möglich erklärte sie daher nur: «Wir haben eine Vermisstenmeldung. Eine Frau hat bei der Leitstelle angerufen, weil ihr Mann offenbar heute Nacht nicht nach Hause gekommen ist.» Sie warf einen Blick auf ihr Handy, wo sie sich die Infos notiert hatte. «Hermann Grieser, einundsechzig Jahre alt. Er ist gestern am Nachmittag zu einer Tour mit dem Mountainbike aufgebrochen. Die Frau ist Krankenschwester und hatte Nachtschicht, deshalb hat sie es heute Morgen erst bemerkt. Angeblich wollte er zum Gamskar.»

Leises Gemurmel unter den Kollegen.

Das Gamskar war eine enge Talrinne unterhalb des Gamskopfes. Es reichte bis zur Ostflanke des Rabensteins und weiter zum Rabensteiner See. Ein wegloses, unübersichtliches Gelände mit zahlreichen Scharten, Felsabbrüchen und umgestürzten Bäumen aus Windbrüchen. Freiwillig verlief sich kein Mensch dorthin.

«Wer bitte will am Gamskar Rad fahren?», fragte Andi kopfschüttelnd. «Da kommt man doch schon zu Fuß kaum vorwärts.»

«Die Leute von der Leitstelle haben sich auch gewundert», erwiderte Lena. «Aber die Anruferin war sich ziemlich sicher.» Sie überlegte. «Zwei von uns sollten mit dem Quad hochfahren.»

Jack nickte. «Von der Vogelwarte aus über die Blaue Gumpe ist es nicht mehr weit.»

«Was ist mit Suchhunden?», wollte Jonas wissen.

«Ein Trupp ist angefordert, aber es wird dauern, bis sie hier sind», entgegnete Lena. «Wir können nicht auf sie warten. Der Vermisste war vermutlich die ganze Nacht dort oben.»

«Vielleicht kann Ben mitgehen», schlug Ferdi vor, während sie sich aufteilten. Jonas und Flo machten das Quad fertig. Die anderen würden mit dem Bergwachts-Pick-up fahren.

Lena runzelte die Stirn. «Wieso denn das, bitte schön?»

«Weil er mit seinem Hund grad eine Mantrailing-Ausbildung macht.»

«Ach, das wusste ich gar nicht.»

«Ich hab ihn letztens bei einer Notfallsanitäter-Übung getroffen, die Rettungshundeausbildung läuft parallel dazu», erzählte Ferdi. «Er ist echt okay.» Er sah Lena schief von der Seite an.

«Warum sagst du mir das?», fragte Lena gereizt. Sie hatte definitiv keinen Bock, sich jetzt auch noch mit Ferdi über Ben Fellner zu unterhalten.

«Nur so.» Ferdi zuckte mit den Achseln. «Ich dachte nur, weil ihr ja nicht so dicke miteinander seid.»

Lena ging nicht darauf ein. «Dann ist das keine schlechte Idee», sagte sie nur, während sie in den Pick-up stieg. «Fragen wir ihn.»

Sie holten Flo und Jonas am Parkplatz vor der Vogelwarte ein, Miri Gulbrandt stand ebenfalls bei ihnen. Als Lena ausstieg, veränderte sich die Miene der Vogelwartin, wurde besorgt.

Nicht auch noch Miri, dachte Lena wütend und wich ihrem Blick aus. Sie holte ihren Rucksack aus dem Kofferraum, während Ferdi die Einfahrt hinunterging und an Bens Tür klingelte. Ben öffnete, und die beiden redeten miteinander. Unauffällig linste Lena hinüber, ob Victoria Pistorius – allein dieser Name führte schon dazu, dass sich ihr der Magen umdrehte – irgendwo auftauchte. Miss Perfect mit der Samthaut und dem Seidenhaar hätte ihr jetzt gerade noch gefehlt. Doch der champagnerfarbene Mini stand nicht vor dem Haus, also war sie vermutlich wieder nach München zurückgefahren. Lena strich sich mit beiden Händen ein paar lose Strähnen aus dem Gesicht. Wenn ihre Haare feucht waren, ringelten sie sich besonders stark, ständig mogelten sich Locken aus ihrem

Zopf und hingen ihr ins Gesicht. Heute Abend würde sie mit gelösten Haaren aussehen wie ein explodierter Wischmopp. Sie pustete eine letzte vorwitzige Strähne aus dem Blickfeld, während sie auf Ferdi wartete.

Kurz darauf kam er zu ihnen heraufgelaufen. «Ben kommt mit. Er packt nur noch seinen Rucksack zusammen.»

«Gut.» Lena nickte und gab sich Mühe, einen unbeteiligten Gesichtsausdruck zu bewahren, obwohl sich ein nervöses Kribbeln in ihrem Magen ausbreitete. «Du fährst bitte gleich als Erster rauf. Und Jack», sie suchte den Blick ihres Kameraden, «du begleitest ihn, ja?» Jack nickte. «Für den Fall, dass ihr ihn findet, bevor wir oben sind, kann Ferdi die Notversorgung übernehmen. Wir anderen kommen mit der Trage hinterher und schauen, ob es unterwegs irgendwo Spuren von dem Mann gibt.»

«Und wenn wir ihn nicht gleich finden, dann gute Nacht», ließ Andi missmutig vernehmen, während Ferdi und Jack aufs Quad stiegen. «In dem Gelände da oben können wir ewig suchen. Das ist wie eine Nadel im Heuhaufen. Der könnte irgendwo in einer Spalte liegen, wo wir ihn nie finden ...»

«Halt's Maul, Andi!», fuhr Jack ihn unvermittelt an. «Red keinen solchen Schmarrn!»

Andi sah seinen Kumpel verärgert an. «He, sag mal, geht's noch? Wie redst du denn mit mir?»

«Ich hab diese dummen Sprüche so satt!»

«Was denn für Sprüche? Ich hab doch nur gesagt, dass ...»

«Könnt ihr das später klären?», fuhr Lena dazwischen. «Wir haben was zu tun, oder nicht?»

Jack drehte sich wortlos um, startete das Quad und fuhr mit so viel Schwung los, dass Ferdi hinter ihm Mühe hatte, sich festzuhalten.

Kopfschüttelnd sah Lena ihnen nach. Etwas Warmes,

Feuchtes stieß an ihre Hand, und als sie nach unten blickte, entdeckte sie Hilde, die schwanzwedelnd ihre Hand ableckte. Sie trug ein Geschirr, auf dem das Malteserkreuz abgebildet war. Lena kraulte ihr lächelnd den grauen Kopf, dann drehte sie sich um. Hinter ihr stand Ben in seinen Rangerklamotten und Bergschuhen. Er hielt den Hund an einer kurzen Leine.

Lena dachte an den Moment vor der Gemeinderatssitzung, als sie ihn mit ihrer Entschuldigung wegen des Abends in der Bongo-Bar überfallen hatte und sie von Ramsauer gestört worden waren. Ben war auf sie zugegangen, hatte etwas erwidern wollen. Doch Alains Auftritt hatte dieses zarte Band, das vielleicht hätte geknüpft werden können, zerstört. Sie schauderte erneut bei dem Gedanken an den zornerfüllten Blick, den er ihr danach zugeworfen hatte. Nun würde sie nie erfahren, was er ihr hatte sagen wollen.

«Danke, dass du mitkommst», sagte sie so unverbindlich wie möglich.

«Kein Thema.» Seine Miene war unbewegt, Lena konnte nichts darin lesen, weder Ablehnung noch Entgegenkommen, der Blick aus seinen blauen Augen war kühl und distanziert.

Sie wandte sich ab und ging voraus in Richtung Blaue Gumpe. Die anderen folgten ihr schweigend.

Die alte Forststraße führte zunächst durch den Mischwald, dann, etwa auf Höhe der Blauen Gumpe, wo Lena sich früher gern auf einem Trampelpfad durch die Büsche in Richtung Badestrand geschlagen hatte, ging die Straße in einen Wanderweg über. Er war steil und steinig und führte oberhalb der Vogelwarte um den Rabenstein herum bis zum See. Obwohl das Radfahren hier eigentlich verboten war, wurde der Weg häufig von jugendlichen Mountainbikern genutzt, die sich Downhill-Rennen lieferten.

Sie stiegen den Weg bergauf, der in Kehren durch den Wald

führte. Das Quad war nicht mehr zu sehen, nur das leise Brummen des Motors war noch zu hören.

«Wie alt ist der Mann noch mal, der vermisst wird?», ließ Flo von hinten vernehmen.

«Einundsechzig», rief Lena zurück.

«Glaubt ihr wirklich, dass er hier raufgefahren ist? In diesem Alter? Und dann auch noch zum Gamskar weiter?»

«Unterschätz die älteren Herrschaften nicht», gab Jonas zurück, «die sind oft fitter als wir. Mich hat letztens einer am Frauenboden mit dem Rad überholt, der war mindestens doppelt so alt wie ich.»

«Der hatte wahrscheinlich ein E-Bike», gab Flo zurück.

«Ja, hatte er. Aber ich auch.»

Flo lachte. «Und so ein Schlaffi ist bei der Polizei. Würd mir zu denken geben.»

«Du, ich geb dir gleich Schlaffi!»

Lena hörte dem Geplänkel schweigend zu. Flo war der Einzige, der wieder gute Laune zu haben schien. Aber er war auch als Einziger nicht bei der Sitzung im Rathaus gewesen. Selbst Jonas, mit dem sie ein gutes Verhältnis hatte, verhielt sich ihr gegenüber zurückhaltend, hatte noch kein Wort an sie gerichtet, und Andi sah nach wie vor so missmutig drein, dass man schon beim Hinsehen das Gefühl bekam, unter einer kalten Regenwolke zu stehen. Von Ben gar nicht zu reden. Stumm stapfte er neben ihr her. Selbst wenn sie mit ihm hätte sprechen wollen, wäre vermutlich jedes Wort an ihm abgeprallt. Neben Flo war nur ein weiteres Wesen guter Laune: Hilde. Obwohl sie erst Rettungshund-Azubi war, lief sie so eifrig vor dem Grüppchen her, die Nase unentwegt auf dem Boden, als wäre sie sich ihrer wichtigen Aufgabe voll und ganz bewusst. Ben hatte Mühe, ihr den steilen Weg hinauf zu folgen. Doch das hatte noch nichts zu bedeuten, wusste

Lena von anderen Einsätzen mit Rettungshunden. Hier gab es eine Menge Spuren, und da es von dem Vermissten keine Vergleichsspur gab, konnte man nicht sagen, was Hilde da gerade erschnüffelte. Dennoch wirkte sie als Einzige ihrer Truppe hoch motiviert.

An der Stelle, wo sie den Wanderweg verlassen mussten, blieben sie kurz stehen, um auf Flo und Jonas zu warten, die mit der Gebirgstrage langsamer vorankamen. Andi war schon weiter vorgegangen.

«Hilde scheint Spaß an ihrer Aufgabe zu haben», stellte Lena an Ben gewandt fest, und dieser nickte.

«Sie ist unheimlich stolz auf das, was sie tut.» Er ging in die Knie und kraulte der Hündin liebevoll die Ohren, woraufhin sie ihm übermütig das Gesicht ableckte. Er lachte auf und schob sie sanft von sich weg. Noch immer lächelnd richtete er sich wieder auf, und sie gingen schweigend weiter. Während sie durch immer unwegsameres Gelände den Spuren des Quads folgten, musterte Lena unauffällig Bens attraktives Profil. Ihr Blick glitt über die gerade Nase und das kräftige Kinn, seinen aufrechten, wachen Blick, und sie fragte sich, wie es sein konnte, dass jemand so freundlich mit seinem Hund umging und gleichzeitig Menschen gegenüber so unzugänglich und misstrauisch war.

Nach einer Weile hörten sie das Quad näher kommen. Jack kam zu ihnen zurückgebrettert. Es war ausgemacht, dass er Lena abholen sollte, während die anderen zu Fuß weitergingen.

«Wir haben keine Spur von einem Radfahrer gefunden», berichtete er, während Lena aufstieg. «Ich kann mir echt nicht vorstellen, was er da oben wollte. Es gibt keinen Weg und keinen Steg. Eigentlich kann man dort gar nicht Rad fahren.»

Die beiden fuhren etwa zehn Minuten weiter bergauf, bis der Wald zurückwich und einer zerfurchten Mondlandschaft Platz machte. Ein unwirtliches Gebiet aus Steinbrocken, Fels und Geröll. Felsspalten und tiefe Risse durchzogen das Gelände, nur noch vereinzelt gab es grüne Inseln, wo ein paar niedrige Latschen wuchsen. An einigen Stellen führten steile Rinnen ins Tal, durch die im Winter Schneelawinen abgingen – oder es wurden bei starkem Regen und während der Schneeschmelze Gerölllawinen nach unten geschwemmt, bis der Bannwald oberhalb des Wiesangers sie aufhielt. Genau jener Wald, den Greeneagle, Habacher und Konsorten als überflüssig erachteten.

Lena fragte sich, ob diese Leute je hier gewesen waren. Vermutlich nicht. Stand man nämlich hier oben und blickte in eine der steil abwärts führenden Rinnen, wurde einem unmittelbar klar, was der Lawinenschutzwald für das Dorf bedeutete.

Jack parkte das Quad am Waldrand, und sie stiegen ab. Von hier aus kamen sie nur noch zu Fuß weiter, und das auch nur äußerst mühsam.

Womöglich hat sich die Anruferin getäuscht, überlegte Lena, während sie über Steinbrocken kletterte und über Spalten sprang. Niemand, der einigermaßen bei Verstand war, würde doch auf die Idee kommen, hier mit dem Rad zu fahren!

Etwa hundert Meter entfernt leuchtete Ferdis rot-blaue Jacke aus dem eintönigen Grau. Er kletterte gerade auf einen erhöhten Felsbrocken, um eine bessere Sicht zu haben. Seine lauten «Hallo!»-Rufe hallten in regelmäßigen Abständen von den Felswänden des Rabensteins wider. Krähen flogen auf und krächzten ihre höhnische Antwort. Hoch am Himmel kreiste ein Greifvogelpaar.

«Ach, du Scheiße», murmelte Lena, als ihr die Weitläufigkeit des Geländes bewusst wurde. «Wo sollen wir da bloß anfangen?»

«Und was zum Teufel will hier jemand mit einem Bike?», ergänzte Jack.

«Vielleicht findet ja Hilde was.» Lena drehte sich einmal um ihre Achse. «Er wird ja hoffentlich nicht bis zum Gamskopf gefahren sein.»

«So weit ist der niemals gekommen.»

«Was war das eben mit Andi?», fragte Lena, während sie vorsichtig weiterkletterten. «Habts ihr beide etwa Streit?»

Jack schüttelte den Kopf und machte ein harmloses Gesicht. «Nein, wieso?»

«Weil du ihn grad ziemlich angemacht hast.»

«Das war doch nur wegen dir», erwiderte Jack und sah dabei etwas unbehaglich drein.

«Wegen mir?» Lena blieb stehen und musterte ihn erstaunt.

«Ja, und wegen dem, was er gesagt hat. Mit der Spalte und dass wir den Vermissten womöglich nie finden.»

Jetzt ging Lena ein Licht auf. «Du meinst, wegen meinem Vater? Weil man ihn auch nie gefunden hat?»

«Ja, Herrgottsakrament, freilich deswegen!», fuhr Jack auf. «Da sagt man so was doch nicht. Das ist unsensibel.»

Vor Verblüffung blieb Lena der Mund offen stehen. Ausgerechnet Jack Reiter regte sich auf, wenn jemand sich unsensibel verhielt?

«Das ist ja wirklich sehr nett von dir, aber wie kommt's, dass du plötzlich auf so was achtest?», hakte sie nach, nachdem sie wieder losgelaufen und eine Weile in Gedanken versunken nebeneinander hergegangen waren. «Das hat dich doch früher auch nie gestört.»

Jack hob nur die Schultern. «Mei. Jetzt stört's mich halt»,

brummte er, sichtlich nicht gewillt, darüber weiter zu sprechen.

Lena fiel plötzlich auf, dass Jack sich nicht nur bei dieser Gelegenheit genötigt gefühlt hatte, sich für sie einzusetzen. Auch bei ihrem nächtlichen Helikoptereinsatz, als er Flo auf ganz ähnliche Weise angeschnauzt hatte, hatte er sich für Lena stark gemacht. Wieso tat er das plötzlich? Glaubte er etwa, sie sei ihrer neuen Position ohne seine Hilfe nicht gewachsen?

Sie sah ihren um gut zwanzig Jahre älteren Kollegen von der Seite an. Bevor sie Leiterin geworden war, hatte es solche Situationen nie gegeben. Im Gegenteil, Jack war immer ihr stärkster Kritiker gewesen. Er hatte einen rauen Umgangston gepflegt und auf irgendwelche Befindlichkeiten keine Rücksicht genommen, was ihr nur recht gewesen war. Wenn es etwas gab, das sie hasste, war es, mit Samthandschuhen angefasst zu werden.

«Du musst nicht glauben, mich beschützen zu müssen», sagte sie, heftiger als beabsichtigt. «Ich will das nicht. Und ich brauch's auch nicht.» Und schon gar nicht auf diese ungeschickte Weise, die dich mit anderen in Konflikt geraten lässt, fügte sie in Gedanken hinzu.

Jack blieb stehen und warf ihr einen merkwürdigen Blick zu. Er schien nicht gekränkt über die Zurückweisung, eher gequält. «Lena, ich ...», begann er, doch dann schüttelte er den Kopf und sagte nur: «Wir zwei sollten uns aufteilen. Damit haben wir einen größeren Radius.»

Lena gab sich Mühe, sich ihren Frust über diesen Themenwechsel nicht anmerken zu lassen. Jetzt wäre die Gelegenheit gewesen, herauszufinden, was mit Jack los war. Doch er schien nicht von sich aus weitersprechen zu wollen, und es war keine Zeit dafür, ihn länger zu bedrängen. Nicht während des Einsatzes. Daher nickte sie nur. «Du hast recht. Ich gehe nach links und du nach rechts. Ferdi sucht vorne weiter. Wenn Ben mit dem Hund da ist, können wir gezielter vorgehen.»

Als kurz darauf die anderen eintrafen, hatte Lena es erst ein paar Hundert Meter weit geschafft und keinerlei Hinweis auf den Vermissten gefunden. Ferdi und Jack war es genauso gegangen. Ihre Rufe verhallten unerwidert in der wie erstarrt wirkenden Steinwüste. Die Handy-Ortung, die sie parallel versucht hatten, lieferte ebenfalls keine Ergebnisse. Das Handy des Vermissten war ausgeschaltet oder der Akku inzwischen leer.

Lena kehrte um und ging zurück zu den anderen. Es war fast Mittag. Dicke Wolken waren aufgezogen, und es war kühler geworden. Der Gamskopf in der Ferne war bereits in dichten Nebel gehüllt. Eine Schlechtwetterfront kam vom Westen her, wie die Vorhersagen der letzten Tage es angekündigt hatten. Sie würde dem warmen, beständigen Spätsommerwetter langsam ein Ende setzen.

Hoffentlich fängt es nicht an zu regnen, während wir hier oben noch suchen, dachte Lena. Abgesehen davon, dass es kein besonderes Vergnügen war, im eiskalten Regen weiterzusuchen, schwanden damit auch die Überlebenschancen des Vermissten. Die Nacht war schon ziemlich kalt gewesen. Wenn er wirklich irgendwo verletzt lag, konnte eine weitere Unterkühlung lebensbedrohlich sein. Sie wandte sich Ben zu, der mit Hilde etwas abseits der Bergwachtler stand.

«Kann sie versuchen, hier eine Spur aufzunehmen?», fragte sie ihn.

«Ich hab schon Ferdi gesagt, dass ich mir nicht sicher bin, ob sie schon so weit ist. Aber wir versuchen's.» Ben beugte sich zu Hilde und gab ihr ein leises Kommando, woraufhin sie loslief, kreuz und quer und ohne sichtbares Ziel.

Ben versuchte, neben ihr Schritt zu halten, die Leine fest in der Hand, was sich angesichts des unwegsamen Geländes als ziemlich schwierig erwies. Lena und die anderen folgten mit einigem Abstand.

«Ich glaub nicht, dass das was bringt», murmelte Andi vor ihr gedämpft, an niemand Bestimmtes gerichtet. Er war noch immer sauer wegen des Rüffels, den Jack ihm gegeben hatte, und ignorierte seinen Kumpel völlig. «Dieses Riesenvieh ist doch kein Spürhund, das stolpert ja über seine eigenen Füße ...»

«Jeder Hund kann das lernen», verteidigte Ferdi, der neben Andi ging, Bens Hündin. «Außerdem sind Irische Wolfshunde durchaus Jagdhunde. Die haben eine super Nase.»

«Werden wir ja sehen.» Andi zuckte mit den Achseln. «Am End laufen wir heute Abend noch hier rum, während der gute Mann, den wir suchen, schon lang wieder zu Hause auf seinem Kanapee sitzt und Brotzeit macht.»

Lena sparte sich eine Erwiderung. Einsätze wie diese, mit so vagen Informationen, waren unbeliebt, da man anfangs nicht einmal wusste, ob man überhaupt an der richtigen Stelle suchte. Heute kam noch die allgemein schlechte Stimmung der Truppe hinzu. Trotzdem mussten sie weitermachen, solange es keine Entwarnung gab. Erst bei Einbruch der Dunkelheit würden sie abbrechen. Dann war es hier auf diesem Gelände zu gefährlich. Sie hoffte inständig, dass es nicht so lange dauern würde, bis sie den Mann gefunden hatten. Denn dann würde mit der Bergung die eigentliche Arbeit erst anfangen.

Nach etwa einer Stunde, während der sie mehr oder weniger ziellos das Kar durchsucht hatten und noch immer endlos weites Gelände vor ihnen lag, begann Hilde laut und aufgeregt zu bellen, und Ben blieb stehen. «Ich glaube, sie hat eine Spur gefunden», rief er.

Alle traten näher. Sie standen am Rand einer Rinne, die zwischen rauen Felswänden ins Tal führte. Sie war mit losem Geröll und Steinbrocken übersät, und weiter unten, dort, wo sie sich zu einer Schlucht verengte, lagen umgestürzte Bäume. Hilde zerrte aufgeregt an der Leine, bereit, sich den Abhang hinunterzustürzen. Ben hatte Mühe, sie zu halten.

«Da unten?», fragte Lena ungläubig. Sie hob ihr Fernglas und sah hinunter. «Von hier ist nichts zu sehen. Wir müssen ein Stück runtersteigen, bis zu den Bäumen. Vielleicht entdecken wir dort etwas.»

Vorsichtig begann sie mit Ben, Jack, Andi und Ferdi den Abstieg, während Flo und Jonas mit der Gebirgstrage zunächst oben blieben und warteten. Das Gelände war abschüssig, und sie rutschten mehr, als dass sie gingen. Besonders schwierig war es für Ben, der zusätzlich Hilde festhalten musste, die vor Ungeduld an der Leine zerrte. Er hielt sie ganz kurz, dennoch stolperte er einmal und wäre fast gefallen.

Als sie etwa die halbe Strecke geschafft hatten, begann es zu regnen. Kalte Tropfen klatschten auf die Steine, und der Wind frischte auf. Sie blieben stehen, zogen sich ihre Regenjacken an. Andi fluchte.

Schließlich hatten sie die Stelle erreicht, wo sich die Rinne zu einer steilen Schlucht verengte. Vom Wind gefällte Bäume versperrten den Weg hinunter, sie lagen kreuz und quer, von der Witterung glatt gescheuert wie riesige Mikadostäbe. Weit unterhalb verlief das Rinnsal eines Baches. Sie befanden sich irgendwo oberhalb des Katzenbachwasserfalls, was bedeutete, dass das Gelände unterhalb dieses Baches noch einmal steil abfiel. Von den Felswänden links und rechts ragten ein paar verkrüppelte Kiefern auf schmalen Vorsprüngen in die Schlucht. Lena seufzte frustriert. Von hier aus kamen sie nicht mehr weiter, ohne zu klettern.

«Wieso sollte da jemand mit einem Rad runterfahren?», fragte Ferdi, ohne eine Antwort zu erwarten.

Er hatte recht, fand Lena. Es schien vollkommen unmöglich, auf diesem Gelände mit einem Fahrrad zu fahren, ohne sich den Hals zu brechen. Andererseits hatte sie bei Einsätzen schon zu viele Dinge gesehen, die sie vorab für unmöglich gehalten hatte. Der Regen wurde stärker, das Wasser rann über ihren Helm und in ihren Kragen, kleine Rinnsale bildeten sich im Geröll, und die Wolken sanken tiefer. Es würde nicht mehr lange dauern, und sie wären komplett vom Nebel umhüllt.

Während Lena und ihre Kameraden noch ratlos die Rinne hinunterblickten, stieg Ben mit Hilde noch etwas tiefer. Plötzlich begann sie wieder, aufgeregt zu bellen, und versuchte, auf einen der Baumstämme zu klettern.

Ben zog sie mit einem knappen Befehl zurück. Hilde machte widerwillig Sitz und winselte leise. «Da unten ist etwas», sagte er nach hinten und spähte durch den Regenschleier die Schlucht hinunter. Nebel zog wie Rauch herauf, die Sicht war gleich null.

«Aber wie soll der Radfahrer denn da runtergekommen sein, verflucht noch mal?», rief Andi und breitete demonstrativ seine Arme aus. «Das ist doch ein Schmarrn! Wenn ihr mich fragt, verschwenden wir nur unsere Zeit. Kein Mensch, der bei Verstand ist, kommt mit dem Rad hierher. Dieser Hund hat doch keine Ahnung, was er da tut.»

«Ich gebe Ben recht», widersprach Lena. «Wir müssen runter und nachsehen. Hilde hat uns schließlich hierhergeführt, weil sie etwas gewittert hat. Wir alle haben das gesehen.»

Andi verzog verächtlich das Gesicht. «Ja, was wird das wohl gewesen sein? Eine Gams? Oder aber auch nur ein Eichhörnchen? Und deswegen sollen wir uns die Haxn brechen?»

«Was hast du eigentlich für ein Problem, Andi?», fragte Lena, der jetzt der Geduldsfaden riss. «Die ganze Zeit stänkerst du rum ...»

«Ich? Was ich für ein Problem habe?», fuhr Andi wütend auf. «Frag doch mal den Jack! Was hat der für ein Problem, dass er mich derart anschnauzt wie heut früh an der Vogelwarte? Und wenn wir grad dabei sind, das eigentliche Problem bist doch du, Lena! Zuerst verarschst du uns nach Strich und Faden mit deinem Schweizer Gspusi, und jetzt tust so, als sei nix gewesen!»

Lena wurde heiß vor Zorn. «Jetzt halt mal die Luft an!», fauchte sie ihn an. «Ihr alle müsstet mich gut genug kennen, um zu wissen, wo ich steh!»

«Ach ja? Wo stehst du denn?», fragte Andi und verschränkte provokant die Arme vor der Brust. «Seit gestern Abend weiß ich das nämlich nicht mehr.»

Lena erwiderte Andis Blick kühl. «Ich muss mich vor dir nicht rechtfertigen. An meiner Haltung hat sich nix geändert. Und das wüsstest du, wenn du ...»

«Stopp!» Bens lauter Ruf, gefolgt von einem Fluch, ließ Lena schlagartig wieder bewusst werden, wo sie sich befanden und was ihre Aufgabe war. In den schuldbewussten Blicken der anderen erkannte sie, dass es ihnen genauso ging.

Sie drehte sich zu Ben um, der gerade noch einmal aus voller Kehle «Stopp!» brüllte, und sah mit Entsetzen, dass Hilde auf das Baumstammdurcheinander gesprungen war und die Leine hinter sich herzog. Offenbar war sie Ben aus der Hand geglitten. Die Stämme glänzten inzwischen vor Nässe. Jetzt kam der große Hund ins Straucheln, rutschte zwischen zwei Baumstämme, fand jedoch auf dem darunterliegenden Stamm ebenfalls keinen Halt und glitt weiter die abschüssige Rinne hinunter. Hilde schaffte es nicht, sich zu fangen, die Pfoten kratzten im vergeblichen Versuch, Halt zu finden, über das glatte, rindenlose Holz. Lena hörte noch ein angstvolles Winseln, dann war Hilde aus ihrem Blickfeld verschwunden.

Ben stand wie vom Donner gerührt da. «Wir müssen sie holen», rief er, und Lena hörte die Angst in seiner Stimme. «Sie kommt nie von alleine wieder hoch.»

«Wir kommen da aber nicht so einfach runter», meldete sich Jack zu Wort, der während Lenas Streit mit Andi auffallend stumm geblieben war. «Es ist zu steil, die umgestürzten Bäume ... »

«Bullshit! Wir müssen sie holen! Jetzt!», brüllte Ben.

«Ben hat recht», sprang Lena ihm bei. «Natürlich müssen wir Hilde da raufholen.» Sie sah sich um. «Könnten wir an der Felswand entlanggehen?», überlegte sie laut und deutete auf die steilen Wände der Schlucht.

Ferdi war ihrem Blick gefolgt. «Ich glaub nicht», sagte er zweifelnd, und Lena nickte. Die Wände waren zu steil, teilweise sogar überhängend, es gab dort keine Möglichkeit, gefahrlos nach unten zu kommen. Blieb nur der mühevolle Weg über die Stämme.

«Wir müssen uns über die Bäume abseilen.» Lena ließ den Blick über das steil nach unten ragende Durcheinander aus Baumstämmen, Ästen und Zweigen gleiten und hielt nach einer passenden Stelle Ausschau. «Aber vorsichtig, damit nichts ins Rollen kommt, sonst gerät man schnell unter die Stämme.»

Von weit unten ertönte ein jämmerliches Winseln. Ben, der ihnen mit grimmigem Schweigen zugehört hatte, schüttelte unwirsch den Kopf und kletterte auf den Baumstamm, auf den zuvor Hilde gesprungen war.

«Was hast du vor?», fragte Lena alarmiert, als sie sah, wie Ben sich rittlings daraufsetzte, mit dem Rücken zum Abgrund.

«Während ihr hier rumdiskutiert und wahrscheinlich

gleich wieder zu streiten anfangt, werd ich jetzt mal meinen Hund retten.»

Lena ging zu ihm hinüber, so schnell es ihr auf dem abschüssigen Hang möglich war. Ein paar Steine lösten sich und verschwanden irgendwo zwischen den Baumstämmen. «Warte!», rief sie drängend. «Das ist viel zu gefährlich! Wir werden Hilde da raufholen ...»

Ben gab keine Antwort, sondern beugte sich vor und begann, den Stamm hinunterzurutschen.

3

Ben wagte nicht, nach unten zu sehen, während er sich langsam, Zentimeter für Zentimeter, den nassen Stamm hinuntergleiten ließ. Der Baum war etwa dreißig Meter lang, und es war schwerer als erwartet, nicht den Halt zu verlieren. Wie auch die anderen Bäume lag dieser offenbar schon eine ganze Weile in der Rinne, das Holz war glatt geschliffen, ohne Rinde. Schnee, Eis, Wind und Regen hatten ihm zugesetzt, und Ben musste seine Oberschenkel hart an den Stamm pressen, um nicht wie Hilde ohne Halt über das vom Regen seifige Holz nach unten zu rutschen. Die morschen Äste boten keinen Halt, sie brachen ab, sobald er sie anfasste.

Er sah kurz nach oben, seine und Lenas Blicke trafen sich, sie wirkte erschrocken und ziemlich wütend. Entschlossen senkte er den Kopf, fixierte das hell gemaserte Holz des Baumstamms unter sich. Die vom Wetter gegerbten Fasern rissen ihm die Hände auf, er spürte, wie sich feine Splitter in seine Handflächen bohrten und durch den dünnen Stoff seiner Hose drangen, doch er achtete nicht darauf. Die Suche nach dem Vermissten war völlig von einem einzigen Gedanken verdrängt worden: Er musste Hilde retten. Es zehrte an seinen Kräften, wie ein Klammeraffe nach unten zu rutschen. Seine Oberschenkel und Arme begannen von der Anspannung bereits zu brennen, und als er sich einmal kurz umdrehte, um nachzusehen, wie weit es noch nach unten ging, rutschte er ab und verlor den Halt, glitt ein paar Meter weiter in die Tiefe. Ein Aufschrei war von oben zu hören. Nachdem er sich wieder gefangen hatte, blieb er ein paar Augenblicke reglos um den Stamm geklammert und versuchte durchzuatmen, dann rutschte er vorsichtig weiter. Sich umzudrehen wagte er nicht mehr, aus Angst, erneut den Halt zu verlieren. Nach einer gefühlten Ewigkeit spürte er, wie seine Füße ins Leere ragten. Er hatte das Ende des Baums erreicht, jedoch keine Vorstellung davon, wo der Stamm auflag. Seine Füße jedenfalls ertasteten keinen Boden. Ragte der Stamm hier in die Luft? Wie hoch? Befand sich unter ihm etwa ein Abgrund? Das hätte bedeutet, dass Hilde womöglich noch tiefer gestürzt war. Er rief nach ihr. Dann drehte er sich vorsichtig ein weiteres Mal um – und blickte in zwei bernsteinfarbene Augen. Hilde stand direkt hinter ihm. Sie wedelte derart heftig mit dem Schwanz, dass der ganze große Körper sich mitbewegte. Jetzt sah er auch, dass seine Füße nur etwa einen halben Meter vom Boden entfernt waren. Der Stamm, auf dem er sich befand, ragte nur ein kleines Stück über den Hang, der zum Bach hinunter weiter abfiel. Steil zwar, aber keine Kante, kein Abgrund. Vor Erleichterung verließ Ben die Kraft, er löste seinen Klammergriff vom Baumstamm, seine Oberschenkelmuskeln lockerten sich, und er rutschte herunter und landete unsanft auf den Steinen – neben Hilde, die ihn so begeistert begrüßte, als hätten sie sich seit Monaten nicht gesehen.

Gerade als Ben sich aufrappelte und über das Funkgerät, mit dem Ferdi ihn am Morgen für diesen Einsatz ausgerüstet hatte, durchgab, dass er wohlauf unten angekommen war, begann Hilde wieder zu bellen und aufgeregt hin und her zu laufen. Er unterbrach die Verbindung und wandte sich ihr zu.

«Was ist, Mädchen?», fragte er, strich über ihren Körper, tastete vorsichtig Fell und Haut ab. Aber Hilde war nicht verletzt, hatte keine Schmerzen, sie war nur aufgeregt. Da begriff er: Sie wollte ihm etwas zeigen. Er packte die Leine, die noch immer an ihrem Geschirr hing, und löste sie. Es war besser, sie hier frei laufen zu lassen, als sich von ihr womöglich noch weiter den Abhang hinunterziehen zu lassen. Tatsächlich begann sie laut bellend zum Bach zu laufen.

«Langsam, Hilde», mahnte er und folgte ihr.

Wegen ihrer Größe kam Hilde in diesem Gelände ebenfalls nicht gut voran, wenngleich immer noch besser als er. Als Jagd- und Laufhund gezüchtet, konnte sie gut und recht schnell auf freier Strecke laufen; hier, zwischen den Felsbrocken, sah ihr Eifer, möglichst rasch vom Fleck zu kommen, ungelenk und ein wenig tollpatschig aus.

Je näher Ben dem Bachlauf kam, desto mehr verlor das Gelände an Kargheit. Moos und Flechten wuchsen auf den Steinen, und vereinzelt hatten sich niedrige Latschen zwischen den Felsbrocken festgekrallt.

Er hatte das Bachbett fast erreicht, als Hilde abrupt stehen blieb und lauschte. Auch Ben hielt inne. Und da hörte er es: Jemand schrie um Hilfe. Schwach, aber doch deutlich vernehmbar. Ben drehte sich in die Richtung, aus der er den Hilferuf vernahm. Er kam von einer Stelle etwa dreißig Meter links, knapp unterhalb der Felswand, die bedrohlich steil nach oben ragte und halb vom Nebel verhüllt war. Dort hockte eine Gestalt inmitten eines wilden Latschengestrüpps und winkte.

Ben lief los, und während er sich näherte, erkannte er einen Mann. Er war um die sechzig, korpulent, bekleidet mit Helm, Radlerhose und Radlerhemd. Sein Gesicht war bleich und wies mehrere blutige Schrammen auf.

«Helfen Sie mir!», rief er mit schwacher Stimme. «Ich glaube, mein Knöchel ist gebrochen.»

Ben nahm sein Funkgerät. «Ich habe ihn gefunden», meldete er und winkte nach oben. «Er ist verletzt.»

Ein ungewohntes Glücksgefühl durchströmte ihn, als ihm klar wurde, dass Hilde diesem Mann vermutlich das Leben gerettet hatte. Ohne ihre Spürnase wären sie überhaupt nicht auf die Idee gekommen, hier herunterzusteigen. Die Schlucht war so eng und mit diesen verfluchten Baumstämmen versperrt, dass er sich gar nicht vorstellen konnte, wie der Mann dort heruntergelangt war. Sicher nicht mit dem Rad.

«Es kommt gleich Hilfe», erklärte er dem Verletzten im beruhigenden Tonfall. Dann zog er seine Jacke aus und legte sie dem Mann um die Schultern. Es regnete noch immer in Strömen, und der Mann war bleich vor Schock und Kälte. Bestimmt war er unterkühlt, wo er schon seit gestern hier lag.

«Wo haben Sie denn Ihr Fahrrad? Kann ich es von irgendwo bergen?», fragte Ben nach einer Weile, während der er zugesehen hatte, wie sich der Bergwachtstrupp oben fertig machte, um sich zu ihnen abzuseilen.

Der Mann gab keine Antwort. Er hatte sich aufgerichtet und hielt Bens Jacke mit verkrampften Fingern vor der Brust zusammen.

Ben kniete sich zu ihm und rieb ihm die Arme und den Oberkörper. «Sie sind jeden Moment da», versicherte er noch einmal. «Sie haben's gleich geschafft.»

Inzwischen seilten sich zwei Bergwachtler durch die Schlucht zu ihnen ab. Ben erkannte Lena und Ferdi. Sie kamen schnell näher, und Ben stand auf. Als Lena unten angelangt war, wandte sie sich ihm wutentbrannt zu, kaum dass ihre Füße den Boden berührten. Ben sah an ihrem Gesichtsausdruck, wie zornig sie war, und wappnete sich.

So schnell es in dem unwegsamen Gelände möglich war, lief sie zu ihm herunter. «Sag mal, spinnst du komplett?», rief sie ihm entgegen, noch bevor sie ihn erreicht hatte. «Was war das denn für eine beschissene Kamikaze-Aktion? Das hätte brutal schiefgehen können.»

«Ist es aber nicht», gab Ben zurück. Sie hatte natürlich recht, aber er hatte vorhin einfach nicht anders handeln können und würde es genauso wieder tun. Immerhin war es um Hilde gegangen.

«Trotzdem! Glaubst du, du stehst über den Dingen, oder was? Du bist mit uns unterwegs und hast dich gefälligst an unsere Regeln zu halten. Du Idiot hast das gesamte Team gefährdet.»

Ben maß sie mit einem langen Blick. Ihre Haare hatten sich aus dem Zopf gelöst und ringelten sich regennass um ihr Gesicht, die dunklen Augen funkelten vor Zorn. Sie sah hinreißend aus. Trotzdem hatte er keine Lust, sich ausgerechnet von Lena Veith herunterputzen zu lassen wie ein Schuljunge. Er dachte an gestern, an die Sitzung und an diesen aalglatten Kerl, der sich so überraschend als Lenas Ex entpuppt hatte, und spürte, wie auch in ihm die Wut hochkochte. «Ausgerechnet du erzählst mir was von euren Regeln?», fuhr er sie an. «Nach dem, was ich bei der Sitzung mitbekommen habe, scherst du dich doch selbst keinen Deut um euren hochgelobten Teamspirit!»

Lena reagierte so unmittelbar, dass er die Ohrfeige nicht kommen sah, er spürte nur einen harten Schlag auf seiner rechten Wange und sog überrascht die Luft ein. Lena schien genauso überrascht. Sie wich einen Schritt zurück.

«Entschuldige», murmelte sie und rieb sich die Hand, als hätte sie sich verbrannt. Dann wandte sie sich ohne ein weiteres Wort ab und ging zu Ferdi, der bereits dabei war, den Mann zu untersuchen, und ihrer Auseinandersetzung keine Beachtung geschenkt hatte.

Ben folgte nach kurzem Zögern. Seine Wange brannte, der Schlag war heftig gewesen, und er wusste nicht, worüber er sich mehr ärgerte: über Lena Veith und ihre Arroganz oder über sich selbst, weil er einfach nie den Mund halten konnte.

Ferdi legte einen provisorischen Verband um den Knöchel des Mannes, dann stand er auf und trat zu Ben und Lena. «Knöchelfraktur und vermutlich eine Gehirnerschütterung. Und er ist stark unterkühlt. Wie er hierhergekommen ist, kann oder will er nicht sagen», berichtete er achselzuckend. «Angeblich hat er sich verirrt, dann ist er gestürzt und hat für eine gewisse Zeit das Bewusstsein verloren. Mehr ist nicht aus ihm rauszuholen.» Er runzelte die Stirn. «Kommt mir irgendwie komisch vor.»

«Ich habe ihn nach dem Rad gefragt, aber er hat mir nicht geantwortet», meldete sich Ben zu Wort. «Ist das der Schock?», fragte er an Ferdi gewandt und vermied es, Lena anzusehen.

Ferdi zuckte mit den Achseln. «Kann sein. Schwer zu sagen. Jetzt müssen wir ihn erst einmal von hier wegbringen. Wenn er erst mal im Krankenhaus ist, sieht das Ganze womöglich schon anders aus.»

«Der Heli kann wegen des Wetters nicht fliegen», sagte Lena. «Wir müssen ihn da raufschaffen, was ...»

«... richtig Scheiße ist», ergänzte Ferdi und verzog das Gesicht.

Die Bergung dauerte mehrere Stunden. Nachdem sie eine Weile überlegt hatten, wie es am besten zu bewerkstelligen wäre, ohne den Verletzten übermäßig zu belasten, entschied Lena am Ende, ihn trotz aller Hindernisse einfach hinaufzuziehen. Wie sie inzwischen anhand der Koordinaten sicher wussten, befanden sie sich direkt über dem Katzenbachwasserfall, was bedeutete, dass eine Bergung von unten unmöglich war. Daher bauten sie ganz oben an der Kante einen Flaschenzug und zogen den Bergesack mit dem Verletzten an einem Seil über die Stämme und das Durcheinander aus Ästen und durch das Geröllfeld hinauf.

Ben war am Seil nach oben geklettert, um den dort wartenden Männern zu helfen, während Lena und Ferdi zusammen mit Jack hinter dem Bergesack hinaufkraxelten und ihn immer wieder über herausragende Äste wuchteten oder gerade rückten, wenn er sich irgendwo verkeilt hatte. Hilde musste warten, bis der Verletzte sicher oben gelandet war, und sie war darüber gar nicht begeistert. Ben hatte sie an einer herausstehenden Wurzel festgebunden, damit sie nicht auf die Idee kam, sich selbstständig einen Weg zu suchen, und am Ende noch einmal abstürzte.

Sie brauchten all ihre Kräfte für diese Rettungsaktion und kamen dabei doch nur sehr langsam voran. Inzwischen regnete es in Strömen, und der Nebel war so dicht, dass von den Bergwachtlern nur noch Schemen zu erkennen waren. Sie mussten sich per Funk verständigen. Als der Verletzte endlich am Kar angelangt war, war die gesamte Truppe erschöpft und völlig durchnässt. Vorsichtig hoben sie den Mann auf die Gebirgstrage. Während Ferdi, Flo, Jonas und Andi mit dem holprigen Transport zum Waldrand begannen, machte sich Lena mit Jacks Hilfe bereit, noch einmal nach unten zu steigen, um Hilde zu holen.

Ben hatte zunächst darauf bestanden, selbst noch einmal runterzuklettern. Aber das hatte ihm nur ein harsches «Auf gar keinen Fall!» von Lena eingebracht, und auch die anderen waren dagegen gewesen. Er war kein Mitglied der Bergwacht, galt also nicht als Teil der Truppe und war auch kein ebenso geübter Kletterer wie sie. Auch sein Einwand, dass Hilde gute vierzig Kilo wog, ließ Lena nicht gelten. «Da hab ich schon schwerere Brocken geschleppt», meinte sie lapidar und ließ sich ohne weitere Diskussion langsam entlang einem der Baumstämme hinunter.

Während sie wieder im Nebel verschwand, blieb Ben nichts

anderes übrig, als neben Jack zu warten, und er kam sich ziemlich blöd dabei vor.

Als Lena kurz darauf mit der durch einen Klettergurt gesicherten Hilde im Arm zurückkam, atmete er erleichtert auf. Hilde schien etwas verwirrt von dem ungewohnten Transport, ansonsten aber guter Dinge. Wie alle anderen auch war sie patschnass und sah jetzt, mit dem eng angeklatschten Fell, regelrecht mager aus, als hätte sie in den letzten Stunden die Hälfte ihres Gewichts verloren.

Nach zwei weiteren Stunden kamen sie endlich mit dem Verletzten an der Vogelwarte an. Inzwischen war es später Nachmittag geworden. Es nieselte nur noch leicht, doch die Wolken hingen nach wie vor tief und ließen erahnen, dass es sich hierbei nur um eine kurze Verschnaufpause handelte. Der Krankenwagen wartete bereits auf dem Hof, und die Sanitäter nahmen sich des Verletzten an.

Der Mann hatte die gesamte Rettung über geschwiegen. Bleich und stumm hatte er in seinem Bergesack gelegen und hin und wieder die Augen geschlossen. Auf Nachfragen seitens der Bergwachtler, ob er Schmerzen habe, hatte er nur den Kopf geschüttelt. Auch Erkundigungen zum Unfallhergang und dem Verbleib seines Fahrrads blieben unbeantwortet. Als der Krankenwagen jetzt davonfuhr, sah der ganze Trupp ihm einen Moment lang ratlos nach. Zu merkwürdig war das Verhalten des Mannes gewesen.

Trotz der spürbaren Erleichterung, den Einsatz erfolgreich zu Ende gebracht zu haben, war die Stimmung in der Gruppe noch immer schlecht. Während ihres Weges zurück hatten alle nur das Nötigste gesprochen, Jack und Andi hatten sich so demonstrativ angeschwiegen, dass die Stille regelrecht in den Ohren dröhnte. Ben selbst hatte auch keine Lust gehabt zu reden. Er wusste nicht, was der Grund für die miese Stimmung war, vermutete aber, dass sie zumindest zum Teil mit der gestrigen Gemeinderatssitzung zusammenhing und mit der Bombe, die Lenas Ex hatte platzen lassen. Lenas Ohrfeige wurmte ihn sehr viel weniger, als er gedacht hatte. Vielmehr verspürte er eine widerwillige Bewunderung darüber, wie sie zugeschlagen hatte, ohne eine Sekunde zu zögern. Im Grunde seines Herzens wusste er, dass er sie verdient hatte. Er war wütend auf sie gewesen und hatte eine Möglichkeit gesucht, sie zu verletzen. Und prompt die Quittung dafür bekommen.

4

Ich fahr mit dir.» Andi stieg zu Jonas auf das Quad, ohne sich von den anderen zu verabschieden. Offenbar konnte er es nicht erwarten, von den anderen wegzukommen.

Lena sah ihm erschöpft nach. Dieser Zwist war ermüdend, er machte die Zusammenarbeit so viel anstrengender. Aber offenbar war sie im Augenblick nicht die Richtige, um zwischen Andi und Jack zu vermitteln, vor allem nicht nach dem gestrigen Abend. Im Stillen wünschte sie Alain noch einmal alles Schlechte an den Hals, dafür, dass er sie in diese Situation gebracht hatte.

«Kommst du?» Ferdi, Flo und Jack warteten bereits am Pick-up auf sie. Die drei sahen ebenfalls müde aus.

Ben stand neben ihnen, die tropfnasse Hilde schmiegte sich an seine Beine. Lena warf ihm einen Blick zu, war kurz versucht, sich für die Ohrfeige zu entschuldigen, zögerte jedoch. In diesem Moment wandte Ben den Kopf, und ihre Blicke trafen sich. Er sah sie so lange und intensiv an, dass ihr Herz schneller zu klopfen begann und ihr trotz der regennassen Kleidung warm wurde. Dann lächelte er. Es lag kein Spott, keine Provokation in diesem Lächeln, sondern so etwas wie ein zaghaftes Entgegenkommen, ja fast eine Art Entschuldigung. Sie erwiderte sein Lächeln, und für einen Augenblick schien alles ganz einfach.

«Danke für deine Hilfe, Ben», sagte sie, «ohne Hilde hätten wir den Mann nicht gefunden.»

Er grinste. «Aber am Feintuning sollten wir noch ein wenig arbeiten.»

«Stimmt.» Lena musste lachen. «Beim nächsten Mal.»

«Ist das ein Versprechen?»

Sie nickte und wunderte sich gleichzeitig. Über Ben und über sich selbst.

Gerade wollte sie einsteigen, da kam von unten ein Auto in einem so aberwitzigen Tempo heraufgerast, dass es in der letzten Kurve zu schlingern begann und gerade noch so die Einfahrt traf, ohne einen der gemauerten Torpfosten mitzunehmen. Überrascht hielten alle inne. Es war Miris alter Jeep, der die kopfsteingepflasterte, holprige Einfahrt heraufbretterte und dann mit quietschenden Reifen zum Stehen kam. Miri sprang aus dem Auto, kaum dass der Motor verstummt war. Sie sah völlig aufgelöst aus. Ihre Vogelnestfrisur war noch mehr in Unordnung als sonst, zerzauste Strähnen hingen ihr in das rot verquollene Gesicht. Sie hatte offensichtlich geweint. Zerlaufene Wimperntusche hatte zwei schwarze Rinnsale von ihren geröteten Augen über die Wangen gezeichnet.

«Miri! Was ist los?», rief Lena.

Miri blinzelte. Sie schien erst jetzt zu bemerken, dass neben Ben auch noch Leute von der Bergwacht da waren. «Oh, hallo, Lena.» Sie nickte abwesend in die Richtung des Pick-ups, dann begann sie unvermittelt erneut zu weinen.

«Was ist passiert?», fragte Ben erschrocken.

Miri wollte etwas sagen, doch stattdessen kam nur ein raues Schluchzen aus ihrer Kehle. Sie schüttelte den Kopf und deutete auf den Kofferraum. Eilig ging Ben zu Miris Jeep, und Lena und die anderen folgen ihm. Während er langsam die Heckklappe öffnete, trat Lena neben ihn.

Der Geruch nach Blut und Tod stieg ihr in die Nase, noch bevor sie begriff, was sie sah. Eine Wolke braunweißer Federn lag auf einer Decke, dann erst identifizierte sie gelbe Krallen, einen dunklen, aufgerissenen Schnabel, den Kopf. Und schließlich sah sie das Blut, die verkrustete Wunde, und registrierte das rostige Fangeisen, das danebenlag. Ben stieß einen heftigen Fluch aus. Die anderen waren inzwischen zu ihnen gestoßen und starrten schockiert in den Kofferraum.

«Was ist das für ein Vogel?», fragte Lena leise in die atemlose Stille hinein.

Ben wandte sich ihr zu. Er war blass unter seiner sonnengebräunten Haut, seine blauen Augen hatten sich verdunkelt. «Das ist ein Habicht», antwortete er mit vor Wut gepresster Stimme.

«Ich hab ihn unterhalb des Frauenbodens gefunden», meldete sich jetzt Miri zu Wort. Sie wischte sich unbeholfen mit dem Handrücken über die Augen. «Am Waldrand, wo das Sternmoos beginnt. Er steckte noch in der Falle. Ich glaube, er war nicht mal sofort tot, ist da drin qualvoll verendet ...» Sie stockte, dann brach sie mit einem erstickten Schluchzer ab. Ihr Kinn zitterte, und die Tränen liefen ihr über die Wangen.

Jack, der direkt neben ihr stand, kramte ein Taschentuch aus seiner Jackentasche und hielt es ihr wortlos hin, doch sie bemerkte es gar nicht. Er guckte etwas hilflos in die Runde, dann legte er den Arm um Miri und drückte sie an sich. Die Vogelwartin vergrub ihr Gesicht in seiner nassen Bergwachtsjacke. Ihre Schultern bebten.

«Wer tut so was?», wollte schließlich Ferdi wissen.

Ben hob die Schultern. «Jäger, die Greifvögel als Konkurrenz beim Niederwild ansehen, Geflügelbauern, denen ein Habicht schon mal ein Huhn gestohlen hat, Taubenzüchter, die ihnen die Schuld geben, wenn eine Brieftaube nicht zurückkommt, oder einfach Irre, solche Typen, die auch Pferde aufschlitzen ...» Behutsam nahm er die Decke mit dem toten Habicht aus dem Auto und trug sie zu dem Gartentisch, der vor der efeuüberwucherten Villa der Vogelwarte stand. «Ich bring nur schnell Hilde ins Trockene, dann rufen wir bei der Polizei an und erstatten Anzeige», sagte er, als er zurückkam.

«Wir können Jonas gleich Bescheid geben, wenn wir ihn unten sehen», schlug Lena vor.

Ben nickte. «Danke.»

Mit einem kleinen, traurigen Lächeln löste Miri sich aus Jacks Umarmung. Der räusperte sich und sah zu Lena herüber. «Ähm, ja. Dann fahren wir mal besser gleich los, oder?»

Lena nickte. Sie drückte Miri kurz und heftig an sich, dann ging sie zum Auto, und Jack, Ferdi und Flo folgten ihr. Sie setzte sich ans Steuer und wendete. Kurz bevor sie davonfuhr, blickte sie noch einmal zurück zu Ben. Er wirkte nicht mehr wütend, sondern sah tieftraurig aus.

5

Ben sperrte seine Haustür auf, nahm ein altes Badelaken vom Haken und rubbelte Hilde im Flur damit kräftig ab, bevor er sie halbwegs trocken in die Küche ließ und ihren Napf mit Trockenfutter füllte.

«Das hast du heute super gemacht», murmelte er, während Hilde sich gierig auf ihr Abendessen stürzte.

Dann öffnete er die Luke des großen Holzherds. Nachdem er den ganzen Tag nicht hier gewesen war, war das Feuer fast ganz heruntergebrannt, unter der Asche befand sich jedoch noch ein kleines Glutnest. Er legte ein paar Holzscheite nach und sah zu, wie das Feuer wieder aufflammte und knisternd die Scheite erfasste. Der Raum füllte sich mit dem Duft nach Holzrauch und Behaglichkeit. Er schloss die Klappe, ließ den Lüftungsriegel jedoch offen und ging wieder nach draußen, wo Miri neben dem toten Vogel auf ihn wartete.

Kurz darauf rief Jonas ihn an. Nachdem Ben ihm den Fall geschildert hatte, versprach Jonas, sich gleich am nächsten Morgen den Tatort und das Fangeisen anzusehen. Er schlug sogar vor, gleich zu kommen, doch Ben meinte, das sei nicht nötig. Es war spät, alle waren bis auf die Haut durchnässt und hatten einen anstrengenden Tag hinter sich. Auf ein paar Stunden mehr oder weniger kam es hier nicht an. Der Habicht war tot, der Täter längst über alle Berge.

Nachdem Ben das Gespräch beendet hatte, lud er Miri noch auf ein Glas Wein zu sich ein. Eigentlich sehnte er sich nach nichts anderem, als den Rest dieses anstrengenden Tages auf dem Sofa bei einem Bier ausklingen zu lassen. Doch Miri sah so verloren und gleichzeitig so wütend aus, dass er es nicht übers Herz brachte, sie den Abend allein verbringen zu lassen. Zumindest für eine schnelle Dusche blieb ihm noch Zeit, bevor sie sich trafen.

Er war gerade in eine alte Jeans und ein Shirt geschlüpft, als sie vor der Tür stand. In einer Hand hielt sie eine Flasche Rotwein, in der anderen balancierte sie eine flache Ofenform mit etwas, das wie ein Zwiebelkuchen aussah. Lediglich ein Stück fehlte.

«Ich hatte noch Quiche von gestern zu Hause, du hast doch sicher auch Hunger?»

«Allerdings», gab Ben grinsend zu und ließ sie herein.

Sie setzten sich in die Küche an die Eckbank. Während Miri sich ihren Wein einschenkte, blieb Ben beim Bier. Sein Magen knurrte beim Anblick der Quiche, und ihm wurde bewusst, dass er seit dem Frühstück nichts mehr gegessen hatte.

Die beiden hielten sich nicht damit auf, das Essen erst noch warm zu machen. Während sie aßen, rätselten sie darüber, wie sie dem Vogelmörder auf die Spur kommen könnten, und entwarfen Pläne, um ihm das Handwerk zu legen, die, je länger sie darüber nachdachten, umso schmerzvoller und unangenehmer für den Täter wurden. Am Ende jedoch war ihnen nichts wirklich Effektives, halbwegs Realistisches eingefallen. Der Kerl konnte jederzeit und überall zuschlagen. Das einzig Mögliche war, mit offenen Augen durch die Natur zu gehen, auf Schlag- oder Korbfallen zu achten sowie auf vergiftete Köder, was sie ohnehin schon taten. Ben beschloss außerdem, Infotafeln zu entwerfen und sie im ganzen Gebiet rund um Bichlbrunn aufzustellen und auch im Internet zu informieren, um die Bevölkerung zu sensibilisieren. Mehr konnten sie nicht tun.

Miri war noch immer tief bekümmert. «Wenn Fredo etwas zustößt, steck ich diesen Kerl mit dem Kopf voran in so ein verfluchtes Fangeisen», knurrte sie und trank ihr Glas mit einem großen Schluck aus.

Ben schenkte ihr nach und erzählte von dem Bergwachtseinsatz, bei dem er mit Hilde dabei gewesen war – Lenas Ohrfeige tunlichst aussparend –, um Miri etwas abzulenken. Doch sie hörte nur mit halbem Ohr zu, wie ihm schien.

«Das war ein Ding, gestern Abend auf der Gemeinderatssitzung, was?», sagte sie unvermittelt, nachdem er seine Schilderung beendet hatte.

Ben nickte, etwas überrascht über den plötzlichen Themenwechsel. «Das kannst du laut sagen.» Er dachte an Lena, an seine Wut auf sie nach der Gemeinderatssitzung und auch heute während des Einsatzes und an den Blick, den sie am Ende gewechselt hatten und der etwas ganz anderes gesagt hatte. Seine Gefühle für sie waren so widersprüchlich, dass es ihm schwerfiel, sie zu sortieren. Miri redete schon weiter, und Ben war froh darüber. Dann musste er nicht über Lena und sich selbst nachdenken.

«Die Leute auf der Tribüne sind sich fast an die Gurgel gegangen. Nur gut, dass Ramsauer die Sitzung unterbrochen hat, wer weiß, vielleicht hätte es tatsächlich noch eine Schlägerei gegeben.» Sie lächelte kurz. «Das war ein bisschen so wie bei Asterix und Obelix in ihrem gallischen Dorf, fehlte nur noch Verleihnix, der mit einem stinkenden Fisch auf alle eindrischt. Man müsste lachen, wenn es nicht so bitter wäre.»

Sie sah aus dem Fenster, und Ben folgte ihrem Blick. Die Wolken hingen noch immer tief über dem Rabensteiner Wald, nur im Westen riss die Wolkendecke vereinzelt auf.

«Lena hat mir leidgetan», fuhr Miri nachdenklich fort.

Ben hob den Kopf. Schon wieder Lena. «Sie hat dir leidgetan? Wieso?»

«Na, hör mal! Wie dieser André sie benutzt hat, um

Stimmung für dieses Projekt zu machen, das war ja wohl die Höhe.»

«Alain.»

«Wie?» Stirnrunzelnd sah Miri ihn an.

«Der Schweizer. Er heißt Alain.»

«Ach so.» Sie machte eine wegwerfende Handbewegung. «Das ist doch egal. Er ist ein Scheißkerl, so viel ist mal sicher, egal, wie er heißt.»

«Wieso bist du überzeugt davon, dass er sie benutzt hat?»

«Du etwa nicht?» Miri wirkte verblüfft. «Das konnte doch ein Blinder mit Krückstock sehen. Lena ist aus allen Wolken gefallen.»

«Es könnte ja ein abgekartetes Spiel zwischen den beiden gewesen sein. Lena muss doch gewusst haben, dass ihr Freund ...»

«Ex-Freund!»

«Okay, von mir aus ihr Ex-Freund mit im Boot ist. Ich meine, er ist der Leiter dieser Eventagentur mit dem bescheuerten Namen! Das musste sie doch wissen!»

«Wieso? Sie sind seit sechs Jahren getrennt. Damals war er Profibergsteiger. Sie haben in Frankreich gelebt, und danach ist sie zurück nach Bichlbrunn gegangen. Sie muss überhaupt nichts mehr von ihm wissen. Und sie wusste auch nichts. Ich hab es ihrem Gesicht angesehen. Sie war völlig fassungslos.» Miri sah ihn streng an. «Du bist direkt neben ihr gesessen. Wenn du nicht so ein verbohrter Idiot wärst, hättest du es auch gesehen.»

«Also, bitte!» Empört fuhr Ben auf. «Ich bin doch kein verbohrter Idiot!»

«Doch. Was Lena und die anderen im Dorf betrifft, schon. Immer denkst du nur an alte Geschichten, die längst vorbei sind. Das verstellt dir den Blick.»

Ben runzelte die Stirn. Er hatte Miri an einem ihrer geselligen Abende von seinem Vater und seiner schwierigen Kindheit im Dorf erzählt. Weil Miri nicht von hier kam, hatte sie davon nichts gewusst. «Aber das ist bei den anderen doch auch so! Wenn sie mich sehen, denken sie sofort an meinen Vater, den alle gehasst haben. Mich eingeschlossen.» Es gefiel ihm nicht, welche Wendung dieses Gespräch nahm.

«Wundert dich das? Wenn du selbst immer nur dran denkst?»

Einen Moment schwieg Ben und trank von seinem Bier. «Selbst wenn», verteidigte er sich schließlich, «das hat rein gar nichts mit Lena Veith und der Gemeinderatssitzung zu tun! Du weißt nicht, ob Lena gewusst hat, dass Alain kommt. Du interpretierst nur etwas in ihren Gesichtsausdruck hinein. Vielleicht sind die beiden sogar noch zusammen? Immerhin hat Lena gestern Abend einen Rock getragen. Ich hab sie vorher noch nie mit einem Rock gesehen. Nie! Sie hat sich also besonders hübsch angezogen. Warum wohl?»

Miri starrte Ben so lange an, dass dieser nervös wurde. Dann begann sie zu lachen. «Ach, du meine Güte, Ben! In welchem Jahrhundert lebst du denn? Es gibt tausend Gründe, warum eine Frau sich was Schönes anzieht. Da muss doch nicht zwingend ein Mann dahinterstecken!»

«Wenn du das sagst ...» Ben zuckte mit den Achseln, leicht pikiert wegen Miris unerwartetem Heiterkeitsausbruch.

Miri drehte grinsend ihr Weinglas in den Händen. «An dieser Rock-Sache ist meiner Meinung nach nur eines bemerkenswert.»

Sie machte eine bedeutungsvolle Pause, sodass Ben sich genötigt fühlte zu fragen: «Und was, bitte schön?»

Ihr Grinsen wurde breiter. «Dass dir das sofort aufgefallen ist.»

Miri war schon eine ganze Weile gegangen, und noch immer saß Ben auf der Eckbank und sah aus dem Fenster. Er hatte sich eine weitere Flasche Bier geholt. Inzwischen war es dunkel geworden; das Bier und die Wärme, die der Küchenherd noch immer ausstrahlte, machten ihn müde. Ich sollte ins Bett gehen, dachte er schon zum wiederholten Mal, doch er konnte sich nicht aufraffen, aufzustehen und mit Hilde die letzte Nachtwächterrunde zu drehen. Sein Gesicht, das sich in der dunklen Fensterscheibe spiegelte, erschien ihm fremd, kantig und abweisend.

«Bin ich wirklich ein verbohrter Idiot?», fragte er sein schemenhaftes Spiegelbild. «Liegt es an mir, dass die alten Geschichten mich nicht loslassen?»

Er hätte am liebsten mit Lena darüber gesprochen. Für ihn war sie so etwas wie ein Bindeglied zu früher. Gestern, vor der Gemeinderatssitzung, hatte es kurz den Anschein gehabt, als ginge es ihr genauso. Sie hatte mit ihm reden wollen, und es hatte sich gut angefühlt, normal. Doch der Moment war schnell vorbei gewesen, und dann war alles nur noch schlimmer geworden. Die Gemeinderatssitzung, Alain Rochats Auftreten, der heutige Einsatz. Ben kam es vor, als spürte er ihre Ohrfeige noch immer auf seiner Wange, und seufzte. Er konnte einfach nicht normal mit Lena auskommen.

Abrupt wandte er den Blick von seinem Spiegelbild in der Scheibe ab. Stopp. So ging das nicht weiter. Lena war nicht Teil der Lösung, sondern Teil des Problems, das er mit Bichlbrunn hatte. Das hatte sich heute wieder ganz deutlich gezeigt. Miri hatte recht. Er musste nach vorne schauen. Etwas Neues beginnen. Einen ersten Schritt machen.

Einen ersten Schritt ... Vicki fiel ihm ein. Er hatte oft an sie gedacht, seit sie nach seinem Geburtstag weggefahren war. Es war zwar nichts völlig Neues, aber irgendwie doch. Ein neuer

Versuch, der Versuch, etwas besser zu machen ... Vielleicht war das genau das Richtige?

Ein Fuchs trat in das Licht, das aus dem Küchenfenster auf die Wiese fiel. Erschrocken blieb er stehen, als der Lichtschein ihn traf, und wandte den Kopf zum Fenster. Seine Augen leuchteten auf wie zwei kleine Glühlampen. Er stand ein paar Augenblicke wie erstarrt, dann huschte er weiter und wurde von der Dunkelheit verschluckt.

Ben sah ihm noch nach, als er schon längst verschwunden war, und fasste schließlich einen Entschluss. Er nahm das Handy, das auf dem Tisch lag, und wählte Victorias Nummer.

6

Eigentlich hatte sie ein Bad nehmen und sich dann mit einer Tiefkühlpizza aufs Sofa werfen, irgendeine Vorabendserie anschauen und danach früh ins Bett gehen wollen. Doch obwohl sie erschöpft, durchnässt und durchgefroren war, hatte Lena keine Ruhe für ein Bad. Sie war genervt, wütend, traurig von den Ereignissen und Missstimmungen des Tages. Und verwirrt. Letzteres hing nicht mit dem Einsatz, sondern allein mit Ben zusammen. In ihrem Kopf herrschte ein einziges Durcheinander.

Daher schälte sie sich nach ihrer Rückkehr nur hastig aus ihrer nassen Kleidung und drehte die Dusche an, so heiß, wie sie es gerade noch aushalten konnte. Nach fünf Minuten war sie krebsrot, ihr ganzer Körper kribbelte, das Gefühlschaos in ihrem Kopf hatte sich jedoch nicht gelegt.

Sie schlüpfte in ihren Bademantel, ging barfuß durch ihr Wohnzimmer und sah aus dem Fenster. Draußen war es grau, immerhin hatte der Regen eine Pause eingelegt. Auf dem Parkplatz vor dem Haus spiegelte sich der wolkenverhangene Himmel in den Pfützen, und eine schlecht gelaunte Amsel hockte auf dem Dachfirst vom Haus gegenüber und plusterte ihr zerrupftes Gefieder auf. Während am Rabenstein die Wolken noch tief hingen und weiteren Regen versprachen, lüpfte sich weiter im Westen das düstere Bleigrau ein wenig und gab die gezackte Silhouette des Jubiläumsgrats frei.

Lena starrte eine Weile hinaus, ihr Blick glitt über die Dächer des Dorfes in die Ferne, und sie fasste spontan den Entschluss, lieber noch zu ihrer Tante auf die Obermoosalm zu radeln, statt den Abend auf dem Sofa zu verbringen. Wenn es einen Ort gab, an dem sie ihre Gedanken ordnen und zur Ruhe kommen konnte, dann dort.

Bereits das Radfahren über die Wiesen in Richtung Frauenboden beruhigte sie. Es hatte sich abgekühlt, das Gras links und rechts des Wanderwegs war dunkelgrün und saftig, die Luft erfüllt von Feuchtigkeit und Frische. Vom Sternmoos stiegen zarte Nebelschwaden empor.

Ihr fiel der tote Habicht ein, den Miri dort gefunden hatte. Wer um alles in der Welt kam auf so eine grausame Idee, einen Greifvogel mit einer Schlagfalle zu fangen? Oder überhaupt die Vögel zu töten, gleichgültig, auf welche Weise? Jäger, Geflügel- oder Taubenzüchter oder irgendwelche Verrückte, hatte Ben gemeint. Für Lena waren alle Menschen, die so etwas taten, gleichermaßen verrückt, es gab kein Argument, mit dem sie ihr Machwerk auch nur ansatzweise hätten rechtfertigen können. Sie hoffte, die Polizei würde den Täter zu fassen bekommen.

Inzwischen hatte sie die Anhöhe erreicht, die zum Frauenboden hinaufführte, und der Weg begann anzusteigen. Sie hätte auch die Forststraße fahren können, sie war weniger steil, doch der Wanderweg gefiel ihr besser. Er führte in mehreren Kehren an der Westflanke hinauf und bot nach jeder Kurve sensationelle Ausblicke auf das Wettersteinmassiv.

Nach etwa der Hälfte des Wegs erreichte sie eine Wiese, die in Bichlbrunn den inoffiziellen Namen Cyclamenbödala trug. Im Frühjahr und Frühsommer blühten dort unzählige wilde Alpenveilchen, die die Wiese in einem fast unwirklich leuchtenden Magentarot erstrahlen ließen, was einzigartig für die Gegend war. Nirgendwo sonst in diesem Teil der Alpen kam diese Sorte eleganter kleiner Veilchen vor. Jetzt, im Spätsommer, war von der Blütenpracht nichts mehr zu erkennen, dennoch sah die sanft gewellte Fläche im Licht der zaghaften Sonnenstrahlen, die jetzt durch die Wolkendecke drangen, zauberhaft aus. Das kurze, dichte Gras schimmerte smaragdgrün, und die vereinzelt herumliegenden Felsbrocken und niedrigen Fichtenschösslinge warfen lange, verwunschenen Sagengestalten gleichende Schatten.

Lena stieg von ihrem Rad ab und schob es den schmalen, kaum sichtbaren Trampelpfad entlang, der am Rand der Wiese entlangführte. Dieser Weg war eine wenig bekannte Abkürzung, und sie wollte ihn nicht mit tiefen Reifenspuren beschädigen. Der Boden war weich, und die dichte Schicht aus Kiefernnadeln verschluckte das Geräusch der dicken Reifen, während Lena vorsichtig über Wurzeln und Steine stieg und das Rad neben sich herschob.

Als sie sich der Kuppe näherte, riss die Wolkendecke auf und gab einen spektakulären Blick auf das Wettersteinmassiv frei. Der Teufelskopf mit seinem markanten Gipfel wurde von der Abendsonne in rotes Licht getaucht und wirkte verheißungsvoll und bedrohlich zugleich. Die Nebelschwaden, die aus dem Höllental aufstiegen, gaben ihm etwas Entrücktes, er erschien wie ein mystischer Berg, nicht von dieser Welt.

Obwohl sie den Anblick durchaus gewohnt war, blieb Lena stehen und betrachtete das Schauspiel. Ein leiser Schauder überlief sie. Das hier war ihre Heimat. Hier, inmitten dieser wunderbaren Berge, war sie zu Hause. Diese Bilder waren in ihr abgespeichert von Anbeginn ihrer Zeit. Im Alltag passierte es leicht, dass sie vergaß, wie beeindruckend die Landschaft war. Sie wusste es oft nicht mehr zu schätzen, weil sie es jeden Tag sah. Doch jetzt, in diesem Moment, wurde es ihr wieder bewusst, und ihre Sorgen, ihr Ärger über den heutigen Tag wichen zurück wie die Regenwolken, ihr Herz weitete sich, und sie fühlte sich für einen Augenblick so leicht und frei, dass sie am liebsten laut gejubelt hätte. Das war einer der Gründe, warum sie das Bergsteigen so liebte. Diese befreiende, beglückende Wirkung, die die Berge auf sie hatten, die Kraft und der Trost, der von ihnen ausging, einfach nur weil sie da waren, seit Millionen von Jahren. Diese Berge waren Teil dessen, was die Welt im Innersten zusammenhielt, sie standen mit den glühenden Tiefen der Erde in Verbindung, waren aus dem Meer emporgestiegen und wuchsen noch immer weiter. Sie hatten sich Regen, Sonne, Eis und Schnee widersetzt, und sie würden noch da sein, wenn es Lena längst nicht mehr gab und alles, was ihr Leben ausgemacht hatte, vergessen und vergangen war.

Während sie einfach nur dastand und schaute, glaubte sie, aus den Augenwinkeln eine Bewegung wahrzunehmen. Sie wandte sich um und entdeckte zu ihrer großen Überraschung eine Gestalt, die etwas entfernt direkt auf der Kuppe auf einem Stein saß. Es war diese Fußballerin, Nora Demir, wie sie bei genauerem Hinsehen feststellte. Offenbar hatte sie Lena, die im Schatten der Bäume stand, noch nicht bemerkt. Lena wollte sich schon tiefer in den Wald zurückziehen – sie hatte keine Lust, irgendjemandem zu begegnen und schon gar nicht dieser Frau, die Alains Zugpferd zu sein schien. Aber irgendetwas an der Haltung der Sportlerin erschien ihr seltsam, sodass sie innehielt und sie weiter beobachtete.

Nora Demir trug Sportkleidung, leichte Turnschuhe, kurze, eng anliegende Hosen und ein knappes Top mit dem auffallenden, weit sichtbaren Logo des Greeneagle-Konzerns, doch ihre Haltung wirkte kein bisschen sportlich-dynamisch. Sie saß tief vornübergebeugt, die Unterarme auf ihren Oberschenkeln abgestützt, und schien heftig zu atmen. Ihre Schultern bebten. Vermutlich trainierte sie hier für den Trail, allerdings waren die Wege hier am Frauenboden mit dem Teufelskopf nicht zu vergleichen. Wenn die Frau hier schon erschöpft war, ließ das nichts Gutes für ihre Teilnahme am Trail hoffen. Das hier war ein Wandergebiet mit sanften Steigungen, Wäldern, Wiesen und Forstwegen, der Teufelskopf hingegen war hochalpin und verflucht steil.

Lena gab sich einen Ruck, lehnte ihr Rad an einen Baum und ging auf die Sportlerin zu. «Hallo.»

Nora Demir hob den Kopf und sprang auf. Sie hatte Lena ganz offensichtlich nicht kommen gehört. «Hallo», erwiderte sie zögernd. Ihr Gesicht war gerötet, die Augen wirkten verquollen. Hatte sie etwa geweint?

Vorsichtig lächelte Lena sie an. «Wir haben uns schon flüchtig kennengelernt, gestern, nach der Gemeinderatssitzung im Hotel Post. Ich habe Ihr Essen unterbrochen. Mit ziemlich deutlichen Worten, fürchte ich.»

«Ja, stimmt.» Noras Miene hellte sich schwach auf. «Lena Veith, nicht wahr?»

Lena nickte. «Ich war sehr wütend. Bin es ehrlich gesagt noch immer. Trotzdem wollte ich Ihnen nicht das Essen verderben.»

«Ach, keine Sorge.» Die Sportlerin winkte ab. «Mir kann man meine Mahlzeiten nicht so schnell vermiesen. Aber Alain ist der Appetit nach Ihrem Auftritt durchaus vergangen. Er hat nur noch auf seinem Teller herumgestochert.» Sie lachte kurz und freudlos auf. «Steffen war auch total angefressen. Aber das ist er immer, wenn was nicht nach Plan läuft. Schon von Berufs wegen. Schließlich ist er mein Berater.»

Lena gefiel Noras direkte Art. Vielleicht lag es nur an der Umgebung und der Situation, dass sie so offen sprach, aber sie wirkte trotz ihres Status als Prominente kein bisschen gekünstelt. Lena und Alex hatten noch während ihres feuchtfröhlichen Abends in der Bongo-Bar ein bisschen herumgegoogelt und zahllose Einträge über sie gefunden. Ihr Leben *(Tochter eines türkischen Gemüsehändlers und einer deutschen Altenpflegerin aus einem Berliner Brennpunktviertel)*, ihre Karriere *(Shootingstar des deutschen Frauenfußballs)* und vor allem der Autounfall vor fast zwei Jahren *(Horrorcrash beendet Nora Demirs Karriere)* hatten für zahlreiche Schlagzeilen in den Medien gesorgt.

«Ich wollte Sie wirklich nicht schon wieder belästigen», fuhr Lena fort. «Ich war nur auf dem Weg zur Obermoosalm und hab Sie hier sitzen sehen. Sie wirkten etwas ...»

«Sagen Sie's nur: Ich hab geheult», unterbrach Nora sie barsch. «Falls Sie das irgendwelchen Fuzzis von der Presse stecken wollen.» Sie hob zwei schlanke Finger und deutete Gänsefüßchen an. «Wie wär's damit: ‹Nora Demir in Tränen aufgelöst. Ist sie schon vor ihrem Comeback am Ende?›»

«Oh nein!» Lena sah sie erschrocken an. «So etwas würde ich niemals tun!»

«Könnte aber Ihrer Sache durchaus dienlich sein, oder? War nicht zu überhören, dass Sie gegen Alains Pläne sind. Wenn Sie mir schaden, schaden Sie auch ihm.»

«Ich will niemandem schaden! Ich bin gegen das Hotel an der geplanten Stelle, weil dafür Wald gerodet werden soll, der unter Naturschutz steht und als Bannwald gegen Lawinen dient», stellte Lena entschieden klar. «Und ich kann es nicht ausstehen, wenn mich jemand für seine Zwecke benutzt, so wie Alain es gestern getan hat. Aber gegen Sie und Ihr Comeback habe ich doch nichts! Dafür wünsche ich Ihnen alles Glück der Welt.»

Nora musterte Lena eine Weile unverwandt. Sie hatte ungewöhnliche, leuchtend grüne Augen, wie Lena jetzt bemerkte. Und sie sah noch etwas darin: eine tiefe Trauer, die Lena nicht verwunderte. Auch nach zwei Jahren war das Leben der Profisportlerin nicht mehr das, was es vor dem Unfall gewesen war. Nicht nur, dass Noras Karriere als Fußballspielerin beendet war, sie hatte auch ihre Freundin verloren.

Nora senkte den Blick und schüttelte kurz den Kopf. «Entschuldigen Sie, ich bin manchmal nicht besonders freundlich. Die letzten Monate haben mich misstrauisch gemacht. Und zynisch. Dabei hasse ich Zyniker.» Sie streckte Lena die Hand hin. «Ich bin Nora. Wir können uns duzen, oder?» Unverhofft lächelte sie, und ihr scharf geschnittenes, so werbewirksam toughes Gesicht wirkte augenblicklich weicher.

«Klar. Ich bin Lena.» Sie ergriff die Hand der Fußballspielerin, der Händedruck war fest und warm. «Ich kann gut verstehen, dass du nicht immer Lust hast, nett zu allen Leuten zu sein. Es ist sicher ein ungeheurer Druck, der ständig auf dir lastet.»

«Mit Druck kann ich umgehen», erwiderte Nora achselzuckend. «Ich stehe mein ganzes Leben schon unter Druck. Mit sechs habe ich angefangen, Fußball zu spielen. Später kam ich dann in den Kader. Da kennt man nichts anderes als Druck. Aber das ist schon in Ordnung. Ich wollte es ja so. Ich habe es immer geliebt, Fußball zu spielen, mich zu spüren, mich mit anderen zu messen.»

«Das kenne ich auch», pflichtete Lena ihr bei. «Allerdings ging es bei mir immer darum, mich mit den Bergen zu messen.» Sie machte eine ausholende Handbewegung. «Sie sind beides für mich: meine Herausforderung und meine Zuflucht.»

Mit dem Blick folgte Nora ihrer Geste, und Lena meinte, ein Schaudern zu erkennen. «Ich komm aus Berlin. Bin eine echte Großstadtpflanze. Mit den Bergen hab ich's bisher nicht so gehabt.»

Erstaunt hob Lena die Brauen. «Und trotzdem machst du bei dem Trail mit?»

«Das war die Idee meines Beraters. Er hat das mit Alain ausgeheckt. Steffen meinte, es wär eine Supergelegenheit, mich wieder in den Fokus zu rücken. Es hat so was Metaphorisches, den Berg bezwingen und sich dabei selbst besiegen. Und er hat recht gehabt. Wir haben damit ein paar neue Sponsoren an Land gezogen, und es wird auf allen Kanälen darüber berichtet werden. Die Aufmerksamkeit ist jetzt schon riesig, dabei ist es noch nicht mal offiziell. Morgen Nachmittag gibt es eine Pressekonferenz im Hotel, danach wird die Hölle los sein.» Sie seufzte.

Von der Pressekonferenz hatte Lena gehört. Als Leiterin der Bergwacht hatte sie eine offizielle Einladung erhalten und sich gewundert, weshalb für diesen Trail die Medien herzitiert wurden. So ein wichtiges Ereignis war dieser Wettbewerb nun auch wieder nicht, hatte sie gedacht, und auch ihre Kollegen hatten es übertrieben gefunden und Witze darüber gerissen, dass sich die Veranstalter so wichtig nahmen. Mit Nora Demirs Teilnahme wurde dieser Trail eine sehr viel bedeutendere Sache.

«Dir gefällt diese Idee deines Beraters nicht?»

Nora kniff die Augen zusammen. «Wie kommst du denn darauf?»

«Ist nicht zu übersehen, dass du nicht glücklich damit bist. Außerdem hast du geweint.» Lena verstummte. Das Ganze ging sie ja eigentlich gar nichts an. «Entschuldige, ich wollte dir nicht zu nahe treten ...»

«Nein, ist schon gut», lenkte Nora ein. «Du hast ja recht.» Sie warf wieder einen Blick auf den Teufelskopf. Das Licht der Abendsonne war inzwischen zu einem kühlen Violett verblasst, und der Berg wirkte kalt und unnahbar. «Die

Idee ist schon cool», sagte sie, so leichthin und glatt, dass Lena vermutete, dass sie sich diesen Satz selbst eingeimpft hatte, um eigene Bedenken zu zerstreuen. Als Nora weitersprach, wirkten ihre Gesichtszüge hart, fast verkrampft. «Ich hatte 'ne echt schwierige Zeit. Steffen meint, es tut mir gut, allen zu beweisen, dass ich noch da bin und gesundheitlich wieder auf der Höhe.» Nachdenklich starrte sie auf den Teufelskopf und fuhr dann leise fort: «Aber dieser Berg ... Ich weiß nicht, wie ich's beschreiben soll ... Er sieht nicht besonders freundlich aus. Ich glaube, ich mag ihn nicht.» Sie warf Lena einen schnellen Seitenblick zu. «Und wahrscheinlich mag er mich auch nicht.» Sie lachte ein wenig verlegen und schüttelte den Kopf, als hätte sie etwas sehr Dummes gesagt.

Doch Lena nickte nur zustimmend. Sie kannte dieses Gefühl von ihren eigenen Bergtouren. Manchmal gab es tatsächlich Berge, Wände, Gipfel, die einem so vorkamen, als wären sie einem feindlich gesinnt. Während einige Bergsteiger dies als Herausforderung betrachteten, den Berg trotzdem «zu besiegen», verstanden viele andere dies als eine Warnung ihrer Intuition und ließen die Finger von der Tour, und sei es nur an diesem bestimmten Tag.

«Hast du denn schon Trainingsläufe im Hochgebirge gemacht?»

«Ich war mit meinem Trainer in der Schweiz, da sind wir eine Menge Berge hochgelaufen. Körperlich bin ich wieder topfit, das sagen alle. Aber ... » Nora unterbrach sich und verzog das Gesicht, «also dieser Berg sieht schon ziemlich krass aus.»

Lena beschlich das Gefühl, dass Nora etwas ganz anderes hatte sagen wollen. «Aber was?», hakte sie nach.

Erst zögerte Nora, doch dann fragte sie: «Du bist Bergführerin, sagte Alain. Und bei der Bergwacht?»

«Ja, wieso?»

«Weil du dich dann sicher gut mit Leuten auskennst, die von sonst woher kommen und auf Berge rauflaufen wollen ...»

«Worauf willst du hinaus?»

Erneut sah Nora zum Teufelskopf hinüber. «Also ... ich bin normalerweise nicht so komisch drauf, aber ... seit ich hier bin, bin ich die ganze Zeit erschöpft. Ich hab das Gefühl, ich bin schon außer Atem, wenn ich nur in die Nähe dieses Bergs komme.» Sie lachte etwas verlegen auf und fügte leise hinzu: «Es fühlt sich an, als würde dieser verdammte Berg nicht wollen, dass ich ihm auf die Pelle rücke.» Jetzt wandte sie sich Lena wieder direkt zu. «Kann es sein, dass das an der Höhenluft liegt? An dem Bergklima? Ich versteh's einfach nicht. Es ist, als würde ich hier weniger Luft bekommen. Als würde mir irgendetwas den Atem abschnüren. Vielleicht hast du das schon mal bei jemandem bemerkt?» Sie biss sich auf die Lippen. «Deshalb habe ich geheult. Vor Wut. Ich war so frustriert, weil ich einfach nicht so vorwärtskomme wie sonst.»

«Hast du mit einem Arzt darüber gesprochen?»

Nora nickte. «Und mit meinem Trainer und meinem Physio. Aber sie haben keinen Grund dafür gefunden. Alle Werte passen. Steffen sagt, ich soll mir nicht so viele Gedanken machen und bloß mit niemandem drüber reden. Das ist schlecht für die Publicity. Er hält es nur für die Aufregung.» Sie verdrehte die Augen.

«Keine Sorge, von mir erfährt niemand etwas», versicherte ihr Lena schnell. Sie überlegte, doch ihr fiel keine Antwort auf Noras Frage ein. Aber sie kannte jemanden, der ihr vielleicht weiterhelfen konnte. «Du könntest meiner Tante Res einen Besuch abstatten», schlug sie schließlich zögernd vor. Sie wusste nicht, wie Nora auf die Information reagieren würde, dass ihre Tante imstande war, durch das Murmeln geheimer

Gebete allerlei Krankheiten zu heilen. Die meisten Menschen, die damit nicht vertraut waren, machten sich lustig, andere taten es verächtlich als Aberglaube ab. «Sie ist eine Abbeterin. Das würde dir zwar jetzt nichts bringen, weil nicht die richtige Zeit dafür ist, aber sie ist auch sonst sehr gut darin, zu erkennen, was einem fehlt.»

Anders als erwartet lachte Nora Demir sie nicht aus und wirkte auch nicht ungeduldig oder gar ärgerlich. Stattdessen runzelte sie nachdenklich die Stirn. «Die Tante meines Vaters konnte das auch», sagte sie. «Sie konnte Warzen verschwinden lassen, indem sie irgendwas vor sich hin sang.»

«Das kann Res auch.» Lena nickte erleichtert.

Plötzlich erschien auf Noras Gesicht ein kleines Lächeln. «Das ist zwar komplett verrückt, aber warum nicht? Schließlich kann es ja nicht schaden.»

Lena erklärte ihr den Weg zur Obermoosalm, und sie verabredeten sich gleich für den nächsten Vormittag. Dann verabschiedeten sie sich, und Nora lief über die Buckelwiese, die inzwischen in tiefem Schatten lag, zurück ins Tal. Lena sah der schlanken, athletischen Gestalt nach, bis sie zwischen den Bäumen verschwunden war. Schließlich ging sie zurück zu ihrem Fahrrad und fuhr rasch weiter, um noch vor der Dunkelheit bei Res anzukommen.

Als Lena an der Obermoosalm eintraf, hatten sich die Regenwolken des Tages vollständig verzogen. Rund um die Alm weideten Res' Kühe und Ziegen, also war Res mit dem Melken und der Stallarbeit bereits fertig und hatte die Tiere wieder hinausgelassen. Sie verbrachten die Nächte auf den Wiesen, bis es bald zu kalt dafür werden würde. Bereits jetzt waren die Weiden schon erheblich karger geworden als noch im Frühsommer, deswegen durften die anspruchsvollen Milchkühe vormittags eine Stunde im Almgarten grasen, einem eingezäunten Bereich, der Res zum Heumachen diente. Mit den anspruchsloseren Ziegen unternahm Res stattdessen Wanderungen von Weide zu Weide. Den gesamten Sommer über war sie dabei, Heuvorräte für den Winter anzulegen, die im Dachboden über dem Stall gelagert wurden, ebenso wie die Säcke mit Kraftfutter, die sie im Tal kaufte. Res besaß fünf Ziegen, zwei Milchkühe, zwei Schweine und fünf Hühner sowie einen hübschen, aber stets schlecht gelaunten kleinen Hahn, der Lorenzo hieß und sofort zum Angriff überging, wenn man ihm zu nahe kam. Lena hatte mit seinen scharfen Krallen schon unliebsame Bekanntschaft gemacht und schlug einen großen Bogen um ihn, wenn sie in den Hühnerstall ging. Dazu kamen noch zwei Katzen, Fritz und Mimi, und Agi, Res' Border Collie.

Die Alm lag in einer Senke, durch die ein kleiner Bach lief. Etwas dahinter erhoben sich ein paar schroffe Felszacken, auf denen Lena als Kind gern herumgeklettert war. Die Alm war in ihrer Kindheit ein Ort der Glückseligkeit gewesen und war es im Grunde bis heute geblieben. Jedes Mal, wenn sie über die Kuppe kam und das geduckte, schindelgedeckte Haus in der Ferne erblickte, ging ihr das Herz auf. So auch jetzt. Lena trat in die Pedale.

In der Stube brannte Licht, und Lena hörte Agi bellen, noch während sie ihr Rad gegen das Haus lehnte und einer neugierigen Ziege, die auf sie zugelaufen gekommen war, den Kopf streichelte. Die Hündin hatte sie natürlich längst bemerkt, ihr entging nichts, was rund um die Hütte geschah. Prompt öffnete sich die Tür. Res wollte nachsehen, wen Agi meldete.

«Ah, du bist's!» Ein Lächeln erschien auf Res' wettergegerbtem Gesicht. «Komm her!» Res drückte Lena fest an sich, die den unverwechselbaren Duft ihrer Tante einsog, nach Kräutern, frischer Luft, Ziegenstall, Holzrauch und warmer Milch; ein Duft, der für Lena mehr als alles andere Heimat und Geborgenheit bedeutete.

Res war eine große, schlanke Frau mit den gleichen dichten, dunklen Haaren wie Lena, allerdings schon mit etlichen grauen Strähnen durchzogen. Im Gegensatz zu Lena, die die dunklen Augen ihres Vaters geerbt hatte, waren Res' Augen leuchtend blau, was in ihrem stets gebräunten Gesicht schön zur Geltung kam. Obwohl Res völlig uneitel war und keinerlei Mühe auf ihr Aussehen verschwendete, war sie auf eine herbe Art attraktiv.

«Magst was essen?» Das war immer Res' erste Frage, wenn Lena sie besuchen kam. Kein «Wie geht's» oder «Was gibt's Neues?», doch im Grunde war es ähnlich gemeint. Res war der Ansicht, mit einem gut gefüllten Magen ließ sich besser über alles reden, was einem auf dem Herzen lag, und Lena konnte ihr da nur recht geben.

Zusammen gingen sie hinein. Die Stube empfing Lena mit einem knisternden Herdfeuer und dem Duft nach Kräutern und frisch gebackenem Brot. Der kleine, fast quadratische Raum mit den rußgeschwärzten Holzbalken war das Herz der Alm, hier wurde gekocht und gearbeitet, und hier wurden Freunde und Wanderer bewirtet.

«Ich hab noch Kräutertopfen, Käs und Geräuchertes in der Kühlung. Und Brot weißt eh, wo's ist.» Res nahm Besteck und ein Brett aus einer der Schubladen neben dem Herd und legte es auf den Tisch, wo ein großes Durcheinander herrschte.

Getrocknete Kräuterbuschen lagen neben mehreren Holzschalen mit Kräutern, Papiertüten, einer großen Buttermodel und zurechtgeschnittenen Bögen Pergamentpapier.

«Kommt der Steiger Max morgen?», fragte Lena, während sie das von ihrer Tante selbst gebackene Brot aus dem Brottopf holte und sich ein paar Scheiben herunterschnitt. Max war Vevi Steigers Mann und Vronis Vater, und er holte regelmäßig von der Alm die Ware ab, die seine Frau in ihrem Hofladen dann verkaufte: Res' Kräuterteemischungen und natürlich die Almbutter und ihren selbst hergestellten Käse. Das Chaos auf dem Tisch verriet Lena, dass ihre Tante gerade dabei war, eine neue Lieferung fertig zu machen.

«Ja, hab grad angefangen. Als Erstes kommt der Butter dran.»

Res ging mit Lena zusammen in den Erdkeller, wo Eier, Käse, Rahm, Topfen und Butter lagerten sowie die sonstigen Essensvorräte, die es kühl brauchten. Lena nahm eine der Schwarzgeräucherten, die von der Decke hingen, einen kleinen runden Ziegenkäse und den Topf Kräuterquark mit nach oben. Res folgte ihr mit einem Eimer, in dem die frische Almbutter in kaltem Wasser lag und darauf wartete, portioniert und verpackt zu werden.

Während Lena mit Genuss ihr Topfenbrot verspeiste und sich dazu ein paar Scheiben von dem geräucherten Schinken und Käse schnitt, begann ihre Tante bereits damit, die Butterportionen abzuwiegen, die halbpfundgroßen Klumpen in die Buttermodel zu drücken, wieder herauszuklopfen und die so mit einem hübschen Blumenmotiv verzierte Butter flink in Pergamentpapier einzuwickeln.

Sie arbeitete so rasch und routiniert, dass sie fertig war, bis Lena zu Ende gegessen hatte. Zwölf hübsch verpackte Butterportionen lagen auf einem Brett bereit, das Lena zum Kühlen hinunter in den Keller trug.

Danach half Lena ihrer Tante dabei, Kräutertee zu mischen und abzupacken. Sie zupfte Kamillenblüten und wilden Thymian von den Stängeln, zerkleinerte Spitzwegerich, Schafgarbe, Mädesüß, Löwenzahn, Eibisch, Brennnessel, Salbei und

Angelikawurzel und fügte den verschiedenen Mischungen mit goldgelben Ringelblumenblüten noch extra Farbtupfer hinzu.

Lena liebte das Gefühl, wenn die getrockneten Kräuter durch ihre Finger rieselten, das Rascheln, wenn sie sie mit beiden Händen in der tiefen Holzschale mischte, den Tee abwog und in die vorbereiteten Papiertüten füllte, und sie war fasziniert von den unterschiedlichen Formen der Blüten und Blätter, ihren sanften Farbschattierungen. Die Kraft und Energie eines ganzen Almsommers lag vor ihr, und sie konnte sie mit den Händen greifen. Das Aufkleben der von Res in akkurater Handschrift beschriebenen Etiketten gab ihr ein tiefes Gefühl der Befriedigung. Mit jeder fertig befüllten und etikettierten Teepackung, die sie in den großen Weidenkorb legte, hatte sie das Gefühl, etwas geschafft, ja geschaffen zu haben.

Eine Weile arbeiteten sie schweigend, dann wollte Lena ihrer Tante von der Gemeinderatssitzung erzählen, doch es stellte sich heraus, dass Res davon schon wusste. Der Hirte von der Wettersteinalm hatte sie am Nachmittag besucht und ihr davon berichtet. Im Gegensatz zu Lena, die schon wütend wurde, wenn sie nur an den Abend dachte, nahm Res die Geschichte recht gelassen.

«Dieser Alain, der war schon immer ein Depp», sagte sie und nahm einen kleinen Schluck von ihrem Wein. Res trank kaum Alkohol, und wenn, dann nur den Rotwein, den ihr Bekannte aus Südtirol mitbrachten. Oder hin und wieder einen ihrer selbst angesetzten Schnäpse, die auf einer Alm zu allen möglichen Gelegenheiten zum Einsatz kamen. «Die, die a bissl was im Hirn haben, werden schon verstehen, dass der dich pratzelt hat, und die anderen, die Deppen, kannst eh vergessen.» Sie machte eine kurze Pause, runzelte die Stirn und fügte trocken hinzu: «So wie ich die Bichlbrunner kenn, sind die Deppen allerdings in der Überzahl.»

Lena musste lächeln. Im Weltbild ihrer Tante gab es zwei Arten von Menschen. Sie unterschied zwischen denjenigen, die sie schlicht Deppen nannte – darunter fielen nach ihrer Definition Angeber, Geizkrägen, Lügner, arrogante, geldgierige, dumpfe, missgünstige, ignorante Menschen –, und dem Rest. Mit Deppen gab sie sich schlicht nicht ab. «Lohnt die Kraft nicht», sagte sie immer, «weil, einem Depp kannst nicht beibringen, kein Depp zu sein.»

Zum ersten Mal hatte sie damit nun ausgesprochen, was Lena schon geahnt hatte: Res hielt auch Alain für einen Deppen, und Lena konnte ihr da nur beipflichten. Früher, frisch verliebt, hatte sie das natürlich ganz anders gesehen. Sie hatte Alain nur einmal, ganz am Anfang ihrer Beziehung, zu einem Besuch auf die Alm mitgenommen, und obwohl Res nichts gesagt hatte, war Lena damals sofort klar gewesen, dass sie ihn nicht mochte. Danach hatte sie ihre Tante nur noch alleine besucht.

«Die Bergwachtler sind aber eigentlich keine Deppen», entgegnete Lena, während sie das letzte Teetütchen in den Korb legte.

«Aber die werden dich doch deswegen nicht schief anschauen, oder?», fragte Res stirnrunzelnd.

«Genau kann ich es nicht sagen. Der Andi ist dem Alain schon auf den Leim gegangen. Er glaubt, dass ich davon wusste und es ihnen verheimlicht habe. Und die anderen ...» Lena zögerte. Es war schwierig, die Stimmung zu beschreiben, die im Augenblick in ihrem Team herrschte. «Ich weiß nicht, was sie denken. Jedenfalls war die Stimmung heute nicht gut. Aber das ist es nicht allein. Jack macht mir Sorgen. Er hat letztens schon Flo angemotzt und heute sogar den Andi, dabei waren sie bisher immer beste Spezln.» Nachdenklich fügte sie hinzu: «Irgendwie hab ich das Gefühl, Jacks Gereiztheit hat etwas mit mir zu tun.»

Sie spürte, wie Res' blaue Augen forschend auf ihr ruhten. «Wieso sollte das was mit dir zu tun haben?»

Lena dachte an Jacks heutige Begründung dafür, warum er Andi angeschnauzt hatte, und wie er versucht hatte, ihr etwas zu sagen. «Jack hat irgendein Problem mit mir, denke ich.» Sie zögerte. «Und der Franz weiß was darüber, aber er sagt's mir nicht.»

Sie erzählte Res von ihrem Besuch in der Rehaklinik, von ihrem Eindruck, dass Franz sie angelogen habe, und dabei merkte sie, wie sehr sie sein Verhalten verletzte. Immerhin war er ein fast väterlicher Vertrauter. Sie hatte bisher wenig Zeit gehabt, darüber nachzudenken, doch jetzt begriff sie, dass dieses Geheimnis an ihr nagte, das Franz und Jack offenbar vor ihr hatten.

Ihr wurde klar, dass es so nicht weitergehen konnte. Der Einsatz am Gamskar hatte gezeigt, dass unausgesprochene Dinge nicht nur die Stimmung der ganzen Truppe negativ beeinflussten, sondern auch gefährlich waren. Wenn es diesen blöden Streit nicht gegeben hätte, wäre Hilde womöglich auch nicht auf den Baumstamm gesprungen und abgerutscht, und Ben hätte sich nicht in diese gefährliche Situation begeben, um sie zu retten. Lena war überzeugt davon, dass er sich durch ihre hitzige Auseinandersetzung hatte ablenken lassen und Hilde ihm deshalb entwischt war. Und sie schämte sich dafür, die Ursache von diesem Unglück gewesen zu sein. Es war ihre Aufgabe, die Truppe zu leiten und zusammenzuhalten. Dieser Streit war nicht gerade eine ihrer Glanzleistungen gewesen, wurde nur noch getoppt von ihrer Unbeherrschtheit Ben gegenüber kurz darauf. Wie hatte sie sich nur zu einer Ohrfeige hinreißen lassen können? Lena wurde heiß vor Scham, wenn sie nur daran dachte. Er hatte sie ziemlich dumm angeredet, schon, aber so etwas konnte sie doch eigentlich ganz gut wegstecken. Aber in dem Moment war sie so gereizt und aufgebracht gewesen, dass sich ihr Hirn völlig ausgeschaltet hatte. Eigentlich ein absolutes No-Go bei einem Rettungseinsatz in den Bergen. Lena knibbelte verlegen an einem Salbeistängel herum.

«Vielleicht kann ich es einfach nicht, Tante», platzte sie schließlich heraus. Jetzt war sie ausgesprochen. Diese alte, schon überwunden geglaubte Furcht, die sie heute, nach diesem verkorksten Einsatz, wieder gepackt hatte.

«Was?», wollte Res wissen.

«Die Bergwacht leiten. Ich hab Angst, dass ich dafür nicht geeignet bin. Vielleicht ist es gar nicht Jacks Schuld, dass die Stimmung schlecht ist, sondern meine eigene? Für mich ist das alles ziemlich viel auf einmal, der ganze Verwaltungskram, die Koordination mit den Kollegen der anderen Bereitschaften in Garmisch und Tirol, die alle viel älter und erfahrener sind als ich. Und jetzt diese ständigen Reibereien, von denen ich nicht weiß, wie ich sie beenden kann. Ich bin offenbar weder diplomatisch noch einfühlsam genug.» Sie schluckte und rollte sich den Stängel um ihren Finger. «Du weißt, ich wollte diese Leitung eigentlich gar nicht. Ich hatte Angst, Fehler zu machen und das Team nicht zusammenhalten zu können. Und jetzt ... jetzt passiert genau das.» Entmutigt ließ sie den Kopf hängen. In ihren Augen brannten Tränen.

Res legte einen Arm um Lena und drückte sie an sich. «Das ist ein Schmarrn, und das weißt du! Wenn jemand die Bergwacht leiten kann, dann du. Hab ein bisschen Geduld mit dir. Du packst das schon, wirst sehen. Es wird sich alles regeln.»

Lena seufzte. Res' Worte waren lieb gemeint, vermochten

sie jedoch nicht zu trösten. «Deinen Optimismus möcht ich haben.»

«Dann nimm ihn dir.» Mit einem Lächeln stand Res auf, während Lena die Augen verdrehte.

Nimm ihn dir, ja klar! Wieder mal so ein typischer Res-Spruch. Sie sah ihrer Tante zu, wie sie die Stängel und Kräuterreste auf dem Tisch zusammenklaubte und ins Feuer warf. Funken stoben auf, und der Geruch nach dem verbrannten Kraut stieg Lena in die Nase. Es roch ein bisschen wie Marihuana.

«Morgen kommt Nora Demir auf die Alm. Die Fußballerin, von der ich dir grad erzählt hab», kündigte sie schließlich an, um von diesen unangenehmen Themen abzulenken. «Sie fühlt sich nicht fit, aber anscheinend findet man keine Ursache dafür. Vielleicht könntest du sie dir mal anschauen?»

Res hob abwehrend die Hände. «Ich bin keine Hellseherin, Lena!»

«Ich weiß. Aber irgendwie ...», Lena suchte nach einer treffenden Beschreibung, «sie macht einen ... gequälten Eindruck. Ich glaube, die Frau steht ziemlich unter Druck. Ich dachte, ein Besuch bei dir könnte ihr vielleicht weiterhelfen.»

«Ich kann ihr ein Glas Buttermilch und eine Brotzeit servieren. Aber ihre Probleme kann ich nicht lösen, Lena.» Res sah aus dem Fenster auf die dunkle Alm. «Abbeten zu können, macht einen weder zu einem Psychologen noch zu einem Arzt.»

«Ich weiß», wiederholte Lena. «Trotzdem. Bei mir als Kind hast du doch auch immer gleich gewusst, was mir fehlt. Du musstest nur meine Hand nehmen.»

«Da ist es um Sachen wie Fieber, Ohrenweh oder Magenverstimmungen gegangen», erwiderte Res mit einem Lächeln. «Das ist nicht so schwierig rauszufinden.»

«Bitte, Res!»

Ihre Tante gab nach, Lena konnte es an ihrem Blick sehen. «Wenn's dir so wichtig ist, gut. Ich kann sie mir ja mal anschauen.» Mahnend hob sie den rechten Zeigefinger. «Aber mach dir keine großen Hoffnungen. Ich kann auch nur das sehen, was jeder mit gesundem Menschenverstand sieht, der sich die Mühe macht, genau hinzuschauen.»

«Jaja, schon klar. Danke!» Lena gab Res einen Kuss auf die Wange.

Was den gesunden Menschenverstand anbelangte, war sie nicht ganz ihrer Meinung. Zumindest hatte Lena noch nie jemanden getroffen, der so gut «hinschauen» konnte und dabei so viel sah wie ihre Tante. Dennoch widersprach sie nicht. Res neigte dazu, in Bezug auf ihre Fähigkeiten tiefzustapeln, sie mochte es nicht, wenn zu viel Aufhebens darum gemacht wurde, und Lena respektierte das. Sie hatte keine Ahnung, was das eigentlich war, was Res konnte, und was sie darin von anderen Menschen unterschied, doch dass da etwas war, daran bestand für Lena kein Zweifel.

Es war spät geworden, und Lena spürte, wie müde sie war. Der Tag war anstrengend gewesen, und sie hatte kaum Zeit gehabt zu verschnaufen. Im Übrigen steckte ihr der Kater vom vorigen Abend noch in den Knochen. Daher verabschiedete sie sich von ihrer Tante und stieg die Treppe nach oben.

Dort war es stockfinster, statt elektrischen Lichts stand eine Taschenlampe auf dem Treppenabsatz bereit, doch die brauchte Lena nicht.

Sie kannte jeden Zentimeter des schmalen Flurs, der zu ihrer kleinen Kammer aus Kinderzeiten führte, die noch heute mit einem stets frisch gemachten Bett für sie bereitstand. Sie fand die Tür auch mit geschlossenen Augen. In der Kammer genügte ihr das schwache Licht, das durch das halb geöffnete

Fenster fiel, um sich auszuziehen und unter das bauschige Federbett zu schlüpfen.

Im ersten Moment waren die nach Sonne und frischer Luft duftenden Laken kalt, doch sie erwärmten sich schnell. Lena kuschelte sich unter der Decke zusammen und lauschte den Geräuschen, die zu ihr von unten hinaufdrangen. Die alten Dielen knarzten unter den Schritten ihrer Tante. Dann hörte Lena das unverwechselbare Quietschen, als Res die Haustür öffnete und Agi, die den ganzen Abend vor dem Herd geschlafen hatte, noch einmal hinausließ. Etwas entfernt war das verschlafene Läuten einer Kuhglocke zu hören. Schließlich drang das leise Summen einer Melodie an Lenas Ohren, und da wusste sie, dass Res vor der Almhütte saß, an ihrem Rotwein nippte und auf Agi wartete, die mit der Nase auf dem Boden noch kreuz und quer auf der Wiese herumlief.

Lena erkannte die Melodie, es war ein traditionelles Lied, das Res schon in ihrer Kindheit oft gesungen oder gesummt hatte. «Der Summa is aussi» erzählte vom Ende eines Almsommers aus Sicht eines alten Hirten, der sich auf diese Weise von allem verabschiedete, was ihm auf der Alm lieb gewesen war, weil er ahnte, dass er das nächste Jahr wohl nicht wiederkommen würde. Es war ein trauriges und zugleich wunderschönes Lied, das Lena schon so manches Mal die Tränen in die Augen getrieben hatte. Heute aber empfand sie es als tröstend. Es versetzte sie in ihre Kindheit zurück, in der der Sommer eine endlose Folge von glückseligen Ferientagen gewesen war, sonnendurchglüht, wild und sorgenfrei. Als ein leises Rascheln auf ihrer Decke ihr sagte, dass Mimi wie üblich zu ihr aufs Bett gesprungen war, war Lena schon halb eingeschlafen, und als sich die kleine schwarze Katze wohlig schnurrend an ihre Schulter kuschelte, war dies bereits Teil ihres Traums geworden.

Einsatzprotokoll

Donnerstag, 25. August

Einsatzort: Hotel Post
Bemerkungen: «Lena hat alles gesagt, was es zu sagen gibt.»

1

Als sie die Augen aufschlug, schien ihr die Sonne durch das kleine Bullauge unter dem Dach direkt ins Gesicht. Nora blinzelte, streckte sich und blieb noch einen Moment liegen. Sie genoss den Aufenthalt in diesem winzigen Häuschen von der Pension Wildgruber so sehr, dass sie es am liebsten überhaupt nie verlassen hätte. Das Tiny House war etwa so groß wie ein Wohnmobil und besaß alles, was ein Apartment brauchte. Es gab eine komplett ausgestattete Küche, ein winziges Badezimmer mit Dusche, einen hübschen Wohnbereich und zahllose geschickt angebrachte Einbauschränke und Schubladen. Das Bett befand sich auf einer

Galerie, zu der eine kleine Treppe hinaufführte, und durch das Bullauge hatte man einen wunderbaren Blick auf einen sanft und freundlich aussehenden Berg, der, wie sie von der netten Wirtin erfahren hatte, Rabenstein hieß.

Nora war froh, dass es nicht der Teufelskopf war, denn der verfolgte sie ohnehin schon bis in ihre Träume. In der Nacht war sie wegen eines regelrechten Albtraums schweißgebadet aufgewacht. Darin war sie einen steilen Weg auf einen Berg hinaufgelaufen – natürlich auf den Teufelskopf, so etwas wusste man im Traum ja immer – und hatte plötzlich an einem Abgrund gestanden. Anstatt innezuhalten, hatte sie einen weiteren Schritt gemacht, war ins Leere getreten – und aufgewacht.

Nicht zuletzt wegen ihres unruhigen Schlafs genoss sie jetzt den Moment des genüsslichen, sanften Aufwachens umso mehr. Noch nicht nachdenken. Keine Pläne, die es einzuhalten, kein kämpferischer Optimismus, den es vorzutäuschen galt. Vor dem Fenster lärmten Spatzen, und sie konnte sogar das Plätschern des Baches hören, der an dem Grundstück vorbeifloss.

Sie gähnte und streckte sich ausgiebig, da riss das Klingeln ihres Handys sie aus ihrem Chillmodus. Nora stöhnte auf und tastete nach dem Gerät. «Jaaa?», antwortete sie, noch immer gähnend.

«Schön, dass du so entspannt bist», kam es säuerlich vom anderen Ende der Leitung.

«Steffen?» Sie richtete sich auf. «Was ist los?»

«Das frage ich dich! Wir waren zum Frühstück verabredet, schon vergessen? Um den Pressetermin heute Nachmittag zu besprechen.»

Nora sah auf die Uhr. Es war kurz nach halb neun. «Oh shit. Ich hab verschlafen. Bis gleich.» Sie beendete die Verbindung, sprang aus dem Bett und lief die Treppe hinunter in ihr Miniatur-Badezimmer.

Eine halbe Stunde später betrat Nora das Hotel Post. Mia, Steffens Assistentin, kam ihr mit geschäftiger Miene entgegengelaufen. Sie trug lässige Sportklamotten aus der neuen Kollektion des Sponsors und eine grellorangerote Wollmütze über ihren hellblond ausgebleichten Surferhaaren. In ihren Ohren steckten EarPods. Demonstrativ sah sie auf die Uhr. «Hi, Nora, du bist echt spät dran! Wir haben gleich noch ein Shooting.»

«Davon weiß ich nichts?», erwiderte Nora erstaunt. Sie hatte doch mit Lena ausgemacht, am Vormittag auf die Alm ihrer Tante zu kommen. Dafür hatte sie sich bei ihrer Wirtin gestern schon ein Mountainbike ausgeliehen. Zeit für ein Fotoshooting hatte sie wahrlich nicht.

«Das war eine spontane Idee von Steffen und dem Greeneagle-Typen. Wir warten im Jägerstüberl auf dich, in Ordnung? Der Fotograf hat ein paar echt nice Ideen.» Sie kreiselte mit der Hand über ihrem Kopf und machte dazu rhythmische Bewegungen mit den Schultern. Nora war sich nicht ganz sicher, ob sie damit andeuten wollte, dass sie bei dem Shooting tanzen sollte, oder ob ihr letzter Satz ironisch gemeint gewesen war und sie den Fotografen für komplett gaga hielt.

Sie nickte, doch es fühlte sich an, als müsste sie ihren Kopf gewaltsam dazu zwingen. «Okay.»

«Bis gleich.»

Mia hastete weiter, und Nora betrat den Frühstücksraum, wo Steffen an einem Tisch mit Blick auf die Terrasse saß, telefonierte und gleichzeitig auf seinem Tablet herumwischte. Sein benutztes, beiseitegeschobenes Geschirr zeigte Nora, dass er sein Frühstück offenbar schon beendet hatte. Als er Nora sah, winkte er ihr zu und beendete das Gespräch.

«Morgen, Steffen.» Nora setzte sich.

Wie schon Mia sah nun auch Steffen auf die Uhr. «Das ist echt nicht hilfreich, Nora», begann er ohne Begrüßung. «Hier ist schon die Hölle los, Journalisten rufen im Minutentakt an, und was machst du? Du schläfst aus!»

«Ich bin nur eine halbe Stunde zu spät. Das ist doch kein Beinbruch.» Nora lächelte, doch es fiel ihr schwer. Steffens vorwurfsvoller Ton ging ihr auf die Nerven. War ihr früher nie aufgefallen, mit welchem Blick er sie musterte? Wie ein Vater, der seiner vierjährigen Tochter zum hundertsten Mal erklären musste, dass sie sich endlich für den Kindergarten fertig machen sollte, ein Tutu nicht das passende Kleidungsstück für Januar war und der Erdbeerlolli kein geeignetes Pausenbrot. Plötzlich hatte sie größtes Verständnis für alle Vierjährigen dieser Welt, die sich auf den Boden warfen und einen Schreikrampf bekamen.

Die Servicekraft kam, und Nora wollte gerade ihr Frühstück bestellen, doch Steffen kam ihr zuvor. «Das Sportlerfrühstück bitte, genau wie wir's vorher besprochen haben.»

«Ist recht.» Die junge Frau nickte, nahm Steffens Geschirr und wandte sich zum Gehen.

«Moment!», hielt Nora sie auf. «Ich hätte lieber einen Cappuccino und ein Schokocroissant.»

«Aber ...» Die junge Frau sah verwirrt von ihr zu Steffen. «Nicht das Sportlerfrühstück spezial?»

«Nein», erwiderte Nora fest, bevor ihr Berater antworten konnte.

Als die Bedienung gegangen war, sah Steffen sie pikiert an. «Was sollte das denn?»

«Wieso? Ich habe Lust auf Kaffee und Croissant.»

Steffen seufzte. «Du bist im Training! Gerade jetzt ...»

«Ich betreibe Leistungssport, seit ich zehn Jahre alt bin,

Steffen. Ich kenne mich mit Ernährung aus. Trotzdem habe ich heute Lust auf ein Schokocroissant.»

«Das ist doch kindisch, Nora!»

«Wenn du das sagst.» Sie erwiderte herausfordernd seinen genervten Blick.

«Na gut, von mir aus.» Ungehalten winkte er ab. «Sind ja nicht meine Adern, die du mit Transfetten zukleisterst. Dann lass uns jetzt über den Termin heute Nachmittag sprechen.» Er tippte auf seinem Tablet herum und schob es ihr hin. «Die Presse hat vorab ein paar Fragen zugeschickt bekommen. Das sind die Dinge, die du darauf antwortest. Ich hab dir ein paar Bemerkungen zu den jeweiligen Emotionen dazugeschrieben. Also betroffen, kämpferisch, energisch, dankbar sein ... Ich schicke dir das Skript, bitte präg dir alles gut ein! Wir brauchen das Bild von einer Nora Demir, die sich nach dem Unfall neu erfunden hat und zugleich die alte geblieben ist: stark, knallhart und trotzdem weiblich, weich und charmant. Bloß nicht zu männlich, zu herb, das schreckt ab. Also öfter mal lächeln. Schaffst du das? Wir haben nicht mehr viel Zeit, wegen des Shootings gleich, und vor dem Pressetermin solltest du noch eine Trainingseinheit einlegen, damit du nicht aus dem Takt kommst, weil ...»

«Ein Fotoshooting war für heute nicht ausgemacht», unterbrach ihn Nora, während die Servicekraft ihr einen großen Cappuccino und das Schokocroissant brachte. Sie biss in das Croissant und kaute mit Genuss. Es war eine Weile her, seit sie so etwas das letzte Mal gegessen hatte.

«Ja, ich weiß, aber Greeneagle hat mich gefragt, der Fotograf ist eh hier, und es gab da diesen freien Slot in unserem Terminplan ...»

«In meinem Terminplan gibt es heute keinen freien Slot, Steffen.»

Er starrte sie an. «Was soll das heißen?»

«Du hättest es mir früher sagen sollen. Ich habe heute keine Zeit.»

«Wie, du hast keine Zeit?», wiederholte Steffen, als hätte er Mühe, die Wörter zu verstehen.

«Ich. Habe. Keine. Zeit.» Nora gab einen großen Löffel Zucker in den Cappuccino. Normalerweise trank sie ihren Kaffee schwarz, ohne Milch oder Zucker – außer in einer Werbung für einen Instantcappuccino aus angeblich fair produziertem Kaffeekonzentrat und veganem Milchersatzpulver, der GreenCoffeeNow! hieß. Einer ihrer neuen Marketingverträge. Der Greeneagle-Konzern stellte das Zeug her, eine kleine, sauteure Glasflasche mit hippem Etikett, auf dem *GCNOW!* stand. In der Schweiz hatte sie schon einen Werbespot dafür gedreht, natürlich auf einem Berg. Der Drink schmeckte widerlich, überwiegend nach Zucker, und sie hatte sich zusammenreißen müssen, zu lächeln und die Faust enthusiastisch in die Höhe zu recken, nachdem sie davon getrunken hatte. Ab nächster Woche würde der Spot überall ausgestrahlt werden. Dabei würde sie freiwillig nie im Leben mit diesem Gesöff im Gepäck auf einen Berg laufen.

Heute jedoch, beim Anblick des fluffigen, echten Milchschaums, war ihr nach Zucker im Kaffee.

Steffens Blick ging kurz zu ihrer Tasse, doch er ahnte wohl, dass es nicht ratsam war, erneut einen Kommentar zu ihrem Frühstück abzugeben, daher hielt er den Mund. Stattdessen schaute er demonstrativ aus dem Fenster, das auf eine der malerischen Gassen hinausging. «Was könntest du in diesem Kaff schon vorhaben?»

«Das geht dich nichts an.» Nora wusste selbst nicht genau, warum sie das sagte. Normalerweise hatte sie keine Geheimnisse vor Steffen, doch von Lena und ihrer Tante auf der Alm wollte sie ihm nichts verraten.

Ihr Berater kniff die Augen zusammen. «Was ist denn plötzlich los mit dir? Hast du deine Tage?»

«Das überhör ich jetzt mal», gab Nora scharf zurück.

«Sorry, war nicht so gemeint», ruderte Steffen sofort zurück, doch an seiner Miene war abzulesen, dass es ihm nicht leidtat. Im Gegenteil. Er war tödlich genervt von dieser Vierjährigen, die zappelte und kreischte und nicht das tat, was man von ihr verlangte. Mit sichtlicher Anstrengung, die Geduld zu bewahren, begann er zu erklären, als wäre sie begriffsstutzig: «Greeneagle ist momentan unser Hauptsponsor, Nora. Er bezahlt einen Haufen Geld dafür, dass du grüne Energydrinks und Instantkaffees trinkst und dabei hübsch und durchtrainiert aussiehst. Und das, obwohl du eigentlich seit zwei Jahren weg vom Fenster bist und kein Hahn mehr nach dir kräht. Ist dir klar, was das bedeutet?»

«Du wirst es mir sicher gleich sagen.»

«Das bedeutet, dass du es dir nicht leisten kannst, ihn vor den Kopf zu stoßen, nur weil du grad keine Lust auf Fotoshooting hast.» Die Wörter «keine Lust» untermalte er spöttisch mit in die Luft gezeichneten Gänsefüßchen. «Also stell dich bitte nicht so an und setz dich in Bewegung, damit der Fotograf nicht ewig warten muss.» Er packte Tablet und Handy und stand demonstrativ auf.

Nora antwortete nicht gleich. Sie betrachtete Steffen, wie er vor ihr stand und auf sie herabsah, in dieser arroganten, ungeduldigen Haltung, und ihr war, als sähe sie ihn plötzlich mit ganz anderen Augen. Hatte sie in den fast zwei Jahren, die seit dem Unfall vergangen waren, tatsächlich nicht mitbekommen, was für ein übergriffiger Arsch Steffen war?

Nach dem Unfall war sie wegen Carries Tod völlig am

Boden zerstört gewesen. Sie hatte nicht begreifen können, dass sie nicht mehr da war. Gleichzeitig war sie so sehr damit beschäftigt gewesen, sich zurück ins Leben zu kämpfen, für sich und für Carrie, die es nicht anders gewollt hätte, dass sie froh gewesen war, jemand Starkes an ihrer Seite zu haben, der sie motivierte, aufrichtete, antrieb. Sie kannte Steffen schon seit vielen Jahren. Doch erst nach dem Unfall, als klar gewesen war, dass sie sich aufgrund der komplizierten Verletzungen an Beinen und Wirbelsäule wohl von ihrer Fußballerinnenkarriere verabschieden musste, hatte sie sich von ihrem alten Berater, der sie seit ihrem Einstieg ins Profigeschäft betreut hatte, getrennt und sich für Steffen entschieden. Sie hatte das Bedürfnis nach einem klaren Schnitt gehabt, und Steffen hatte einen exzellenten Ruf in der Extremsportszene. Sie war dankbar dafür gewesen, dass er sich ihrer annahm, als sie, zutiefst verzweifelt und vollkommen orientierungslos, was ihre Zukunft anbelangte, aus dem Krankenhaus in die Reha kam. Damals hatte ein endlos langer Weg der vollständigen Genesung vor ihr gelegen, und sie hatte nicht gewusst, weshalb und wofür sie sich anstrengen sollte. Ihre große Liebe war tot, und das Einzige, was sie gut gekonnt und ihr Leben lang gemacht hatte, das Fußballspielen, kam für sie nicht mehr infrage. Steffen war da gewesen, er hatte ihr Alternativen aufgezeigt und ihr Hoffnung gegeben.

«So redest du nicht mit mir», sagte sie leise.

«Was?» Steffen glotzte sie verständnislos an.

«Du bist mein Berater, und du wirst von mir dafür bezahlt. Du solltest tun, was ich dir sage, und nicht umgekehrt, sonst kann sich das ganz schnell ändern.»

Steffens Gesicht verzerrte sich für einen Moment vor Wut zu einer hässlichen Fratze, doch er hatte sich schnell wieder im Griff. Er setzte sich wieder. «Nora», begann er. «Reagier jetzt bitte nicht über. Tut mir leid, wenn ich zu drängend war. Ich weiß, dass du nervös bist. Das ist vollkommen normal. Du wirst sehen, wenn du ...»

«Ich bin nicht nervös», unterbrach ihn Nora scharf. «Ich habe heute einfach keine Zeit für ein Fotoshooting. Akzeptiere das bitte und mach mit Greeneagle einen anderen Termin aus. Und sprich nicht mit mir wie mit einem ungezogenen Kind.»

Steffen nickte, doch irgendetwas an seinem Blick irritierte Nora. Er musterte sie auf eine Art, die sie nicht einordnen konnte. War es Wut? Berechnung? Oder nur Besorgnis?

«Was ist?», fragte sie.

«Nichts.» Steffen winkte ab. «Ich glaube, es ist nicht der richtige Moment ...»

«Der richtige Moment wofür?»

Er zögerte. «Ich glaube, ich habe einen Fehler gemacht.»

Fragend hob Nora die Augenbrauen. «Sag schon», forderte sie ihn auf.

«Also gut.» Er seufzte tief. «Vermutlich hätte ich es schon viel früher tun sollen, aber ich wollte dich beschützen. Du warst so am Ende nach dem Unfall, ich war mir sicher, du würdest es nicht verkraften ...»

«Wovon sprichst du?» Jetzt war Nora alarmiert.

Schon wieder sah er aus dem Fenster, als gäbe es auf der Gasse draußen etwas unglaublich Spannendes zu sehen. «Du hast mir doch von deinen Schwierigkeiten erzählt, deinem Gefühl, beim Laufen nicht genug Luft zu bekommen.»

«Ja, und du meintest, das sei die Aufregung. Ich verstehe nicht, was das mit ...»

«Das mit der Aufregung habe ich nur so gesagt, um dich zu beruhigen. Ich weiß – oder ahne jedenfalls –, wo das Problem liegt, und das hätte ich dir früher sagen müssen. Dann hättest du die Möglichkeit gehabt, angemessen zu reagieren.» Nun wandte er sich ihr zu und betrachtete sie mit einem mitfühlenden Gesichtsausdruck. «Ich denke, es sind ... unbewusste ... ähm ... Schuldgefühle.»

«Was denn für Schuldgefühle?» Etwas ratlos schüttelte Nora den Kopf. «Steffen, bitte! Red nicht so kryptisches Zeug. Was zur Hölle willst du mir sagen?»

«Du kannst dich doch an den Unfall nicht erinnern. Und der Arzt meinte, vermutlich wird diese Erinnerung nach so langer Zeit auch nicht mehr zurückkommen ...»

Eine kalte Hand legte sich um Noras Herz. Sie wollte nicht über den Unfall sprechen. Nicht über die Qual, sich nicht erinnern zu können. Nicht über den Abgrund, der sich in ihr geöffnet hatte, als man ihr sagte, dass Carrie tot war. Sie hob abwehrend die Hände. «Nicht ...», flüsterte sie.

«Es muss sein, Nora», entgegnete Steffen leise, aber mit Bestimmtheit. «Nur so kannst du dich von diesen unbewussten Hemmnissen befreien.»

Nora schwieg. Sie wusste nicht, worauf Steffen hinauswollte, doch sie ahnte, dass es etwas war, was ihr Leben für immer verändern würde. Draußen schien die Sonne auf die bunt bemalten Hausfassaden. Eine Frau mit einem Kinderwagen ging vorbei. Sie blieb stehen, nestelte an dem Bettchen herum und lächelte ihr Kind an, bevor sie weiterging. Es war ein ganz normaler Vormittag. Nora biss sich auf die Lippen. «Dann los. Spuck's aus», sagte sie schließlich und spürte, wie sie sich innerlich verkrampfte.

«Ich habe doch bei der Polizei damals gesagt, dass ich gesehen habe, wie Carrie ins Auto gestiegen ist.»

Nora nickte langsam, wie in Trance.

Der Unfall hatte sich vor knapp zwei Jahren auf Teneriffa ereignet. Steffen besaß dort ein Haus und hatte sie und noch ungefähr hundert weitere Freunde und Bekannte zu seinem fünfzigsten Geburtstag eingeladen. Carrie und Nora hatten die Einladung genutzt, um eine Woche Urlaub zu machen. Sie hatten in der Nähe ein kleines Haus gemietet, einsam gelegen, direkt am Meer. Ein wunderbarer Ort, um ein paar Tage die Seele baumeln zu lassen. Auf dem Weg von dem Fest zurück zu ihrem Ferienhaus war ihr Mietauto, ein Cabriolet, in einer Kurve von der Küstenstraße abgekommen. Carrie war gefahren. Nora selbst konnte sich zwar nicht daran erinnern, aber ihre Freundin war meistens gefahren, und Steffen hatte gesehen, wie sie beide eingestiegen waren. Carrie hatte sich ans Steuer gesetzt, Nora war auf der Beifahrerseite eingestiegen. Sie hatte das Protokoll von Steffens Aussage im Unfallbericht gelesen. Das Auto war den Abhang hinuntergestürzt und hatte sich mehrfach überschlagen, bevor es in Flammen aufgegangen war. Sie waren beide nicht angeschnallt gewesen und herausgeschleudert worden, was in diesem Fall Noras Glück gewesen war – wenn man in diesem Fall überhaupt von Glück sprechen konnte. Carrie war sofort tot gewesen. Genickbruch.

Bereits an das Fest konnte Nora sich nicht mehr erinnern. Das Letzte, was sie von diesem verhängnisvollen Tag noch wusste, war, wie sie und Carrie am späten Nachmittag ins Auto stiegen, um zu Steffens Hacienda zu fahren. Carrie hatte sich ihre hellblonden Haare aus dem Gesicht gestrichen und die verspiegelte Sonnenbrille aufgesetzt. Nora hatte sie angesehen und gedacht, wie verliebt sie doch war. Das war ihr letztes Bild von Carrie. Es hatte sich in ihr Gehirn eingebrannt, und sie hatte sich in all den Monaten der Verzweiflung und des Kampfes daran geklammert wie an einen Rettungsring in stürmischer See. Anfangs hatte sie Carries Lachen noch im Ohr gehabt, ihren frischen Duft, ihre Stimme, ein bisschen rau, mit amerikanischem Akzent, doch diese Erinnerungen waren zu Lenas großem Kummer immer weiter verblasst. Geblieben war nur das Bild.

«Nun ...» Steffens Stimme riss sie aus ihren schmerzhaften Gedanken. «Ich habe gelogen.»

Nora brauchte einen Moment, um zu begreifen, was er gerade gesagt hatte. «Du meinst, du hast gar nicht gesehen, wie wir weggefahren sind?» Es hatte Ermittlungen dazu gegeben, wer die Fahrerin gewesen war. Nora hatte bei dem Fest Alkohol getrunken, zu viel, um noch fahren zu dürfen. Aufgrund von Steffens Aussage war die Akte jedoch rasch geschlossen worden.

«Doch. Das habe ich.» Endlich sah er sie wieder an.

Die kalte Hand um Noras Herz packte fester zu, als sie begriff, was er damit sagen wollte. Sie öffnete den Mund, doch es kam kein Ton heraus. Sie räusperte sich. «Du ... meinst ... du hast gesehen, dass ich ... Ich bin gefahren? Du hast gesehen, wie ich mich ans Steuer gesetzt habe?»

Steffen nahm ihre Hand und drückte sie. «Es war ein furchtbares Unglück, Nora.»

«Aber ... ich wäre nie angetrunken gefahren!»

«Es spielt keine Rolle mehr.» Der Druck seiner Hände verstärkte sich. «Es macht Carrie nicht mehr lebendig. Aber du, du musst damit klarkommen. Damit du weiterleben und weiter erfolgreich sein kannst. Verstehst du das?»

Noras Augen brannten, ihr Mund fühlte sich so trocken an, als wäre sie seit Wochen in der Wüste unterwegs. «Ich kann doch nicht ...», begann sie, doch Steffen unterbrach sie.

«Doch, du kannst! Tu es für Carrie. Und für mich. Ich habe für dich gelogen, ich habe mich strafbar gemacht, weil ich an dich glaube. Und jetzt bitte ich dich im Gegenzug, vergeude dein Talent nicht. Wir sind ein wunderbares Team, du und ich. Ich werde dich noch weit bringen. Weiter, als du es je für möglich gehalten hast.» Er atmete tief aus. «Ich bin froh, dass ich es dir endlich gesagt habe. Jetzt kannst du die Vergangenheit hinter dir lassen und richtig Gas geben. Du wirst allen zeigen, wie stark du bist. Nicht nur körperlich, auch mental. Vielleicht führt sogar noch ein Weg ins Fußballbusiness zurück. Auch wenn es sich im Moment noch nicht so anfühlt, glaub mir: Die Wahrheit macht einen immer stärker.»

Nora antwortete nicht gleich. Erst als sie glaubte, ihre Stimme im Griff zu haben, sagte sie: «Wir müssen es öffentlich machen.» Sie löste ihre Hand aus seiner Umklammerung. «Wir müssen allen die Wahrheit sagen.»

Steffen runzelte die Stirn. «Ist dir klar, was das bedeuten würde? Du kommst ins Gefängnis. Greeneagle wird dich auf Schadensersatz verklagen, bis du keinen Cent mehr hast. Du hättest dein Leben lang Schulden. Alles, wofür du in den letzten beiden Jahren gekämpft hast, wird zerstört. Und mehr noch, dein Ruf, deine Erfolge von früher, einfach alles.»

«Aber Carries Familie ...»

«Was ändert das für sie? Carrie ist tot. Sie wird nicht mehr lebendig. Meinst du, sie hätte gewollt, dass du dein Leben zerstörst? Deine Karriere? Sie hat dich immer unterstützt, immer an dich geglaubt, das darfst du jetzt nicht wegwerfen.»

«Aber ...»

Steffen sah sie eindringlich an. «Wenn du jetzt, nach zwei Jahren, mit der Wahrheit herausrückst, werden sie dich öffentlich kreuzigen. Und mich natürlich auch. Es wird einen Shitstorm geben, der nicht nur uns beide mitreißt, sondern auch unser Umfeld. Denk an deine Familie! Deine Mama und dein Papa haben so viel aufgegeben, um dich zu unterstützen. Sie sind so stolz auf dich! Willst du ihnen das Herz brechen, nur wegen irgendwelcher abstrakter Gerechtigkeitsgedanken? Willst du das wirklich?»

Nora traten Tränen in die Augen, als sie an ihre Eltern dachte. Und an ihre Geschwister, vor allem an ihren kleinen Bruder Baris, der so gerne Fußball spielte und alles sammelte, was mit ihr zu tun hatte. Sein Zimmer sah aus wie ein Devotionalienladen. Sie schüttelte den Kopf. «Nein», flüsterte sie, und ihr Kinn begann zu zittern. «Das will ich nicht.» Eine Träne löste sich aus ihrem Augenwinkel, und sie wischte sie hastig ab.

«Schhhh. Das weiß ich doch, Kleines.» Wieder griff Steffen nach ihrer Hand. «Der einzige Grund, so etwas an die Öffentlichkeit zu bringen, wäre der, dich, deinen und den Ruf deiner Familie – dein ganzes Leben für immer zu zerstören. Das könnte nur jemand tun, der bitter enttäuscht von dir ist. Jemand, der von dir im Regen stehen gelassen wird, obwohl er alles für dich geopfert hat. Das verstehst du doch, oder?»

Sie spürte Steffens Hände, die ihre Rechte festhielten. Was vorher noch tröstlich und beruhigend gewesen war, fühlte sich jetzt wie eine Fessel an. Sie nickte langsam.

Ja. Und ob sie verstand.

Steffen ließ ihre Hand los und stand auf. «Gut. Dann hätten wir das geklärt.» Er sah auf die Uhr. «Wir sollten uns auf den Weg zu dem Shooting machen, sonst wird die Zeit zu knapp. Kommst du?»

Nora stand auf und folgte ihm.

2

Nora Demir war nicht gekommen. Obwohl Lena den Fußballstar bis vor ein paar Tagen nur dem Namen nach gekannt hatte, versetzte ihr das Ausbleiben der Sportlerin einen Stich. Sie hatte bei ihrem Gespräch das Gefühl gehabt, dass Nora Demir Zuspruch gebraucht hatte und dass sie sich gegenseitig sympathisch gewesen waren. Daher hatte sie angenommen, ihre Zusage, am nächsten Vormittag auf die Alm zu kommen, wäre ernst gemeint gewesen. Offenbar hatte sie sich getäuscht. Vermutlich hatte Nora einfach nur höflich sein wollen.

Sicher hat sie eine Menge um die Ohren und keine Zeit, sich mit solchen verrückten Dingen wie einer Abbeterin auf einer Alm zu beschäftigen, überlegte Lena, nachdem sie während der vormittäglichen Arbeit mit Res zum wiederholten Mal auf die Uhr gesehen hatte.

«Wahrscheinlich ist ihr etwas dazwischengekommen», meinte ihre Tante. «Diese Supersportler haben doch immer alle möglichen Verpflichtungen. Jeder will was von ihnen.»

«Hast schon recht», gab Lena zu. «Ist ja auch nicht so wichtig. Ich kenne die Frau ja eigentlich gar nicht.»

Trotzdem. Nora hatte so aufgeschlossen und ehrlich interessiert gewirkt, überhaupt nicht wie jemand, der nur höfliche Konversation betreibt, die man nach fünf Minuten schon wieder vergessen hatte. Und sie schien Sorgen zu haben, die über die sportlichen Leistungen hinausgingen. Sicher, so ein schlimmer Unfall reichte aus dafür, dass die Frau nicht vor Glück sprühte. Doch er war zwei Jahre her, und sie war dabei, sich ins Leben und in den Profisport zurückzukämpfen, wenn man den Medien Glauben schenken wollte. Was also bedrückte sie so?

Als sie Res ihre Überlegungen schilderte, lächelte diese nur. «Zerbrich dir nicht immer den Kopf anderer Leut, Lena. Die Frau hat sicher einen Haufen Berater und Freunde, die ihr weiterhelfen. Da brauchts uns beide ganz gwieß nicht.»

Lena zuckte mit den Schultern, war jedoch nicht überzeugt. Wenn man große Probleme hatte, konnten einem auch Freunde oft nicht weiterhelfen. Da brauchte es manchmal erst jemanden von außen, der einem die richtigen Impulse gab. Doch es war müßig, darüber nachzudenken, denn Nora Demir war ja nicht gekommen.

«Kommst noch mit, oder musst schon heim?», wollte ihre Tante wissen, nachdem sie noch einen gemeinsamen Kaffee getrunken hatten. Res machte sich gerade für den Spaziergang mit ihren Ziegen bereit.

«Ich begleite dich», entgegnete Lena. «Ich hab mir heute freigenommen.» Erst am Nachmittag wollte sie zurück im Tal sein, um an der Pressekonferenz teilzunehmen. Seit sie wusste, worum es dabei wirklich ging – um Nora Demirs Teilnahme an der *Black Devil Challenge* –, interessierte sie diese Veranstaltung erheblich mehr. Vorher hatte sie dieses Buhei, das um diesen Trail gemacht wurde, völlig überzogen gefunden. Vor allem aber wollte sie dabei sein, um Alain und den Bichlbrunnern, die ebenfalls da sein würden, zu zeigen, dass sie sich nicht versteckte. Vielleicht ergab sich ja die Gelegenheit, ein paar Sachen richtigzustellen.

Wie sie aus dem Rathaus wusste, wurden jedoch schon jetzt viele Zuschauer erwartet, und der Andrang würde noch größer werden, wenn heute Nachmittag offiziell bekannt wurde, dass Nora Demir mitlaufen würde.

«Na, dann ...» Res lächelte, schulterte ihren abgewetzten Lodenrucksack, der schon bereitstand, und griff nach ihrem Almstecken. Mit dem Kinn deutete sie zur Tür, die zur Speisekammer führte. Da drin ist deiner.»

Der Almstecken war ein langer, nicht allzu dicker Stock aus einem Haselnusstrieb. Das untere Ende war mit einer Eisenspitze verstärkt. Er half als Stütze im rutschigen oder abschüssigen Gelände, und Res setzte ihn ein, um die Tiere in Richtung Stall oder aus einem Gefahrengebiet hinauszudirigieren. Im Herbst, wenn es zum Almabtrieb kam, wurde nicht nur das Vieh, sondern auch der Stecken geschmückt. Und im Winter wurde er wieder hergerichtet, gesäubert, mit einer neuen Eisenspitze versehen und fürs nächste Frühjahr sorgsam verwahrt. Jede Sennerin besaß einen Almstecken, er war so etwas wie Berufsausstattung und Erkennungszeichen in einem, und es kam nicht infrage, dafür einen profanen Wanderstock aus Metall oder Kunststoff zu benutzen. Die Sennerinnen schnitzten ihre Initialen hinein sowie eine Kerbe für jeden Almsommer. Es hieß, wenn auf dem Stecken kein Platz mehr für eine weitere Kerbe sei, sei für die Sennerin die Zeit auf der Alm vorbei.

Weil Res groß war, war ihr Stock ziemlich lang, Lena schätzte ihn auf knapp 1,90 Meter. Sie besaß ihn schon seit ihrem ersten Sommer auf der Obermoosalm. Er hatte inzwischen achtundzwanzig Kerben, und es war trotzdem noch genug Platz für weitere, sehr zu Lenas Erleichterung. Sie war zwar nicht abergläubisch, aber es gab ein paar Dinge, bei denen sie sich der Wirkung solcher alten Sprüche doch nicht ganz entziehen konnte.

Als Kind war ihr eigener Almstecken ihr ganzer Stolz gewesen. Jedes Jahr hatte Lena voller Ehrfurcht mit ihrem kleinen Taschenmesser eine weitere Kerbe ins Holz geschnitzt, bis ihr der Stock zu klein geworden war, sie ihn an Sonnwend feierlich ins Feuer geworfen hatte und ein größerer an die Reihe kam. Im Teenageralter hatten die Alm sowie auch der Stecken für Lena an Faszination verloren, andere Dinge waren wichtiger geworden, Lena hatte jahrelang keine Kerben mehr hineingeschnitzt und den Stecken vergessen. Mit achtzehn, gleich nach dem Abitur, war sie von Bichlbrunn weggegangen und viele Jahre fortgeblieben. Als sie vor sechs Jahren wieder nach Bichlbrunn zurückgekehrt war, hatte ihr Res zu ihrem großen Erstaunen einen neuen Almstecken gereicht. Darin waren Lenas Initialen eingeritzt sowie das Datum ihres achtzehnten Geburtstags. «Den hast du damals für mich gemacht?», hatte Lena gerührt gefragt, und Res hatte genickt. «Warum hast du ihn mir nicht gegeben?»

«Ich hab gespürt, dass es dich raus in die Welt zieht, und da hätt dir der Stecken vielleicht ein schlechtes Gewissen gemacht», hatte Res damals geantwortet, und Lena hatte sie daraufhin heftig und lange umarmt.

Seitdem wartete der Stecken auf Lena in Res' Speisekammer, und jedes Mal, wenn sie mit ihrer Tante im Almgebiet unterwegs war, nahm sie ihn mit. Über die Jahre war er schon ein wenig glatter und zugleich griffiger geworden, doch Kerben hatte er keine. Lena fand, das Einritzen von Kerben stünde ihr nur zu, wenn sie wie eine echte Sennerin einen ganzen Sommer auf der Alm verbrachte oder aber, wie ihre Tante, das ganze Jahr.

Umringt von Res' Ziegen, gingen sie friedlich nebeneinander über die sonnenbeschienenen Wiesen. Agi umkreiste sie aufmerksam und achtete darauf, dass keine der Ziegen zu weit ausscherte. Res sorgte mit diesen Spaziergängen dafür, dass die Ziegen auch auf den zunehmend karger werdenden Spätsommerwiesen noch genügend abwechslungsreiches Futter fanden. Nebenbei erfüllten sie noch einen anderen Zweck: Res klaubte Abfall auf, den Wanderer achtlos hatten fallen lassen, überprüfte, ob die Brunnen für die Tiere noch intakt waren und die Regenrinnen in den Spazierwegen nicht von Schutt und Blattwerk verstopft. In diesen Fällen half der Almstecken weiter, mit dem man die Rinnen freiräumen konnte. Konnte das Regenwasser nicht ablaufen, bestand bei einem Gewitter die Gefahr, dass der ganze Weg unterspült wurde, was dann größere Reparaturarbeiten nötig machte. Außerdem sammelte Res Kräuter, zupfte hier und dort ein Blümchen oder ein paar schöne Gräser ab, um sie in einer Vase auf den Tisch vor der Hütte zu stellen, oder sie bückte sich nach einem schön geformten Stein, den sie in die Hand nahm, eine Weile betrachtete und dann sorgfältig auf die Seite des Weges legte.

Während ihres Fußwegs sprachen Lena und Res kurz über das geplante Fest, das Mitte September stattfinden würde und bei dem Res den Sommer ausklingen ließ und Freunde und Bekannte bewirtete, die ihr das Jahr über geholfen hatten. Ansonsten schwiegen sie. Meist redeten sie nicht viel auf diesen Spaziergängen, und Lena war es recht so. Sie genoss das wortlose Verständnis, das zwischen ihnen herrschte, liebte die einfachen, ihr seit der Kindheit vertrauten Handgriffe und spürte normalerweise mit jedem Atemzug, jedem Blick über die weite Landschaft des Hochplateaus, hinter dem sich die schroffen Zacken des Wettersteins erhoben, wie sie ruhiger und gelassener wurde.

Heute jedoch wollte sich diese Ruhe nicht einstellen. Ihr ging zu viel im Kopf herum, die Diskussion über den Hotelbau, die das Dorf zu entzweien drohte, Alain Rochat, den sie am Nachmittag vermutlich wiedersehen würde, Jacks seltsames Verhalten – und jetzt auch noch Nora Demir, die ihr Sorgen bereitete, obwohl es sie eigentlich gar nichts anging. Nicht zu vergessen der Greifvogelmörder, der in der Region sein Unwesen trieb. Und Ben Fellner, dieser Idiot.

«Ich hab gestern Ben Fellner eine Ohrfeige verpasst», platzte sie schließlich heraus, als Res sich gerade bückte, einen großen Stein aus der Wiese nahm und an den Wegrand legte.

Überrascht sah ihre Tante auf. «Oha», sagte sie. «Mit dem hast dich doch als Kind schon immer gstritten.»

«Stimmt.»

«Und?»

«Was und?»

«Ist er also ein rechter Depp geworden?»

Lena zögerte. Sie war sich nicht ganz sicher, ob Ben unter Res' Definition eines Deppen fiel. Andererseits spielte das gar keine Rolle. Ben Fellner war definitiv ein Idiot, und das war schließlich das Gleiche. «Aber so was von», antwortete sie daher so entschieden wie möglich.

«Er war noch gar nicht bei mir heroben. Lad ihn doch mal ein.»

«Ich soll ihn einladen? Zu dir auf die Alm?» Lena war irritiert. Hatte ihre Tante nicht gehört, was sie gerade gesagt hatte?

«Schon. Würd mich interessieren, zu sehen, wie er ausschaut. War ein so fescher Bursch damals. A bissl zornig halt. Aber schon recht. Und dir hat er doch auch gfallen.»

«Mir? Nie!» Lena schnaubte empört. «Wie kommst denn auf so einen Schmarrn?»

Lächelnd zuckte Res mit den Schultern. «Mei. Kam mir halt so vor. Hast oft von ihm geredet.»

«Weil er so ein Depp war. Er hat mich so aufgeregt, und das tut er immer noch.»

Res blinzelte in die Sonne, und ihr Lächeln bekam etwas Verschmitztes. «Also, wenn er wirklich nur ein Depp wär, bräuchtest dich nicht über ihn aufregen. Das lohnt sich nicht, denn einem Deppen ...»

«... kann man nicht beibringen, kein Depp zu sein, ich weiß.» Lena rollte mit den Augen. Hätte sie nur nicht mit Ben Fellner angefangen. Bei aller Liebe: Manchmal ging ihr ihre Tante mit ihren Sprüchen echt auf die Nerven.

3

Die Pressekonferenz, die mit *Meet & Greet Nora Demir* übertitelt war und zu der neben zahlreichen Pressevertretern eine ganze Menge Bichlbrunner erschienen war, fand im Jägerstüberl statt. Der kleine Gastraum des Hotels Post platzte schon aus allen Nähten, als Lena ankam. Eigentlich hatte auch Alex dabei sein wollen, doch sie hatte absagen müssen. Die Pension war ausgebucht, neben den Touristen hatten sich auch einige Journalisten einquartiert. «Ich hab sogar unsere zwei Besenkammern an den Mann gebracht», hatte sie Lena auf WhatsApp zusammen mit einem Augenroll-Emoji mitgeteilt. Die «Besenkammern» waren zwei kleine Einzelzimmer unterm Dach, die als einzige noch unrenoviert waren und normalerweise gar nicht vermietet wurden. Lena hatte es mit Bedauern gelesen. Sie fühlte sich nicht besonders wohl bei dem Gedanken, diese Veranstaltung allein zu besuchen. Eine Freundin wie Alex an ihrer Seite hätte ihr gutgetan.

Zahlreiche Neugierige drängelten sich um die Plätze hinter den Journalisten und reckten neugierig die Hälse, um einen Blick auf die kleine Bühne zu erhaschen. An der Wand dahinter hingen bunte Banner von Greeneagle und anderen Sponsoren des Trails. Eine junge, sportlich wirkende Frau mit weißblondem, zu Zöpfen geflochtenem Haar stand mit einem Mikro neben drei leeren Stühlen. Offenbar übernahm sie die Moderation.

Lena blieb unbehaglich neben der Tür stehen. Der erholsame Abstand, den sie durch ihren Besuch auf der Alm zwischen sich, Alain, die Gemeinderatssitzung und alle anderen Probleme gebracht hatte, schmolz dahin. Sie meinte, ein paar misstrauische Blicke in ihre Richtung zu erhaschen, glaubte zu bemerken, dass der eine oder andere Bichlbrunner über sie sprach. Trotz ihrer Beklommenheit wich sie den Blicken nicht aus, reckte vielmehr kampflustig das Kinn und sah ihrerseits provozierend in die Runde, so lange, bis die anderen die Augen abwandten. Sollten sie nur kommen. Sie würde ihnen ihre Meinung schon deutlich machen.

Der Großteil der Anwesenden interessierte sich jedoch ohnehin nicht für sie, sondern für den Star der ganzen Veranstaltung. Nicht nur der Eklat auf der Gemeinderatssitzung hatte sich natürlich in Windeseile im Dorf herumgesprochen. Auch die neuen Informationen, die von Alain so geschickt in Umlauf gebracht worden waren: Nora Demir! Trainingsstandort Bichlbrunn! Der Raum war daher von erwartungsvollem Gemurmel erfüllt.

Im Publikum entdeckte Lena Ben und Miri, Letztere winkte ihr zu, während Ben nicht einmal den Kopf umwandte. Lena winkte zurück und schoss in Gedanken ein paar wütende Pfeile auf Bens Hinterkopf ab. Auch wenn diese Ohrfeige eine Entgleisung gewesen war, die nicht hätte passieren dürfen und für die Lena sich schämte: Ben Fellner war definitiv ein Depp! Und was für einer!

Ein paar Plätze weiter sah sie zu ihrer Überraschung Franz Schaller, er saß neben Jack. Lena war der Meinung gewesen, seine Reha sei erst nächste Woche vorbei, aber womöglich hatte Franz sich selbst früher entlassen. Es hätte zu ihm gepasst. Natürlich freute sie sich für ihn, trotzdem stand ihr seine offensichtliche Lüge bei ihrem letzten Besuch noch vor Augen. Seitdem hatte sie ihn nicht mehr gesprochen, und er hatte sich weder bei ihr gemeldet noch überhaupt den Versuch unternommen, ihr eine Erklärung zu geben. Und jetzt saß er hier einträchtig mit Jack. Neben dem war noch ein

Sitzplatz frei, womöglich waren diese Stühle für die Bergwacht reserviert. Lena verzog das Gesicht. Da blieb sie lieber stehen. Die beiden alten Geheimniskrämer konnten ihr fürs Erste gestohlen bleiben.

Unruhe entstand, als Alain und Nora eintraten, dicht gefolgt von ihrem Berater. Das Gemurmel der Zuschauer wurde leiser und verstummte schließlich ganz, nachdem die drei auf der Bühne ihre Plätze eingenommen hatten. Blitzlichter der Pressefotografen flammten auf, und ein Mann kniete sich mit einer Fernsehkamera vor die Bühne und nahm Nora ins Visier. Lena schlängelte sich etwas weiter nach vorne und blieb seitlich neben der Bühne stehen, wo schon etliche andere Zuschauer standen, die keinen Sitzplatz mehr ergattert hatten. Von hier aus konnte sie nicht nur gut sehen, was auf der Bühne passierte, sie hatte auch einen Blick ins Publikum. Alain trug einen hellgrauen Leinenanzug zu Turnschuhen und einem weißen T-Shirt, das seine Bräune vorteilhaft zur Geltung brachte. Mit einem breiten Lächeln präsentierte er sich gut gelaunt, seine makellosen Zähne blitzten.

Wie hab ich mich jemals in diesen Schnösel verlieben können?, dachte Lena.

Im Gegensatz zu ihrem Ex schienen die anderen beiden da vorne nicht besonders guter Laune zu sein. Während der Berater, den die Moderatorin als Steffen Meinhart vorstellte, äußerst angespannt wirkte und verkniffen lächelte, erschien Nora Demir hoch konzentriert, geradezu gefährlich wachsam. Ihr schön geschnittenes Gesicht war starr wie eine Maske, die dunklen Augen zusammengekniffen, die Stirn leicht gerunzelt. Sie hatte ihre schwarzen Haare zu einem straffen Pferdeschwanz zurückgekämmt und bewegte keinen Muskel, als die Moderatorin sie mit großem Pathos vorstellte und ihre sämtlichen Erfolge der letzten Jahre aufzählte. Nora schien wie in Trance zu sein, auf etwas fokussiert, das nur sie sehen oder spüren konnte. Erst als Applaus aufbrandete – einige der Zuschauer pfiffen sogar – und die Blitzlichter der Pressefotografen aufflammten, durchlief sie so etwas wie ein Ruck. Ein Lächeln erschien auf ihrem Gesicht, ihre Stirn glättete sich, und sie winkte ins Publikum.

Danach ging es wie erwartet weiter. Noras Teilnahme an dem «Teufelstrail», wie Alain die Challenge nun nannte, wurde als ihr großes Comeback angekündigt. Nebenbei wurde eine Menge Werbung für den Greeneagle-Konzern und die Crazy-Heroes-Agentur gemacht und den Bichlbrunnern gehörig um den Bart gegangen, indem wiederholt die fantastische Natur, die freundliche Aufnahme durch die Bürger und deren «bemerkenswerter Wille, Modernität, Sport und Tradition zu vereinen», hervorgehoben wurde.

Diese Sprüche verfehlten ihre Wirkung im Publikum nicht. Während die Journalisten eifrig notierten und fotografierten, konnte Lena in den Mienen der Dorfbewohner fast ausnahmslos Begeisterung erkennen. Es gab Zwischenapplaus und Bravo-Rufe. Sogar Franz und Jack wirkten zumindest beeindruckt. Ben und Miri waren die Einzigen, denen die Ablehnung nach wie vor deutlich anzusehen war. Zwischen Miris hellen Brauen zeichnete sich eine scharfe Falte ab, ihre Lippen waren aufeinandergepresst. Immer wieder schüttelte Ben bei Alains Worten verächtlich den Kopf und flüsterte Miri etwas zu. Die nickte bekräftigend, tätschelte ihm aber gelegentlich beruhigend den Arm, wie um ihn davon abzuhalten, etwas Unüberlegtes zu tun.

Wie Lena jetzt bemerkte, befanden sich auch zahlreiche Gemeinderäte unter den Zuschauern, und ihre ohnehin eher mäßige Stimmung sank auf den Nullpunkt. Mit diesem aufgekratzten PR-Theater würde der Konzern die Skeptiker vermutlich herumkriegen. Keiner von diesen Feiglingen würde es mehr wagen, sich gegen diese so lässig und fröhlich-professionell aufgezogene «Innovation und Fortschritt»-Kampagne zu stellen und als Bremser und Ewiggestriger gebrandmarkt zu werden.

Nach etwa zwanzig Minuten war der Spuk vorüber, und das eigentliche «Meet & Greet» begann. Alain lud alle Anwesenden dazu ein, etwas zu essen und zu trinken und sich mit den Verantwortlichen und natürlich mit der «großartigen Nora Demir» zu unterhalten. Im Foyer war ein Buffet mit Häppchen, kleinen Smoothie-Gläsern in allen Farben und natürlich Greeneagle-Energydrinks aufgebaut. Servicekräfte des Hotels standen mit runden Tabletts bereit, auf denen Sektgläser funkelten.

Lena griff sich ein Glas und sah sich unschlüssig um. Sie hatte weder Lust, sich zu Miri und Ben zu gesellen, noch zu Jack und Franz.

Auf der Suche nach Nora Demir ließ sie den Blick durch das Foyer wandern, konnte sie jedoch nirgends entdecken. Das kam ihr merkwürdig vor, immerhin war sie der Star der Veranstaltung. Einer Eingebung folgend, ging Lena noch einmal zurück in das Jägerstüberl, wo die Pressekonferenz stattgefunden hatte, und traf dort tatsächlich auf die Fußballspielerin. Sie stand vor der Bühne und nestelte an ihrer Tasche herum. Offenbar hatte sie es nicht eilig, zu ihrem Meet & Greet zu kommen. Lena blieb bei der Tür stehen, von plötzlicher Scheu erfasst. Eigentlich hatte sie Nora fragen wollen, weshalb sie nicht wie verabredet gekommen war, aber jetzt erschien ihr das plötzlich albern. Wenn die Sportlerin noch für ein paar Minuten ihre Ruhe wollte, würde sie sie nicht stören.

Sie wollte gerade den Rückzug antreten, als Nora Demir den Kopf hob und sie ansprach. «Wollten Sie zu mir?»

Lena blieb stehen und wandte sich ihr zu. «Hallo, Nora», sagte sie und lächelte etwas verlegen.

Nora blinzelte kurz, als müsste sie sich erinnern, wer sie so vertraut ansprach, dann hellte sich ihr Gesicht auf. «Oh, hallo. Lena.» Ihr Lächeln wirkte echt, wenngleich etwas angestrengt. Sie schulterte ihre Tasche und ging auf Lena zu. «Tut mir leid, dass ich heute Vormittag nicht auf die Alm kommen konnte. Es gab so viel zu tun, mein Berater hatte überraschend ein Fotoshooting anberaumt ...» Sie hob die Schultern. Ihre dunklen Augen flackerten, als wäre ihr in diesem Moment etwas Unangenehmes eingefallen.

«Passt schon, kein Problem», erwiderte Lena. «Bist du okay? Geht's dir besser?»

«Besser?» Wieder dieses irritierte Blinzeln, dann nickte sie, enthusiastischer als notwendig. «Ja, klar, mir geht's prima. Alles paletti.» Ihr Lächeln war zu glatt, um echt zu sein. Lena hatte das Gefühl, dass Nora sie gar nicht wirklich wahrnahm. Sie war mit den Gedanken völlig woanders.

Vom Foyer her erklangen hastige Schritte, und Noras Berater kam um die Ecke.

«Da bist du ja!», rief er vorwurfsvoll und leicht gereizt, als hätte er sie seit Stunden gesucht. Er kam ein paar Schritte näher, maß Lena mit einem kurzen Blick, befand sie offenbar nicht für würdig, ein Wort an sie zu richten, und sagte knapp: «Kommst du? Alle warten auf dich.»

Nora nickte. Im Gehen warf sie Lena einen seltsam unentschlossenen Blick zu, fast so, als hoffte sie, Lena würde sie zurückhalten, doch dann sagte Steffen Meinhart etwas zu ihr, und sie wandte den Kopf ab und ging schnell weiter. Einen Augenblick später hörte man vom Foyer her das Klatschen der Leute.

Lena sah ihr etwas beunruhigt nach. Natürlich, Nora Demir

war ein Star, sie war umgeben von wichtigen Leuten und hatte an einem Tag wie diesem keine Zeit, mit irgendjemand Unwichtigem Small Talk zu halten. Dennoch war ihr Verhalten merkwürdig. Gestern hatte sie Lena noch ihr Herz ausgeschüttet, und heute schien sie sich kaum noch an das Gespräch zu erinnern. Trotz ihres Lächelns war sie Lena noch bedrückter als bei ihrer gestrigen Begegnung vorgekommen.

Langsam ging sie durch den stillen Flur zurück ins Foyer. Sie wünschte, Nora wäre auf die Alm gekommen und Res hätte sie sich angesehen. Sie hätte ihr sicher einen Rat geben können. Auch wenn Nora Demir sie wirklich nichts anging, wollte Lenas Beunruhigung nicht weichen. Irgendwie fühlte sie sich verantwortlich für Nora. Sie hatte Lena, eine völlig Fremde, um Rat gebeten. Jemand, der so im Rampenlicht stand und zudem von Leuten umringt war, die einen unterstützten, tat doch so etwas nicht, wenn es keinen triftigen Grund dafür gab. Was hatte Nora für ein Problem, das sie so lähmte und ihr die Luft zum Atmen nahm?

Im Gegensatz zu ihrem unsympathischen Berater und ihren Physiotherapeuten schien Nora sich jedenfalls nicht sicher zu sein, ob sie fit genug für diesen Trail war. Es kam bei Bergläufen oft vor, dass Läufer sich überschätzten, sich verletzten oder vor Erschöpfung zusammenbrachen und von einem Bergwachtsteam ins Tal gebracht werden mussten. Doch Nora schien körperlich fit zu sein. Womöglich war es die Psyche, vielleicht war es zu früh für sie, so eine Herausforderung anzugehen? Mit psychischen Blockaden kannte Lena sich aus, schließlich hatte sie am eigenen Leib erfahren, was diese anrichten konnten. Mit Schaudern dachte sie daran zurück, wie eine Panikattacke sie am Jubiläumsgrat erfasst hatte. Aber was konnte Lena tun? Nora Demir war erwachsen und für sich selbst verantwortlich. Wenn sie nicht mit ihr redete, konnte sie ihr keinen Rat geben, und die Bergwacht kam leider erst dann, wenn das Unglück schon geschehen war.

Lena betrat das Foyer, wo Nora und ihr Berater zusammen mit Alain und dem Greeneagle-Vertreter an einem der Stehtische standen. Von den drei Männern umringt, hielt Nora einen Energydrink in der Hand und lächelte, während die Pressevertreter Fotos schossen.

Sie stellte ihr nahezu unberührtes Sektglas ab und wandte sich zum Ausgang. Im Grunde hätte Lena sich diese Veranstaltung auch sparen und bei ihrer Tante auf der Alm bleiben können. Sie hatte nichts erfahren, was sie nicht vorher schon gewusst hatte. Und so wie die Bichlbrunner hier feierten, war sie sich noch sicherer als ohnehin schon, dass dieses Hotel gebaut werden würde. Sie drängte sich durch die Menge in Richtung Schwingtür, als ihr eine laute Stimme ans Ohr drang.

«A guate Sach ist des mit dem Hotel», sagte gerade ein Mann, und Lena sah aus den Augenwinkeln, wie Erich Habacher gerade mit einer Fernsehjournalistin redete. Sie stand mit einem Kameramann vor ihm und hielt ihm das Mikrofon hin.

«Wie man so hört, ist nicht jeder im Dorf dieser Meinung?», erkundigte sich die Frau gerade.

«Schmarrn. Das finden alle gut. Nur der Fellner, der hetzt die Leut auf mit seinem grünen Geschwafel.» Als Lena Bens Namen hörte, blieb sie stehen.

«Wer ist das?», wollte die Frau nun wissen.

Habacher machte eine wegwerfende Handbewegung. «Benedikt Fellner heißt er. Das ist unser neuer ... *Ranger.*» Er sprach das Wort so voller Verachtung aus, als handelte es sich um etwas höchst Lächerliches und Überflüssiges, dass Lena nur mit Mühe an sich halten konnte, nicht dazwischenzugehen. Stirnrunzelnd lauschte sie weiter. Sie hatte Habachers Blick nach Bens Rede bei der Gemeinderatssitzung noch vor

Augen. Er würde sich diese Gelegenheit nicht entgehen lassen, Ben zu diffamieren.

«Aber der hat keine Chance mit dem Blödsinn, den er verzapft», fuhr Habacher jetzt mit erhobener Stimme fort, sodass auch alle Umstehenden ihn hören konnten.

Lena drehte sich um, hoffte, Ben irgendwo zu entdecken, damit er etwas dazu sagen konnte, doch sie fand ihn in dem Gedränge nicht. War er überhaupt noch da?

Indes genoss Habacher sichtlich die Aufmerksamkeit, die ihm geschenkt wurde. Er warf sich in die Brust und redete mit dröhnender Stimme weiter, mehr an seine anderen Zuhörer gerichtet als an das Fernsehteam. «Wir alle kennen den Fellner, wissen Sie. Das ist ein ortsbekannter Unruhestifter, war er früher schon, als Jugendlicher, da hat er auch immer ...»

Lena konnte sich nicht mehr beherrschen. Sie schob einen vor ihr stehenden Mann rüde zur Seite und trat auf den verdutzten Sägewerksbesitzer zu. «Red keinen solchen Stuss, Habacher!», fuhr sie ihn an. Ihre Stimme bebte vor Wut. «Ben Fellner ist alles andere als ein Unruhestifter, und diese dummen alten Geschichten, die du aus dem Hut zauberst, um andere schlechtzumachen, interessieren hier niemanden! Ben ist Biologe und hat jahrelange Erfahrung im Naturschutz, er weiß ganz genau, wovon er spricht. Und er ist nicht der Einzige am Ort, der gegen das Projekt ist.» Plötzlich bemerkte sie, dass die Journalistin ihr das Mikrofon hinhielt und auch der Kameramann auf sie aufmerksam geworden war.

Sie schluckte, dann drehte sie sich in Richtung Kamera. «Der Bichlbrunner Ranger Ben Fellner hat absolut recht mit dem, was er sagt: Das Hotel an dieser Stelle zu bauen, ist nicht nur ein Verstoß gegen das Naturschutzrecht, es erhöht auch die Lawinengefahr für den ganzen Ort. Und er hat auch recht mit seiner Meinung über die angeblich bestätigte Unbedenklichkeit. Ganz offenbar hat da jemand ein Gefälligkeitsgutachten erstellt. Würde mich nicht wundern, wenn der Gutachter mit Herrn Habacher persönlich bekannt ist. Erich Habacher verfolgt mit dem Hotelprojekt private Interessen, es ist sein Grundstück, um das es geht. Das Wohl des Dorfs ist ihm vollkommen egal.» Lena hörte selbst, wie laut ihre Stimme geworden war, sie hatte den dröhnenden Bass von Habacher noch übertroffen. Das Blut rauschte ihr in den Ohren, und das Herz hämmerte in ihrer Brust.

All die aufgestaute Wut über dieses Projekt und Alains miese Tour hatte sich mit den Worten Bahn gebrochen, die sie der Kamera entgegengeschleudert hatte. Und mehr noch. Ihre Wut betraf nicht nur dieses unselige Projekt. Wie unbarmherzig war dieses dumpfe Kollektivgedächtnis des Dorfes, das Ben bis heute als renitenten Sohn des verhassten Dorfpolizisten brandmarkte und es wohl auf immer und ewig tun würde! Sie selbst war leider Teil dieses Kollektivgedächtnisses gewesen, hatte Ben seine alte Rolle entgegengehalten, kaum dass er hier in Bichlbrunn angekommen war.

Als sie verstummte, bemerkte sie, dass um sie herum die Menschen ebenfalls ihre Gespräche unterbrochen hatten. Alle starrten sie an. Erich Habacher hatte vor Verblüffung vergessen, seinen Mund zu schließen.

«Und wer sind Sie?», fragte die Journalistin in die Stille hinein. An ihrem Ton konnte Lena hören, wie sie innerlich frohlockte, den Dorfzwist im O-Ton eingefangen zu haben.

«Lena Veith. Leiterin der örtlichen Bergwacht», erwiderte Lena etwas atemlos und wandte sich dann abrupt ab. Die Menschen, die sich um sie, Habacher und das Kamerateam versammelt hatten, wichen zurück wie das Rote Meer vor Moses, nur ein Mann blieb stehen, sodass sie fast mit ihm zusammengestoßen wäre. Es war Ben. Er war also doch noch hier. Mit einem fast bestürzten Gesichtsausdruck sah er sie an, und ihr wurde klar, dass er jedes ihrer Worte gehört hatte.

Lena erwiderte seinen Blick. Ihre Wangen glühten noch vor Zorn und der Erregung darüber, plötzlich in den Mittelpunkt des Geschehens geraten zu sein, und ihr Herz klopfte so heftig, als wäre sie gerade Marathon gelaufen. Sie wollte etwas sagen, doch gleichzeitig war sie sich der Menschen, die um sie herumstanden und sie anstarrten, überdeutlich bewusst. Ihr Kopf schien völlig leer.

Da, ganz unverhofft, lächelte Ben, und dieses freundliche, ganz und gar nicht spöttische Lächeln veränderte sein oft so finster und hart wirkendes Gesicht vollkommen. Er wirkte offener, verletzlicher, und Lena bemerkte zum ersten Mal, dass er Grübchen in den Wangen hatte. Warum war ihr das noch nie aufgefallen? Sie erwiderte sein Lächeln. Obwohl sie kein Wort sprachen, schien plötzlich alles gesagt. Lenas Versuch, ihm bei der kurzen Begegnung vor der Gemeinderatssitzung zu erklären, weshalb sie während seines Lieds in der Bongo-Bar weggegangen war, die Ohrfeige, all ihre widersprüchlichen Gefühle gegenüber Ben Fellner lösten sich angesichts seines Lächelns auf. So standen sie beide da. Vermutlich waren es nur wenige Augenblicke, aber Lena kam es unendlich lange vor.

Irgendwann trat die Journalistin zwischen sie, und ihre laute, schnarrende Stimme zerriss das Band, das das Lächeln zwischen ihnen geknüpft hatte. Offenbar hatte ihr jemand gesteckt, dass dieser Mann hier besagter Ranger war. «Herr Fellner?», fragte sie und hielt auch ihm das Mikrofon vor die Nase. «Würden Sie ein Statement dazu abgeben?»

Er drehte sich langsam, wie aus einem Traum erwachend, zu der Frau um, und sein freundliches Lächeln erlosch. «Nein», antwortete er entschieden. «Lena hat alles gesagt, was es zu sagen gibt.» Dann drehte er sich um und verließ mit langen Schritten das Hotel.

Wenige Sekunden später trat Lena ebenfalls nach draußen. Sie kam gerade rechtzeitig, um zu sehen, wie Ben in Victoria Pistorius' champagnerfarbenen Mini einstieg und die beiden davonbrausten.

Einsatzprotokoll

Freitag, 26. August

Einsatzort: Felswand oberhalb des Gamskars
Bemerkungen: «Nun, das war aber auch sehr unhöflich von ihm.»

1

Jack Reiter saß am Computer in der Geschäftsstelle der Bergwacht und starrte auf den dunklen Bildschirm. Er hatte Bereitschaft und war als Einsatzleiter eingeteilt, weil Lena heute für eine Bergtour auf den Brunnenkogel gebucht war und erst am Nachmittag zurück sein würde. Ferdi Schorer, Lenas Stellvertreter, arbeitete als Physiotherapeut in einer Praxis und konnte sich seine Zeit nicht ganz so leicht einteilen wie neuerdings Jack. Seit Lena Leiterin war und er seinen Posten als Jugendwart an Andi Kornbichler abgetreten hatte, hatte es sich so eingespielt, dass er oft die Stellung in der Geschäftsstelle hielt und auch die Einsatzleitung übernahm, und er genoss es, noch immer eine Aufgabe neben den normalen Bergwachtseinsätzen zu haben, auch wenn es keine offizielle Position mehr war.

Seit er im Sägewerk aufgehört hatte, hatte er viel mehr Freizeit als früher. Seine Schreinerei warf noch nicht allzu viele Aufträge ab. Es würde dauern, bis sich herumgesprochen hatte, dass er wieder vollberuflich als Schreiner arbeitete und nicht nur nach Feierabend in der Werkstatt herumbastelte.

Hinzu kam, dass er sich viel Zeit für jeden Auftrag nahm, bei ihm gab es kein Hudeln und kein Pfuschen, so wollte er arbeiten und nicht anders. Darum konnte er nur wenige Aufträge annehmen. Gott sei Dank hatte er finanziell keine Probleme. Die anstehende Scheidung war zwar schmerzhaft und Babsi schwierig, aber was das Geld anbelangte, zeigte sie sich großzügig. So großzügig, dass es einer Beleidigung gleichkam. Die Familie Habacher war reich genug, sodass seine Frau keinen Wert auf Unterhaltszahlungen legte, das hatte sie von Anfang an deutlich gemacht. Sie teilten sich das Sorgerecht für die beiden Kinder, und während Lilli bei Babsi geblieben war, hatte Felix darauf bestanden, bei Jack zu wohnen, sodass sich die Unterhaltszahlungen weitgehend ausglichen. Ihr gemeinsames Haus, das er ohnehin nie gemocht hatte, war bald verkauft, den Erlös würden sie sich ebenfalls teilen. Damit war ihre fast zwanzigjährige Ehe abgewickelt, nüchtern und effektiv, wie es Babsis Art war. Es war ein wenig beschämend gewesen, diese Vereinbarung beim Rechtsanwalt zu unterschreiben, Jack hatte sich wie ein Versager gefühlt, der es nicht einmal geschafft hatte, seine Familie angemessen zu versorgen. Zumal Babsi sich keine Mühe gab, ihre durch Großzügigkeit nur oberflächlich übertünchte Verachtung zu verbergen. Andererseits hatte er von nun an die Freiheit, sein Leben so zu gestalten, wie er es wollte, und er war nicht gezwungen, eine ungeliebte Arbeit anzunehmen. Er hatte sein Auskommen, auch wenn er keine großen Sprünge machen konnte, und hatte sich mit seinem Sohn in ihrem Zweimännerhaushalt ganz gut eingerichtet. Lilli sah er regelmäßig, auch das Verhältnis zu seiner Ex-Frau war einigermaßen erträglich. Neutral.

Dafür musste er dankbar sein. Dafür schluckte er seinen Stolz hinunter, jedes Mal, wenn er Babsi traf, bemühte sich, sich nicht provozieren zu lassen und keinen Streit anzufangen, auch wenn es ihm hin und wieder durchaus schwerfiel. In solchen Momenten dachte er rasch an seine Werkstatt und das Licht, das durch das Fenster schien, während er arbeitete, an das Küchenbuffet aus Kirschbaumholz, das er gerade schreinerte, den unebenen Steinfußboden im Flur seines alten Elternhauses, an die alten Holzdielen in der Küche, die bei jedem Schritt knarzten, und an den Frieden, der ihn überkam, wenn er morgens aufwachte und die Amseln in dem Apfelbaum vor seinem Fenster singen hörte. Danach fiel es ihm nicht mehr schwer, den Mund zu halten oder Babsi recht zu geben, egal worüber sie gerade lamentierte.

Er ließ seinen Blick über den Arbeitsplatz gleiten, der unverkennbar Lenas Handschrift trug. Er war ein wenig unordentlich und sehr viel bunter, als wenn er Jacks Schreibtisch gewesen wäre. In einer Schale lagen ein paar unregelmäßig geformte Steine und exotisch wirkende Muscheln, am PC baumelte an einer bunten Kordel ein kreisrunder silberner Anhänger, den Lena vermutlich von einer ihrer Reisen mitgebracht hatte, und neben der Tastatur glotzte eine kleine Figur aus gebranntem Ton ihn vorwurfsvoll an. Eine benutzte Kaffeetasse – quietschrotes Emaille mit bunten Blumen bemalt – stand ebenso auf dem Tisch wie ein Korb mit Obst, Schokolade und Müsliriegeln.

Allerdings gab es keine Fotos. Unwillkürlich wanderte sein Blick zu dem gerahmten Bild über der Tür, das Lenas Vater Rupp zeigte, und sein Magen wurde flau. Ein vertrautes Gefühl, das seit einiger Zeit an Häufigkeit zugenommen hatte. Wie ein Stein lag ihm dieses Geheimnis, das zu hüten er sich Franz gegenüber vor neunzehn Jahren verpflichtet hatte, neuerdings auf der Seele. Er konnte Lena kaum noch ansehen, so sehr schämte er sich. So konnte es nicht weitergehen. Und doch: Das Versprechen wog zu schwer. Franz' Argumente, sein Zorn, der ihn treffen würde, und die Befürchtung, dass er recht behalten könnte mit seinen Bedenken. Ach was, Bedenken war ein viel zu sanftes Wort für das, was Franz umtrieb, wenn Jack auch nur erwähnte, endlich reinen Tisch machen zu wollen. Er wurde fuchsteufelswild. Und wild entschlossen, es zu verhindern. Ein Teil von ihm konnte Franz verstehen, er wollte Lena beschützen, doch ein anderer Teil, der zunehmend stärkere, sagte ihm, dass es nicht richtig war.

Jack spürte, wie es in der Truppe rumorte, seit Lena die Leitung übernommen hatte, und das lag nicht an ihr. Es lag an ihm. Er war das Element, das nicht mehr hineinpasste mit seinen Schuldgefühlen, seinem Jähzorn, seinem Bemühen, etwas zu verbergen, das mit aller Macht ans Tageslicht wollte. «Warum gerade jetzt?», hatte Franz wissen wollen. «Neunzehn Jahre lang hat es dir nichts ausgemacht, den Mund zu halten, und jetzt willst du plötzlich alles zerstören?» Jack hatte darauf keine Antwort gegeben. Natürlich hing es mit seinem neuen Leben zusammen. Aber vor allem damit, dass Lena nun Leiterin der Bergwacht war, so wie damals ihr Vater. Rupp Veith. Die Legende. Sein großes Vorbild.

Es war ein Drängen in Jack, dem er nachgeben musste. Sonst konnte er hier nicht mehr weitermachen.

Nach einem letzten Blick auf den dunklen Bildschirm stand

er auf. Das würde heute nichts mehr werden mit der Arbeit. Die Geister der Vergangenheit bedrängten ihn zu stark. Er nahm seinen Piepser und verließ das Büro. In seiner Werkstatt war es friedlicher. Und sein Kirschbaumbuffet wartete.

Gerade war er vor die Tür getreten und wollte absperren, als er eine Stimme hinter sich hörte, die seinen Namen rief. Überrascht drehte er sich um.

Neben der Tür zur Gemeindebücherei stand Miriam Gulbrandt, den Arm voller Bücher. Mit der freien Hand winkte sie ihm. «Hallo, Jack!»

Er erwiderte ihren Gruß mit einem knappen Nicken und ging zu ihr. Sie sah wie üblich ein wenig durch den Wind aus, ihr blondes, feines Haar war zu einem zerzausten Dutt aufgesteckt, die bunte Bluse zerknittert. Ihre Füße steckten wie immer in robusten Wanderschuhen.

Nun standen sie sich lächelnd gegenüber und waren beide ein wenig verlegen, wie Jack schien. Zumindest er war verlegen, obwohl er nicht recht wusste, wieso. Er kannte Miri, seit sie vor ein paar Jahren nach Bichlbrunn gekommen war, hatte sie immer sympathisch, leicht chaotisch und sehr energisch gefunden. Bei ihrer letzten Begegnung jedoch hatte er eine ganz andere Seite von ihr gesehen. Ihre Trauer um den toten Greifvogel hatte ihn mehr gerührt, als er hatte zugeben wollen. Er hatte Miri mit seiner Umarmung trösten wollen und dabei verwundert festgestellt, dass er sie am liebsten gar nicht mehr losgelassen hätte. Gleichzeitig hatte er das starke Bedürfnis verspürt, diesen herzlosen Menschen, der Miri mit seiner schändlichen Tat zum Weinen gebracht hatte, auf der Stelle aufzuspüren und zur Rechenschaft zu ziehen.

«Wie geht's dir?», fragte er schließlich. «Bist du noch traurig wegen des Habichts?»

Miri zuckte mit den Schultern. «Schon. Aber man kann ja nichts machen. Ben und ich passen jetzt doppelt auf. Ben hat Informationsschilder entwickelt, die die Leute dafür sensibilisieren sollen, auf Fallen oder vergiftete Köder zu achten. Gestern Vormittag waren wir schon zusammen am Sternmoos deswegen, zusammen mit Jonas, der sich den Fundort ansehen wollte. Wir haben dort einen Teil der Schilder aufgestellt, und heute wollte Ben noch auf den Rabenstein. Die Ostflanke und das Tal dahinter sind auch Greifvogelgebiet.»

«Das ist gut.» Jack nickte und wusste nicht recht, was er noch sagen sollte. Seine Verlegenheit überraschte ihn ebenso wie der Umstand, dass er zwar stumm und steif wie ein Hackstock dastand, aber auch nicht gehen wollte. Ihm war außerdem noch nie aufgefallen, wie hübsch Miri eigentlich war. Sie hatte zarte Haut und warme Augen, die ihn jetzt aufmerksam musterten.

«Hast du Zeit für einen Kaffee?», fragte sie plötzlich. «Ich wollte grad rüber zu Paolo, einen Espresso trinken und mir ein kleines Eis gönnen, bevor ich wieder rauf zur Vogelwarte fahre.»

«Äh.» Jack räusperte sich verdattert. «Ja, schon, warum nicht?»

Miri grinste. «Genau. Warum nicht?»

Nebeneinander gingen sie über den Dorfplatz, wo heute wie jeden Freitag der Wochenmarkt stattfand. Die örtlichen Händler und auch einige Auswärtige hatten ihre Stände aufgebaut. Vevi Steigers Hofladen belegte einen zentralen Platz, ebenso der Metzger und der Bäcker, außerdem gab es Marktleute aus Tirol, die Speck und Käse anboten, eine Forellenräucherei, einen Obst- und Gemüsewagen, einen Stand mit Blumen sowie einfache Tische, wo frische Eier und Honig verkauft wurden. Der Rauch der Forellenräucherei stieg kerzengerade in die klare Spätsommerluft, und es duftete nach Speck, Käse und frischem Brot. Vor den Ständen drängten sich die Leute.

Jack bot Miri an, ihr den Bücherstapel abzunehmen, während sie sich einen Weg zur Eisdiele bahnten, doch die sah ihn nur strafend an und schüttelte den Kopf. «Also wirklich! Wenn ich die Bücher, die ich lesen will, nicht mehr selbst tragen kann, dann kann ich mir gleich die Kugel geben.»

Etwas verunsichert nickte Jack. Ihm war beigebracht worden, Frauen stets ritterlich zu behandeln, ihnen die Türen aufzuhalten, schwere Lasten abzunehmen und die Rechnungen zu bezahlen. Darauf hatte auch Babsi immer großen Wert gelegt, selbst wenn die Kreditkarte, mit der Jack bezahlte, ihr Konto belastete und nicht seins. Es verwirrte ihn, dass es Frauen gab, die das alles plötzlich nicht mehr gut fanden. Wie sollte man sich da zurechtfinden?

Paolo, der gerade vor seiner Eisdiele stand und eine Zigarette rauchte, begrüßte Miri mit großem Hallo und Küsschen auf beide Wangen. Jack klopfte er freundschaftlich auf die Schulter. «Ciao, mein Freund.»

Sie setzten sich an einen der zierlichen Tische und bestellten zunächst zwei Espresso. Als Miri dazu noch eine Kugel Vanilleeis mit Schokosoße orderte, schnalzte Paolo mit der Zunge.

«Heut nicht, *cara*. Heut ist Weltpremiere meiner neuen *creazione*! Ah!» Er tippte sich mit Daumen und Zeigefinger gegen die Wange und machte ein Kussgeräusch. «Ist wunderbar geworden. *Fantastico!*» Er verschwand in seinem Laden, und Miri und Jack sahen sich etwas verdutzt an.

«Weißt du was von einer neuen *creazione*?», wollte Miri wissen.

Jack schüttelte den Kopf. «Bin nicht so der Eisesser.»

«Da bin ich ja mal gespannt», seufzte Miri. «Ich mag eigentlich nur Vanilleeis.»

Kurz darauf kam Paolo mit einem Tablett zurück, auf dem er neben den beiden winzigen Kaffeetassen eine altmodische Suppenschüssel in Miniaturformat balancierte, ein Mini-Weißbierglas und ein Glasschälchen wie für Marmelade. Er stellte alles mit einem stolzen Lächeln auf den Tisch und legte zwei langstielige Eislöffel und zwei Servietten in blau-weißem Rautenmuster dazu. *«Ecco!»*

Jack beäugte das Arrangement etwas ratlos. In der Suppenschüssel befanden sich zwei Mini-Weißwürste und in der kleinen Schale etwas, das wie Weißwurstsenf aussah. So weit, so seltsam. Immerhin waren sie in einer Eisdiele. Und in dem kleinen Weißbierglas befand sich definitiv kein Bier, sondern eine gelbliche, feste Masse, gekrönt von weißem Schaum. Es sah ziemlich echt aus.

«Das ist jetzt aber nicht das, was ich glaube?», fragte Miri in einem Tonfall, der zwischen Unglauben und Amüsement schwankte. «Du hast nicht ...?»

«Doch, freilich. Des is a Weißwurstfrühstück», erklärte Paolo im breitesten Bayerisch und strahlte. «Weißwursteis mit Pistazie und Limette, Weißbiereis mit Zitronensorbet als Schaum und süßer Senf dazu, echt Händlmaier, mit einem Hauch Zimt und Cranberry, natürlich auch Eis. Brezeneis wollt ich auch noch machen, aber das ist nix Rechtes geworden.»

Verblüfft sah Jack den Italiener an. «Wer soll denn so was essen?», fragte er, als er seine Sprache wiedergefunden hatte.

«Ihr müsst's halt probieren. Die Touristen sind ganz wild drauf. Ich hab's schon fünf Mal verkauft, und es steht erst seit heut auf der Karte. Auf Instagram haben wir schon ganz viele Likes.»

«Aha. Instagram», wiederholte Jack. Ihm waren diese sozialen Medien ein bisschen unheimlich und gleichzeitig total wurscht. Er konnte überhaupt nicht verstehen, worin der Sinn und das Vergnügen bestand, irgendwelche Bilder oder dummes Geschwätz zu posten und zu liken – und neuerdings zu haten. Die Bergwacht hatte ebenfalls einen Instagram-Account, der von Lena und Ferdi betreut wurde, aber ihn interessierte das null. Er war froh, dass ihn in seinem Alter manche Dinge einfach nicht mehr zu jucken brauchten und er deswegen nicht mal ein schlechtes Gewissen haben musste.

«Ist gut, Paolo, wir probieren», sagte Miri. «Aber wir können für nix garantieren.»

Nachdem Paolo zufrieden zum nächsten Tisch weitergezogen war, sagte Miri leise: «Das ist komplett bescheuert, oder?» Sie kicherte, und Jack fand dieses Kichern unwiderstehlich.

«Wenn du so lachst, schaust wie ein junges Mädel aus», platzte er heraus. «So hübsch und zart und frech ...» Erschrocken klappte er den Mund wieder zu. Das war jetzt wahrscheinlich wieder total daneben gewesen. Er spürte, wie seine Ohren heiß wurden. Er hatte ohnehin ziemlich große Ohren, und wenn sie jetzt auch noch rot anliefen, dann würde das zu seinen ebenfalls roten Haaren ziemlich deppert aussehen. «Entschuldige», stotterte er, tödlich geniert. «Ich mein natürlich nicht, dass du nur gut ausschauen tätst, wenn du noch jung wärst, äh ... also ... nicht dass du meinst, dass ich dich alt find, gar nicht ...» Er verstummte erschöpft. Mit seinem Gerede machte er alles nur noch schlimmer.

Miri hatte ihm schweigend zugehört. Jetzt beugte sie sich vor, gab ihm einen kleinen Kuss auf die Wange und lächelte ihn auf eine Weise an, dass ihm noch wärmer wurde. «Hab dich schon verstanden, Jack. Danke fürs Kompliment. Und jetzt lass uns Paolos Furcht einflößende *creazione* probieren, am Ende schmilzt sie noch dahin, bevor wir sie genießen konnten.»

Sie griff nach dem Eislöffel, als wäre er eine Stichwaffe, und Jack tat es ihr stumm nach. Miris flüchtiger Kuss hatte bewirkt, was er um jeden Preis hatte vermeiden wollen: Seine Ohren glühten.

2

Ben und Victoria saßen vor frischen Semmeln, süßen Teilchen, Eiern, Obst, Käse und geräuchertem Schinken und frühstückten. Seine Essensvorräte waren meistens eher karg, daher hatte er die Sachen vom Wochenmarkt geholt – neben der Natur eins der wenigen Dinge, die er an Bichlbrunn wirklich liebte. Er hatte Victoria, die gerne lange schlief, mit diesem opulenten Frühstück vor dem Haus überrascht und sich gefreut, als sie strahlte. Nun langte sie herzhaft zu und probierte alles, was er aufgetischt hatte. Das war früher nicht so gewesen. Damals hatte sie viel zu genau auf ihre Figur geachtet, kaum gefrühstückt und fetten Käse und Kuchen für Teufelszeug gehalten. Manche Dinge ändern sich eben doch, dachte er fast trotzig, während er ihr dabei zusah, wie sie einen Kirschplunder verputzte.

Nachdem sie ihn am vorigen Abend wie verabredet von der Pressekonferenz abgeholt hatte, waren sie nach Garmisch gefahren und hatten dort zu Abend gegessen, bei einem recht schicken Italiener, den Vicki über Tripadvisor ausfindig gemacht hatte. Ben hätte auch eine Brotzeit beim Dorfwirt gereicht, aber er hatte Victoria nicht enttäuschen wollen. Der Italiener war Gott sei Dank nicht nur schick und teuer, sondern auch gut gewesen, und sie hatten einen angenehmen Abend verbracht, wenngleich Ben wegen der Pressekonferenz etwas zerstreut gewesen war und sich schwer damit getan hatte, sich auf etwas anderes zu konzentrieren. Zurück beim Pförtnerhäuschen, war die Luft mild gewesen und der Himmel voller Sterne, und er hatte vorgeschlagen, sich noch auf ein Glas Wein nach draußen zu setzen. Als Victoria den einzelnen

Klappstuhl gesehen hatte, hatte sie gelacht und gemeint: «Nur ein Stuhl? Du bist wirklich ein Eremit geworden, Ben. Wo soll ich mich hinsetzen? Etwa auf den Boden wie dein Hund?»

Ben war ins Haus gegangen und hatte einen der Küchenstühle geholt. Er hatte sich immer noch keine richtigen Gartenmöbel gekauft, war mit dem Tisch und dem einen Klappstuhl ganz zufrieden gewesen, zumal Miri, wenn sie ihn für ein Glas Wein und einen Plausch besuchen kam, am liebsten mit ihm auf dem Boden saß. Sie behauptete, das würde sie erden. Eine ähnlich liebenswerte Angewohnheit wie ihr «ergebnisoffenes Stricken» zur Beruhigung. Manchmal tat sie auch beides zusammen: Vorausgesetzt, das Wetter passte, setzte sie sich zusammen mit Ben auf den schmalen gepflasterten Streifen direkt vor dem Haus, meist barfuß oder in bunten Plastikclogs, und strickte an ihrem Endloswerk. Es hatte inzwischen etwa die Länge eines Schals, war allerdings breiter und bestand aus einem abenteuerlichen Mix aus den verschiedensten Farben und Wollstrukturen, Glitzerstreifen, Noppen, dicken und dünnen Wollfäden kunterbunt gemixt, sodass der lange Schlauch je nach Muster und Stärke des Fadens unterschiedlich breit war. All das scherte Miri nicht. Ihr Verhältnis zu ihrem Strickzeug war eher philosophisch als handwerklich, und so flocht sie in ihre Gespräche mit Ben gerne entsprechende Erkenntnisse ein und zog mehr oder weniger tiefgründige Parallelen zum wahren Leben. Wie zum Beispiel: «Eine Masche oder einen Freund fallen zu lassen ist das Gleiche. So was verfolgt einen bis zum Ende. Das Loch, das dabei entsteht, ist nicht mehr zu stopfen.» Oder noch so eine allgemeingültige Wahrheit, die sich gut als Spruch auf einem Handarbeitskalender gemacht hätte: «Stricken ist wie Leben. Man kann es nur Masche für Masche, Schritt für Schritt bewältigen.»

Ben mochte Miris Strickweisheiten ebenso wie ihre Sitzgewohnheiten, er saß gerne mit ihr am Boden vor dem Haus, liebte das trockene, warme Gefühl der Pflastersteine unter seinen nackten Fußsohlen nach einem sonnigen Tag, die raue, noch ebenso warme Hausmauer im Rücken. Hilde fand es ohnehin super, wenn ihr Herrchen auf dem Boden saß, denn das eröffnete ungeahnte Möglichkeiten zum Kuscheln, und sie konnte ihm ihre Liebe in Form von unzähligen nassen Schlabberküssen beweisen. Sie wusste ganz genau, dass Ben es einfach nicht übers Herz brachte, ihre überschwängliche Zuneigung zurückzuweisen.

Mit Victoria war diese Bodenhockerei mit Hund, Bier, Wein und Strickweisheiten allerdings nicht drin. Auch wenn Victoria sichtlich bemüht war, sich auf Ben und seine neuen Lebensumstände einzustellen, so weit ging ihre Veränderungsbereitschaft dann doch nicht.

Aber das ist nicht wichtig, hatte er sich gesagt, als er den Küchenstuhl geholt und die Flasche Wein geöffnet hatte. Für eine Beziehung ist es nicht wichtig, ob jemand gerne auf dem Boden sitzt oder nicht.

Jetzt, am Morgen, erschien es ihm fast albern, auch nur darüber nachgedacht zu haben, sich mit Victoria hier auf das Pflaster zu setzen und Wein zu trinken wie zwei Hippies. Was hatte er sich gedacht? Dass es so weitergehen würde wie bei ihrem Campausflug? Es wurde tatsächlich Zeit, sich Gartenmöbel anzuschaffen. Er setzte diesen Punkt gedanklich auf seine To-do-Liste, dann nahm er sich noch eine Semmel.

Es war ein wunderschöner Morgen. Die Berge hoben sich klar vom blauen Himmel ab, Ben meinte, jede Furche, jede Felsspalte sehen zu können. Bichlbrunn lag friedlich unter ihnen, sogar der Wald, sonst dunkel und ernst, wirkte an diesem Morgen heiter. In der Wiese glitzerten Tautropfen.

Bevor Ben zum Markt ins Tal hinuntergefahren war, hatte er Fredo gefüttert. Der Mäusebussard kam inzwischen seltener, doch heute hatte Ben ihn am frühen Morgen am Himmel kreisen sehen und war schnell hinausgegangen, um ihm seine Fleischration zu bringen. Das feuchte Gras unter seinen nackten Fußsohlen war kalt und erfrischend gewesen und die Luft prickelnder als jeder Champagner. Ihn hatte ein Glücksgefühl durchströmt, dass er am liebsten laut gejubelt hätte.

«Wann kommst du mich in München besuchen?», fragte Victoria unvermittelt. Sie nahm sich eine Weintraube und knabberte daran, während sie ihn erwartungsvoll ansah.

Ben, der gerade in seine Buttersemmel hatte beißen wollen, verharrte mitten in der Bewegung.

Er wollte nicht nach München. Zumindest jetzt noch nicht. Er wollte nicht in sein altes Leben zurück, alte Freunde von früher wiedertreffen, wollte nicht an sein Scheitern erinnert werden. Außerdem hatte er nach den beiden Monaten in Bichlbrunn schlichtweg keine Lust auf viele Menschen, auf Verkehrsstaus, auf überteuerten Aperol Spritz und Vickis affektierte Bekannte, die ihn wie einen minderbemittelten Waldschrat behandelten.

«Mal sehen», wich er aus. «Ich hab grad echt viel zu tun. Und Hilde hasst die Stadt.» Er hörte selbst, wie vorgeschoben dieses Argument klang.

Wie erwartet verdrehte Victoria die Augen. «Der Hund wird sich schon dran gewöhnen. Wir können doch nicht immer nur in diesem Dorf herumsitzen», meinte sie mit einer ausladenden Handbewegung, bevor sie sich noch eine Weintraube nahm.

Ben runzelte die Stirn. «Ich dachte, es gefällt dir hier? Du hast dir doch extra eine Wanderausrüstung gekauft.»

«Ja, das tut es auch! Als ich gesagt habe, dass ich wissen

will, wie du jetzt lebst und was dir wichtig ist, habe ich das ernst gemeint. Aber es kann ja nicht nur in eine Richtung funktionieren. Du musst dich doch auch für mein Leben interessieren. Ein bisschen wenigstens, oder etwa nicht?» Sie machte einen Schmollmund. «Wir können schließlich in der Wildnis campen *und* auf Partys gehen!»

Dem war nicht viel entgegenzusetzen. Wenn aus ihrer gescheiterten Beziehung etwas Neues, Dauerhaftes werden sollte, mussten beide aufeinander zugehen. Er wusste, wie wichtig Victoria ihr Stadtleben, ihre Freunde und all diese Dinge waren, die ihm in der Vergangenheit nichts bedeutet hatten. Er würde sich etwas mehr Mühe geben müssen. Daher nickte er schließlich. «Ist gut. Ich komme dich besuchen, und dann unternehmen wir alles, was du machen willst.»

«Super!» Freudig klatschte Victoria in die Hände. Dann beugte sie sich vor und gab Ben einen langen, intensiven Kuss. Er schmeckte nach Kirschen und Zucker und – so redete sich Ben das zumindest ein, während er ihren Nacken umfasste und den Kuss erwiderte – nach einer Gemeinsamkeit, nach der er sich seit Langem sehnte.

Als sie sich voneinander lösten, war Ben etwas atemlos und hätte Victoria am liebsten hochgehoben und sie hinauf ins Schlafzimmer getragen, um dort weiterzumachen, wo sie in der Nacht weintrunken und schläfrig aufgehört hatten, doch Victoria lehnte sich auf ihrem Stuhl zurück, ordnete ihre glatten, glänzenden Haare und wand sie zu einem Knoten im Nacken. Von irgendwoher aus ihrer stylishen Jogginghose zauberte sie ein paar Haarnadeln und steckte den Knoten fest.

«Ich muss bald wieder zurück. Lydia hat sich den Nachmittag freigenommen, und ich habe niemanden für den Laden. Ich glaube, sie hat ein Tinderdate. Die Ärmste ist immer noch auf der Suche nach Mr. Right.»

Lydia war ihre Angestellte, eine langbeinige, immer top gestylte Blondine mit einem derart gewichtigen Auftreten, als ginge es bei ihrer Arbeit darum, Herzen zu transplantieren, und nicht, ihren Kundinnen eine Klamotte zu verkaufen. Die beiden kannten sich, seit Victoria sich ihren Traum erfüllt und ihre erste Modeboutique für kleine, noch unbekannte Designer eröffnet hatte. Zuerst einen winzigen Laden in einer einfacheren Gegend, dann war sie mehrfach umgezogen, bis sie es mittlerweile fast in die Maximilianstraße geschafft hatte. Anfangs hatte sie es nicht leicht gehabt. Die Mieten in München waren auch in der schlechtesten Gegend hoch, und unbekannte Designer zu fördern war nicht gerade das, was man als bombensicheres Erfolgskonzept bezeichnen konnte. Doch Victoria hatte sich mit ihrer Idee durchgesetzt, und inzwischen verfügte sie nicht nur über einen festen Kundenstamm, sondern die jungen Modemacher rissen sich darum, in Victorias Sortiment aufgenommen zu werden.

Lydia war von Anfang an dabei gewesen. Sie war Modeberaterin, Model, Vertraute und Buchhalterin in Personalunion und verfügte über eine geradezu furchterregende Kompetenz in all diesen Funktionen. Als Ben und Lydia sich zum ersten Mal begegnet waren, war es Abneigung auf den ersten Blick gewesen, und daran hatte sich in den gesamten sechs Jahren ihrer Beziehung nichts geändert.

«Ich dachte mir, du könntest vielleicht heute Abend kommen? Wir könnten ins Kino und danach in einen Club ...»

«Als ich sagte, ich komme dich besuchen, meinte ich nicht heute», stellte Ben etwas ungeduldig klar.

«Warum nicht? Das Wochenende steht vor der Tür. Da haben Ranger doch wohl auch frei, oder?»

«Nicht unbedingt», verneinte Ben. «Ich möchte am Wochenende die Biber umquartieren und ...»

«Du willst was?» Victoria starrte ihn ungläubig an.

«Es gibt eine Biberfamilie, deren Bau ständig für vollgelaufene Keller bei ein paar Häusern am Rand von Bichlbrunn sorgt. Miri und ich wollen versuchen, sie zu einem Umzug zu bewegen, indem wir die Schösslinge in unmittelbarer Nähe fällen. Das mögen sie nicht, und vielleicht ziehen sie dann weiter ...»

Victorias Lachen unterbrach ihn.

Irritiert hielt Ben inne. «Was ist daran so lustig?»

«Ich bitte dich, Ben! Bei aller Liebe, aber das ist doch albern. Eine Biberfamilie dazu bewegen umzuziehen? Klopfst du da an ihren Bau und unterbreitest in aller Höflichkeit den Vorschlag? Das ist doch sicher eine Idee der schrägen Tante von der Vogelwarte mit ihren Kindergarten-Gummistiefeln. Warum schnappt ihr euch die Biber nicht einfach und bringt sie irgendwo anders hin?»

Einen Moment lang sah Ben sie schweigend an. Es war sinnlos, Victoria diese Dinge zu erklären. Ebenso wenig wie die Umsiedlung der Biber verstand sie das Problem des geplanten Hotelbaus, von dem er ihr beim Italiener kurz erzählt hatte. Sie war begeistert gewesen von der Aussicht auf ein Luxus-Sportresort, das zudem noch Standort des Frauenfußballs werden sollte. «Stell dir doch mal die Publicity vor! Und die Gäste, die kommen werden», hatte sie ganz aufgeregt gemeint. «Das gibt Bichlbrunn ein absolutes Alleinstellungsmerkmal!» Sein Einwand, dass dafür ein großer Teil Lawinenschutzwald geopfert werden müsse, hatte sie mit einer Handbewegung weggewischt. «Da gibt es doch zahlreiche Möglichkeiten. Hast du dir die Lawinenverbauungen in Österreich oder in der Schweiz schon mal angesehen? Die sind da schon viel weiter. Im Vergleich dazu ist Bayern einfach kleingeistig und provinziell.» Auch dazu hatte er nichts gesagt, er hatte den Abend nicht verderben wollen. Vicki hatte ihm schon zu oft vorgeworfen, zu ernst zu sein: «Immer geht's bei dir gleich ums Große und Ganze, das verschreckt jeden, mit dem du dich unterhältst. Mach dich doch mal locker und genieß dein Leben.»

Es war ihm gelungen, seinen Ärger über das Hotelprojekt beiseitezuschieben, doch jetzt, als er Victorias belustigte Miene sah, ihr völliges Unverständnis spürte, fiel es ihm schwer. Prompt musste er an Lena denken, wie sie sich nach der Pressekonferenz so vehement für ihn und die Sache eingesetzt hatte. Sie verstand das Problem, ohne dass es ihr jemand erklären musste. Und da war noch etwas gewesen. Ihr Blick, nachdem sie Habacher so nachdrücklich die Meinung gegeigt hatte, hatte ihn mitten ins Herz getroffen. Sein immer wieder aufflackernder Groll gegenüber Lena und seine Unsicherheit, wie er sich in ihrer Gegenwart verhalten sollte, waren mit einem Mal wie weggeblasen gewesen. In diesem einen kurzen Augenblick hatten sie sich wortlos verstanden.

Energisch schob er den Gedanken an Lena beiseite und stand auf. Die Lust, weiter mit Victoria am Frühstückstisch zu plaudern, war ihm vergangen. Ohnehin fiel ihm kein unverfängliches Thema mehr ein. Schweigend begann er, den Tisch abzuräumen.

Als er mit dem Tablett in die Küche ging, folgte ihm Victoria. «Entschuldige, Ben», bat sie kleinlaut und schlang von hinten ihre Arme um ihn, während er Käse, Butter und Schinken in den Kühlschrank räumte. «Ich muss das erst lernen. Für mich sind diese Natursachen alle ganz neu. Hab ein bisschen Geduld mit einer ignoranten Stadtpflanze wie mir.»

Ben drehte sich um, umfasste ihr Gesicht mit seinen Händen und gab ihr einen sanften Kuss auf die Stirn. «Dann hab du bitte auch etwas Geduld mit mir. Ich bin noch nicht wieder bereit für München.»

Victoria nickte und hob zwei Finger wie zum Schwur. «In Ordnung. Ich werde nicht wieder fragen. Sag du mir Bescheid, wenn du so weit bist.»

Kurz darauf verabschiedeten sie sich, und während Ben ihr nachsah, wie sie mit ihrem schicken kleinen Flitzer die Einfahrt hinunterfuhr und schließlich zwischen den Bäumen verschwand, wusste er nicht genau, ob er erleichtert oder traurig darüber sein sollte. Es war schwierig, sich wieder zusammenzuraufen, Altes, Trennendes zu vergessen. Unwirsch schüttelte er den Kopf, verärgert über seine Gedankenklauberei. Früher hatte er sich und andere nicht ständig analysiert. Es würde schon gut gehen mit Vicki. Immerhin wollten sie es beide. Sie brauchten eben Zeit. Und das war etwas Gutes. Nur wenn man sich Zeit nahm, konnte man auch zusammenwachsen. Und das war es, was er wollte, gestand er sich mit einem plötzlichen Gefühl der Klarheit ein: Er sehnte sich nach einem Gefühl von Zugehörigkeit zu einem anderen Menschen. Und dieser andere Mensch würde Victoria irgendwann sein. Das hoffte er jedenfalls.

Er wandte sich ab und ging in den Schuppen hinter dem Haus. Körperliche Arbeit war immer noch die beste Methode, sich von emotionalen Problemen abzulenken. Er hatte Miri versprochen, heute die restlichen Warnschilder anzubringen, und wollte sich dabei auf den Rabenstein konzentrieren. Fredo, der halbzahme Mäusebussard, den Miri aufgezogen und dann ausgewildert hatte, hatte dort sein Revier. Er würde vermutlich im nächsten Frühjahr geschlechtsreif werden und, wenn alles gut ging, eine Gefährtin finden. Mäusebussarde blieben in der Regel ihr Leben lang ihrem Partner treu. Nicht auszudenken, wenn er oder seine künftige Familie diesem Wahnsinnigen zum Opfer fiele. Das würde Miri das Herz brechen.

Ben packte die vorbereiteten Schilder und das Werkzeug in seinen Defender, ließ Hilde hineinspringen und fuhr in den Wald. Er folgte einem alten Holzweg, der hinter der Vogelwarte steil bergauf führte, bevor er nach etwa zwei Kilometern abrupt an einer Lichtung endete. Dort hielt er an, ließ Hilde heraus, schulterte die Schilder und sein Werkzeug und ging zu Fuß weiter. Ein schmaler, wenig bekannter Pfad führte von dort steil nach oben. Ben hätte natürlich auch über den breiten offiziellen Wanderweg direkt bis zum Gipfel fahren können, doch er wollte laufen, sich anstrengen. Außerdem schätzte er die wildromantische Einsamkeit dieses Teils des Rabensteiner Forsts. Das Gebiet hier war völlig naturbelassen. An den steilen Hängen wuchsen mächtige Kiefern, deren Stämme sich gewagt krümmten und verdrehten und der Schwerkraft zu trotzen schienen. Ben liebte Kiefern ganz besonders. Abgesehen davon, dass er die grobe, rötlich graue Rinde einfach gern berührte, gefiel ihm ihre aufmüpfige Art, gerne einmal krumm und schief zu wachsen und nicht nur schnurgerade nach oben wie ihre braveren Verwandten. Auch mochte er die Buggaslan, die kleinen, knorrigen Kiefernzapfen, lieber als die ordentlichen hellbraunen Tannenzapfen.

Der Weg hier war ein Kiefernparadies. Zwischen den locker verteilten Baumgruppen wuchs hartes Gras, und überall lagen große, moosbedeckte Felsbrocken, die noch von dem Felsabbruch am Gipfel des Rabensteins in grauer Vorzeit herrührten. Der Wald hier war unbewirtschaftet, umgestürzte Bäume wurden nicht entfernt, sondern der Verwitterung überlassen, was Lebensraum für unzählige kleine Lebewesen bot. Wo sich die Bäume etwas lichteten, konnte Ben den majestätischen Gamskopf aus der Ferne herüberspitzen sehen.

Auf ihrem gemächlichen Weg bergauf wurden Ben und Hilde von einem Krähenpaar begleitet, das elegant durch die Bäume segelte und sie stets einige Meter weiter auf einem Ast sitzend erwartete, bis es sich schließlich mit einem rauen Krächzen verabschiedete. Ein Kuckuck rief hoch oben in den Baumkronen, und Ben erinnerte sich daran, wie seine Großmutter beim Ruf des Kuckucks immer ihre Geldbörse geschüttelt hatte. Angeblich konnte man auf diese Weise noch im selben Jahr mit einem unverhofften Geldsegen rechnen, das hatte sie zumindest behauptet. Sie hatte noch viele solcher Aberglauben gehegt, die er zwar schon damals nicht geglaubt hatte, dennoch hatte auch er bei jedem Ruf des Kuckucks die Münzen in seiner Hosentasche klimpern lassen. Man wusste ja nie, und ein Geldsegen war nicht zu verachten. Er hatte sich allerdings nie eingestellt.

Ein Rascheln in der Nähe ließ ihn innehalten. Auch Hilde hatte es gehört und erhob schnuppernd die Nase. Zwei Rehe traten aus dem Unterholz, nur wenige Meter entfernt. Es waren zwei schlanke, junge Geißen, und sie standen einen Moment ganz still, ihre Nüstern gebläht, die Ohren aufgeregt zuckend, dann sprangen sie in großen Sätzen davon. Hilde winselte aufgeregt. Ben strich ihr beruhigend über den Kopf und nahm sie vorsichtshalber am Halsband. Es waren nicht die ersten Rehe, denen sie seit seiner Ankunft hier begegnet waren, und Hilde hatte nie Anstalten gemacht, ihnen hinterherzujagen, war eher erschrocken gewesen. Aber sicher war sicher. Auch wenn sie bisher immer auf den Punkt abrufbar gewesen war, wollte er sie gar nicht erst auf den Gedanken kommen lassen, dass Jagen Spaß machen könnte.

Sie passierten einen der vielen kleinen plätschernden Bäche, die sich zwischen moosbewachsenen Steinen ihren Weg ins Tal suchten, stiegen über ein paar umgestürzte Bäume und gelangten immer höher. Inzwischen befanden sie sich bereits ein gutes Stück oberhalb des Katzenbachwasserfalls und der Stelle, wo er mit Vicki seine Geburtstagsnacht verbracht hatte. Bis zu der Wegkreuzung auf einer flachen Kuppe etwas unterhalb des Gipfels, von wo man weiter hinunter zum Rabensteiner See wandern konnte und wo Ben sein erstes Schild anbringen wollte, war es nicht mehr weit. Diese Gegend war ein bevorzugtes Rückzugsgebiet für Tiere, am nahen Gamskar und in dem Tal hinter dem Rabenstein gab es viel Wild, zudem war es das Revier einiger Greifvogelpaare. Wenn Ben vorgehabt hätte, einen Greifvogel zu ermorden, hätte er hier irgendwo seine Fallen aufgestellt.

Auf den letzten Metern wurde der Pfad extrem steil und konnte kaum noch als Weg bezeichnet werden, trotzdem waren hier deutliche Fahrradspuren zu erkennen. Ben fluchte leise, als er das markante Profil eines Mountainbikes identifizierte. Vor den Downhillfreaks war inzwischen kein noch so abgelegener Trampelpfad mehr sicher. Sie stürzten sich mit halsbrecherischer Geschwindigkeit jeden Weg hinunter, je steiler und unbefestigter, desto besser. Routentipps verbreiteten sich in Internetforen in Windeseile, und keiner dieser Rowdys machte sich auch nur einen Augenblick lang darüber Gedanken, was er der Natur antat. Die Wanderer, die überall jenseits der Wege herumkrochen, waren für Ben schon kaum zu ertragen, die Mountainbiker jedoch fand er noch viel schlimmer. Sie kamen mit ihren Rädern weiter als die Wanderer und fuhren viel zu schnell. Ohnehin wurde der Lebensraum der Tiere immer stärker beschnitten, und die Geschwindigkeit der Biker machte es ihnen schwer, rechtzeitig zu fliehen. Zudem beschädigten die Bikes Boden, Wurzeln und Erdreich. Ben wünschte sich, ihm möge ein solcher Downhillidiot geradewegs in die Arme fahren, dann würde er ihn von seinem stylishen Mountainbike im Wert eines Kleinwagens ziehen und ihm eine Standpauke halten, die er im Leben nicht mehr vergessen würde. Doch ihm begegnete auf seinem Weg durch den Wald keine Menschenseele, weder zu Fuß noch auf dem Rad. Es herrschte friedliche Stille um ihn herum. Wobei das relativ war. In der Natur war es selten vollkommen still.

In den buschigen Weißdornsträuchern zwitscherten Vögel, in regelmäßigen Abständen war das hohle Pochen eines Spechts zu hören, und ein Rauschen erfüllte die Luft, wenn der Wind durch die Baumkronen strich. Wenn er genau hinhörte, konnte Ben sogar das Rauschen des Katzenbachwasserfalls hören. Hilde vernahm natürlich noch viel mehr. Sie hielt immer wieder inne, um zu lauschen, Ohren und Nase zuckten aufgeregt. Dennoch blieb sie in Bens Nähe. Sie hatte bisher noch keine Ambitionen gezeigt, alleine auf Erkundungstour zu gehen. Dafür war die Sorge, Ben zu verlieren, vermutlich zu groß.

Bedächtigen Schritts stieg Ben weiter bergauf. Der Weg war ziemlich mühselig, zumal er einiges an Gewicht mitschleppte, doch er genoss die Anstrengung ebenso wie die Ruhe und die Einsamkeit. Kurz dachte er an Vicki und an ihre Bitte, sie in München zu besuchen, und schüttelte den Kopf, wie um eine Fliege abzuwehren. Er würde sie besuchen, ja, er hatte es versprochen, doch er tat es nur widerwillig. Und dort zu leben, das konnte er sich schon jetzt, nach nur zwei Monaten in Bichlbrunn, nicht mehr vorstellen. Nach einer Weile lichtete sich der Wald, und der Trampelpfad verbreiterte sich wieder. Jetzt hatte Ben die Kuppe unterhalb des Gipfels fast erreicht und beschleunigte seinen Schritt.

Er hatte den Wald schon fast hinter sich gelassen, als ihm weiter entfernt hinter einem Gebüsch etwas metallisch Blitzendes ins Auge fiel. Er blieb stehen und versuchte zu erkennen, was es war. Hatte hier jemand seinen Müll abgeladen? Oder etwa ein Lager aufgeschlagen? Es kam hin und wieder vor, dass rund um Bichlbrunn wild gecampt wurde, was im Naturschutzgebiet mit drastischen Strafen geahndet wurde. Manchmal drückte Ben aber auch ein Auge zu, wenn er einem Wildcamper begegnete, sofern derjenige sich rücksichtsvoll benahm und nur eine Nacht blieb. Ben konnte die Sehnsucht der Leute nach Wildnis verstehen, er selbst übernachtete ja auch gerne im Wald abseits der Wege. Doch er verzichtete dabei auf Feuer und hinterließ den Ort stets genauso, wie er vorher ausgesehen hatte, und das erwartete er auch von jedem anderen.

Langsam ging er auf die Stelle zu, da sah er, dass dort ein Mountainbike im Gebüsch lag. Stirnrunzelnd legte er sein Gepäck ab und zog das Rad aus den Sträuchern und Kieferschösslingen heraus. Es war ein wuchtiges, silberfarbenes Elektrobike und schien ziemlich neu zu sein. Er musterte die Reifen. Das Profil passte zu den Spuren, die er auf dem Weg gesehen hatte. Offenbar hatte ein Radfahrer hier eine Pause eingelegt. Aber wieso hatte er das Rad ins Gebüsch geworfen?

«Hallo?», rief Ben, doch niemand antwortete ihm. Er ging in die Hocke und betrachtete die Fundstelle genauer. In einer Mulde zwischen den Schösslingen lagen zerrupftes Moos, lose Äste, Tannenzweige. Es sah aus, als wären sie absichtlich dort verteilt worden, fast so, als hätte jemand das Fahrrad vor neugierigen Blicken verstecken wollen. Ben richtete sich wieder auf und sah sich nachdenklich um.

Plötzlich begann Hilde zu bellen. Sie schien aufgeregt, nicht ängstlich, sondern eher freudig erregt und wedelte mit dem Schwanz. Ben hob fragend die Brauen. «Was ist?», fragte er erstaunt. Er konnte nichts Ungewöhnliches sehen. Wie auf Kommando lief Hilde zielstrebig los, die Nase dicht am Boden.

Ben lehnte das Fahrrad an einen der Bäume und beeilte sich,

ihr zu folgen. Sie lief weiter den Hang hinauf und bog dann scharf nach links ab. Kurz verlor Ben sie aus den Augen, als sie hinter ein paar Felsbrocken verschwand, dann ertönte erneut lautes Bellen.

Er lief auf die Felsen zu, bog um die Ecke und blieb ruckartig stehen. Da stand Hilde zwischen zwei Felsbrocken, und vor ihr war ... ein Abgrund. Aufgeregt lief sie hin und her und suchte einen Weg hinunter. Ben rief sie zu sich und griff vorsorglich nach dem Halsband. Ihre Rutschpartie zwischen den Baumstämmen während des Bergwachtseinsatzes am Gamskar hatte ihm gereicht. Das Halsband fest im Griff, trat er mit Hilde zusammen an die Kante und sah hinunter, gespannt, was sie wohl entdeckt haben mochte. Die Ostflanke des Rabensteins brach hier abrupt ab. Vor ihm befand sich eine fast senkrechte, rissige Felswand, die rund dreißig Meter abfiel. Bei dem Anblick begann sein Magen zu flattern, und er trat rasch einen Schritt zurück. Zwar war er einigermaßen schwindelfrei, dennoch waren derart ausgesetzte Höhen nichts für ihn. Im Wald fühlte Ben sich entschieden wohler als an Felswänden. Er ging noch ein paar Schritte zurück, nahm Hilde an die Leine und band sie an einer der Kiefern fest, die zwischen den Felsbrocken standen. Er lobte sie und befahl ihr zu warten, und sie setzte sich gehorsam. Ihr Blick jedoch machte ihm deutlich, dass sie ganz und gar nicht damit einverstanden war, dass Ben nun den ganzen Spaß alleine erleben sollte.

Zurück an der Felswand, ging er in die Hocke, hob sein Fernglas und sah hinunter. Langsam ließ er seinen Blick über die Felsbrocken und Latschen gleiten, konnte jedoch nichts Auffälliges entdecken. Sie befanden sich direkt oberhalb des Gamskars, in der Ferne konnte er den schneebedeckten Gipfel des Gamskopfs sehen. Während er mithilfe der Linsen seines Fernglases weiter die grauen Felsen absuchte, wurde ihm klar, dass er sich ganz nah an der Rinne befand, aus der sie vor zwei Tagen den Mann gerettet hatten.

Er ließ das Fernglas sinken. Der Verunglückte war mit dem Rad unterwegs zum Gamskar gewesen. Sein Rad hatten sie dort jedoch nicht gefunden und von ihm auch keine Auskunft zum Verbleib erhalten. Ferdi hatte es dem Schock zugeschrieben. Aber was, wenn der Mann gar nicht zum Gamskar geradelt war, sondern stattdessen den Weg hinauf zum Rabenstein genommen hatte, den Ben gerade gegangen war? Das war doch viel wahrscheinlicher als die Felswüste dort unten, wo kein normaler Mensch auf die Idee käme, Fahrrad zu fahren. Dann könnte es sein Rad sein, das Ben gerade gefunden hatte. Das hätte auch zu Hildes Reaktion gepasst: Sie hatte die Spur wiedergefunden. Doch wie zum Teufel war er dann hinunter in die Rinne gelangt? Ben spähte erneut hinunter. Ein paar Steinchen und Moosfetzen brachen ab und fielen in die Tiefe, sprangen über zahlreiche Felsvorsprünge, bis sie schließlich irgendwo liegen blieben. Dort hinunterzusteigen, war wahrlich kein Spaziergang. Dennoch war es die einzige Erklärung. Der Verunglückte musste versucht haben hinunterzusteigen und war dabei abgestürzt. Um aber unterhalb der Rinne zu landen, musste er von hier aus zuerst noch ein Stück weiter nach links geklettert sein, nicht senkrecht nach unten. Aber wieso? Was hatte er dort gewollt? Er hatte noch nicht einmal Bergschuhe getragen, geschweige denn eine Kletterausrüstung dabeigehabt.

Ben hielt sich an einem der übermannshohen Felsbrocken fest und beugte sich weiter über den Abgrund, um nach links sehen zu können. Zunächst konnte er nichts Besonderes entdecken. Etwas unterhalb ragte eine mächtige, alleinstehende Kiefer empor, die auf einem Vorsprung eingewurzelt hatte und sich in einem bizarren Bogen über den Abgrund beugte.

Da beschlich Ben eine leise Ahnung. Erneut zückte er sein Fernglas. Der Vorsprung, auf dem die Kiefer wurzelte, sowie der Felsen darunter wiesen zahlreiche dunkle Flecken auf. Kot. Von Vögeln. Er ließ den Blick durchs Fernglas nach oben in die Krone wandern und war nicht überrascht, was er dort entdeckte: In exponierter Lage über dem Abgrund befand sich ein Greifvogelnest. Vermutlich das eines Mäusebussards.

In dem Moment löste sich unter seinen Schuhen ein weiterer Brocken aus Erde und Stein, und Ben verlor das Gleichgewicht. Sein Fuß trat ins Leere und rutschte ab. Mit Mühe konnte er sich noch an der Grasnarbe der Kante festklammern. Neben ihm kollerten Steine in die Tiefe. Wenn die Kante sich auch noch löste, würde er hinunterstürzen. Ihm brach der Schweiß aus. Verzweifelt suchte er mit den Füßen nach Halt und rutschte mehrmals ab, bevor er endlich einen kleinen Vorsprung ertastete. Vorsichtig, Millimeter für Millimeter zog er sich wieder nach oben, während Hilde von ihrem Platz aus aufgeregt bellte. Bis er mit seinem Oberkörper endlich wieder auf festem Boden lag, war er schweißgebadet, und sein Herz hämmerte wild in seiner Brust. Schwer atmend, blieb er bäuchlings liegen. Seine Finger krallten sich in das harte Gras, und Dankbarkeit durchströmte ihn, dass die Kante gehalten hatte. Das war knapp gewesen.

Endlich rappelte er sich auf und ging zu Hilde, die noch immer aufgeregt hin und her lief, um sie – und sich – zu beruhigen. Erst nach einer Weile gelang es ihm, darüber nachzudenken, was er gerade entdeckt hatte. War er dem Greifvogelmörder auf die Spur gekommen? Handelte es sich um den Mann, den die Bergwacht und er vorgestern von dort unten gerettet hatten?

Je mehr er darüber nachdachte, desto weniger Zweifel hatte er. Dieser Kerl hatte seine Falle so nah wie möglich ans Nest bringen wollen und war dabei abgestürzt. Wie schnell das passieren konnte, hatte er soeben am eigenen Leib erfahren. Ben ballte die Fäuste. Das geschah dem Typen ganz recht.

Plötzlich durchzuckte ihn ein schrecklicher Gedanke: Wo war dann die Falle jetzt? Hatte er sie vor dem Sturz noch ablegen können? Konnte sie den Vögeln noch gefährlich werden? Er sprang auf. Womöglich gab es sogar noch einen vergifteten Köder. Ben lief zurück zu der Kante und spähte hinunter. Ein Schauer durchfuhr ihn. Er würde dort nicht hinuntersteigen können. Nicht nach dem, was ihm gerade zugestoßen war, und ohnehin wäre es der pure Leichtsinn. Weder hatte er Lust, sich den Hals zu brechen, noch, sich am Ende von der Bergwacht retten lassen zu müssen, weil er nicht mehr vor oder zurück kam. Die zweite Möglichkeit erschien ihm fast noch schlimmer als die erste. Außerdem wollte er Hilde nicht hier oben alleine zurücklassen. Sie war verrückt genug, ihm zu folgen, wenn er sie von der Leine ließ. Und wenn er sie festband und ihm etwas passierte, könnte sie sich nicht befreien.

Er holte sein Handy heraus und wählte Miris Nummer. Sie war sofort am Apparat, und als er ihr von dem Fahrradfund und seinem Verdacht berichtete, fluchte sie voll grimmigem Vergnügen. «Dieser schamlose Mistkerl, jetzt haben wir ihn!», rief sie laut, und Ben konnte sich lebhaft vorstellen, was sie mit dem Typen anstellen würde, wenn sie ihn eigenhändig in die Finger bekam.

«Es gibt allerdings ein Problem», sagte er, nachdem sie sich beruhigt hatte, und schilderte ihr die Lage. «Ich kann da nicht so einfach runterklettern. Wir müssen die Bergwacht rufen. Aber es ist ja eigentlich kein Notfall ...»

«Ich ruf Lena an», unterbrach ihn Miri. Noch bevor er etwas dazu sagen konnte, hatte Miri schon aufgelegt.

Lena! Bens Herz begann, wieder schneller zu klopfen, aber

dieses Mal war es weder aus Anstrengung oder Angst, sondern wegen der Aussicht, ihr erneut zu begegnen.

Ben schluckte. Vor ein paar Stunden erst hatte er Vicki verabschiedet. Sie wollten neu anfangen. Er hatte sich entschieden, es zu versuchen. Und trotzdem überlief ihn dieses wilde, sehnsüchtige Kribbeln, wenn er an Lena dachte. Seit der Pressekonferenz ging sie ihm nicht mehr aus dem Kopf. Er konnte ihren Blick nicht vergessen, die Art, wie sie ihn angesehen hatte, er hörte ihre Stimme, wie sie ihn verteidigte, sah das zornige Funkeln in ihren Augen, ihre ungebändigten Haare ... Obwohl sie kein Wort miteinander gewechselt hatten, hatte er sich ihr so nahe gefühlt, so vertraut. Er stöhnte leise auf und schloss die Augen. Das war definitiv nicht gut. Gar nicht gut.

Miri meldete sich keine fünf Minuten später wieder. «Schick mir deine Koordinaten und rühr dich nicht vom Fleck. Wir kommen.»

Ben musste lächeln, als Miri ohne ein weiteres Wort erneut auflegte. Sie verstand es, Nägel mit Köpfen zu machen. Er schickte ihr eine Textnachricht mit seinem Standort und bekam ein Okay-Emoji zurück sowie die Aufforderung, Jonas zu informieren. Das jedoch hätte er jetzt ohnehin getan, da dieser schließlich wegen des toten Habichts gegen Unbekannt ermittelte. Er hatte Miri und Ben allerdings nicht viel Hoffnung gemacht, was die Bestrafung des Täters anbelangte. «Wir müssten ihn schon auf frischer Tat ertappen», hatte er gemeint, und Ben hatte ihm widerwillig recht geben müssen. Mit dem Fahrradfund und möglicherweise einer weiteren ausgelegten Falle könnten sie ihn jetzt vielleicht doch dingfest machen.

Als Nächstes telefonierte er also mit dem jungen Polizisten. «Wir haben ihn!», platzte er heraus, sobald Jonas sich meldete, und schilderte ihm alles, was er zuvor bereits Miri erzählt hatte. «Ich bin mir sicher, dass er es ist. Es passt alles zusammen.»

«Ich komme zu dir rauf, so schnell ich kann», versprach Jonas. «Wird aber noch ein bisschen dauern. Heute ist der Teufel los in der Dienststelle. Ich habe gerade die zweite Anzeige wegen Beleidigung aufgenommen, zwei Typen sind gestern im Dorfwirt aneinandergeraten, schon wieder wegen des Hotelbaus. Und draußen wartet noch jemand, bin gespannt, was der will. Wenn das so weitergeht, entwickelt sich Bichlbrunn zum Kriminalitätshotspot.» Jonas lachte. «Und jetzt auch noch der Vogelmörder. Aber den kriegen wir!»

Ben schickte auch ihm die GPS-Daten und erklärte ihm den Weg, dann gab es nichts mehr zu tun, als zu warten. Auf Miri. Auf Jonas. Aber vor allem auf Lena.

3

Lena hatte sich am Brunnenkogel auf dem Wanderparkplatz gerade von ihrer Bergsteigertruppe verabschiedet und wollte wieder zurück nach Bichlbrunn fahren, als Miri anrief. Aufgeregt erzählte sie Lena etwas von Ben, einem Fahrrad, einem Vogelnest und einer Steilwand und dass sie kurz davor seien, den Greifvogelmörder zu fassen. «Kannst du uns helfen?», schloss sie ihren atemlosen Bericht.

«Ben und dir? Ihr habt den Vogelmörder?»

«Ja. Na ja, noch nicht ganz. Aber womöglich klettert Ben am Ende doch noch selbst an der Felswand runter. Oder ich.» Miri lachte auf, aber ganz sicher war sich Lena nicht, ob sie wirklich nur scherzte. Wenn es darum ging, diesen Kerl zu fassen, würde Miri sich vermutlich nicht einmal von einer Steilwand aufhalten lassen.

Natürlich würde sie die beiden unterstützen, nicht zuletzt, um sie von einer Dummheit abzuhalten. «Ich kann in zehn Minuten an der Halle sein», sagte sie nach einem Blick auf die Uhr und startete ihren Wagen. «Kletterausrüstung habe ich dabei. Wir können mit dem Quad bis zum Gipfel rauffahren und von dort zu Fuß zu der Stelle gehen, die du mir beschrieben hast, ich weiß, wo das ist. So geht's am schnellsten.»

Nur eine knappe Stunde später hatten Miri und sie mit dem Quad den Gipfel des Rabensteins erreicht. Lena hatte ziemlich Gas gegeben.

Jetzt verlangsamte sie die Fahrt und bog in den schmalen Pfad ab, der durch die leicht abschüssige, blumenübersäte Wiese bis zu der Kuppe hinunterführte, zu der Ben unterwegs gewesen war. Von dort war es nicht mehr weit zu der Stelle, wo er auf sie wartete. Der Pfad war buckelig, und es holperte ziemlich. Als Lena schließlich abbremste, sprang Miri wie von der Tarantel gestochen vom Quad.

«Himmel!», rief sie und warf Lena einen vorwurfsvollen Blick zu, während sie ihre Kleider ordnete und sich die Haare aus dem Gesicht strich. «Du fährst ja wie Speedy Gonzales auf Ecstasy.»

Sie waren erst ein paar Schritte in den Wald hineingegangen, als ihnen Hilde schwanzwedelnd entgegengesprungen kam und sie begrüßte. Lena streichelte ihren großen Kopf und stellte fest, dass sie die fast ponygroße Hündin mit den sanften Augen fest in ihr Herz geschlossen hatte. Gemeinsam gingen sie weiter und trafen schließlich auf Ben, der auf einem Stein zwischen zwei großen Felsbrocken saß, seine langen Beine überkreuzt. Sobald er sie kommen sah, sprang er auf. Während Miri sofort losschnatterte und jedes Detail über das Fahrrad und das Vogelnest wissen wollte, ruhte Bens Blick auf Lena.

«Vielen Dank, dass du uns hilfst», sagte er.

«Gern.»

Als ihre Blicke sich trafen, wurde Lena plötzlich verlegen. Ihre gestrige Begegnung auf der Pressekonferenz hallte noch in ihr nach. Sie hätte sich gern mit Ben darüber unterhalten, ganz normal, ohne diese seltsamen, latent feindseligen Strömungen, die ihre bisherigen Gespräche stets durchzogen hatten. Doch sie rief sich ins Gedächtnis, dass da ja auch noch Victoria Pistorius mit dem champagnerfarbenen Mini war. Seine perfekte Freundin aus der Stadt, mit der er Geburtstag feierte. Mit Champagner und Eisbombe. Der Gedanke daran verursachte einen bitteren Geschmack auf ihrer Zunge. Und trotzdem: Sie freute sich, ihn zu sehen. Mehr als sie jemals vor irgendjemandem zugegeben hätte. Noch nicht einmal vor sich selbst.

Er begann noch einmal zu schildern, worum es ging und was er vermutete.

«Ich soll also hinunterklettern und nachsehen, ob es da noch irgendwo ein Fangeisen gibt?», wollte sie wissen, nachdem er seinen Bericht beendet hatte.

Ben nickte. «Das wäre super. Ich wollte schon selbst hinuntersteigen, aber es wäre mir unangenehm, mich danach von euch retten zu lassen.» Er grinste schief.

«Die Bergwacht dankt», erwiderte Lena trocken, musste aber ebenfalls lächeln.

Mit Ben zusammen ging sie zu der Abbruchkante und sah hinunter.

Dies war die Stelle, wo irgendwann in grauer Vorzeit einmal ein Stück des Rabenstein-Gipfels abgebrochen und in die Tiefe gestürzt war. Durch die Massen des Gerölls hatte sich das Gamskar gebildet. Unter ihren Füßen befand sich eine etwa dreißig Meter hohe, sehr steile, brüchig wirkende Wand, für Kletterer eher reizlos. Lena jedenfalls wäre nie auf diese Idee gekommen, hier hinunterzusteigen. Das sprach für Bens Theorie: Man musste wirklich einen sehr guten Grund dafür haben.

Er deutete zu der Kiefer, die links unter ihnen in einem gewagten Winkel über den Abgrund hinausragte. «Dort ist das Nest.»

Lena beugte sich weiter vor, um besser sehen zu können, wie man den Baum am einfachsten erreichte.

«Vorsicht.» Ben packte sie am Arm und zog sie zurück.

Erstaunt drehte Lena sich um, und Ben ließ ihren Arm los, als hätte er sich verbrannt. «Entschuldige», sagte er und fuhr sich verlegen durch die Haare.

«Alles gut.» Lena lächelte. «Du meinst also, der Typ ist zur Kiefer geklettert?»

«Ich schätze, er hat es zumindest versucht, bevor er abgestürzt ist.» Ben verzog besorgt das Gesicht. «Könnte gut sein, dass da unten irgendwo noch ein offenes Fangeisen oder ein vergifteter Köder oder sogar beides herumliegt. Womöglich ist es aber auch schon zu spät ...» Er warf einen kurzen Blick zu Miri, die in Hörweite stand, und sprach nicht weiter. Lena verstand auch so. Er hoffte, dass es nicht noch ein weiteres Vogelopfer gab.

«Dann sollten wir schnell nachsehen.» Flink schlüpfte sie in ihren Klettergurt und legte das Seil um einen kräftigen Baum in der Nähe der Abbruchkante.

Ben sah ihr bei den Vorbereitungen zu, während Miri mit dem Fernglas das Nest und die Gegend betrachtete. «Muss ich was tun? Dich vielleicht sichern?» Er klang etwas nervös.

Lena schüttelte den Kopf. «Der Baum hinter mir reicht.» Sie gab Ben ein Funkgerät und warf einen Blick auf die Kiefer. «Wenn ich dem Nest zu nahe komme, werden die Vögel dann aggressiv oder so?» Sie hatte schon von Fällen gehört, bei denen Kletterer von Greifvögeln attackiert worden waren.

Ben überlegte, dann verneinte er. «Ich glaube nicht. Nicht um diese Jahreszeit. Mäusebussarde verteidigen zwar ihr Nest, aber in der Regel nur, um ihre Brut zu schützen. In dem Nest sind vermutlich keine Jungtiere mehr. Sehen konnte ich jedenfalls nichts.» Er wandte sich zu Miri. «Was meinst du?»

«Unwahrscheinlich», stimmte die Vogelwartin ihm zu. «Normalerweise kommt es zu solchen Attacken am ehesten im Juni oder Juli. Allerdings ist es auch schon vorgekommen, dass die Bussarde hier bei uns etwas später brüten.» Sie lächelte. «Aber selbst wenn dich einer angreift, nicht nervös werden. Das sind meist nur Scheinattacken. Die tun nur so.»

Na super, dachte Lena, während sie sich langsam abzuseilen begann. So konnte auch nur Miri reden. Lena konnte gut darauf verzichten, von einem Mäusebussard angegriffen zu werden, selbst wenn es nur zum Schein war. Langsam glitt sie Meter für Meter die Wand hinunter, stieß sich dabei immer wieder mit den Beinen vom Fels ab und sah sich aufmerksam um. Es gab zahlreiche Vorsprünge und Absätze, die das Hinunterklettern verhältnismäßig einfach erscheinen ließen. Aber sie waren schmal und der Stein brüchig, was das Ganze gefährlicher machte, als es auf einen unerfahrenen Kletterer womöglich wirkte. Sie fand es sehr umsichtig von Ben, dass er nicht auf eigene Faust hier hinuntergestiegen war. Nach der Bergungsaktion am Gamskar hatte sie ihn eher für unüberlegt, hitzköpfig und sich selbst überschätzend gehalten und war positiv überrascht, dass sie sich in diesem Punkt offenbar getäuscht hatte. Ben schien seine Grenzen zu kennen.

Sie war jetzt parallel zu der Kiefer angekommen und setzte einen Haken, bevor sie begann hinüberzuklettern. Hin und wieder warf sie einen Blick nach oben. Der Himmel war strahlend blau und leer. Keine Raubvogelsilhouette zu sehen. Von oben sahen Ben und Miri gespannt zu ihr hinunter. Lena winkte ihnen zu und kraxelte weiter, bis sie den Baum mit dem Horst erreicht hatte. Der Vorsprung, von dem die Kiefer emporwuchs, war breiter als von oben vermutet und mit kurzem Gras, Moos und Flechten bewachsen. Falls der Mann es bis hierhin geschafft haben sollte, hatte er die Falle mit Sicherheit hier irgendwo abgelegt. Wenn er seine Falle so nahe wie möglich am Nest hatte aufstellen wollen, dann war das der ideale Platz. Vorsichtig kletterte sie auf das Plateau und sah sich um. Tatsächlich bemerkte sie ziemlich rasch die scharfen Zacken eines Tellereisens, versteckt unter Gewöll, Laub, Kiefernnadeln und feinen Flaumfedern.

«Du hattest recht», sagte sie in ihr Funkgerät. «Dieses Schwein hat genau hier eine Falle aufgestellt.»

«Fass sie bloß nicht an!», kam es nach einem kurzen Knacken von Ben zurück. «Gibt es dort Äste oder Steine, mit denen du den Mechanismus auslösen kannst?»

Lena bückte sich und hob einen abgebrochenen Kiefernast auf. «Ja.» Sie hob ihn hoch und winkte damit nach oben.

«Sei vorsichtig», riet ihr Ben. «Diese Dinger haben eine gewaltige Kraft.»

Lena beugte sich vor und berührte mit dem Ast die unter den Tannennadeln und Federn verborgene Stelle, wo sie den Teller vermutete, und prompt schnappte die Falle mit einem scharfen, metallischen Knacken zu – und der Ast brach krachend in zwei Teile. Als sie das zersplitterte Astende in ihrer Hand betrachtete, bekam Lena eine Gänsehaut. Wie konnte jemand so etwas einem Lebewesen antun? Langsam zog sie mithilfe des gebrochenen Asts die Falle näher zu sich heran, was jedoch nicht ging. Wie sie feststellte, gab es eine Art Befestigungsanker, einen Spieß, der unweit des Stammes in die Erde gedrückt worden war.

Nach einem vorsichtigen Blick hoch in die Baumkrone, wo das Raubvogelnest wie ein dunkler Schatten zwischen den Ästen hing, ging sie näher an den Baum heran und bückte sich zu dem Anker. Mit den Händen umfasste sie das rostige Metall und zog, doch es bewegte sich nicht. Fluchend rüttelte sie daran.

«Was ist?», fragte Ben per Funk.

«Ich krieg den Spieß nicht raus.» Sie suchte den Boden nach Steinen ab, fand schließlich ein faustgroßes Exemplar und hielt es in die Höhe. «Ich glaube, damit könnte es klappen.» Sie bearbeitete den Spieß damit, bis er sich langsam lockerte. Es war heiß, die Baumkrone bot ihr keinen Schatten, und der

Schweiß stand ihr auf der Stirn. Schließlich bewegte sich das Metall ein paar Millimeter, und mithilfe des abgebrochenen Astes gelang es ihr, den Spieß so weit zu lockern, dass sie ihn herausziehen konnte. Sie nahm das Tellereisen und hob es vorsichtig hoch. Das teuflische Gerät war alt, schartig und rostig, vermutlich hatte es seit Jahrzehnten in irgendeinem Schuppen gelagert. Sie befestigte die Falle mit einem Karabiner an ihrem Klettergurt und machte sich auf den Rückweg.

Gerade als sie ihren Fuß auf einen Felsvorsprung in der Wand setzte und mit der Hand nach Halt suchte, hörte sie Ben von oben laut rufen. Noch bevor sie seine Worte verstehen konnte, sah sie, wie sich ein gewaltiger Schatten über ihr an der Felswand bewegte.

«Was, verflucht noch mal ...», begann sie, dann hörte sie schon ein mächtiges Rauschen, das schnell näher kam. Plötzlich umflatterten Lena riesige Schwingen, ein Hauch von Blut und rohem Fleisch drang in ihre Nase, und sie spürte einen Stoß gegen ihren Helm. Instinktiv duckte sie sich, versuchte, sich so flach wie möglich zu machen. Ihre Wange schrammte über den rauen Fels, und ihre Finger glitten hektisch über die Furchen und Spalten, um festeren Halt zu finden. Wie ein Gecko presste sie sich an die Wand in der vergeblichen Hoffnung, mit dem Fels zu verschmelzen. Die schwere Falle, die an ihrem Klettergurt hing, zerrte an ihr. Aus den Augenwinkeln sah sie den Bussard eine Schleife ziehen. Er stieß einen zornigen «Pijäää»-Ruf aus, dann kehrte er zu ihr zurück. Einige Meter über ihm schwebte ein weiterer Vogel, vermutlich seine Gefährtin, auch sie stieß wütende Rufe aus. Als sich der Bussard wieder näherte, wurde Lena bewusst, wie groß er war. Die Spannweite seiner Flügel betrug mit Sicherheit mehr als einen Meter. Ihr Atem stockte, als sie den Luftzug spürte und ihr klar wurde, wie wehrlos und ausgeliefert sie war. Der Bussard kam auf sie zugeflogen, mit ausgestreckten Krallen, leuchtend gelb, messerscharf. Dann attackierte er sie erneut, so schnell, dass ihr kaum Zeit blieb, ihr Gesicht wegzudrehen. Um sie herum nur noch Federn, weiß, braun, die gelben Krallen zielten auf ihr Gesicht. Als ein heftiger Schmerz ihre Wange durchzuckte, riss sie instinktiv beide Hände hoch, um ihr Gesicht zu schützen, und ließ dabei die Felswand los. Sie rutschte ab, sie verlor den Halt und fiel schwer ins Seil. Ein zweistimmiger Schreckensschrei von oben war zu hören. Sie prallte unterhalb der Sicherung gegen die Felswand und ächzte vor Schmerz auf, als sie mit dem rechten Knie über den rauen Stein schrammte. Schnell versuchte sie, wieder Halt zu finden, doch dann gab es einen Ruck, und sie wurde weiter in die Tiefe und nach links geschleudert. Ihr Klemmkeil hatte offenbar nicht gehalten. Erneut knallte sie mit dem rechten Knie gegen den Felsen und schrie vor Schmerz auf. In dem Moment traf sie etwas am Kopf, und ihr wurde schwarz vor Augen.

Es konnten nur wenige Augenblicke gewesen sein, bis sie wieder zu sich kam. Sie hing wie ein nasser Sack im Seil, vor ihr eine schartige Felszacke, an der sie sich offenbar den Kopf gestoßen hatte. Vor ihren Augen blitzten kleine grelle Sterne, und ihr Schädel fühlte sich an wie eine Glocke, gegen die jemand mit einem schweren Schwengel gestoßen hatte. Sie bewegte vorsichtig den Kopf. Der Schlag bebte noch in ihr nach, und sie war froh, einen Helm getragen zu haben. Ohne den hätte dieser Aufprall böse ausgehen können. Benommen sah sie hinauf. Oben erschien Miris erschrockenes Gesicht.

«Lena!», rief sie. «Ist alles okay?»

Von Ben war nichts zu sehen. Offenbar versuchte er, sie nach oben zu ziehen, denn sie spürte, wie sie sich sanft, Zentimeter für Zentimeter auf die Kante zubewegte.

Noch immer benommen, winkte sie Miri zu und rief hinauf: «Alles in Ordnung. Ich komme.» Sie versuchte, ihre Stimme so fest wie möglich klingen zu lassen, konnte aber ein leichtes Zittern nicht vermeiden. Tatsächlich saß ihr der Schreck in den Knochen, ebenso wie der Ärger über sich selbst. Wie hatte sie nur so unvorsichtig sein und den Klemmkeil nicht ordentlich überprüfen können! Es wäre auch ratsam gewesen, sich noch ein zweites Mal zu sichern, als sie den Vorsprung erreicht hatte, dann wäre sie gar nicht erst mit einer derartigen Wucht ins Seil gefallen. Solche Fehler aus Leichtsinn und Unachtsamkeit durften nicht passieren. Nicht ihr.

Fluchend hangelte sie nach einem hervorspringenden Stück Felsen, zog sich zur Wand zurück und begann, so schnell es ihr mit ihren zittrigen Fingern möglich war, nach oben zu klettern. Ihr rechtes Knie schmerzte, und das Tellereisen, das nach vorne gerutscht war, schlug bei jeder Bewegung hart gegen ihren Oberschenkel, doch sie nahm sich nicht die Zeit, es wegzuschieben, wollte nur nach oben kommen. Das gestraffte Seil lockerte sich etwas.

Sie kletterte langsamer weiter. Ihr Kopf dröhnte noch immer, und ihre Wange brannte da, wo der Bussard sie mit seiner Kralle getroffen hatte. Sie fragte sich, wo der Vogel geblieben sein mochte. Sie wollte nach ihm Ausschau halten, doch sie wagte es nicht, den Kopf zu drehen. Er schmerzte bei jeder Bewegung. Den Blick stur auf die Felsen gerichtet, kletterte sie weiter, versuchte dabei die Schmerzen zu ignorieren und möglichst nicht zu denken, sondern ihrer Erfahrung und ihrem Instinkt die Führung zu überlassen.

Dann, endlich, kam die Kante in Reichweite. In dem Moment, in dem sie ihre Rechte ausstreckte und weiches Gras und Erde ertastete, wurde sie von zwei kräftigen Händen gepackt und hochgezogen. Bens Arme schlossen sich um sie, seine Wärme hüllte sie ein, und Lena hörte, wie er leise etwas murmelte, eine Mischung aus Flüchen und beruhigenden Worten, wie man sie einem Kind zuflüstert, das gerade aus einem Albtraum erwacht ist.

Lena schloss für einen Moment überwältigt die Augen. Ben war ihr so nah, dass sie seinen Herzschlag spürte, sein Herz schlug schnell und doch beruhigend kraftvoll, seine kräftigen Arme hielten sie, als wäre sie leicht wie eine Feder. Er machte keine Anstalten, sie loszulassen, und fast von selbst schlangen sich ihre Arme um ihn, und sie drückte ihr Gesicht fest an seine Brust. Es war wie Heimkommen. Ein allumfassendes Gefühl von Zärtlichkeit und Geborgenheit erfüllte sie, und sie spürte, wie ihr Tränen in die Augen traten.

«Oh, mein Gott, Lena!»

Miris Stimme drang an ihr Ohr, und das innige Gefühl der Nähe zu Ben zerplatzte, lautlos wie eine Seifenblase. Lena bewegte ihren Kopf, und Ben löste sich von ihr, behutsam, aber gleichzeitig mit einer gewissen Hast.

«Alles in Ordnung?» Sein Blick war besorgt, bestürzt, und da war noch etwas anderes in seinen blauen Augen zu lesen, ein Gefühl tiefer Zuneigung. Ihr wurde warm unter seinem Blick, und sie brachte kein Wort heraus, sondern konnte nur nicken.

«Was machst du denn für Sachen!» Jetzt war Miri bei ihr und legte einen Arm um ihre Schultern.

Ben wandte den Blick abrupt ab und wich einen Schritt zurück. Etwas hölzern stand er da und schien nicht recht zu wissen, wohin mit seinen Armen. Hilde schmiegte sich an ihn, und er kraulte leicht abwesend ihren Nacken.

«Du siehst furchtbar aus!», rief Miri entsetzt. «Dieser Mistkerl hat dich mit seinen Krallen erwischt. Es war schrecklich! Als du abgestürzt bist, ist mir fast das Herz stehen geblieben.»

Lena musste lächeln. «Dass du einmal einen Mäusebussard Mistkerl nennst, hätte ich nicht gedacht.»

«Nun, das war aber auch sehr unhöflich von ihm.» Miri schnalzte mit der Zunge und betrachtete Lena stirnrunzelnd. «Du musst ins Krankenhaus.»

«Quatsch, doch nicht wegen dieses Kratzers.» Lena schaltete ihre Handykamera ein und betrachtete sich. Es war ihr peinlich, dass um sie so ein Tamtam gemacht werden sollte. Immerhin war sie die Leiterin der Bergwacht! Sie sollte Menschen retten und nicht selbst gerettet werden. Als sie ihr Bild in der Kamera sah, musste sie jedoch schlucken. Miri hatte recht, sie sah wirklich schrecklich aus, ihr ganzes Gesicht war blutverschmiert, voller Staub und Schmutz. Doch die Verletzung an sich war nicht besonders schlimm, tatsächlich nicht mehr als ein Kratzer, der allerdings heftig geblutet hatte.

Miri kramte in ihrer großen Umhängetasche und reichte ihr ein Taschentuch. Vorsichtig begann Lena, das Blut abzutupfen.

«Das muss desinfiziert werden», meinte Miri. «Außerdem bist du ohnmächtig geworden. Wir haben's von oben genau gesehen. Vielleicht hast du eine Gehirnerschütterung.»

«Nein, ganz sicher nicht. Das war doch nur vom Aufprall.»

«Egal, wir fahren ins Krankenhaus», mischte sich Ben energisch ein.

«Was zum Teufel ist denn hier passiert?»

Die drei drehten sich um, und da stand Jonas in Uniform vor ihnen. Die Ärmel hatte er hochgekrempelt, das Hemd aufgeknöpft. Seine Mütze hielt er in der Hand.

Lena wischte sich hastig über das Gesicht. Jonas hatte ihr gerade noch gefehlt. Ihren jungen Kollegen brauchte sie jetzt nicht auch noch als Zeugen ihres dummen Missgeschicks.

«Nichts ist passiert!», antwortete sie betont gelassen, stieg aus ihrem Klettergurt und begann, das Seil aufzurollen. «Ich hatte einen kleinen Zusammenstoß mit einem Mäusebussard, das ist alles.»

Jonas musterte sie ungläubig. «Echt jetzt? Der Vogel hat dich angegriffen?»

«Er hat nur seinen Hort schützen wollen», verteidigte Miri den Bussard. «Danach ist irgendwas mit dem Seil schiefgegangen, und Lena ist abgestürzt und hat sich den Kopf angeschlagen. Sie war ohnmächtig! Mir ist fast das Herz stehen geblieben.»

Jonas hob die Brauen. «Und das nennst du nichts?»

«Das ist Quatsch. Ich bin nicht wirklich abgestürzt!», erwiderte Lena wütend. «Nur ein Klemmkeil ist ausgerissen, und ich bin ins Seil gefallen.» Sie winkte ab. «Alles gut. Können wir jetzt endlich über die wichtigen Dinge sprechen?» Sie löste die Falle von dem Karabiner ihres Klettergurts und hielt sie Jonas vor die Nase. «Die lag in unmittelbarer Nähe des Nests. Offen. Einen Köder habe ich nicht gesehen, aber vielleicht ist der in den letzten paar Tagen verloren gegangen.»

«Oder der Bussard hat den Kerl angegriffen, so wie dich, und er ist abgestürzt, bevor er ihn drauflegen konnte», überlegte Miri.

Jonas nahm Lena die Falle ab und betrachtete sie von allen Seiten. «Sieht genauso aus wie die andere Falle.»

Ben nickte. «Und jetzt zeig ich euch noch das Fahrrad. Ich bin mir sicher, dass es dem Typen gehört, den wir am Gamskar gerettet haben. Wie hieß er noch mal?»

«Hermann Grieser», entgegnete Jonas nach einem Blick auf sein Handy. «Wohnt in Reith, das ist ein Weiler, der zu Garmisch gehört.»

Ben nickte grimmig. «Ein Einheimischer. Er kennt sich also

in der Gegend aus. Es passt alles zusammen.» Er deutete ein gutes Stück den Hang hinunter. «Wir müssen da runter.»

Sie setzten sich in Bewegung, und Lena hatte Schwierigkeiten, ihnen zu folgen, in ihrem Knie hämmerte und pochte es, doch sie gab sich alle Mühe, es nicht zu zeigen. Nicht vor Jonas. Sie war seine Chefin, und nicht nur das: Sie hatte ihm alles beigebracht, was er wusste. Und jetzt war ihr selbst so ein dummer Fehler passiert. Mit zusammengebissenen Zähnen folgte sie den anderen. Während Miri und Jonas schnell vorausgingen, blieb Ben nach einer Weile stehen und wartete auf sie.

«Ist wirklich alles in Ordnung?», fragte er leise.

Lena nickte. «Hab mir nur das Knie ein bisschen angeschlagen.» Es gelang ihr zu lächeln.

«Du kannst dich auf mich stützen», bot er an und trat einen Schritt auf sie zu, die Arme ausgestreckt.

Lena schüttelte den Kopf. «Danke, aber es geht schon.»

Sie spürte Bens prüfenden Blick, wagte aber nicht, ihn zu erwidern. Stattdessen schaute sie zu Boden, als müsste sie sich auf den Weg konzentrieren. Die Umarmung vor wenigen Minuten hatte sie aufgewühlt, und allein die Tatsache, dass er jetzt so nah neben ihr stand, dass sie ihn berühren konnte, ließ ihr Herz erneut schneller klopfen.

Lena zwang sich, an Victoria Pistorius zu denken, und ging vorsichtig weiter. Ben insistierte nicht, blieb aber dicht neben ihr, und sie wusste, wenn sie stolperte, wäre er da, um sie aufzufangen.

Dann hatten sie die Stelle erreicht, wo das Fahrrad angelehnt an einem der Bäume stand. Ein paar Holzpfähle mit Warnschildern und Werkzeug lagen daneben im Gras.

Jonas untersuchte das Mountainbike und notierte sich die Seriennummer. «Wir können nicht mit Sicherheit sagen, ob es seines ist», sagte er zweifelnd. «Der Mann war nicht sehr auskunftsfreudig. Über sein Fahrrad hat er kein Wort verloren. Ich weiß nicht, ob das reicht, ihm etwas nachzuweisen …»

«Ach was!», rief Ben erregt dazwischen. «Wer sonst sollte hier sein Rad verstecken und in Radlerklamotten die Wand hinuntersteigen, in unmittelbarer Nähe eines Raubvogelhorsts, wo wir ganz zufällig eine zweite Falle finden?»

Jonas hob die Arme. «Mich musst du nicht überzeugen, Ben. Ich seh das genauso. Aber ich weiß nicht, ob es als Ermittlungsergebnis reicht. Dieser Mann wird sich sicher rauszureden versuchen. Und wer weiß, was ihm einfällt oder seinem Anwalt. Ich nehm das alles mal auf und gebe die Akte an die Staatsanwaltschaft, dann sehen wir weiter.»

Ben schnaubte gereizt. Lena konnte seine Enttäuschung verstehen. Sie hätte sich diesen Kerl am liebsten sofort vorgeknöpft. Jonas' Einschätzung klang dagegen vage und war vollkommen unbefriedigend.

Ben pfiff leise nach Hilde, die zwischen den Felsbrocken herumstromerte, und wandte sich dann Lena zu. «Lass uns jetzt ins Krankenhaus fahren.» Sie nickte friedfertig. Zwar war sie sich sicher, dass sie keine Gehirnerschütterung hatte, und das Knie würde sich bestimmt von alleine wieder beruhigen, aber sie wollte auch nicht darüber streiten.

«Kannst du den Weg durch den Wald hinunterlaufen?», wollte Ben wissen. «Am Ende des alten Holzwegs steht mein Auto. Dann könnten wir gleich weiterfahren.»

Lena kannte die Stelle. Es war noch ein gutes Stück zu gehen, aber kürzer, als wieder zurück zu der Kuppe zu gehen, wo sie das Quad geparkt hatte. Wieder nickte sie tapfer. «Kein Problem.»

«Aber wer soll denn dann das Quad fahren?», fragte Miri

alarmiert. «Ich fahre mit der Teufelsmaschine sicher nicht den Berg runter.»

Sie einigten sich darauf, dass Jonas mit Miri auf dem Quad ins Tal fahren und danach das Fahrrad sicherstellen würde.

Miri drohte Jonas mit dem Finger, bevor sie aufstieg. «Dass Sie mir anständig fahren, Herr Polizist. Noch so einen Höllenritt wie mit Lena überstehe ich nicht.»

Jonas versprach es hoch und heilig, und die beiden machten sich auf den Weg nach oben.

Lena sah ihnen erleichtert nach, und als sie zwischen den Bäumen verschwunden waren, ließ sie sich auf einen Stein sinken und streckte vorsichtig das rechte Bein aus. Es pochte und fühlte sich heiß an.

«Es geht dir überhaupt nicht gut.» Ben stand vor ihr und fixierte sie streng.

«Doch!» Schnell stand Lena wieder auf und verzog das Gesicht, als ein stechender Schmerz ihr Knie durchzuckte.

«Warum hast du nichts gesagt, verdammt?»

Sie zögerte. «Ich wollte die Sache nicht größer machen, als sie ist», erwiderte sie dann. «Ich habe Jonas dabei unterstützt, zur Bergwacht zu gehen. Ich habe ihm alles beigebracht, was ich weiß, und ...» Sie hob hilflos die Arme und verstummte.

«Es war doch nicht deine Schuld!», widersprach Ben. Seine Stimme war ungewohnt sanft. «Ich hätte dich da nicht runterlassen dürfen. Ich hätte in Betracht ziehen müssen, dass der Bussard womöglich doch ...»

«Nein, das konntest du nicht wissen», unterbrach ihn Lena. «Und die Sache mit dem Klemmkeil war durchaus meine Schuld. Ich war nachlässig, und ich kann nicht begreifen, wie ausgerechnet mir so was passieren konnte.» Sie schüttelte den Kopf. «Wir retten Leute! Aus sehr viel gefährlicheren

Situationen als hier, und ausgerechnet an dieser Wand passiert mir so ein dummer Anfängerfehler.»

«Jeder macht Fehler, Lena. Ständig. Das gehört zum Leben dazu.»

Sie sah ihn an. Seine blauen Augen erwiderten ihren Blick unverwandt, ohne Spott oder Häme. «Das mag schon sein», sagte sie. «Im normalen Leben, aber bei der Bergwacht darf das nicht passieren.»

Er lächelte.

«Was?», fragte sie misstrauisch. «Was ist so komisch?»

«Entschuldige, aber das ist doch ein Schmarrn», erwiderte er. «Natürlich passieren bei der Bergwacht Fehler wie anderswo auch.»

«Aber bei uns geht es oft um Leben und Tod.»

«Trotzdem seid ihr auch nur Menschen.» Sein Lächeln verschwand, und sein Blick verdüsterte sich. Er hob den Kopf und sah hinauf in den Himmel, der sich wolkenlos blau über den Baumwipfeln wölbte. «Und wenn man einen Fehler gemacht hat, egal wie schlimm er auch ist, muss man damit leben. Das kann einem niemand abnehmen.»

«Ist dir das schon mal passiert?», fragte sie. Schon während sie sprach, bemerkte sie, dass sie ihm mit dieser Frage zu nahe getreten war. Bens Miene verschloss sich, als habe er einen Fensterladen zugeschlagen.

«Entschuldige», murmelte sie, doch Ben antwortete ihr nicht.

«Wir sollten losgehen, damit du ins Krankenhaus kommst», sagte er schließlich und legte seinen Arm um sie, um sie zu stützen.

Sie wehrte sich nicht, und während sie langsam Seite an Seite nach unten stiegen, musste sie zugeben, dass es eine Wohltat war, das rechte Knie auf diese Weise entlasten zu können. Sie genoss seine Nähe, die Kraft und den Halt, den er ihr gab, und wünschte, sie könnten ewig so weitermarschieren, dicht nebeneinander, jeweils den Körper des anderen spürend.

Als das Auto zwischen den Bäumen auftauchte und er seinen Griff lockerte, überkam sie ein Hauch von Wehmut. «Jetzt konntest du dein Werkzeug und deine Schilder gar nicht mitnehmen», sagte sie.

«Kein Problem. Die hole ich ein anderes Mal.» Er lächelte ihr zu und öffnete die Beifahrertür. «Kannst du einsteigen, oder soll ich dir helfen?»

Obwohl sie sich gerne hätte helfen lassen, allein um ihm noch einmal so nah zu sein, nickte sie. «Das schaffe ich, danke.»

Während der Autofahrt schwiegen beide. Lena tat inzwischen jeder einzelne Knochen weh. Erschöpft lehnte sie den Kopf an die Scheibe des Defenders und schloss die Augen.

Am Garmischer Klinikum angekommen, begleitete Ben sie in die Notaufnahme. Hilde musste im Auto warten.

Eine junge Ärztin untersuchte Lenas Knie, versorgte den Kratzer an der Wange und überprüfte ihre Reflexe. «Eine Gehirnerschütterung kann ich nicht feststellen, aber Ihr Knie ist stark geprellt», sagte sie schließlich. «Sie müssen es eine Weile schonen. Ich stelle Ihnen ein Rezept für Krücken aus.» Sie griff nach dem Rezeptblock.

«Mir geht's gut», beteuerte Lena, während sie das Rezept entgegennahm, fest entschlossen, es auf keinen Fall einzulösen. Wegen einer lächerlichen Prellung würde sie nicht mit Krücken herumhumpeln. «Ich brauche nur eine Schmerztablette, eine heiße Dusche und ein bisschen Ruhe.»

Die Ärztin entließ sie mit der üblichen Belehrung, bei

weiteren Beschwerden einen Arzt aufzusuchen oder gleich zurück in die Klinik zu kommen, und gab ihr die Medikamente mit.

Als Lena zurück in den Wartebereich kam, war von Ben nichts zu sehen. Ein paar Minuten wartete sie unschlüssig, dann ging sie zu seinem Auto. Vielleicht hatte er sich um Hilde gekümmert, während sie untersucht worden war. Tatsächlich kam er ihr auf dem Weg zum Parkplatz entgegen. «Du bist schon fertig?»

Lena nickte. «Nur eine kleine Prellung. Alles ist gut. Hab ich doch gesagt. Mein Schädel ist ziemlich hart.» Sie klopfte sich vorsichtig an die Schläfe und grinste.

«Gott sei Dank!» Ben wirkte ehrlich erleichtert.

«Und wo warst du?», fragte Lena, während sie zusammen weitergingen.

«Ich wollte unserem geretteten Bösewicht einen Besuch abstatten.»

«Oh.» Lena sah ihn mit einer Mischung aus Überraschung und Neugier an. «Du willst das nicht der Polizei überlassen?»

«Du etwa?»

«Also ...» Sie zögerte. «Ich wüsste nicht, was man sonst tun könnte. Du hast ihn doch nicht etwa verprügelt oder so?»

Ben lachte auf. Es war ein offenes, ansteckendes Lachen. «Also bitte, wofür hältst du mich?»

«Na ja ...» Lena spürte, wie sie rot wurde. «Früher ging's ja immer recht schnell zur Sache bei dir.»

«Ja, früher.» Zu Lenas Erleichterung wirkte Ben nicht gekränkt. «Aber im Krankenbett hätte ich auch damals niemanden verprügelt.»

«Gut zu wissen.» Lena musste lächeln. «Und was hast du sonst gemacht? Ihn zur Rede gestellt?»

«Nichts. Er ist leider nicht mehr hier. Wurde gestern schon

wieder entlassen. Und seine Adresse wollten sie mir nicht geben. Datenschutz.»

«Was hast du denn gesagt, wer du bist?»

«Ich habe mich ganz offiziell als Ranger ausgewiesen und erzählt, ich hätte vermutlich sein Fahrrad gefunden. Sie meinten, ich solle mich an die Bergwacht wenden, die hätten die Personalien aufgenommen.» Er sah sie an.

«Und jetzt möchtest du, dass ich dir sie gebe?», fragte Lena.

«Wie er heißt und in welchem Ort er wohnt, weiß ich ja schon. Allerdings fehlt mir noch die genaue Adresse.»

«Um was zu tun?»

«Hinzufahren und ihn zu verprügeln.»

Lena runzelte die Stirn. «Du hast doch gerade gesagt ...»

«... dass ich nie jemanden im Krankenbett verprügeln würde. Aber er ist ja offenbar wieder gesund.»

Sie kniff die Augen zusammen. Nahm er sie auf den Arm? Als er sein Gesicht zu einem breiten Grinsen verzog, musste sie lachen. «Fast hätte ich dir geglaubt!»

«Kein Wunder. Immerhin warst du diejenige, die mich schon mal verprügelt hat.»

«Nur wegen des dämlichen Spitznamens, den du mir gegeben hast!»

«Ich würde sagen, da haben wir uns beide nichts geschenkt.»

«Stimmt.» Lena nickte und sah Ben schief an. Er wirkte plötzlich so verändert. Entspannt, zugewandt, wie ausgewechselt. Wieder musste sie an den Moment denken, als er sie in den Arm genommen und festgehalten hatte, und wieder überlief sie ein leiser Schauer. «Freunde?», fragte sie.

«Unbedingt.» Ben nickte. Er hielt ihr die Hand hin, und Lena ergriff sie. Sein Händedruck war warm und kräftig, und sie brauchten beide eine Weile, um ihre Finger wieder voneinander zu lösen. Nebeneinander gingen sie zurück zum Auto.

«Was willst du mit dem Mann wirklich machen?», wollte Lena wissen, während sie auf den Beifahrersitz kletterte.

«Nichts. Ich will ihn nur zur Rede stellen. Das ist gewissermaßen meine Pflicht als Ranger, oder? Nichts gegen Jonas, der ist ein guter Kerl und wird alles tun, was nötig ist, aber bis bei der Strafanzeige etwas herauskommt, kann dieser Typ noch vielen Greifvögeln etwas antun. So lange werde ich sicher nicht warten.» Er startete den Wagen und wendete.

«Ich verrate dir die Adresse. Aber nur unter einer Bedingung.»

Ben warf ihr einen Blick zu. «Und die wäre?»

«Wir fahren zusammen hin.»

4

Sie verabredeten sich für den nächsten Tag. Lena meinte zwar, dass sie sehr gut auch sofort schon bereit wäre, diesem Mistkerl gemeinsam mit Ben die Leviten zu lesen, aber er bestand darauf, dass sie sich ausruhte. «Am Ende kippst du mir während unseres Plauschs mit dem Greifvogelmörder noch um!»

Lena hatte sich empört dagegen verwahrt, doch als er sie ohne viel Federlesens nach Hause fuhr und sie sogar noch bis zu ihrer Wohnungstür in den ersten Stock hinaufbegleitete, als müsste er sichergehen, dass sie sich am Ende nicht doch noch davonmachte, war sie froh, keine aufwühlenden Gespräche mit bösen Menschen mehr führen zu müssen.

Schon während sie die Stufen zu ihrer Wohnung hinaufgingen – Ben hatte es sich nicht nehmen lassen, ihre Bergsteigerausrüstung zu tragen –, spürte sie, wie erschöpft sie tatsächlich war. Nach der anstrengenden Tour auf den Brunnenkogel hatten ihr die Vogelattacke und ihr Fast-Absturz auf dem Rabenstein den Rest gegeben.

«Danke dir!», sagte Lena, nachdem sie die Wohnung erreicht hatten, und sperrte die Tür auf.

Als sie sich zu ihm umdrehte, um sich zu verabschieden, wurde ihr plötzlich bewusst, wie seltsam die Situation war. Ben Fellner, der Baby-Sheriff, Intimfeind ihrer Kindheit, stand vor der Tür zu ihrer Wohnung. Er hatte sie umarmt, gestützt, ins Krankenhaus gefahren und ihr jetzt auch noch ihre Bergsteigerausrüstung hinterhergetragen. Sollte sie ihm noch einen Kaffee oder etwas anderes zu trinken anbieten, zum Dank für seine Hilfe? Oder war das des Guten zu viel? Im

Geiste ging sie den Zustand ihrer Wohnung durch, wie sie sie heute Morgen verlassen hatte. Nun, es herrschte das übliche Durcheinander, aber die Küche ging vielleicht ...

Sie blickte auf, bemerkte dabei wieder einmal, wie groß er war. «Ich ... also ... möchtest du vielleicht noch etwas trinken?», fragte sie etwas verlegen, deutete vage hinter sich in den Flur und spürte, wie ihr die Röte ins Gesicht schoss. «Ich hätte Kaffee oder ein Bier, allerdings ist es nicht kalt ...»

Ben lächelte, schüttelte jedoch den Kopf. Dann streckte er zu ihrer Überraschung die Hand aus und strich ihr behutsam über die Wange. «Ein andermal. Heute ruhst du dich besser aus.» Erneut trafen sich ihre Blicke, und Lena meinte, in seinen Augen dasselbe Verlangen nach Nähe, nach Berührung, nach mehr zu sehen, das sie empfand. Er räusperte sich und ließ die Hand sinken. «Bis morgen.»

Abrupt drehte er sich um und lief die Treppe hinunter. Lena blieb stehen, bis sie die Haustür ins Schloss fallen hörte, dann bückte sie sich, hob ihren Rucksack samt Helm auf, die er auf dem Fußabstreifer abgestellt hatte, und schloss die Tür. Sie fühlte sich, als würde sie innerlich glühen. Zu ihrer körperlichen Erschöpfung hatte sich eine prickelnde, kribbelnde Erregung gesellt, was sie in einen merkwürdig schwebenden Zustand versetzte. «Ein andermal ... ein andermal ...», sang sie vor sich hin, während sie ihre Bergstiefel auszog und ins Bad humpelte. Diese eigentlich so banale, meist leicht und unverbindlich dahingesagte Bemerkung hatte in ihren Ohren wie ein Versprechen geklungen.

Als sie nach einer ausgiebigen heißen Dusche und einem schnellen Abendessen im Bett lag und ihre schmerzenden Glieder ausstreckte, dachte sie noch einmal über den Tag nach. Wobei sie eigentlich nicht über den Tag, sondern nur über Ben nachdachte. Dabei versuchte sie, das überwältigende Gefühl der Verliebtheit, das sie so überraschend erfasst hatte, zu verdrängen. Sie zwang sich wieder, statt an sein Gesicht, sein Lachen, seine Berührungen und ihre Vorfreude auf morgen an etwas anderes zu denken: an eine schöne Frau mit einem weißen Kleid und klimpernden Armreifen. An Champagner und Eisbombe. Und einen Namen, der sich ihr so unauslöschlich eingeprägt hatte, als wäre er ihr mit einer dünnen, spitzen Nadel ins Gedächtnis geritzt worden: Victoria Pistorius.

Einsatzprotokoll

Samstag, 27. August

Einsatzort: Eisdiele
Bemerkungen: «Du dummes, dummes Luder!»

1

Ben war es richtiggehend peinlich, aber er sah sich das Video nun schon zum dritten Mal an. Miri hatte es ihm am Abend nach der Pressekonferenz geschickt, mit drei Daumen nach oben und einem Muskel-Emoji als Kommentar. Sie war ein absoluter Fan von Emojis. Im Gegensatz zu ihren quietschbunten Textnachrichten, die Ben immer ein wenig an Bildergeschichten für Leseanfänger erinnerten, schienen seine Antworten jedes Mal entsetzlich nüchtern und wortkarg, fast schon unhöflich.

Doch er konnte sich nicht überwinden, nach jedem Satz irgendein kommentierendes gelbes Gesicht oder was auch immer anzufügen, geschweige denn – Gott bewahre – ein Herz, selbst wenn es in Miris bevorzugten Farben Grün oder Orange war.

Das Video zeigte den Fernsehbericht der Journalistin, die sich nach der Pressekonferenz mit Erich Habacher und Lena unterhalten hatte. Ihn interessierten daran nicht so sehr die Worte, auch wenn er sich darüber freute, wo er doch anfangs dummerweise sogar geglaubt hatte, Lena mache mit ihrem Ex gemeinsame Sache. Nein, der Grund, warum er das Video schon wieder anklickte, war ein anderer: Es war schlicht und ergreifend Lena selbst, die dort ziemlich lange in Großaufnahme zu sehen war. Er konnte sich nicht sattsehen an ihrem ausdrucksvollen Gesicht. Die überraschend dunklen Augen, warm und samtig wie Zartbitterschokolade, ihre gerade, schmale, fast ein wenig arrogant wirkende Nase, dazu im starken Kontrast die frechen Sommersprossen und ihre entschlossene, zornige Miene. Er musste daran denken, wie er sie von der Felskante am Rabenstein hochgezogen und im Arm gehalten hatte, und der Gedanke daran ließ sein Herz jetzt noch schneller schlagen. Seine Gefühle hatten ihn vollkommen überwältigt. Er hätte Lena am liebsten nie wieder losgelassen.

Ben schloss für einen Moment die Augen, vergegenwärtigte sich, wie es sich angefühlt hatte, sie festzuhalten, ihren zierlichen und doch kräftigen Körper so nah an seinem zu spüren. Die Wärme, die von ihr ausging, ihr schneller Atem von der Anstrengung des Kletterns, der Duft ihres dichten Haares. Lena roch nach Kräutern, Gras und Moos, nach frischer Luft, Sonne und Regen, nach Zuhause ...

Er biss sich auf die Lippen und schlug hastig die Augen wieder auf.

«Meine Güte, Ben», murmelte er, peinlich berührt. «Was ist nur los mit dir?»

Sein Blick fiel auf Hilde, die dösend neben ihm auf dem Boden lag und jetzt beim Klang seiner Stimme den Kopf hob. Sie sah ihn aus ihren sanften goldbraunen Augen an und wuffte einmal kurz, dann ließ sie ihren Kopf wieder zurück auf die Pfoten sinken.

«Danke für diesen Kommentar», sagte Ben trocken. «Ich weiß selbst, dass das idiotisch ist.»

Er wandte den Blick von seinem Handy ab und ließ ihn über die Wiese vor seinem Haus gleiten. Dieser Klappstuhl und der verwitterte kleine Holztisch waren inzwischen zu seinem Lieblingsplatz geworden.

Es war erst kurz nach acht und noch ziemlich kühl. Die Wiese war feucht und taubedeckt, und über dem Tal lag feiner Nebel, den erst die Vormittagssonne vertreiben würde. Das alles waren Anzeichen des nahenden Herbstes. Der Sommer hatte seinen Zenit überschritten, die Tage wurden kürzer, die Nächte kühler.

Ben liebte diese Jahreszeit. Die Luft war jetzt so klar wie nie, das Licht warm und weniger aufdringlich als im Hochsommer und der Himmel von jenem unvergleichlichen Blau, das es nur im Herbst in den Bergen gab. Alle Farben traten jetzt stärker hervor, bevor der September und Oktober ein Feuerwerk an Rot-, Gelb- und Orangetönen abfeuerten und schließlich der November mit Nebel alle Farben dämpfte, die Bergspitzen sich in Wolken hüllten und Tiere und Pflanzen langsam zur Ruhe kamen. Im Gegensatz zu den meisten Menschen, darunter auch Vicki, die den Herbst, den Regen und die kürzer werdenden Tage verabscheuten, liebte Ben auch den November. Das lag vielleicht daran, dass ihm dessen dunkle, sanfte Melancholie nicht fremd war, er sich darin zumindest gelegentlich wiederfand und zu Hause fühlte.

Er freute sich auf den ersten Herbst und auch auf den Winter als Ranger. Besonders jetzt, wo es neben seiner Arbeit, Hilde und der Natur noch etwas anderes gab, das ihn mit Freude erfüllte. Jemand anderen, korrigierte er sich. Sie waren jetzt Freunde, Lena und er, hatten es sich in die Hand versprochen. Freunde. Immerhin. Wenn er ehrlich zu sich war, musste er jedoch zugeben, dass das Wort ein eher schales Gefühl in ihm auslöste, denn er wünschte sich mehr, viel mehr als das. Er war bis über beide Ohren in Lena Veith verliebt. Heilige Scheiße. Freunde zu sein, wenn man in jemanden verliebt war, war das Allerletzte, was man sich wünschte. Doch er verbot sich, daran zu denken. Es wäre in höchstem Maße unfair gegenüber Vicki gewesen, sein Versprechen, es noch mal zu versuchen, zu brechen. Beide waren sie schließlich aufrichtig bemüht. Sie verbrachten viel Zeit zusammen, sie hatten Spaß zusammen, küssten sich, schliefen miteinander. Er liebte sie. Glaubte er jedenfalls. Konnte man zwei Frauen gleichzeitig lieben? Jedenfalls konnte er Vicki das nicht antun.

Zumal er gar nicht wusste, wie Lena zu ihm stand. Womöglich war sein Eindruck, es ginge ihr genauso wie ihm, nur Wunschdenken, und sie würde ihn auslachen, wenn sie wüsste, auf welche Weise er über sie nachdachte? Er musste sich diese wilde Sehnsucht, sie erneut in den Armen zu halten und nie wieder loszulassen, aus dem Kopf schlagen. Wenn er diesen Weg weiterging, würde das zu einem bösen Ende führen.

Ben trank einen Schluck von seinem Kaffee, der inzwischen kalt geworden war, und nahm erneut das Handy zur Hand. Ohne darüber nachzudenken, klickte er das Video noch einmal an, lächelte bei Lenas Seitenhieb in Erich Habachers Richtung. Der hatte gesessen. Habacher war der Mund offen geblieben vor Empörung, und er gab kein gutes Bild ab. Heute Mittag würde er Lena wiedersehen ...

«Guten Morgen.»

Ertappt fuhr Ben zusammen und ließ vor Schreck sein Handy fallen.

«Oh, entschuldige!», rief Miri, die wie aus dem Boden gewachsen vor ihm aufgetaucht war. Sie bückte sich und hob das Handy auf. «Gott sei Dank ist es nicht kaputtgegangen.» Sie warf einen kurzen Blick darauf und reichte es Ben zurück.

Ertappt und verärgert zugleich nahm er das Telefon entgegen und ließ es rasch in die Tasche seiner Jacke gleiten. «Warum schleichst du dich so an?», murrte er.

«Hab ich nicht. Ich hab gerufen. Schon von der Einfahrt aus. Aber du warst so versunken. Wie in einer anderen Welt ...» Miri sah ihn so harmlos an, dass es Ben schon wieder zweideutig vorkam.

«Was willst du in aller Herrgottsfrühe? Bist du aus dem Bett gefallen?»

Wenn Miri nicht gerade Vögel beobachtete, war sie eher eine Langschläferin. Doch heute schien sie keinen Ausflug in die Natur vorzuhaben. Sie war ausgesprochen hübsch zurechtgemacht, trug offensichtlich neue blaue Sneakers statt der üblichen Wanderschuhe oder Gummistiefel, eine weite helle Leinenhose und eine dazu passende Bluse in einem zarten Himmelblau, das gut zu ihren Augen passte, was sogar Ben auffiel, der von Mode nicht sehr viel verstand.

«Ich hab einen Friseurtermin. Ganz spontan.» Aus irgendeinem Grund schien es Miri etwas peinlich zu sein. «Gerti, meine Friseurin, war so nett, mich als Allererste dranzunehmen. Noch bevor der Laden aufmacht.» Sie fummelte an ihrer wie üblich zerzausten Vogelnestfrisur herum. «Ich hab dich hier sitzen sehen, da wollte ich nur kurz fragen, was im Krankenhaus rausgekommen ist. Geht's Lena gut?»

Ben nickte. «Sie durfte gestern gleich wieder nach Hause. Ich habe sie zu ihrer Wohnung gebracht.»

Er fragte sich, warum er sich solche Mühe gab, betont harmlos dreinzuschauen. So war es schließlich gewesen. Objektiv betrachtet, war nichts zwischen ihnen vorgefallen. Dennoch hatte er das unangenehme Gefühl, seine Empfindungen für Lena stünden ihm von nun an in Leuchtbuchstaben auf die Stirn geschrieben. Er fühlte sich wie ein Emoji mit Herzen in den Augen. Gleichzeitig verbot er sich, an sie zu denken, verbot sich sein Verlangen nach ihr, seine Sehnsucht, weil dies alles ganz und gar falsch war und einen Menschen tief verletzen würde, den er ebenfalls liebte. Oder? Tat er das wirklich? Fast hätte er laut aufgestöhnt. Es war erst früher Morgen, und er war schon vollkommen von sich selbst überfordert.

Doch Miri schien davon glücklicherweise nichts zu bemerken. «Gott sei Dank.» Sie atmete auf. «Ich rufe sie nachher an.»

«Lena und ich werden heute Mittag unserem Freund mit den Fangeisen einen Besuch abstatten», sagte Ben. «Er ist schon entlassen worden.»

«Waaas?» Miri riss die Augen auf. «Ihr geht zu diesem Mistkerl nach Hause? Noch vor der Polizei?»

«Ich möchte nur ein Wörtchen mit ihm reden.»

Sie nickte grimmig. «Oh, das kann ich verstehen. Ich wüsste genau, was ich ihm sagen würde.»

«Dann komm doch mit.» Ben fühlte sich verpflichtet, es ihr anzubieten, immerhin leitete sie die Vogelwarte. Allerdings wäre er lieber mit Lena alleine gefahren.

Daher war er erleichtert, als sie ablehnte. «Würd ich liebend gern, aber ich kann heute nicht.» Sie sah allerdings nicht so aus, als würde sie das bedauern. Ben bemerkte sogar, wie sich ein Hauch von Rosa auf ihre Wangen schlich. Lagen hier etwa romantische Gefühle in der Luft?

«Lass mich raten ... ein spontaner Friseurtermin am frühen Morgen ... und du lässt es dir entgehen, dem Greifvogelmörder deine Meinung zu geigen ... Da fällt mir eigentlich nur ein Grund ein ...» Er machte eine bedeutungsvolle Pause, als müsste er scharf nachdenken, dann fragte er ganz direkt: «Hast du ein Date?»

Nun färbten sich Miris Wangen vollends rot. Dennoch funkelte sie ihn wütend an. «Nein, du Idiot. Ich habe kein Date! Ich bin nur zum Frühstücken eingeladen. Von Jack. Wir waren gestern einen Kaffee trinken bei Paolo, also, wir haben uns zufällig im Rathaus getroffen, und da hat uns dieser verrückte Italiener doch tatsächlich ein Weißwurstfrühstück ganz aus Eis serviert!» Sie verzog das Gesicht und lachte kurz auf. «War nicht ganz so schlimm, wie es klingt. Vom Senf einmal abgesehen. Doch da hat Jack gemeint, wenn ich Lust habe, macht er mir ein echtes Weißwurstfrühstück.» Sie sah Ben streng an. «Ein Weißwurstfrühstück ist definitiv kein Date! Das hat nun wirklich so gar keine romantische Komponente.»

Ben zuckte mit den Achseln. «Ich würde sagen, das kommt darauf an, mit wem man frühstückt. *Das* ist die romantische Komponente.» Er grinste.

Miri sah ihn scharf an. «Du musst es ja wissen.»

Ben runzelte die Stirn. «Wie meinst du das?»

«Wenn man es nach diesen Kriterien beurteilt, könnte man auch einem Ausflug zu einem Greifvogelmörder etwas Romantisches abgewinnen. Denn auch hier kommt es darauf an, mit *wem* man diesen Ausflug unternimmt.» Miri zwinkerte.

«Ich kann dir nicht folgen», antwortete Ben würdevoll.

Miri lachte. «Grüß Lena von mir!» Sie winkte ihm zu und ging, bevor er etwas erwidern konnte. Er hätte ohnehin nicht gewusst, was er hätte sagen sollen.

2

Autsch, verdammt!» Lena humpelte fluchend ins Bad. Ihr rechtes Knie war über Nacht stark angeschwollen, heiß und bläulich verfärbt. Zu der Prellung war offenbar noch ein Bluterguss hinzugekommen. So etwas Idiotisches. Ausgerechnet bei einer solchen Pipifax-Aktion musste ihr das passieren. Auch nach dem Duschen war es nicht wirklich besser geworden, eher im Gegenteil. Ihr Knie schillerte violett und sah so prall aus wie eine reife Honigmelone. Sie humpelte zu ihrem Medizinschrank, holte das Schmerzgel heraus und verteilte es großzügig auf der Haut. Als es eingetrocknet war, wickelte sie eine straffe Bandage darum. So würde es schon gehen. Zur Sicherheit nahm sie noch ein Voltaren und trank einen Zahnputzbecher voll Wasser nach.

Erst dann betrachtete sie sich im Spiegel und verzog das Gesicht. Sie hatte beim Duschen das Pflaster abgelöst, das die Ärztin über ihren Kratzer auf der Wange geklebt hatte. Das hätte sie nicht tun sollen. Der Schorf hatte sich gelöst, und die Wunde blutete wieder. Sie sah aus, als hätte sie sich mit einer Wildkatze geprügelt. Nun ja, so etwas Ähnliches war es ja auch gewesen.

Es war schon fast elf, als sie schwerfällig in die Küche schlurfte, um zu frühstücken. Sie hatte über zwölf Stunden geschlafen. Ein Kaffee und eine Scheibe Vollkorntoast mit Honig, mehr war nicht da. Sie musste unbedingt mal wieder ordentlich einkaufen gehen. Eigentlich träumte Lena von vollen Kühlschränken, ordentlich aufgereihten Vorräten in einer Speisekammer wie die ihrer Tante auf der Alm und Körben mit buntem Obst und Gemüse auf dem Tisch. Nur kam sie so selten dazu, dafür zu sorgen. Jeden Freitag nahm sie sich vor, zum Wochenmarkt zu gehen, frühmorgens, noch vor der Arbeit. Sie malte sich aus, wie es wäre, entspannt an den Ständen entlangzuschlendern, einen Ratsch mit Vevi Steiger zu halten oder mit Otto, dem Dorfmetzger, und ihren Korb mit vielen köstlichen Dingen zu füllen. Im französischen Chamonix hatte sie den Samstagvormittag stets für den Wochenmarkt reserviert gehabt. Er fand am eher nüchternen, sehr modernen Place du Mont-Blanc statt, der wie der ganze Ort von dem spektakulären Panorama des Montblanc-Massivs überragt wurde. Sie und Alain hatten oft zusammen gekocht, bayerische und französische Gerichte, auch Exotisches, was sie während ihrer Reisen aufgeschnappt hatten. Channa Chaat und Biryani aus Pakistan, Kichererbsen und Huhn mit Reis zum Beispiel, tibetische Momos, kleine Teigküchlein mit Dip, oder thailändische, spanische, italienische Gerichte.

Sie stand auf, spülte Tasse und Teller ab und stellte sie zum Abtropfen auf das Gestell neben dem Waschbecken. Eine Geschirrspülmaschine besaß sie nicht. Ihre Küche war klein, und da sie ohnehin kaum kochte, hatte sie so ein Gerät noch nie vermisst. Wieso hatte sie aufgehört zu kochen? Vermutlich aus demselben Grund, aus dem sie aufgehört hatte, sich schöne Kleider zu kaufen oder selbst zu nähen. Es war ihr nicht mehr wichtig erschienen, nachdem sie hierher zurückgekommen war. Ihr Leben in Bichlbrunn spielte sich zwischen Bergwacht und der Alm ab, mit kurzen Abstechern in die Bongo-Bar. Die Berge, die Truppe, Res, Alex. Sie machten ihr Leben aus. Plötzlich erschien ihr das unglaublich dürftig. Wann war sie das letzte Mal auswärts tanzen gewesen? In Garmisch im Kino? Wann hatte sie sich zum letzten Mal ein Theaterstück, ein Konzert angesehen? Und wann hatte sie zum letzten Mal mit einem Mann geschlafen? Sie konnte sich nicht erinnern.

Es hatte ein, zwei flüchtige Affären gegeben, seit sie hier war, aber nichts Ernstes. Keine dieser Bekanntschaften hatte ihr Herz berührt. Und es hatte ihr nicht gefehlt. Sie hatte nichts vermisst. Die Bergwacht war ihr Lebensmittelpunkt gewesen, und das hatte ihr genügt. Bis gestern.

Sofort stellte sich das Kribbeln und Flattern in der Magengegend wieder ein, und Lena biss sich auf die Lippen. «Er hat eine Freundin, verflucht noch mal!», rief sie laut in Richtung Spüle. Und noch einmal in Richtung Kühlschrank: «Eine *FREUNDIN*!»

Als ob das nicht schon genug wäre, war diese Freundin auch noch überirdisch schön und aus der Stadt. Mit Sicherheit ging Ben mit ihr ins Kino, ins Theater und auf Partys. Vermutlich schlenderten sie zusammen über sämtliche malerische Wochenmärkte der Region, in Bichlbrunn, in Garmisch, am Starnberger See und natürlich über den Viktualienmarkt in München. Lena konnte die beiden vor sich sehen, wie sie sich lachend saftige Erdbeeren in den Mund steckten, an knusprigen Gebäckstangen knabberten und sich von den Standleuten duftende Käsestücke und Salamischeiben zum Probieren reichen ließen. Natürlich kochten sie danach zusammen. Für Freunde, mit denen sie bei einem Glas Rotwein redeten und lachten, oder für romantische Abendessen zu zweit, bei Kerzenschein ...

Lena pfefferte den Lappen in die Spüle und ging ins Schlafzimmer, um sich anzuziehen. Sie musste sich Ben gegenüber absolut neutral verhalten. Sie beide hatten vereinbart, Freunde zu sein. Das war gut. Mehr war da nicht, und er durfte keinesfalls auf die Idee kommen, dass sie sich in ihn verliebt hatte. Wie peinlich wäre das denn!

Ihr Blick fiel auf den bunten, selbst genähten Rock, den sie vor ein paar Tagen getragen hatte. Zu der Gemeinderatssitzung, die in einem Eklat geendet hatte. Sie hatte ihn heute anziehen wollen, zu ihrem Treffen mit Ben, doch plötzlich erschien ihr das furchtbar albern. Er sollte bloß nicht glauben, sie hätte sich für ihn hübsch gemacht! Abgesehen davon war ein Rock ohnehin keine gute Idee bei ihrem Melonenknie und der quietschblauen Bandage darüber. Sie holte sich eine weit geschnittene Jeans aus dem Schrank, in der sie ihr dickes Knie unterbrachte, und schlüpfte in ein sauberes T-Shirt. Zum Schluss flocht sie sich die Haare wieder zu ihrem üblichen Zopf. Gerade als sie damit fertig war, klingelte es an der Tür.

3

Jack Reiter schob zum wiederholten Mal Teller und Besteck gerade, zupfte an der Tischdecke und stellte die Vase mit den Sonnenblumen, die er im Garten abgeschnitten hatte, erst hierhin, dann dorthin. Er konnte sich nicht erinnern, wann er zuletzt so nervös gewesen war. Als er Babsi damals einen Heiratsantrag gemacht hatte? Bei der Geburt seiner Kinder? Nein, das war anders gewesen. Er sah sich in der geräumigen Wohnküche um, die er seit gestern Nachmittag auf Hochglanz gebracht hatte. Sie war im Grunde Küche und Wohnzimmer in einem; früher, als er noch klein gewesen war, hatte sich nahezu das gesamte Leben der Familie Reiter hier abgespielt. In dem Tagesbett unter dem Fenster hatte sein Vater Mittagsschlaf gehalten, bevor er wieder in die Werkstatt ging, an dem blank geschrubbten Tisch hatten er und seine beiden jüngeren Schwestern gespielt und Hausaufgaben gemacht, während seine Mutter Apfelkuchen gebacken oder Marmelade eingekocht hatte, im Schaukelstuhl neben dem Herd hatte die Oma gestrickt und immer die gleichen Geschichten von früher erzählt, zu ihren Füßen hatte der Hund seine Decke gehabt, auf der er, alt und grau um die Schnauze, am Ende seines Lebens friedlich eingeschlafen war. Die gute Stube dagegen, mit dem dunkelroten Sofa und dem steifen Esstisch, war nur bei Besuch benutzt worden.

Jack musste schlucken, als er an seine Kindheit dachte, was er seit Jahren nicht mehr getan hatte. Sie war glücklich gewesen, ja, das konnte man schon sagen. Zwar waren die Eltern recht pragmatisch mit ihren drei Kindern umgegangen, es hatte wenig Zärtlichkeit gegeben und nicht so viel Beachtung, wie man den Sprösslingen heute schenkte, dazu war nicht die Zeit gewesen. Dafür hatten er und seine Schwestern sehr viel Freiheiten gehabt. Jack erinnerte sich an endloses Herumstromern draußen, im Dorf, am Katzenbach oder im Rabensteiner Forst, an Lager, die sie gebaut hatten, erbittert ausgetragene Fußballturniere am Wiesanger, Eishockeyspielen am zugefrorenen Weiher, bis die Lippen blau gefroren waren und Eiszapfen an den Haaren hingen. Der Tag seiner Eltern war ausgefüllt gewesen mit Arbeit in Haus, Stall, Garten, Werkstatt und bei der Heuernte, denn sie hatten neben der Schreinerei einen kleinen Hof besessen. Die Tiere hatte seine Mutter nach dem Tod des Vaters weggegeben, die Kuhweide und die Streuobstwiese hatte Jack verkauft, als die Mutter gestorben war. Er hatte das Geld gebraucht, um seine Schwestern auszuzahlen, die beide weggezogen waren und kein Interesse an dem Haus in Bichlbrunn hatten. Babsi hatte immer auf ihn eingeredet, doch auch das Haus zu verkaufen, doch dazu hatte sich Jack nie durchringen können.

Jack warf einen Blick auf die Uhr. Bald würde sie kommen. Er ging zum Herd und hob den Deckel des großen Topfs. Langsam musste das Wasser heiß werden. Acht Paar hatte er in der Früh bei Otto gekauft. Er war sich unsicher gewesen, wie viel Miri essen würde, und hatte auf keinen Fall zu geizig wirken wollen. Doch jetzt, wo er die sechzehn prallen Würste betrachtete, die bereits im Wasser schwammen, kamen ihm Zweifel, ob er nicht ein wenig übertrieben hatte. Er würde Miri nicht verraten, dass er für jeden von ihnen vier Paar Weißwürste eingeplant hatte. Nicht dass sie noch glaubte, er hielte sie für gefräßig oder so. Man wusste ja oft nicht, wie Frauen reagierten. Babsi war manchmal wegen Dingen eingeschnappt gewesen, an die er sich gar nicht mehr erinnern konnte. Er war in jungen Jahren aber auch oft zu gedankenlos, zu wenig einfühlsam, zu sehr mit sich, mit der Bergwacht, den Vereinen und seinen Spezln beschäftigt gewesen. Jetzt würde er es anders machen.

Jack seufzte und fuhr sich durch die Haare. Er war beim Friseur gewesen und trug seine gute graue Trachtenjoppe und ein weißes Hemd. War das vielleicht zu förmlich? Er sah an sich herunter. Ja. Er sah so aus, als würde er in die Kirche gehen, das ging schon mal gar nicht.

Hastig warf er einen Kontrollblick auf die Weißwürste und den gedeckten Tisch, lief in die Diele und die Treppe hinauf ins Schlafzimmer.

Fünf Minuten hatte er noch, wenn Miri pünktlich war. Das langte. Im Schlafzimmer riss er sich die Joppe und das Hemd vom Leib, zog mehrere karierte Hemden heraus und warf sie nacheinander aufs Bett. Er konnte sich nicht entscheiden, welches er nehmen sollte, plötzlich erschienen sie ihm alle gleich altbacken. Miri war schließlich nicht von hier, sie hatte studiert und war gar nicht der Typ, zu dem karierte Hemden, Strickjanker und Trachtenjoppen passten.

Jack fluchte. Es blieb ihm keine Zeit mehr. Hastig schlüpfte er in ein neueres, grün-blau kariertes Hemd, das Babsi ihm noch ausgesucht hatte. Slim Fit, hatte sie gemeint, das trägt man jetzt. Es war ziemlich schmal geschnitten, slim halt, aber wenn er den Bauch ein bisschen einzog, würde es schon gehen. Er betrachtete sich prüfend im Spiegel, strich sich die Haare glatt und runzelte die Stirn. War das gut?

«Was treibst du denn da?» Felix streckte den Kopf zur Tür herein. Er war gerade erst aufgestanden, trug ein ausgeleiertes T-Shirt und Boxershorts, und seine Haare standen ihm zu Berge.

«Nix.» Jack zögerte. «Ich krieg gleich Besuch. Meinst, das passt so?»

Fragend hob sein Sohn die Brauen. «Besuch? Von einer Frau?»

Jack nickte. «Nur eine gute Freundin, nix weiter. Aber ich will ja nicht wie ein Depp ausschauen.»

«Wenn sie eine Freundin von dir ist, weiß sie doch eh, wie du ausschaust.» Felix grinste.

«Sag schon. Wie schaut das aus?»

Sein Sohn musterte ihn. «Ich würd das Hemd aus der Hose lassen. Und die Ärmel aufkrempeln. Das ist cooler.»

«Echt?» Unschlüssig zupfte Jack an seinem Hemd herum. «Das sieht doch gschlampert aus!»

«Dann frag mich nicht», erwiderte Felix mit einem Achselzucken.

Jack krempelte die Ärmel auf, ließ jedoch das Hemd in der Hose. Hemd über der Hose, das ging höchstens in der Werkstatt und nicht mal da.

«Passt schon so auch, Dad», sagte Felix gutmütig und gähnte. In dem Moment klingelte es an der Tür.

«Ich geh schon!» Felix polterte die Treppe hinunter, noch bevor Jack etwas sagen konnte.

Seufzend folgte er ihm. Jetzt würde sein halbwüchsiger, zerzauster Schlacks von Sohn in Boxershorts und dürren Spargelbeinen Miri die Tür aufmachen und sie sicher dabei neugierig von oben bis unten mustern. Das fing ja gut an.

Miri sah bezaubernd aus. Ihre Haare lagen in feinen, glänzenden Wellen um ihr Gesicht, sie trug eine hübsche blaue Bluse, und ihre Augen leuchteten damit um die Wette.

Sie begrüßten sich etwas verlegen, während Felix in die Küche ging, nicht, ohne seinem Vater vielsagend zuzugrinsen. Jack hoffte, er würde sich nur etwas zu trinken holen und sich dann wieder nach oben verkrümeln, sonst würde er ihn höflich bitten müssen, die Fliege zu machen. Er war schon nervös genug. Es würde nicht besser werden, wenn sein Sohn auch noch mit am Tisch saß.

Jack bat Miri herein, und sie sah sich staunend um. «Was für ein schönes altes Haus», sagte sie, als sie in die breite Diele mit dem abgetretenen Steinboden trat.

Jack nickte. «Mein Elternhaus. Ich kann's dir später zeigen, wenn du Lust hast.»

«Gern. Ich mag alte Häuser. Die haben so viel Charakter. Man spürt gleich, ob sie einen mögen oder nicht.»

Er wollte gerade etwas erwidern, da rief Felix aus der Küche: «Dad, da kocht was über!»

In dem Moment hörte er schon ein Zischen, weil Wasser auf die heiße Herdplatte schwappte. «Scheiße!», entfuhr es Jack, und er rannte in die Küche. Er hatte die Weißwürste vergessen. Das Allerallerschlimmste, was einem mit Weißwürsten zustoßen konnte, war, dass sie platzten. Wegen geplatzter Weißwürste waren schon Ehen in die Brüche gegangen. Zumindest die eines seiner Spezln, der sich an Weihnachten deswegen so mit seiner Frau gestritten hatte, dass sie an Neujahr ausgezogen war. Und ausgerechnet das musste ihm heute passieren!

4

Lena konnte es nicht glauben. Alain stand vor ihrer Wohnungstür und grinste sie unverfroren fröhlich an.

«Was willst du?» Sie musste sich zusammenreißen, ihm die Tür nicht direkt wieder vor der Nase zuzuschlagen.

Alain schien so etwas zu ahnen, denn er hob hastig die Hände. «Warte! Kann ich kurz reinkommen?»

«Ich wüsste nicht, wieso», antwortete sie barsch. «Außerdem muss ich gleich weg. Wie bist du überhaupt ins Haus gekommen?»

«Lena, bitte. Wir sind doch eigentlich im Guten auseinandergegangen.»

Sie hob eine Braue. «Das war, bevor du mich vor allen Leuten wie eine Verräterin hast dastehen lassen.»

«Deswegen bin ich ja hier!» Theatralisch faltete er beide Hände vor der Brust und verbeugte sich leicht. «Um mich bei dir zu entschuldigen.» Er sah sie bittend an.

Früher wäre Lena dahingeschmolzen, jetzt ging ihr dieser Hundeblick nur auf die Nerven. Alain sah aus wie eine jüngere Version von Patrick Dempsey. Das gleiche lausbübische Lächeln, der verschmitzte Blick, die dunklen Haare, das kräftige Kinn – und das wusste er auch.

Sie verdrehte die Augen, öffnete aber die Tür etwas weiter. Vielleicht würde sie ihn ja schneller los, wenn sie sich anhörte, was er zu sagen hatte. Hauptsache, er war wieder weg, bis Ben kam, um sie abzuholen. «Du hast genau fünf Minuten.»

Sie gingen ins Wohnzimmer, wo es aussah, als bereitete sie eine Kleidertauschparty vor. Die Schachteln mit den Klamotten, die sie vor ein paar Tagen aus dem Keller geholt hatte, standen noch herum, eine Menge Kleider lagen auf dem Sofa und dem kleinen Couchtisch, und was beim Auslüften auf dem Balkon von einem Regenguss erwischt worden war, hing zum Trocknen auf Bügeln an der Vorhangstange.

«Ziehst du um?», fragte Alain mit einem Blick auf das Chaos.

«Nein.» Lena gab keine weitere Erklärung ab und bot ihm auch nicht an, sich zu setzen. «Was willst du?», wiederholte sie und verschränkte die Arme vor der Brust.

«Sagte ich doch schon. Mich entschuldigen.» Alain sah sie zerknirscht an. «Es tut mir leid, wie es gelaufen ist. Ich hätte das nicht tun dürfen. Es war unfair, dir nicht vorher Bescheid zu geben.»

«Stimmt.» Lena sah auf die Uhr. «Dann hätten wir das ja geklärt, und du kannst wieder abhauen.»

«Warte!» Nun wurde Alains Blick noch ein wenig zerknirschter. «Ich dachte, wir könnten ...» Er zögerte.

«Ja?», hakte Lena ungeduldig nach.

«Frieden schließen. Wenn alles gut geht, werde ich in Zukunft öfter hier sein. Wir werden sicher einige Veranstaltungen zusammen stemmen. Nachdem du jetzt die Leiterin der Bergwacht bist ...» Er machte eine kurze Pause und räusperte sich. «Es wäre doch blöd, wenn diese Sache in Zukunft zwischen uns stehen würde. Wir waren immer so ein gutes Team. Das könnten wir wieder sein.» Als er ihren Blick sah, hob er wieder beschwichtigend die Hände. «Rein beruflich natürlich nur.»

Ungläubig musterte Lena ihn. Fast bewunderte sie diese Unverfrorenheit, mit der er wieder versuchte, möglichst das Vorteilhafteste für sich herauszuschlagen. Als es darum gegangen war, die Bichlbrunner auf seine Seite zu ziehen, hatte er sie, ohne zu zögern, überrumpelt, weil er geahnt haben musste, dass sie und er nicht einer Meinung waren. Und jetzt, wo klar war, dass er sie noch brauchen würde, versuchte er, sich wieder lieb Kind zu machen.

«Das hättest du dir früher überlegen müssen», entgegnete sie trocken und ging zur Tür.

«Lena! Ich bitte dich. Lass mich nicht so stehen. Du warst doch früher nicht so verbohrt. Hat das dieser rückständige Ort aus dir gemacht?»

«Du bist wirklich erbärmlich.» Noch so eine Spezialität von Alain, die sie viel zu spät entlarvt hatte: immer schön die Schuld anderen zuweisen. Sie öffnete die Tür.

Sein gewinnendes Lächeln gefror. «Du hast dich verändert», sagte er leise, als er an ihr vorbei hinaus in den Flur trat.

«Ja. Gott sei Dank habe ich das!», fauchte Lena ihn an, kurz davor, die Beherrschung zu verlieren. «Du hingegen bist leider immer noch der gleiche Mistkerl!»

Sie wollte gerade die Tür zuknallen, als die Klingel erneut schrillte. Verflucht! Das war mit Sicherheit Ben, der früh dran war. Dass Alain und er sich ausgerechnet in ihrem Treppenhaus begegneten, hatte ihr zu diesem verkorksten Start in den Tag gerade noch gefehlt. Sie überlegte kurz, ihm einfach nicht zu öffnen. Aber dann würden sich die beiden Männer vor dem Haus treffen statt auf der Treppe. Auch nicht besser.

Seufzend drückte Lena auf den Türöffner, und als sie unten die Tür aufgehen hörte, rief sie durchs Treppenhaus hinunter: «Ich komme gleich.»

Sie schnappte sich ihre Tasche und zog die Tür hinter sich zu.

Wortlos machte Alain auf dem Absatz kehrt und lief vor ihr die Stufen hinunter. Während Alain schon fast unten angekommen war, hörte Lena Bens Schritte unten im Flur und rannte etwas schneller. Fast hatte sie Alain eingeholt, als sich die Männer am Treppenabsatz gerade begegneten. Bens

Augen verengten sich bei Alains Anblick, seine Miene wurde finster.

Alain blieb direkt vor ihm stehen. «Ach», sagte er gedehnt, mit einer Stimme, bei der Lena die Galle hochkam. «Wenn das nicht der gute Ranger ist, der glaubt, Greeneagle wäre vom Teufel höchstpersönlich geschickt.»

Er wollte an Ben vorbeigehen, doch dieser stellte sich ihm in den Weg. Er überragte ihn gut um eine Kopflänge und sah jetzt demonstrativ auf ihn hinunter. Kühl erwiderte er: «Und wenn das nicht der kleine Eventfuzzi mit dem großen Ego ist.»

Alain schnappte hörbar nach Luft, doch Ben schob ihn einfach mit einer Hand zur Seite und ging dann seelenruhig die Treppe hinauf.

Wortlos stürmte Alain zur Tür hinaus und ließ sie mit einem Knall zufallen.

Lena stieß heftig die Luft aus. «Dieser Vollidiot!»

Ben sah sie an, und sie erwiderte seinen Blick. Er hatte so unfassbar schöne, dunkelblaue Augen! Unwillkürlich begann ihr Herz schneller zu schlagen. Ihr Vorsatz, ihm neutral zu begegnen, würde nicht so einfach werden, wie sie sich das gedacht hatte. Sie würde sich zusammenreißen müssen, um ihn nicht ständig wie ein verliebtes Schaf anzustarren. Hastig richtete sie den Blick irgendwo auf einen Punkt an der Wand und fügte hinzu: «Na, dann lass uns mal loslegen.» Was für ein dämlicher, aufgesetzt klingender, idiotischer Satz, schalt sie sich und biss sich auf die Lippen. Hätte sie nicht einfach Hallo sagen können?

Er erwiderte nichts und schwieg auch, während sie zusammen durch den Flur zur Tür gingen, obwohl Lena sich sicher war, dass er eine Menge Fragen zu Alains Anwesenheit hier bei ihr hatte. Nach dem, was in der Gemeinderatssitzung vorgefallen war, konnte sie ihm das nicht verdenken.

«Er stand einfach vor der Tür, kurz bevor du gekommen bist. Angeblich wollte er sich entschuldigen, doch es war erbärmlich. Er hat versucht, sich mit mir wieder gut zu stellen, weil er glaubt, mich noch zu brauchen.»

«Du brauchst dich vor mir nicht zu rechtfertigen», erwiderte Ben und öffnete die Haustür.

«Ich weiß!» Wütend ballte sie die Fäuste. «Aber ich will, dass *du* weißt, wie wütend dieser Kerl mich macht. Am liebsten hätte ich ihn, ich hätte ...»

«Ich glaube, du hast genug getan. Er sah jedenfalls ziemlich angepisst aus», gab Ben mit einem trockenen Lächeln zurück. «Dafür hat's offenbar nicht mal eine Ohrfeige gebraucht.»

«Manchmal braucht's die aber auch», sagte Lena, schon wieder ein wenig beruhigter, und sah ihn halb schuldbewusst, halb provozierend an.

Zu ihrer Überraschung nickte er friedfertig. «Stimmt.»

Sie waren am Auto angekommen, und Lena wollte einsteigen, doch plötzlich verzog sie schmerzhaft das Gesicht. Ihr lädiertes Knie! Für einen kurzen Moment hatte sie es ganz vergessen. Mühsam zog sie sich in den Geländewagen.

Ben musterte sie prüfend. «Alles in Ordnung?»

Lena nickte. «Klar. Das Knie tut immer noch weh, aber es geht schon.» Mit zusammengebissenen Zähnen ließ sie sich auf den harten Sitz fallen. Sehr komfortabel war Bens Auto nicht. Es wirkte eher wie ein mitgenommener Oldtimer, mit dem jemand schon vor dreißig Jahren auf der Rallye Paris-Dakar mitgefahren war.

«Und das da?» Fragend deutete er auf ihren Kratzer an der Wange.

«Auch gut. Mir geht's super, wirklich.» Sie betastete den verschorften Kratzer vorsichtig. Aus Eitelkeitsgründen hatte sie auf ein Pflaster verzichtet und hoffte, dass die Stelle nicht wieder zu bluten begann.

«Sieht ziemlich verwegen aus.» Ben grinste. «Vielleicht bleibt eine Narbe, dann kannst du dich Scarface nennen. Oder Die mit dem Bussard kämpfte.»

«Na, danke auch schön.» Lena verdrehte die Augen. «Davon hab ich schon immer geträumt.»

5

Von den acht Paar Weißwürsten hatte es sechs Paar zerrissen, wie sein Vater immer gesagt hatte. «Zerrissene Weißwürst kannst nur noch den Schweinen geben.»

Unglücklich starrte Jack auf das Wurstdesaster im Topf, doch Miri lachte nur. «Das ist doch Quatsch. Die schmecken noch genauso gut wie vorher. Was meinst du, wie oft mir das schon passiert ist?»

Sie lachte noch mehr, als Jack ihr beim zweiten Paar – Miri aß tatsächlich auch zwei Paare und zwei Brezen dazu und schüttelte auch beim angebotenen Weißbier nicht den Kopf – erzählte, dass dieses Malheur nur deshalb passiert war, weil er sich noch mal umgezogen hatte. «Ich wollt nicht ausschauen wie der Glöckner Albert vom Pfarrgemeinderat, der immer die Lesungen macht.» Er machte ein zugeknöpftes Gesicht und raunte: «Liebe Pfarrgemeinde ...»

«Ich war auch extra beim Friseur», gab Miri zu, nachdem sie sich die Lachtränen mit der Serviette aus den Augenwinkeln gewischt und dabei ein wenig ihre Wimperntusche verschmiert hatte. «Alle sagen, ich hätte eine Frisur wie ein Vogelnest und man könnte gleich erkennen, dass ich von der Vogelwarte komme.»

«Ich find deine Haare wunderschön», widersprach Jack. «Sind halt a bissl wild und schwer zu bändigen, das ist doch gut, das passt zu dir.»

Miri sah ihn an. «Na, wenn du das so siehst ...» Sie grinste und fuhr sich mit beiden Händen durch ihr ordentlich gewelltes Haar, bis es wieder zerzaust war.

Jack lachte und fühlte sich dabei so unbeschwert wie schon

lange nicht mehr. Sie tranken noch ein zweites Weißbier, und dann zeigte er ihr das Haus.

Felix hatte sich, gleich nachdem er Miri hereingelassen hatte, mit einem Stapel Weißbrot, dem Nutellaglas und einer Flasche frischer Kuhmilch vom Bauern nebenan in sein Zimmer verzogen und war nicht mehr aufgetaucht.

Jack war dankbar dafür. Er liebte seinen Sohn und fand es wunderbar, dass Felix sich entschieden hatte, bei ihm zu leben. Aber in dieser für ihn selbst so ungewohnten Situation wäre sein halbwüchsiger Sohn doch eher ein Risikofaktor gewesen.

Als er Miri in die Werkstatt führte, blieb sie entzückt mitten im Raum stehen. «Das sieht ja aus wie in einem Heimatmuseum», rief sie und drehte sich einmal um ihre eigene Achse. «Wunderschön, dass das alles so erhalten ist.»

Er fasste etwas Mut und zeigte ihr seine Arbeiten, neben dem Küchenbuffet auch kleinere Dinge: ein Wandschränkchen mit geschnitzten Verzierungen, eine Schmuckkassette mit Intarsien. Miri bewunderte alles mit einer Aufrichtigkeit, bei der ihm warm ums Herz wurde.

Vielleicht war es diese Aufrichtigkeit, mit der Miri ihm gegenübertrat, oder auch das zweite Weißbier, gepaart mit einer neuen plötzlichen Unbeschwertheit, die er nicht mehr loslassen wollte, die ihn dazu verleitete, unvorsichtig zu werden und schließlich alle Bedenken in den Wind zu schießen.

Sie schlenderten durch den Garten und ließen sich in der Hollywoodschaukel unter dem alten Walnussbaum nieder, schaukelten leise vor und zurück, und die Äste des Nussbaums kratzten über das Dach aus rotem Stoff. Um die verwilderten Sonnenauge-Stauden summten die Bienen, und es roch nach Geißblatt und ganz schwach nach Moder, der von den Polstern der Schaukel aufstieg. Er brauchte neue Sitzkissen oder gleich eine neue Hollywoodschaukel, wenn Miri von nun an öfter kommen würde, was er kaum zu hoffen wagte.

Gerade berichtete ihm Miri von ihrer gestrigen Aktion an der Wand über dem Gamskar, schilderte die Attacke des Mäusebussards auf Lena und ihren Sturz ins Seil in dramatischen Farben.

«Das hätte aber gscheit bös ausgehen können für Lena», meinte er und runzelte die Stirn. «Gott sei Dank war sie wenigstens oben gut gesichert. Herrgottsakrament, was für ein Leichtsinn!» Er schüttelte den Kopf.

Irgendetwas an seinem Tonfall oder seinem Gesichtsausdruck verriet ihn offenbar, denn Miri stoppte abrupt in ihrer Erzählung. «Ich glaub nicht, dass das leichtsinnig war. Das war einfach nur Pech», verteidigte Miri Lena auf der Stelle. Sie beugte sich vor und sah ihm forschend ins Gesicht. «Hast du ein Problem mit Lena?»

«Aber nein, wieso denn?», entgegnete er empört. «Ich mag sie.»

«Man hat auch anderes gehört», antwortete sie vorsichtig. «Du hast verhindern wollen, dass sie Bergwachtsleiterin wird.» Als er sie überrascht ansah, hob sie die Arme. «Du weißt doch, die Leute reden.»

Er zuckte mit den Schultern und seufzte. Und ob er das wusste. «Ja, da war ich nicht ganz fair», gab er schließlich zu. «Aber es stimmt nicht, dass ich die Lena nicht mag. Im Gegenteil. Eigentlich mach ich mir eher Sorgen um sie.» Nachdenklich hielt er inne. «Nein, das ist auch nicht ganz richtig», fuhr er dann fort. «Es stimmt schon, am Anfang war ich stinksauer auf den Franz, weil er mich übergangen hat, aber ich hab außerdem geglaubt, es ist nicht richtig, dass sie jetzt schon Bergwachtsleiterin wird. Aber nicht, weil ich sie nicht schätze. Sie ist die beste Bergsteigerin, die ich kenne, und ein pfundiges

Mädel. Also ...», er warf Miri einen vorsichtigen Seitenblick zu, «ich meine, eine tolle Frau. Sie macht ihre Sache gut.»

«Aber?», wollte Miri wissen.

«Die Lena ist eine Gams. Sie gehört nach draußen, auf die Berge und nicht hinter den Schreibtisch. Als Leiterin hat sie so viel Papierkram zu machen, das geht jetzt erst richtig los. Sie muss größere Einsätze von der Geschäftsstelle aus koordinieren, wie jetzt den Trail, da kann sie nicht dabei sein, und ich find, das passt nicht zu ihr. Die Lena muss draußen sein. Da ist sie richtig. Und da braucht die Truppe sie.»

«Und das ist alles?» Miri sah ihn forschend an.

Jack erwiderte ihren Blick und seufzte. «Nein», gab er zu. «Das ist nicht alles.»

Er konnte nicht sagen, wieso er sich genau in diesem Moment, auf der alten Hollywoodschaukel unter dem Nussbaum, den seine Großeltern gepflanzt hatten, entschied, das Versprechen, das er Franz einst gegeben hatte, zu brechen und die Wahrheit auszusprechen, die ihn so lange schon belastete.

Miri hörte ihm zu, wie er anfangs stockend, dann immer flüssiger erzählte, und sie unterbrach ihn kein einziges Mal. Auch dann nicht, als ihm die Tränen kamen und er kaum mehr weitersprechen konnte. Sie nahm nur seine Hand und streichelte sie sanft. Irgendwann war alles gesagt. Miri stieß die Schaukel mit den Füßen wieder an, lehnte sich zurück und sah in den Himmel, der auch heute wieder makellos blau war. Während sie sich sanft vor und zurück bewegten, sagte sie leise: «Und das hast du neunzehn Jahre lang für dich behalten?»

«Ich hab's versprochen», erwiderte Jack, ebenso leise. Eine Amsel kam und hüpfte vor ihnen übers Gras. «Franz meinte, es wäre besser so.»

«Ich kann ihn schon verstehen, wobei ich mir nicht ganz

sicher bin, ob er wirklich nur Lena im Blick hatte und nicht auch den Ruf der Bergwacht. Es war besser für euch alle, zu schweigen.»

Unglücklich schüttelte Jack den Kopf. «Aber es lässt mich nicht los. Ich träum dauernd davon, ich kann Lena nicht mehr anschauen, ohne daran zu denken, und ich bin unkonzentriert, gereizt. Ich schade der Truppe und hab überlegt aufzuhören – gleich nach dem Trail.»

Miri richtete sich auf und stellte ihre Beine auf den Boden. Die Schaukel stoppte abrupt. «Blödsinn! Du läufst jetzt nicht einfach davon», sagte sie streng.

«Aber was soll ich denn tun?», rief er und spürte, wie die alte Verzweiflung wieder in ihm aufwallte und alle Leichtigkeit des Frühstücks einfach verschluckte.

«Da fragst du noch?» Miri sah ihn kopfschüttelnd an. Dann nahm sie wieder seine Hand und drückte sie sanft. «Du musst mit ihr reden. So bald wie möglich.»

6

Während der kurzen Fahrt zu Hermann Grieser sprachen Ben und Lena kaum. Sie hatte ihm die Straße und die Hausnummer genannt, die im Einsatzbericht stand, mehr Unverfängliches war ihr nicht eingefallen. Auch Ben wirkte distanzierter als gestern. Es war, als stünde jener Moment der Nähe, den sie am Rabenstein erlebt hatten, nun unausgesprochen zwischen ihnen. Zu einer neutralen Freundschaft war es noch ein weiter Weg, zumindest aus Lenas Sicht, die nur an Bens Umarmung denken musste, um wieder nervös zu werden.

Womöglich war ihm sein gestriges Verhalten ihr gegenüber inzwischen unangenehm, überlegte sie, während sie unauffällig aus den Augenwinkeln sein kantiges, verschlossenes Profil betrachtete. Oder aber sie interpretierte alles völlig falsch, und da war gar nichts gewesen? Er hatte sie schließlich nur hochgezogen. Das hätte jeder in dieser Situation getan. Und sie musste ihm gleich um den Hals fallen! Ihr wurde heiß vor Verlegenheit. Kein Wunder, dass er nicht genau wusste, wie er sich ihr gegenüber jetzt verhalten sollte. Sie musste ihm irgendwie klarmachen, dass er sich deswegen keine Sorgen zu machen brauchte. Schließlich hatte er eine Freundin. Und er wusste, dass sie es wusste – oder nicht? Musste sie es noch mal einflechten – so ganz kumpelhaft und unverfänglich? Wie unter alten Freunden. Damit müsste ihm dann doch klar werden, dass sie nichts von ihm wollte.

Genervt von sich selbst schloss sie die Augen und lehnte sich zurück. In ihrem Kopf herrschte ein ähnliches Gefühlschaos wie bei einer Dreizehnjährigen, die unglücklich in ihren

Banknachbarn verknallt war und ihr Tagebuch mal mit überschäumend schwärmerischen Gedanken, mal mit bemüht altklugen Gegenargumenten vollkritzelte.

«Das ist es.» Bens Stimme riss sie aus ihren Grübeleien.

Sie öffnete die Augen, und er deutete nach rechts zu einem hübschen, im alpenländischen Stil gebauten Haus. Lena musterte das Gebäude mit der breiten Auffahrt. Grüne Fensterläden, Blumenkästen am Balkon, ein Bauerngarten mit Gemüsebeeten und blühenden Stauden, eine alte, schon etwas schiefe Kinderschaukel im rückwärtigen Teil des Gartens. In einer Garage standen zwei Autos, beide mit Garmischer Kennzeichen. Außerdem befand sich gegenüber der Haustür ein kleineres Nebengebäude, vielleicht ein ehemaliger Stall.

Ben beugte sich zu ihr hinüber und deutete aus ihrem Fenster. «Siehst du das Gitter da hinter dem Haus? Das könnte eine Voliere sein.» Dabei kam er ihr so nahe, dass ihr sein Geruch in die Nase stieg, irgendein herbes Rasierwasser und Holzrauch, was sie an Res und die Alm erinnerte. Was veranstaltete Ben zu Hause? Saß er vor einem Lagerfeuer und grillte sein Essen am Spieß?

Lena atmete tief ein, versuchte, das Kribbeln in ihrem Magen zu unterdrücken, und schaute in die angedeutete Richtung. Tatsächlich war da so etwas wie ein großer Käfig an der Rückseite des Nebengebäudes zu sehen. «Könnte sein. Welche Vögel mag er wohl halten?»

«Ich tippe auf Tauben. In dem Gebäude könnte sich ein Taubenschlag befinden.» Er deutete auf den Dachfirst, wo tatsächlich zwei Tauben saßen. «Rassetauben werden meist ausschließlich in Volieren gehalten, weil es angeblich zu viele Greifvögel gibt, aber Brieftauben brauchen regelmäßigen Freiflug», erklärte er und machte noch immer keine Anstalten, sich wieder auf seinen Sitz zurückzuziehen, was Lena ganz hibbelig machte. «Das würde passen.» Triumphierend sah er sie an. «Viele Taubenzüchter hassen Greifvögel. Sie geben ihnen die Schuld an jeder Brieftaube, die nicht mehr zurückkommt. Dabei gibt es tausend andere Gründe dafür. Autoverkehr, Hochspannungsleitungen, Windräder ...»

Er verstummte, und ihre Blicke trafen sich. Er war ihr jetzt so nah, dass sie den Kopf nur ein paar Zentimeter hätte bewegen müssen, um ihn zu küssen. Oder er sie.

«Äh ... ja ... schlimm», stammelte sie, von seiner Präsenz zu sehr abgelenkt, um eine qualifiziertere Antwort zu geben. Verflucht noch mal, warum blieb er nicht auf seiner Seite des Autos? Hastig öffnete sie die Tür und machte sich bereit zum Aussteigen, um wieder etwas Distanz zwischen sich und Ben zu bringen. «Na, dann los. Lass uns reingehen», sagte sie enthusiastischer als nötig.

Ben nickte, lehnte sich endlich wieder zurück und stieg dann aus. Lena tat es ihm nach, wobei sie darauf achtete, auf dem linken Bein zu landen, um ihr schmerzendes Knie nicht zu belasten. In der Zeit ließ Ben Hilde aus dem Fond, die sofort auf Lena zugelaufen kam, um sie zu begrüßen. Lena fand es recht beruhigend, dass der große Hund sie begleitete. Selbst wenn man wusste, wie sanft Hilde eigentlich war, flößte einem allein ihre schiere Größe Respekt ein. Überdies hatte Hilde bewiesen, dass sie durchaus alles andere als sanft sein konnte, als sie einmal Mike, dem Wirt der Bongo-Bar, wegen eines Joints in seiner Hosentasche fast an die Kehle gesprungen wäre.

Als Ben sie an die Leine nahm, bemerkte Lena, dass er einen Rucksack geschultert hatte. «Was hast du dabei?», fragte sie leicht beunruhigt.

«Wieso?», fragte Ben unschuldig.

Lena deutete wortlos auf den Rucksack.

«Nur etwas, was unser lieber Herr Grieser sehen sollte.»

Das klang nicht besonders beruhigend. Einerseits war Lena unbedingt dafür, diesem Herrn die Meinung zu geigen. Andererseits wusste sie nicht, ob sie sich wirklich darauf verlassen könnte, dass Ben nur reden wollte. Wenn sie an den Ben von früher dachte, traute sie ihm ohne Weiteres zu, Herrn Grieser seine Meinung mit den Fäusten begreiflich zu machen.

Sie betraten die Einfahrt, und während Lena vor der Haustür stehen blieb, warf Ben einen Blick um die Ecke des Nebengebäudes.

Als er zurückkam, nickte er. «Tauben», sagte er leise. «Er ist es ganz sicher.»

Mit einem flauen Gefühl im Magen drückte Lena auf die Klingel. Sie hörten den melodischen Dreiklang durchs Haus schallen, dann näherten sich Schritte.

«Ja bitte?» Die Frau, die ihnen öffnete, war etwa Ende fünfzig, rundlich, mit kurzen, schon leicht ergrauten Haaren, einem runden, freundlichen Gesicht und roten Wangen.

«Frau Grieser?», fragte Lena.

«Ja?»

«Ich bin Lena Veith von der Bergwacht Bichlbrunn. Es gibt neue Erkenntnisse wegen des Unfalls Ihres Mannes, wir müssten bitte kurz mit ihm sprechen.»

«Erkenntnisse?» Verwirrt sah Frau Grieser von Lena zu Ben und blieb schließlich bei Hilde hängen. «Was denn für Erkenntnisse?»

«Wir haben vermutlich sein Fahrrad gefunden», sagte Ben.

«Ach ja?» Das Gesicht der Frau hellte sich auf. «Gott sei Dank! Wir wollten gerade mit dem Mittagessen anfangen, meine Tochter und Max, unser Schwiegersohn, sind mit unserer Enkelin da. Aber das macht nichts, kommen Sie nur rein. Die werden sich mit Hermann freuen.» Sie machte einen Schritt beiseite und ließ sie eintreten. «Das E-Bike war ein Geschenk unserer Tochter zum Sechzigsten», erzählte sie, während sie mit Lena und Ben voran durch den Flur ging. «Hermann hat sich so gegrämt, weil es nicht mehr da war.»

«Was meinen Sie damit, es war nicht mehr da?», fragte Lena nach.

Der Flur war blitzsauber und aufgeräumt. Gerahmte Familienbilder hingen an der Wand, und auf den Holzdielen lagen bunte Flickenteppiche. Im Eingangsbereich hing ein überdimensionaler Filzpantoffel mit Gästehausschuhen. Es duftete nach Schweinebraten mit Soße und Knödeln.

Alles sehr gediegen und anständig, dachte Lena. Hoffentlich täuschten sie sich nicht mit ihrer Vermutung.

«Hermann ist gleich hingefahren, um es zu holen, nachdem er aus dem Krankenhaus entlassen wurde, aber da war es weg. Er vermutet, dass es gestohlen wurde.»

«Wo hatte er es denn abgestellt?», wollte Lena wissen, während sie einen Blick mit Ben wechselte. «Während des Rettungseinsatzes hat er uns nichts dazu gesagt, sonst hätten wir es geholt.»

«Irgendwo in der Nähe der Vogelwarte, glaube ich», erwiderte Frau Grieser. «Er war wohl ziemlich durcheinander nach dieser Nacht da draußen, da ist es ihm nicht gleich eingefallen, hat er gemeint. Aber das können Sie ja mit ihm gleich selber besprechen.» Sie ging durch ein geräumiges Wohnzimmer auf eine Terrasse, die auf den rückwärtigen Garten hinausführte. Unter einer gestreiften Markise, eingerahmt von mehreren blau und rosa blühenden Hortensien in glasierten Töpfen, saßen vier Personen an einem mit bunten Servietten und Stoffsets gedeckten Tisch. Die Bratreine mit Schweinebraten und eine Schüssel Knödel standen bereit.

«Überraschung!», rief Frau Grieser fröhlich ihrer irritierten Familie entgegen, und Lena tat die Frau ein wenig leid. Mit der Überraschung, die jetzt folgen würde, rechnete Frau Grieser ganz sicher nicht.

Am Tisch saßen neben Hermann Grieser, den Lena sofort wiedererkannte, ein jüngeres Paar und ein etwa dreizehnjähriges Mädchen.

«Die beiden Herrschaften sind von der Bergwacht», sprudelte Frau Grieser los. «Sie wollen dir etwas sagen, Hermann.» Sie ging zu ihrem Mann und setzte sich in freudiger Erwartung neben ihn.

«Vielleicht wollen Sie lieber drinnen mit uns sprechen, dann kann ihre Familie in Ruhe essen?», fragte Ben mit einem vielsagenden Blick auf die Tischrunde.

«Aber nein!», rief Frau Grieser, bevor ihr Mann antworten konnte. «Wir wollen es alle hören.» Sie zwinkerte ihrer Tochter zu.

Hermann Grieser kniff die Augen zusammen. «Worum geht's denn?», fragte er nicht besonders freundlich.

Wenn er der Täter war, spielte er den Ahnungslosen ziemlich gut, das musste Lena ihm lassen. Er wirkte ungehalten, aber nicht beunruhigt. «Schießen Sie schon los, damit der Braten nicht kalt wird.»

Ben trat näher an den Tisch, und Hilde, die bis dahin ruhig neben ihm gesessen hatte, stand auf und folgte ihm, als hätte er ihr ein Kommando erteilt. Sie blieb dicht neben Ben stehen. Griesers Schwiegersohn, der direkt danebensaß, rückte ein paar Zentimeter zur Seite. Ben zückte sein Handy und zeigte Hermann Grieser ein Foto von dem Fahrrad, das er am Rabenstein gefunden hatte. «Ist das Ihr Mountainbike?»

Grieser warf einen kurzen Blick darauf. «Keine Ahnung. Ich glaub nicht», brummte er und griff nach Messer und Gabel.

Interessiert beugte seine Frau sich zu dem Handy und betrachtete das Foto ebenfalls. «Aber natürlich ist das dein Rad!», rief sie. «Das ist doch der Tacho, den ich dir geschenkt habe. Und schau mal, die Lenkradtasche ...»

Ihr Mann sah sich widerwillig das Foto noch einmal an. «Ja, du hast recht. Jetzt sehe ich es auch.»

«Also ist es Ihr Rad?», fragte Ben noch einmal nach.

Beide nickten. Hermann Grieser wirkte dabei allerdings keineswegs so erfreut, wie man hätte erwarten können. Inzwischen war Lena überzeugt, dass sie recht hatten: Der Mann war der Greifvogelmörder.

«Wo haben Sie es denn gefunden?», wollte Frau Grieser wissen.

«Am Rabenstein. Oberhalb des Gamskars», antwortete Ben, und Lena bemerkte, wie genau er den Mann musterte. Ihm würde keine Reaktion entgehen, auch wenn sie noch so winzig war.

Grieser blinzelte kurz, wich Bens scharfem Blick aus, fing sich aber sofort wieder und verschränkte mit empörtem Gesichtsausdruck die Arme vor der Brust. «Dann haben Sie hoffentlich auch die Grattler erwischt, die's mir gestohlen haben?»

«Von einem Diebstahl wissen wir nichts. Als wir Sie nach dem Rettungseinsatz nach Ihrem Rad gefragt haben, konnten Sie uns keine Antwort geben», erwiderte Lena.

Grieser zuckte mit den Schultern. «Da war ich verwirrt. Ich war schließlich die ganze Nacht da draußen. Irgendwann danach ist's mir wieder eingefallen.»

«Haben Sie den Diebstahl der Polizei gemeldet?», erkundigte sich Ben.

«Wieso fragen Sie das?», blaffte Grieser, plötzlich ungehalten. «Was geht Sie das eigentlich an?»

«Aber Hermann!» Frau Grieser warf ihrem Mann einen erschrockenen Blick zu.

«Ja, was denn?», fuhr er seine Frau an. «Ich kann doch mit meinem Rad machen, was ich will, oder? Ich muss nicht zur Polizei gehen. Die finden die Diebe ja eh nicht.» Griesers Gesicht war jetzt gerötet, er schwitzte.

«Das Fahrrad wurde dort oben versteckt. Wir haben es nur durch Zufall gefunden. Hatten Sie vor, es zu holen, sobald Ihr Knöchel den Aufstieg wieder zulässt? Was für eine Geschichte hätten Sie Ihrer Frau dann erzählt? Dass Sie es plötzlich doch irgendwo wiedergefunden haben?» Bens Ton war ruhig, klang aber irgendwie dennoch drohend, fand Lena. Er machte das wirklich gut. Ben und seine Hündin schienen wie ein perfekt eingespieltes Team, Hilde schien zu spüren, dass hier irgendetwas vor sich ging. Ihre Ohren waren wachsam aufgestellt, und sie fixierte den Mann mit ihren goldgelben Augen so unverwandt, als überlegte sie, ihn über den Tisch hinweg anzuspringen, sollte er eine unbedachte Bewegung machen. Der Schwiegersohn der Griesers rückte noch ein paar Zentimeter weiter weg. Er hatte offensichtlich Angst vor Hunden. Und Hermann Grieser wirkte jetzt wie das personifizierte schlechte Gewissen.

«Ich hab keine Ahnung, wovon Sie da reden!», polterte er los. «Lassen Sie uns endlich in Ruhe, damit wir weiteressen können, verdammt noch mal.»

«Papa!» Seine Tochter sah ihn empört an. «Wieso bist du denn so unfreundlich zu den Leuten? Sie haben immerhin dein Rad gefunden.»

«Weil er ahnt, dass das Fahrrad nicht alles ist, was wir entdeckt haben», sagte Ben, noch bevor Grieser antworten konnte. Er bückte sich und öffnete seinen Rucksack, den er vor sich abgestellt hatte. Vorsichtig nahm er ein mit einem Geschirrtuch eingewickeltes Bündel heraus und legte es so behutsam mitten auf den Tisch, als wäre es zerbrechlich. «Ich möchte Ihnen etwas zeigen, Herr Grieser», fuhr er fort, noch immer in diesem ruhigen und gleichzeitig unheilvollen Ton. «Vielleicht können Sie uns dazu etwas sagen.»

Er schlug das Geschirrtuch auseinander, und Lena, die beim Anblick des Bündels schon geahnt hatte, was Ben vorhatte, hielt den Atem an. Auf dem Tisch, unmittelbar neben dem Schweinebraten, lag der tote Habicht, den Miri im Sternmoos gefunden hatte. Wieder sah Lena die tiefe Wunde, die das Fangeisen gerissen hatte, und ihr wurde leicht übel. Hier, im Sonnenschein, auf diesem hübsch gedeckten Tisch, war der Anblick noch viel brutaler als an jenem Nachmittag.

Es herrschte entsetzte Stille. Alle starrten auf den toten Vogel. Dann, plötzlich kam Leben in Hermann Grieser. «Was soll das?», brüllte er los und sprang auf. «Das ist eine Unverschämtheit. Ich werde die Polizei rufen ...»

«Tun Sie das», unterbrach ihn Ben kalt. «Lassen Sie sich mit Herrn Kaminski von der Dienststelle Bichlbrunn verbinden. Er hat die Anzeige wegen der illegalen Tötung des Habichts aufgenommen und auch Ihr Fahrrad sowie die beiden Fangeisen in Verwahrung, die wir am Gamskar und im Sternmoos gefunden haben. Vermutlich haben seine Leute die Fingerabdrücke darauf bereits ausgewertet.» Alle wandten den Kopf von dem Habicht zu Ben, der seinerseits Grieser weiter ungerührt musterte. «Wenn er kommt, wird er sich ein bisschen hier umsehen. Ich bin mir sicher, er wird noch mehr Fallen finden.»

«Herr Kaminski war übrigens einer der Bergwachtler, der Sie gerettet hat», ergänzte Lena und hörte, dass ihre Stimme vor Wut bebte.

Griesers Enkelin war die Erste, die ihre Sprache wiederfand. «Opa, was hast du gemacht?», fragte sie, vollkommen fassungslos.

«Nichts, ich ...» Grieser sah sich hilflos um.

Seine Tochter nahm das Mädchen in den Arm und drehte ihren Kopf weg, sodass sie den Habicht nicht mehr sehen konnte. «Kann jemand dieses Tier vom Tisch nehmen?», rief sie mit bebender Stimme.

Niemand reagierte, auch Ben nicht.

Hermann Grieser wandte den Blick von Tochter und Enkelin ab und sah zu seiner Frau. «Traudl, ich ...», begann er, doch sie ließ ihn nicht zu Wort kommen. Ihr freundliches Gesicht hatte sich zu einer wütenden Grimasse verzogen.

«Du hattest mir versprochen, das nie wieder zu tun», zischte sie.

«Aber diese Mistviecher krallen sich unsere Brieftauben!», verteidigte sich Grieser, und sein Gesicht lief dunkelrot an. «Die haben doch keine natürlichen Feinde, deshalb vermehren sie sich wie die Karnickel, und unsere Tauben müssen dran glauben ...»

Ben schlug den toten Habicht wieder in das Geschirrtuch ein und nahm ihn vom Tisch. «Das stimmt nicht, was Sie da sagen. Viele Greifvögel stehen auf der Roten Liste der bedrohten Tierarten, und auch die anderen, die es nicht tun, haben es in unserer Welt nicht leicht», sagte er. «Von anhaltendem Vermehren kann nicht die Rede sein. Diesen Vögeln fällt es auch ohne Menschen wie Sie schwer genug, überhaupt zu überleben, geschweige denn ihren Nachwuchs durchzubringen.» Er legte den Vogel zurück in seinen Rucksack und schulterte ihn. «Ich glaube, wir sind hier fertig», stellte er an Lena gewandt fest.

Sie nickte. Zu Frau Grieser sagte sie: «Entschuldigen Sie bitte, dass wir Ihr Mittagessen gestört haben. Ihr Mann sollte sich stellen. Das würde Herrn Kaminski Arbeit und Papierkram ersparen und könnte sich strafmildernd auswirken.»

«Da können Sie Gift drauf nehmen, dass er das tun wird», antwortete Frau Grieser. Ihre Miene verriet, dass sie ihren Mann wenn nötig an den Haaren nach Bichlbrunn schleifen würde.

7

Sie sprachen kein Wort, während sie das Haus der Griesers verließen, die Einfahrt hinab und zum Auto gingen. Erst als sie eingestiegen waren, Hilde im Fond, sahen sie sich an.

«Oh, mein Gott», sagte Lena leise. «Auch wenn er es verdient hat, in Hermann Griesers Haut möchte ich nicht stecken. Das Gesicht seiner Frau werde ich so schnell nicht vergessen. Wenn ich er wäre, würde ich mich jetzt fürchten. Und die Enkelin! Sie hat mir richtig leidgetan.»

«Mir auch.» Ben startete den Wagen und wendete. «Am Anfang bin ich so erschrocken gewesen, als ich sie dort habe sitzen sehen. Beinahe hätt ich's nicht übers Herz gebracht, den toten Vogel auszupacken.»

Lena nickte. «Aber es war gut so. Das Mädchen wird es schon verwinden. Du warst echt cool.» Sie sah ihn lächelnd an und spürte, wie die Befangenheit der Hinfahrt verschwunden war. «Du hattest was von einem Zauberkünstler, der ein Kaninchen aus dem Hut zaubert. Nur schwärzer.»

Ben grinste ein wenig schief. «Miri darf ich das gar nicht erzählen. Ich habe ihr versprochen, den Habicht gleich zu begraben. Hätte ich auch gemacht, aber dann war so viel los. Jetzt muss ich ihn schleunigst unter die Erde bringen.»

Einträchtig schweigend fuhren sie zurück nach Bichlbrunn. Als sie über die Nepomukbrücke fuhren, fragte Ben: «Soll ich dich wieder nach Hause fahren?»

«Nein. Lass mich bitte am Dorfplatz raus. Ich muss in die Geschäftsstelle.» Lena sah auf die Uhr: kurz vor zwei. Der Nachmittag würde ausgefüllt sein mit den Vorbereitungen des Trails in ein paar Tagen, sie musste auch die Dienstpläne für den neuen Monat erstellen und sich um die Abrechnungen und Anträge für Material und Ausrüstung kümmern. Nicht gerade ihre Lieblingsbeschäftigungen, aber als Bergwachtsleiterin konnte sie sich das nicht aussuchen.

«Ich muss auch noch arbeiten», sagte Ben. «Biber an der Katzenbachsiedlung umquartieren. Oder zumindest wollen Miri und ich versuchen, sie zum Umzug zu überreden.»

«Klingt doch ganz nett. Wollen wir tauschen? Ich rede mit den Bibern, und du setzt dich an meinen PC.»

«Eher nicht.» Ben machte ein angewidertes Gesicht. «Bürokram ist nicht so mein Ding.»

Lena lachte. «Stell dir vor, meines auch nicht. Zumindest dann nicht, wenn es überhandnimmt.»

Inzwischen hatten sie den Dorfplatz erreicht, doch anstatt einfach rechts ranzufahren und Lena aussteigen zu lassen, fuhr Ben in eine freie Parklücke und drehte den Motor aus.

«Also ... ähm», begann er und stockte dann wieder. «Ich dachte mir ... vielleicht ... wenn du Lust hast ... sollen wir noch auf unseren erfolgreichen Ausflug anstoßen?» Er rieb sich unerwartet verlegen den Nacken und sah dann Lena abwartend an.

«Du möchtest mit mir was trinken gehen?», fasste Lena Bens Gestammel amüsiert zusammen. Gleichzeitig machte ihr Herz einen kleinen Sprung. Bens souveräner Auftritt bei den Griesers, seine ruhige und dennoch toughe Art, Hermann Grieser mit seiner Tat zu konfrontieren, war nicht nur cool gewesen, er hatte auch dazu geführt, dass sie ihn schon wieder mit ganz neuen Augen sah. Sie hatte sich soeben noch ein wenig mehr in ihn verliebt, sofern das überhaupt möglich war.

Ben nickte so erleichtert, als hätte er auf eine Übersetzung aus einer exotischen Sprache gehofft. «Wir könnten noch kurz zu Paolo gehen, wenn du magst.»

«Gern.» Lena nickte, und wenn ihr Lächeln so glücklich aussah, wie es sich anfühlte, musste jeder Mensch, sofern er nicht mit Blindheit geschlagen war, auf zehn Meter Entfernung sehen, wie es um sie stand. Ihr Vorsatz, sich in Zurückhaltung zu üben, war jedenfalls krachend gescheitert. «Bürokram läuft ja nicht weg.»

Während sie nebeneinander über den sonnenbeschienenen Dorfplatz gingen, Hilde vor ihnen hertrabend, begannen in Lena die zwei Kontrahentinnen wieder zu streiten. Der Teenager mit der rosaroten Brille jubilierte, aktivierte noch ein paar mehr Schmetterlinge in Lenas Bauch und warf bei jedem Schritt Glitzer vor ihr aufs Kopfsteinpflaster, während das Fräulein Cool näselte. «Ihr geht zu Paolo in die Eisdiele, na und? Mach dir doch nicht gleich ins Hemd deswegen. Er würde mit *jedem* was trinken gehen, wenn es sich ergibt, da ist doch nichts dabei. Ein Date ist das jedenfalls nicht, falls du das glauben solltest. Denk an Victoria Pist ...»

Ja, ja. Lena wusste das alles. Natürlich war nichts dabei, mit Ben am Samstagnachmittag mitten auf dem Dorfplatz etwas trinken zu gehen. Aber er war erkennbar nervös gewesen, als er sie gefragt hatte. Das konnte man auch nicht ignorieren, oder?

An der Eisdiele war erwartungsgemäß viel los. Wochenende, die Sonne schien, und neben den üblichen Ausflüglern füllte sich der Ort schon langsam mit den Teilnehmern des Trails. Es war spürbar voller als sonst. Bei Paolo waren alle Plätze besetzt. Es war Hilde zu verdanken, dass Lena und Ben trotzdem einen Tisch ergatterten, denn als etwas frei wurde, zögerten andere Gäste, an Hilde vorbeizugehen, und so waren Ben und Lena schneller. Als Paolo an den Tisch kam, bestellten sie zwei Aperol Spritz.

«Va bene.» Paolo nickte. «Vielleicht ein Eis dazu? Ich könnte euch meine neue Spezialität empfehlen ...»

«Nein!», unterbrach ihn Lena energisch. Sie spürte keinerlei Verlangen, diesen kostbaren Moment mit Ben durch eine geschmacklich irritierende *creazione* zu zerstören.

Ein wenig beleidigt zog Paolo sich zurück und kam kurz darauf mit zwei orange funkelnden Gläsern zurück.

Ben war offenbar noch immer nervös. Er rutschte unruhig auf seinem Stuhl hin und her, fuhr sich durch die Haare, bis sie wild vom Kopf abstanden. Lena fand es unwiderstehlich. Am liebsten hätte sie hineingegriffen und sie noch weiter zerzaust – doch sie verbot sich, diesen Gedanken weiterzuspinnen, und griff stattdessen nach ihrem Getränk.

«Auf uns und unsere erfolgreiche Aktion?», fragte sie und hob das Glas.

Auf Bens Gesicht erschien sein seltenes und deswegen umso hinreißenderes Lächeln. Es verwandelte ihn, er wirkte regelrecht lausbubenhaft mit den leuchtenden Augen und den Grübchen auf den Wangen. «Auf uns. Und auf neue Zeiten.» Dies wiederum klang unerwartet tiefgründig, verlegen schüttelte er den Kopf und trank schnell einen großen Schluck. «Ich wünschte echt, ich wär ein bisschen geschmeidiger, im Small Talk und so», gestand er schließlich.

«So wie Alain vielleicht?», spöttelte Lena. «Der ist sehr geschmeidig.»

Ben verzog das Gesicht. «Okay. Dann lieber nicht.» Er ließ sein Glas in der Hand kreisen. «Wart ihr lange zusammen?»

«Ein paar Jahre.»

«Hast du ihn geliebt?»

Lena hob die Brauen, überrascht von der direkten Frage, dann überlegte sie. «Ich dachte schon, damals. Aber im Nachhinein ist mir klar geworden, dass ich vermutlich mehr in die Idee verliebt war, die er für mich verkörperte, diese Idee von Freiheit und Unterwegssein, von der ich dachte, dass ich sie brauche. Als ich erkannte, was für ein Mensch er wirklich ist, ging es nicht mehr.»

«Und was ist aus der Idee geworden? Von der Freiheit?»

Lena lächelte vage. Ihre alte Sehnsucht erfasste sie wieder, wie jedes Mal, wenn sie darüber nachdachte. Doch im Gegensatz zu früher war sie jetzt sehr viel weniger schmerzhaft, vermutlich, weil sie endlich angekommen war. Hier. In den Bergen. Sie wandte den Blick zum Wettersteinmassiv, sah zum Jubiläumsgrat hinauf. «Das ist eine lange Geschichte.»

«Vielleicht erzählst du sie mir mal?»

«Vielleicht.»

Jetzt. Jetzt wäre die Gelegenheit, nach Victoria zu fragen, nach *seiner* Liebe, *seinem* Leben. Lena öffnete den Mund, aber es kam kein Ton heraus. Sie saß einfach nur da, mit ihrem Aperitif in der Hand und Schmetterlingen im Bauch. Der vertraute Dorfplatz wirkte verändert, wie in honigfarbenes Licht getaucht, die Menschen, die darauf herumschlenderten, sahen schöner aus als sonst, sogar die Trail-Teilnehmer, unübersehbar mit ihrer grellbunten Sportkleidung, den Mottoshirts, den Shorts und den hautengen Lauftights. Die Sonnenstrahlen ließen ihren Drink aufleuchten, neben ihr am Tisch lachten Leute, fröhlich, unbeschwert, und sie hätte gerne Bens Hand genommen, diese große, kräftige Hand, in der das Cocktailglas so zerbrechlich aussah. Sie hätte gerne gesagt, lass uns zusammen an die Blaue Gumpe gehen, ich möchte mit dir schwimmen, ich möchte dich umarmen, im kalten, klaren Wasser, deine Haut spüren, ich möchte dich küssen. Ich möchte, dass du mir *Lady D'Arbanville* auf der Gitarre vorspielst, auf dem Felsen, wie damals. Lass uns gehen, jetzt, sofort.

Das Heulen eines Wolfes unterbrach ihre Gedanken. Sie zuckte zusammen.

«Entschuldige.» Ben zog sein Handy aus der Tasche seiner Jacke, schaute mit einem Stirnrunzeln auf das Display und ging dennoch dran.

Es war Victoria, Lena hörte es an der Stimme, die bis zu ihr drang. Sie sprach laut, sodass Lena jedes Wort verstehen konnte.

«Hi, Vicki», begrüßte er sie verhalten.

«Wo bist du? Ich war gerade oben an der Vogelwarte, aber da habe ich dich nicht angetroffen, jetzt bin ich wieder auf dem Weg ins Dorf ...»

«Ich bin in der Eisdiele.» Er warf Lena einen kurzen Blick zu. «Mit einer alten Freundin. Wir ...»

«Super!», unterbrach ihn Victoria. «Ich bin gleich da.» Die Verbindung wurde unterbrochen, und Ben legte das Handy zögernd weg. «Das ...»

«Victoria? Deine Freundin?»

«Ja», antwortete er sichtlich überrascht. «Kennst du sie?»

Lena nickte. «Hab ich dir doch schon erzählt. Wir haben uns zufällig kennengelernt. Hier in der Eisdiele, als sie ein Geschenk für dich abgeholt hat.»

Ben lachte kurz auf. «Ach ja. An meinem Geburtstag.» Er gab keine weitere Erklärung dazu ab, und Lena fragte nicht nach. Stattdessen trank sie von ihrem Aperol Spritz und dachte gleichzeitig daran, dass Alkohol sich vermutlich nicht besonders gut mit den Schmerztabletten vertrug, die sie am Morgen wegen ihres Knies eingeworfen hatte. Auch egal.

Die Blase der Glückseligkeit, in der sie sich gerade eben noch befunden hatte, war zerplatzt. Die Leute um sie herum waren nur noch ganz normale Menschen, weder besonders schön noch besonders fröhlich. Lena spürte, wie eine tiefe Trauer sie erfasste. Für einen kurzen Moment hatte sie die Realität ausgeblendet, war geschwebt, und die abrupte Landung fühlte sich hart und ziemlich unfair an. Ben schien sich ebenso unbehaglich zu fühlen wie sie. Er schwieg und starrte vor sich hin. Doch plötzlich nahm er ihre Hand.

Überrascht sah sie ihn an.

«Lena», begann er, und seine warmen, kräftigen Finger schlossen sich fester um die ihren. «Du sollst wissen, dass du ...» Er räusperte sich. «Was ich sagen möchte, ist, dass ich ...» Wieder sprach er nicht weiter. Lena bewegte sich keinen Millimeter, sie wollte das Gefühl nicht verlieren, das seine Hand auf ihrer in ihr auslöste. «Du bedeutest mir sehr viel, ich ...»

In diesem Moment sahen beide, wie Victorias champagnerfarbener Mini mit offenem Verdeck auf den Dorfplatz fuhr, und ihre Hände lösten sich ruckartig voneinander. Ungeachtet des Halteverbots blieb Victoria direkt vor ihnen stehen. Sie winkte freudig und sprang aus dem Auto. Hastig trank Lena noch einen weiteren Schluck, während Ben sein Glas zwar noch in der Hand hielt, aber vergessen zu haben schien, was man damit machte.

«Huhu!» Victoria kam zu ihnen gelaufen, fiel Ben um den Hals, küsste ihn, dann sah sie zu Lena. «Hallo, wir kennen uns doch! Du bist die Bergwachtsfrau, oder?»

Lena nickte stumm. Der klebrige, bittersüße Aperolgeschmack auf ihrer Zunge widerte sie plötzlich an.

«Was willst du hier?», fragte Ben.

«Mensch, du bist ja wieder charmant heute.» Victoria zog eine Schnute.

«Entschuldige, aber ich bin etwas überrascht. Ich dachte, wir hätten darüber geredet, dass ich am Wochenende arbeiten muss.»

«Oh, arbeiten nennt man das also?» Victoria deutete auf die beiden Aperitifs und zwinkerte Lena zu, als wäre die ihre

Verbündete, dann wandte sie sich wieder an Ben. «Da du nicht nach München kommen kannst, habe ich mir überlegt, dir bei deinem Biberumzug zu helfen!» Sie trat einen Schritt zurück und breitete die Arme aus. «Traraaaa! Da bin ich.» Jetzt erst sah Lena, dass Victoria zu Jeans und Shirt glänzend grüne neue Gummistiefel trug. «Wann geht's los? Ich bin bereit. Ich habe sogar Gartenhandschuhe dabei. Aus Kalbsleder!»

Ben sah Lena unschlüssig an, und sie nickte hastig. «Kein Problem. Geht nur, die Biber warten. Die beiden Spritz übernehme ich.» Sie lächelte mühsam.

Ben nickte und stand auf. «Danke. Das nächste Mal zahle ich.»

«Klar. Kein Problem.»

Lena sah Ben nach, wie er mit Hilde zu seinem Auto ging, während Victoria schon in ihren Mini gestiegen war und losfuhr. Seine große Gestalt entfernte sich langsam. Er ließ Hilde in den Wagen springen, dann stieg er ein und fuhr in Richtung Vogelwarte davon, ohne sich noch ein einziges Mal nach Lena umzudrehen.

Sie biss sich auf die Lippen. *Du dummes, dummes Luder!*, schimpfte Fräulein Cool in ihr. *Hast du etwa gedacht, dass er sie sausen lässt?*

Mit hastigen, wütenden Schlucken trank sie ihren Spritz aus, legte das Geld für die beiden Getränke auf den Tisch und stand auf. Sie sollte jetzt ins Büro gehen und all die liegen gebliebenen Arbeiten erledigen. Am Dienstag fand schon der Trail statt. Doch sie rührte sich nicht vom Fleck. Eine derartige Schwere hatte sie erfasst, dass sie das Gefühl hatte, keinen Schritt weiter gehen zu können. Der Gedanke, ihren PC anzuschalten und zu arbeiten, kam ihr geradewegs absurd vor.

Nachdem sie eine ganze Weile reglos dagesessen war, raffte sie sich schließlich auf und humpelte langsam hinüber zum

Rathaus. Das Foyer empfing sie ebenso kühl und leer wie ihr Büro, was ausgezeichnet zu ihrer Stimmung passte. Sie setzte sich auf ihren Stuhl und schaltete den PC ein. Verwaltungs- und Organisationsarbeit konnte manchmal ganz nützlich sein. Sie hielt einen vom Denken ab. Und vom Heulen.

Einsatzprotokoll

Dienstag, 30. August

Einsatzort: Teufelskopf – Black Devil Challenge
Bemerkungen: «Lena! Bitte! Sag was!»

1

Lena warf einen prüfenden Blick in den Himmel, als sie sich auf den Weg zur Dienststelle machte. Er war dunkel, bleigraue Wolken hingen tief über dem Wettersteinmassiv, und die Luft war gesättigt von Feuchtigkeit. In der Nacht hatte es ein heftiges Gewitter gegeben, es hatte stundenlang geregnet und war merklich kühler geworden. Noch immer regnete es leicht, überall lagen Blätter und kleine Äste auf der Straße, und die Luft an diesem Morgen roch bereits nach Herbst. In den Pfützen auf dem Asphalt spiegelten sich die Lichter der wenigen Autos, die schon unterwegs waren. Es war halb sechs, die Sonne war noch nicht aufgegangen, der Ort schlief noch.

In der Bäckerei brannte bereits Licht, Lena hielt kurz an und kaufte sich eine Butterbreze, bevor sie weiterradelte. Seit ein paar Tagen verfolgte sie den Wetterbericht genau, und es sah nicht gut aus. Es würde auch heute, am Tag des lang erwarteten Trails, wieder Regen geben, in höheren Lagen womöglich sogar Schnee.

Gestern Vormittag, nach einer Dienstbesprechung mit den Sektionen von Garmisch und Tirol, hatte die Bergwacht eine Empfehlung abgegeben, den Trail abzusagen oder zu verschieben. Das war vom Veranstalter jedoch wie erwartet ebenso ignoriert worden wie der Vorschlag, den sie vor einigen Wochen gemacht hatten, die Route zu entschärfen. Schon am Wochenende waren die Sponsoren, Presseleute und viele der Sportler angereist, am Montag waren der Tourbus des Showacts und die Veranstaltungstechniker eingetroffen, die die Bühne unweit des Waldweihers aufbauten. Eine der Wiesen in der Nähe war als Campingplatz ausgewiesen worden, dort standen zahlreiche Campingbusse, dazwischen verstreut kleine bunte Zelte. Der Ort war voll, vermutlich gab es kein einziges freies Zimmer mehr.

Als Lena wenig später den Besprechungsraum betrat, merkte sie sofort, dass irgendetwas nicht stimmte. Die Männer standen im Raum herum, keiner von ihnen hatte sich an den Tisch gesetzt, und sie hatten offenbar eifrig diskutiert. Jetzt verstummten sie, und alle sahen sie an.

«Was ist los?», fragte sie alarmiert.

Ferdi war der Erste, der sich äußerte. «Andi fällt aus.»

«Wie? Was soll das heißen?» Lena sah von einem zum anderen.

Alle außer Andi waren da. Auch Franz Schaller war gekommen. Er sei vollkommen wiederhergestellt, hatte er behauptet und darauf bestanden, eingesetzt zu werden. Lena hatte ihn zusammen mit Flo einem der unteren, nicht sehr risikoreichen Streckenposten zugeteilt.

«Andi hat sich gestern Abend beim Bowling am Fuß verletzt. Bänderriss», erklärte Ferdi.

Jack machte ein finsteres Gesicht. «Das ist ein echtes Problem.»

Lena konnte ihm nur recht geben. Er und Andi, die beiden erfahrensten Bergwachtler, waren knapp unterhalb des Gipfels, am Wendepunkt des Trails eingeteilt, beim Teufelsgatterl; Jonas und Ferdi einen Posten davor. In unmittelbarer Nähe, an der Kagelwandhütte, würden ein Arzt und eine der Eingreiftruppen der Garmischer Bergwacht stationiert sein, mit denen die vier in engem Funkkontakt standen, damit gleich gehandelt werden konnte, falls es zu einem Rettungseinsatz kommen sollte. Dieser Abschnitt war der gefährlichste des gesamten Wettbewerbs. Die Schlüsselstelle, wie der Veranstalter sensationsheischend verkündet hatte. Eigentlich war dieser letzte Teil überhaupt nicht für Läufer geeignet, das war zumindest Lenas Meinung, und damit stand sie nicht allein da. Allerdings nur innerhalb der Bergwacht, dieser «ewigen Bedenkenträger», wie ein Follower auf der Facebookseite der Veranstaltung sie betitelt und dafür eine Menge Zustimmung erhalten hatte.

Sie unterdrückte einen Fluch. So kurz vor Beginn jemanden wie Andi ersetzen zu müssen, war ein logistischer Super-GAU. «Ich muss nachdenken», murmelte Lena und trat vor die Einsatzpläne, die ausgebreitet auf dem Tisch lagen. In Gedanken schob sie die Leute hin und her, doch sie fand keine Möglichkeit. Sie brauchte jeden Einzelnen auf dem Posten, dem er zugeteilt war. Sie und ihre Kollegen aus Garmisch und Tirol hatten viele Stunden zusammengesessen, um die strategisch wichtigsten Stützpunkte der unterschiedlichen Routen festzulegen und ihre Leute je nach Erfahrung zu verteilen.

Noch bevor sie eine Entscheidung treffen konnte, meldete sich Franz zu Wort. «Ich kann Andis Aufgabe übernehmen. Der Posten, an dem ich eingesetzt bin, ist mit Flo ausreichend besetzt, es ist keine Risikostelle.»

Lena schüttelte den Kopf. «Das ist keine gute Idee. Erstens müssen immer zwei Leute bei jedem Posten stehen, und zweitens bist du erst seit ein paar Tagen aus der Reha entlassen. Du hast nicht genügend Kondition.»

«Schmarrn! Ich bin fit. Das pack ich mit links.»

Nochmals schüttelte Lena entschieden den Kopf. «Nein.»

Franz sah sie überrascht an. «Ich kenn den Teufelskopf wie meine Westentasche», sagte er langsam. «Ich bin da schon raufgegangen, da hast du noch in die Windeln gemacht. Da werd ich doch jetzt den Streckenposten ...»

«Ich habe Nein gesagt. Du bist noch nicht in der Verfassung.»

Franz zog die Brauen zusammen. «Lena, du kannst gar nicht beurteilen, ob ...»

«Lena hat recht», unterbrach ihn Jack forsch. «Und sie hat jetzt das Sagen, schon vergessen?»

Franz warf ihm einen verärgerten Blick zu. «Freilich nicht», sagte er, und es klang konsterniert. «Ich hab sie schließlich vorgeschlagen.»

«Aber gewählt wurde sie von uns», stellte Jack klar, und Franz kniff die Augen zusammen.

«Danke, dass du mich darauf hinweist», erwiderte er sarkastisch. «Das hätte ich jetzt glatt vergessen.» Die zwei Männer starrten sich wütend an. Jack stand steif mit vorgebeugtem Kopf da und hatte Ähnlichkeit mit einem wütenden Stier kurz vor dem Angriff – und Franz, sonst immer die Ruhe in Person, hatte seine Kiefer so fest zusammengepresst, dass die Sehnen am Hals hervortraten. Zwischen ihnen schien die Luft zu knistern. Lena musterte sie und fragte sich, was zur Hölle zwischen ihnen vorgehen mochte.

«Wir machen es ganz anders», entschied sie schließlich und trat zwischen die beiden, um ihr wortloses Duell zu unterbrechen. «Franz übernimmt meine Aufgabe und koordiniert den Einsatz vom PC und über Funk. Und ich gehe mit Jack auf den Posten oben am Teufelskopf.» Sie wandte sich Franz direkt zu. «Du kennst alle Teams, hast das schon oft gemacht und bist der Erfahrenste unter uns.»

Franz schwieg. Sie sah ihm an, dass er widersprechen wollte. Anscheinend hatte er ein Problem damit, von ihr Anweisungen zu erhalten. Aber was hatte er erwartet? Schließlich war es seine Idee gewesen, dass sie seine Nachfolgerin sein sollte. Ihre Blicke trafen sich, und Lena meinte, Bitterkeit und Zorn in seinen Augen zu sehen. Aber auch eine Besorgnis, die sie nicht zu deuten wusste.

Sie hielt seinem Blick stand. «Hast du ein Problem damit?»

Erst zögerte Franz, doch dann schüttelte er langsam den Kopf. «Nein. Das ist eine gute Idee.» Er wandte sich ab.

«Und ich bin dann ganz allein?», fragte Flo beunruhigt.

«Nein. Für dich hab ich auch eine Idee», erwiderte Lena. Sie ging nach nebenan ins Büro und schloss die Tür. Dann tippte sie Vroni Steigers Nummer ein.

«Hast du Zeit?»

«Jetzt?!», hörte sie Vronis überraschte Frage durch die Leitung.

«Jetzt», bestätigte Lena. «Wir brauchen dich.»

«Mich? Etwa für den Trail? Ich hab einen Einsatz? Echt?» Vronis Stimme kiekste vor Aufregung.

«Ja, zusammen mit Hannes Strobl. Kannst du ihm Bescheid geben?»

«Dem Hannes? Der ist auch dabei?» Die Begeisterung der Anwärterin sackte hörbar in sich zusammen.

«Ihr müsst über kurz oder lang eh als Team arbeiten, also rauft euch zusammen, das gehört dazu. Wenn ihr es jetzt gut macht, könnt ihr öfter bei Einsätzen dabei sein. Flo wird euch sagen, was zu machen ist. Eure Chance.» Lena sah auf die Uhr. «Wir treffen uns in einer halben Stunde unten am Ziel. In voller Ausrüstung. Vergesst die warmen Anoraks nicht. Es wird zapfig.»

Sie hörte, wie Vroni heftig einatmete. «Ja!», rief sie schließlich. «Ja. Ist gut. Ich bin sofort da!»

Lena legte auf und schloss für einen Moment die Augen. Die ständigen Querelen im Team zerrten an ihren Nerven. Jetzt hatten sich auch noch Jack und Franz in die Haare gekriegt, und dieses Mal hatte es nicht an Jack gelegen. Jedenfalls nicht nur. Franz war auch nicht besser gewesen. Was zur Hölle war nur los? Wenn der Trail vorbei war, würde sie ein paar Krisengespräche führen müssen. Doch jetzt hieß es erst einmal, diesen Einsatz professionell zu Ende zu bringen. Sie betastete prüfend ihr Knie. Hoffentlich hielt es durch. Es war nicht mehr geschwollen und tat auch kaum noch weh. Allerdings hatte sie das ganze Wochenende und auch heute Morgen noch Schmerztabletten genommen. Sonst zog sie immer einen Einsatz vor Ort dem Koordinationsjob am Schreibtisch vor, nur heute wäre es ihr eigentlich ganz recht gewesen, auf keinen Berg steigen zu müssen. Doch sie hatte keine Wahl gehabt. Andis Ausfall hatte keine andere Lösung zugelassen. Auf gar keinen Fall hätte sie Franz auf den Teufelskopf geschickt! Ganz gleich, was er behauptete, er war längst noch nicht fit. Sie konnte es ihm ansehen. Er hatte abgenommen, war mager, blass und wirkte gealtert. Es würde noch eine ganze Weile dauern, bis er wieder seine alte Form zurückhatte. Sie wäre eine schlechte Leiterin, wenn sie zugelassen hätte, dass er auf den Teufelskopf stieg, während sie im warmen Büro sitzen blieb. Das war eines der ehernen Grundsätze eines Bergwachtsteams: Man setzte die Leute nach ihren Fähigkeiten, nach ihrer Erfahrung und ihrer körperlichen Verfassung ein. Und sie war definitiv in besserer Verfassung als Franz. Lena beugte ein paar Mal ihr Knie. Es ging schon. Kein Problem.

«Vroni Steiger und Hannes Strobl werden Flo unterstützen», verkündete sie knapp, als sie schließlich wieder eintrat.

«Die beiden sind doch noch viel zu jung», wandte Franz ein.

«Sie sollen ja auch keinen Rettungseinsatz durchführen, dafür haben wir die Teams aus Garmisch und Tirol. Sie sollen nur als Streckenposten fungieren», entgegnete Lena. «Die beiden stellen sich gut an, das weiß ich von Andi, und sie wollen sich beweisen. Flo wird schon auf sie aufpassen, dass sie keinen Schmarrn machen.»

Florian Burgstaller, das Küken ihrer Truppe, nicht viel älter als die beiden, lief rot an. «Freilich!», sagte er und warf sich in die Brust. «Denen werd ich die Wadln schon vierehaun.»

Alle außer Franz lachten.

Sie machten sich zum Aufbruch bereit, zogen ihre Jacken an, schulterten die Rucksäcke. Franz hingegen setzte sich auf Lenas Stuhl und schaltete den Computer ein. Lena beobachtete ihn, wie er seinen Blick über ihren Schreibtisch schweifen ließ und einen Moment bei dem neuen Logbuch verharrte, das dort lag. Nachdem vor zwei Monaten in dem alten Logbuch ihres Vaters auch die letzte Seite vollgeschrieben gewesen war, hatte Lena sich ein neues, eigenes Logbuch gekauft, in dem sie ihre Einsätze weiter per Hand protokollierte, nur zum Spaß, ähnlich wie ein Tagebuch. Entsprechend persönlich waren auch manche Bemerkungen. Als sie sah, wie Franz es betrachtete, zögerte sie kurz, dann nahm sie das Buch und schob es in ihren Rucksack.

Halb verletzt, halb belustigt, sah Franz zu ihr auf. «Was soll das? Traust mir etwa nicht mehr?», fragte er leise.

Lena dachte an das Geheimnis, das er mit Jack teilte und das unausgesprochen zwischen ihnen stand. «Ich weiß nicht. Kann ich's noch?»

Franz gab keine Antwort. Er setzte sich das Headset auf und rief: «Jetzt schauts, dass ihr loskommts! Ich halt die Stellung.»

Sie fuhren zusammen zum Wanderparkplatz unterhalb des Teufelskopfs, wo sich das Ziel der Black Devil Challenge befand. Obwohl der Start erst für den Vormittag angesetzt war, waren die Vorbereitungen bereits im vollen Gange. Gerade wurde der Torbogen für den Zieleinlauf aufgeblasen. Die Begrenzungszäune waren schon in den letzten Tagen angebracht worden. Helfer in bunten Regenjacken befestigten die Banner der Sponsoren. Die Merchandising-Pavillons waren schon aufgebaut, und Lieferwagen standen herum, aus denen die Ware ausgeladen wurde: Shirts, Hosen, Laufschuhe, Regenbekleidung, Trinkflaschen, Rucksäcke und allerlei Schnickschnack. Aus den Boxen an der Bühne dröhnte Musik in den dämmrigen Morgen. Zwischen den Pavillons und dem Bewirtungsbereich war das Zelt der Bergwacht aufgebaut, der zentrale Stützpunkt, den sich alle drei Sektionen teilten.

Mit der Leiterin der Tiroler Sektion, die wegen der geografischen Nähe zu Bichlbrunn heute am Trail beteiligt war, arbeitete Lena gern zusammen. Rabea Hackl war Ende fünfzig, groß, rothaarig und hatte so viele Sommersprossen auf Gesicht und Armen, dass Lena ihre eigenen Sommersprossen gar nicht mehr der Rede wert fand. Sie stand schon mit ihren Leuten vor dem Bergwachtszelt und trank einen Becher Kaffee. Als Lena vom Rad stieg, winkte sie ihr zu. «Servus, Lena», rief sie ihr entgegen. «Hascht es scho glesen?»

«Grüß dich, Rabea. Was denn?», fragte Lena, noch während sie näher kam.

«Isch grad a neue Unwetterwarnung reinkommen. Vom österreichischen Wetterdienst. Das betrifft auch eure Seitn.»

Lena zückte ihr Handy, auf dem sie auch den österreichischen Wetterdienst abonniert hatte. Tatsächlich gab es eine ganz neue Unwetterwarnung. *Erhebliche Regenfälle, Temperatursturz und Schneesturm in den Berglagen*, stand dort. Lena fluchte. Als sich in den vergangenen Tagen der Wetterumschwung angekündigt hatte, hatte sie schon so etwas befürchtet.

Gerade als sie ihr Handy wieder einstecken wollte, klingelte es. Franz war am Apparat. «Du, ich hab grad eine Unwetter...»

«Ja, ich hab's auch grad gesehen», bestätigte Lena. «Wir müssen noch mal mit den Veranstaltern reden.»

«Das wird nix bringen», entgegnete Franz düster. «Die werden einen Teufel tun und jetzt noch absagen.»

«Aber sie *müssen* es absagen! Man kann die Leute doch nicht in einen Schneesturm schicken.»

«Vergiss es. Die blasen so eine große Geschichte erst ab, wenn es gar nicht mehr anders geht. Da ist viel zu viel Geld im Spiel. Keiner hat Lust, sich mit Schadensersatzforderungen rumzuschlagen, wenn am End doch die Sonn scheint.» Er seufzte. «Aber ich werd mich drum kümmern. Geht ihr los, damit ihr rechtzeitig oben seid, bevor sie losrennen.»

Lena legte auf und ging zu ihren Leuten, die im Zelt auf sie warteten. Auch die Garmischer hatten sich dort versammelt. Als sie eintrat, sah sie in viele beunruhigte Gesichter. Neben dem Hauptevent, der Black Devil Challenge, sollte es noch zwei weitere Läufe rund um den Teufelskopf geben, die leichter waren und durch Gebiete unterhalb der Baumgrenze führten. Sie wurden von den Garmischern und Tirolern betreut, ebenso der Weg vom Teufelskopf wieder zurück ins Ziel. Insgesamt waren rund vierzig Bergwachtler und andere Kräfte des Roten Kreuzes im Einsatz. Gerade machten sich alle fertig, um zu ihren Einsatzplätzen zu gehen.

Vroni und Hannes waren ebenfalls pünktlich gekommen und sahen Lena mit vor Ernst und Aufregung glühenden Gesichtern entgegen. Lena begrüßte sie und wechselte noch ein paar Worte mit Max Bader, dem Leiter der Garmischer Sektion, der ebenso besorgt wie sie und Rabea war. «Das ist kompletter Schwachsinn, bei den Wetterprognosen auf den Teufelskopf zu laufen», meinte er mit gerunzelter Stirn, und Lena pflichtete ihm bei.

Noch einmal wählte sie Franz' Nummer. «Hast du die Veranstalter erreicht?», wollte sie wissen.

«Ja. Ich hab mit einem Mitarbeiter von Alain Rochat gesprochen», erwiderte er verhalten.

«Und?», fragte Lena nach, obwohl sie bereits ahnte, was bei diesem Gespräch herausgekommen war: nämlich nichts.

«Er meinte, der Trail kann nicht abgesagt werden. Es wäre ein finanzielles Desaster, und dann hätte er neben möglichen Schadensersatzforderungen der Aussteller und Sponsoren auch noch die Beschwerden der Teilnehmer am Hals. Er geht davon aus, dass die Läufer alle durch sind, bevor das Wetter sich verschlechtert.»

«Was für ein Wahnsinn!», rief Lena. «So genau kann man das nicht wissen. Außerdem gibt es doch immer auch langsamere Läufer.»

«Hab ich ihm alles gesagt. Ich hab ihn auch drauf hingewiesen, dass der Veranstalter die Verantwortung trägt.»

«Und das war ihm egal?»

«Er hat mir einen Vortrag über die Eigenverantwortung der Läufer gehalten. Alle wurden auf die Gefahren im Hochgebirge hingewiesen und angehalten, für ausreichende Ausrüstung zu sorgen. Immerhin gibt es dieses Merkblatt.» Dies war das einzige Zugeständnis gewesen, das die Crazy-Heroes-Agentur der Bergwacht gegenüber gemacht hatte: Sie hatten ein Merkblatt entworfen. Darin waren langärmlige Kleidung, Wechselkleidung, Regenjacke, Wasserbehälter, Wärmedecke sowie ein Laufrucksack als Ausrüstung empfohlen worden. Die Läufer hatten unterschreiben müssen, dass sie dies zur Kenntnis genommen hatten.

Lena schnaubte. «Ein Merkblatt! Zur Pflicht hätten sie die Ausstattung machen müssen. Keiner dieser Leute nimmt mehr mit als unbedingt nötig, um kein Gewicht schleppen zu müssen. Die werden in Tops und Shorts da rauflaufen.»

Frustriert legte sie auf.

Als Max Bader sie fragend ansah, schüttelte sie nur den Kopf. «Nichts zu machen.» Sie winkte ihrer Truppe zu. «Lasst uns losgehen.»

Sie folgten zunächst dem Wanderweg in Richtung Teufelsklamm, um dann kurz unterhalb der Baumgrenze auf den Pfad abzubiegen, der direkt auf den Gipfel führte. Von Anfang an ging es ziemlich steil bergauf, zunächst über karge Wiesen und ein Geröllfeld, dann direkt durch Fels bis zur Kagelwandhütte, einer Schutzhütte unterhalb einer schroffen Felswand. Hier war der vorletzte Streckenposten des Aufstiegs. Wärmedecken, Tragen und medizinisches Material für größere Einsätze waren bereits per Helikopter dorthin geschafft worden, ebenso wie Getränke und Powerriegel zu den restlichen Streckenposten. Das Material für eine eventuell notwendige Erstversorgung an den anderen Posten trug jeder Bergwachtler mit seinem Rucksack selbst nach oben.

Von der Hütte führte nur noch ein schmaler Pfad durch die Kagelwand hinauf zum höchsten Punkt des Trails, dem Teufelsgatterl direkt unterhalb des Gipfels, wo sich der letzte Streckenposten des Aufstiegs befand. Dorthin mussten Lena und Jack. Vom Teufelsgatterl würde der Trail über einen anderen, etwas weniger herausfordernden, dafür um einiges längeren Weg durch das Höllental wieder hinunter ins Ziel führen. Wenn man gut zu Fuß war wie Lena und ihre Leute, bewältigte man den Aufstieg bis zum Gatterl in etwa vier bis viereinhalb Stunden. Die besten Läufer würden höchstens eine Stunde schneller sein, da sie aufgrund des unwegsamen Gebiets den größten Teil des Anstiegs nicht laufen, sondern auch nur gehen oder bestenfalls traben konnten.

Der Trail sollte um elf Uhr starten, bis dahin würden Lena und Jack gerade oben am obersten Streckenposten angekommen sein. Für die Wertung der Läufer gab es ein Zeitlimit von sieben Stunden, die besten wollten den Trail in unter fünf, vielleicht sogar knapp unter vier Stunden schaffen.

Die Bergwachtler gingen zügig, aber nicht zu schnell. Es war genug Zeit bis zum Start, und auch dann würde es noch eine Weile dauern, bis die ersten Teilnehmer die drei Streckenposten erreichten. Lena bildete das Schlusslicht. Sie versuchte, ihr Knie möglichst wenig zu belasten, denn der letzte Aufstieg von der Kagelwandhütte zum Gatterl würde noch herausfordernd genug sein. Vor ihr liefen Vroni und Hannes nebeneinander und unterhielten sich eifrig. Von einer feindseligen Stimmung, wie Vroni es ihr vor einigen Tagen geschildert hatte, war nichts zu spüren. Offenbar waren sie so motiviert und begierig darauf, sich zu beweisen, dass sie ihre kleinen Animositäten ganz vergessen hatten. Lena beobachtete sie ein wenig wehmütig.

So sollte es sein. Streit und Neid hatten in der Bergwacht nichts zu suchen. Und auch keine Geheimnisse.

Der Wald dampfte vor Nässe, Nebel hing zwischen den Bäumen, und von den Zweigen tropfte das Wasser. Der Weg war schlammig, überall rannen Rinnsale von den Anhöhen und versammelten sich zu kleinen Bächen.

Als Lena und die anderen aus dem schützenden Wald hinaustraten, wehte ihnen ein kalter Wind den Nieselregen ins Gesicht. Der Teufelskopf erhob sich dräuend über ihnen, der Gipfel war von Wolken verhüllt. Mit hochgezogenen Schultern und gesenkten Köpfen gingen sie weiter und erreichten nach etwa einer Stunde Marsch das Geröllfeld. Hier gab es ein paar Markierungen, kleine Steintürme, mit bunter Farbe besprüht, die den Läufern den Weg wiesen. Einsamen Wächtern gleich leuchteten sie aus dem Nebelgrau hervor, das über dem Geröllfeld hing.

Am Ende des Felds, etwas vom Wind geschützt unterhalb eines großen Felsbrockens, befand sich der erste Streckenposten, ein simpler Biertisch. Ein paar Kisten mit Getränken und Powerriegeln standen darunter. Dort waren Flo, Vroni und Hannes stationiert. Die beiden jungen Bergwachtsanwärter wirkten ernst und ein wenig angespannt, als sich Lena von ihnen verabschiedete, jedoch fest entschlossen, ihre Sache gut zu machen. Sie lächelte ihnen aufmunternd zu, zuversichtlich, dass es mit den beiden keine Probleme geben würde.

Zu viert gingen sie weiter, stiegen den felsigen Weg hinauf, bis sie eine Stunde später die Kagelwandhütte erreichten, wo sie einen kurzen Stopp einlegten. Lena nahm unauffällig noch eine weitere Tablette mit einem Schluck Wasser aus ihrer Wasserflasche. Der Weg war fast geschafft.

Die Hütte, im Sommer für Bergsteiger bewirtschaftet, befand sich unterhalb des Gipfels am Fuß der mächtigen Steilwand, der Kagelwand. Diese Wand war die Schlüsselstelle des Trails.

Von der 1911 aus Feldsteinen und Holz errichteten Hütte, die düster und abweisend wie eine Trutzburg auf einem kargen Vorsprung stand, führte ein schmaler, in den Fels gehauener Steig, nur teilweise mit Seilen gesichert, quer durch die Wand zum Teufelsgatterl. Von dort ging es über einen Klettersteig hinauf auf den Gipfel. Für die Teilnehmer des Trails bedeutete das Gatterl jedoch das Ende des Aufstiegs. Die Challenge verlief von dort über die Südflanke, durch ein weiteres Geröllfeld hinunter ins Höllental, dann in einer weiten Schleife um den Teufelskopf herum und schließlich wieder zurück bis zum Parkplatz. Die Route war trügerisch. Glaubte man, mit dem Gatterl das Schlimmste hinter sich zu haben, war der Lauf zurück über die Südflanke kräftezehrend, was weniger trainierten Läufern, die sich auf dem Weg zum Gipfel schon verausgabt hatten, zum Verhängnis werden konnte.

Ferdi und Jonas besetzten den Posten etwas unterhalb der Kagelwand, rund fünfhundert Meter von der Hütte entfernt. Lena schärfte ihnen nochmals ein, genau darauf zu achten, in welcher Verfassung die Läufer bei ihnen ankamen. Bei Teilnehmern, die schon am Ende ihrer Kräfte waren, mussten sie darauf drängen, dass sie den Lauf abbrachen und zum Aufwärmen und zur Versorgung in die Hütte gingen.

«Und wenn sie nicht wollen?», fragte Jonas zweifelnd.

«Ihr müsst darauf bestehen. Seid rigoros. Manchmal muss man die Leute vor sich selbst schützen.»

Jonas nickte, doch ihm war anzusehen, dass er sich auf diese Aufgabe nicht freute. Ebenso wenig wie Ferdi, der das Gesicht verzog und etwas von «uneinsichtigen Sturköpfen» murmelte.

«Zur Not informiert ihr den Notarzt, der in der Hütte

Bereitschaft hat», meinte Lena und klopfte ihnen auf die Schulter. «Das packt ihr schon. Wir bleiben in ständigem Kontakt.» Sie warf einen Blick nach oben. Die Wand war düster, mehr schwarz als grau, und troff vor Nässe. Ab der Hälfte war sie in dichte Wolken gehüllt. Sie schauderte trotz der warmen Jacke, die sie trug. Wenn sie in den Bergen unterwegs war, konnte sie auch schlechtes Wetter normalerweise nicht wirklich schrecken. Dennoch beschlich sie jetzt ein unheimliches Gefühl. Die Vorzeichen waren nicht gut. Andis Ausfall, die Diskussion mit Franz. Und dann diese Unwetterwarnung. Sie war beunruhigt. Bevor sie und Jack weitergingen, wandte Lena sich noch einmal an Ferdi und Jonas. «Welche Startnummer hat Nora Demir?»

Ferdi senkte den Blick auf seine Unterlagen. «Nummer elf.»

«Achtet auf sie», bat Lena. «Und sagt mir Bescheid, sobald sie durch ist.» Sie bemerkte, wie Jack, der den ganzen Aufstieg ungewohnt schweigsam gewesen war, ihr einen erstaunten Blick zuwarf, doch sie gab keine Erklärung ab. Das tiefe Gefühl der Beunruhigung, das sie plötzlich erfasst hatte, war mit Fakten wie dem schlechten Wetter nicht zu begründen. Vielleicht war es Intuition, vielleicht aber auch schlicht Blödsinn.

Schließlich brachen Jack und Lena zum Gatterl auf. Hintereinander stiegen sie langsam den schmalen Steig nach oben. Noch immer nieselte es nur leicht, doch hinter der Zugspitze ballten sich schwarze Wolken zusammen, die nichts Gutes verhießen. Als sie die Kagelwand auf halber Höhe durchquert hatten, traten sie in den Nebel ein, der den Gipfel umschloss. Augenblicklich wurde es ein paar Grad kälter. Feuchtigkeit legte sich auf Gesicht und Kleidung, und die Sicht wurde praktisch gleich null. Lena konnte kaum mehr als die ausgestreckte Hand vor ihren Augen sehen, jeder Schritt führte ins Nichts. Der Abgrund, an dem sie entlangging, war nicht mehr zu erkennen, ebenso wenig wie der Pfad, der weiter hinaufführte. Jack, der hinter ihr lief, war nur ein dunkler Schemen im alles einhüllenden Grau. Es war vollkommen still, nur ihre Schritte waren zu hören, Steine knirschten unter den Bergschuhen im gleichmäßigen Rhythmus, ab und zu löste sich ein größerer Brocken und kollerte in die Tiefe. Lenas Knie schmerzte nicht mehr, die Tablette zeigte Wirkung, doch es fühlte sich seltsam schwammig an und gab bei jedem Schritt ein wenig nach. Mit zusammengebissenen Zähnen ging Lena weiter. Als sie an eine steile Kehre gelangten, atmete sie auf. Gleich würden sie da sein, dann konnte sie das Knie etwas ausruhen. Bis zum Abstieg in etlichen Stunden würde es dann schon wieder gehen.

Schließlich waren sie am Gatterl angekommen, einer schmalen, halbwegs ebenen Stelle, wo letzte Flecken Moos, Flechten und dürres Gras sich mühsam gegen Wind, Sturm und Eis behaupteten, bevor es nur noch Steine und Felsen gab. Für einen Biertisch wie bei Vroni und Hannes gab es hier keinen Platz, die Vorratskisten, die der Helikopter heraufgebracht hatte, lagerten unter einem Felsvorsprung.

Jack ächzte auf, als sie die letzten Schritte darauf zumachten. «Das wird heut eine richtig ungemütliche Angelegenheit», brummte er und ließ sich auf eine der Kisten sinken.

Lena setzte sich neben ihn und sah trübsinnig in den Nebel. Normalerweise hatte man von hier eine atemberaubende Sicht auf das Wettersteingebirge, die Zugspitze und das Bichlbrunner Tal, doch heute sah sie nichts als Nebelschwaden und Wolkenfetzen, die der Wind vorübertrieb. Das Teufelsgatterl war ohnehin ein recht unwirtlicher Ort. Auch wenn die Sonne schien, pfiff und heulte der Wind stetig um die scharfkantigen Felsen. Im Schatten des wuchtigen Gipfels gab es Schneefelder, die den ganzen Sommer nicht schmolzen.

Hier war das Habitat der Gämsen, sie bevölkerten in kleinen Gruppen den Teufelskopf, und mit etwas Glück konnte man sie beobachten, wie sie ihre waghalsigen Sprünge hinunter ins Höllental machten. Doch heute war keine Gams zu sehen, das Gatterl war einsam und leer.

Sie und Jack wechselten ihre verschwitzte Kleidung und zogen sich ihre Fleecejacken unter den Anoraks an, dann packte Lena eine Thermoskanne heißen Tee aus und goss sich und Jack einen Becher voll ein. Ihr Knie fühlte sich heiß an, und der Stoff ihrer Bergsteigerhose spannte in der Kniekehle. Verdammt, es war doch wieder angeschwollen! Sie streckte das Bein flach auf den Boden aus. Sie musste durchhalten.

Ihr Funkgerät knackte. Es war einer der Kollegen vom Roten Kreuz, der im Zieleinlauf geblieben war. «Sie sind gestartet», meldete er. «Alle fünfhundert auf einmal. Hundert kommen zu euch rauf, falls es alle von ihnen schaffen. Kaum einer der Läufer hat eine Regenjacke dabei, trotz des Merkblatts. Die scheißen alle auf das Wetter.»

«Danke.» Lenas mulmiges Gefühl verstärkte sich. Sie beendete die Verbindung und sah Jack an.

«Was ist?», fragte er.

«Hast du eigentlich bei einem Einsatz schon mal gebetet?», wollte sie wissen.

Jack kniff die Augen zusammen. «Warum fragst du das?»

Lena hob den Blick zum Himmel. «Weil ich ein verdammt mieses Gefühl habe.» Irgendwo in diesem milchigen Weiß grollte Donner, und das Nieseln wurde stärker. «Kennst du das? Diese Angst, irgendwo ganz tief drin in der Magengegend, die dich warnt, an einem bestimmten Tag auf den Berg zu gehen? Wenn ich persönlich eine schwierige Bergtour mache, höre ich auf so was.»

Es dauerte, bis Jack eine Antwort gab. «Inzwischen mach

ich das auch», gab er schließlich zu. «Aber früher, als ich jung war, hab ich nichts auf so was gegeben. Ich hab mir weiß Gott was drauf eingebildet, ein echter Draufgänger zu sein. Für mich waren alle Hosenscheißer, die gezögert haben.» Er trank einen Schluck Tee. «Intuition war für mich nur eine Ausrede für Feiglinge.» Es klang so bitter, dass Lena ihm einen überraschten Blick zuwarf.

«Aber du warst doch damals schon bei der Bergwacht?», erwiderte sie. «In der Truppe meines Vaters.»

Jack nickte, ohne sie anzusehen. Mit gerunzelter Stirn starrte er in den Nebel. Lena kam es vor, als wollte er noch etwas sagen, er schien mit sich zu ringen, doch es kam nichts mehr.

Ihr kam ein Gedanke. «Warst du deshalb letztens so sauer auf den Flo?», fragte sie. «Weil er so ungestüm war und unbedingt das Pärchen am Rupertisteig in der Nacht noch retten wollte? Hat dich das an dich selbst erinnert?»

«Ja, verdammt!» Jack fuhr so unvermittelt zu ihr herum, dass Lena vor Schreck zusammenzuckte. «Dieser dumme Bub hat doch keine Ahnung, was alles passieren kann!»

Lena musterte ihn erstaunt. Früher hatte Jack nie so dünnhäutig reagiert. So jähzornig und unbeherrscht er privat oft war, wenn es um einen Einsatz ging, schien er immer Nerven wie Drahtseile zu haben. «Du kennst Flo schon seit Jahren. Du hast ihn ausgebildet. Er ist sehr besonnen, wenn's drauf ankommt, und das weißt du», erinnerte sie ihn.

«Ja doch, ja, verflucht noch mal!» Er ließ den Kopf hängen und stellte seinen Becher ab. Mit beiden Händen fuhr er sich übers Gesicht. «Es tut mir auch leid, ich wollte ihn nicht so angehen. Und Andi letztens am Gamskar auch nicht. Es ist nur ...» Abrupt verstummte er.

Er schien so gequält, dass Lena, die sich in letzter Zeit so oft über ihn geärgert hatte, Mitleid mit ihm bekam. Irgendetwas lag ihm auf der Seele, das war unübersehbar. «Hast du irgendwelche Probleme?», fragte sie sanft. «Kannst du es mir nicht sagen? Liegt es an mir? Soll ich etwas ...?»

«Nein! Bitte! Lass mich einfach in Ruhe.» Jack sprang auf und ging ein paar Schritte von ihr weg. An der Kante der Kagelwand blieb er stehen. Auch Lena stand auf, doch ein stechender Schmerz durchzuckte sie, und sie stöhnte kurz auf. Jack warf ihr einen besorgten Blick zu. «Was ist los?»

«Nichts. Nur mein Knie. Es ist geprellt. Nicht schlimm.» Lena winkte ab und trat zu ihm. Sie würde sich jetzt nicht mehr abwimmeln lassen. Sie mussten diese Sache endlich aus der Welt schaffen. «Es geht so nicht weiter», beharrte sie. «Red endlich mit mir, verdammt noch mal!» Als er sich dennoch erneut abwenden wollte, packte sie ihn am Arm. «Schau mich an!»

Widerwillig drehte Jack sich zu ihr um. In seinem Gesicht stand eine so schmerzhafte Qual, dass Lena erschrak. «Ich kann nicht», sagte er so leise, dass sie ihn kaum verstand. «Ich hab's versprochen.» Seine Augen waren feucht und gerötet, und er zwinkerte heftig. Waren das Tränen? Weinte der alte Haudegen etwa? Lena stockte für einen Moment der Atem. Was für ein schreckliches Geheimnis trug Jack da mit sich herum?

«Wem hast du es versprochen?»

«Franz.»

Obwohl Lena schon so etwas geahnt hatte, fühlte sie sich, als würde sie mit einem Kübel Eiswasser übergossen. Ihr Mund wurde trocken, und sie fröstelte. Ihr langjähriger väterlicher Freund, der Mensch, dem sie neben Res am meisten vertraute, hatte also tatsächlich ein Geheimnis vor ihr. Ein schlimmes Geheimnis, so wie es aussah.

In diesem Moment riss der Nebel um sie herum auf und gab den Blick auf das gesamte Wettersteinmassiv frei. Die Gipfel standen schwarz und bedrohlich da, der Himmel darüber war bleigrau. Der Wind wurde stärker, er heulte um den Teufelskopf, er riss zornig an ihren Anoraks, und von der Zugspitze näherten sich schnell neue, tief hängende Wolken. Eines war klar: Das Unwetter würde nicht mehr bis zum Nachmittag auf sich warten lassen.

Lena packte Jack mit beiden Händen an den Armen und schüttelte ihn. «Sag's mir!», schrie sie gegen den Wind an, nicht mehr fähig, sich zu beherrschen. Die ganze Anspannung der letzten Tage, die Grübeleien, ihre Selbstzweifel brachen sich Bahn. «Hier sind nur wir zwei, niemand erfährt davon. Bitte! Wir können so nicht weitermachen!» Sie spürte, wie ihr selbst Tränen in die Augen traten.

Gequält sah Jack sie an, doch schließlich gab er sich einen Ruck. Seine Miene veränderte sich, fast meinte Lena, so etwas wie Erleichterung darin zu lesen, als er sagte: «Es geht um deinen Vater.»

«Um meinen Vater?» Lena ließ ihn los und wich einen Schritt zurück. Mit einem Mal war sie sich nicht mehr sicher, ob sie hören wollte, was Jack zu sagen hatte. Erst vor Kurzem hatte sie endlich abgeschlossen mit der offenen Wunde, die der Tod ihres Vaters vor neunzehn Jahren in ihr hinterlassen hatte. Diese Wunde hatte endlich begonnen zu heilen, und sie hatte sich befreit gefühlt, glücklich, dieses Kapitel abschließen zu können. Was konnte es da nach all den Jahren noch für ein Geheimnis geben?

«Ich war etwa so alt wie du jetzt. Und ich war ehrgeizig und so stolz darauf, Mitglied bei der Bergwacht zu sein. Die Bergwacht, das war damals schon mein Leben.» Er schüttelte leicht den Kopf, sah auf seine Hände. «Ich hab deinen Vater so bewundert. Rupp Veith war mein großes Vorbild. Ich wollt so sein wie er, so ein guter Bergsteiger, so mutig, so verwegen ...» Er stockte und sah zur Zugspitze hinüber. «Bis ... bis zum Einsatz am Jubiläumsgrat.»

Für einen Moment vergaß Lena zu atmen. Sie folgte seinem Blick, starrte auf die zackige Linie des Grats, die sich scharf gegen den dunklen Himmel abhob. Dieser Einsatz hatte ihren Vater das Leben gekostet. «Du warst dabei?», fragte sie ungläubig. Das hatte sie nicht gewusst. Niemand hatte es ihr gesagt.

Jack nickte. «Rupp, Franz und ich waren oben und haben nach dem vermissten Bergsteiger am Grathüttl gesucht. Stundenlang. Irgendwann hat dein Vater entschieden abzubrechen. Das Wetter hatte sich verschlechtert, und er meinte, es sei zu gefährlich, noch weiterzumachen.» Er seufzte. «Ich war nicht einverstanden mit dieser Entscheidung. Es war klar, dass wir damit den Mann aufgaben, und das wollt ich nicht akzeptieren. Ich fand das feige.» Endlich sah er Lena wieder an. «Verstehst du? Für mich war dein Vater der mutigste Mann, den ich kannte. Ein wilder Hund! Einer, der sich nix scheißt. Und so wollt ich auch sein. Als er gesagt hat, wir brechen ab, ist für mich das Bild, das ich von ihm hatte, in sich zusammengefallen.» Er schüttelte wieder den Kopf. «Ich war so ein Depp.»

«Was ist dann passiert?», fragte Lena tonlos. In Gedanken befand sie sich wieder am Jubiläumsgrat, an der Absturzstelle bei der Biwakschachtel, wohin sie sich vor zwei Monaten zum ersten Mal gewagt hatte. Sie sah wieder den Abgrund vor sich, wo ihr Vater hinuntergestürzt war, um in irgendeiner Spalte für immer zu verschwinden. Er war nie gefunden worden. Lag immer noch dort oben, irgendwo.

«Wir haben gestritten. Schlimm gestritten. Der Franz wollte vermitteln, aber ich konnte einfach nicht akzeptieren, dass wir diesen Bergsteiger aufgeben sollten. Ich wollt nicht kapieren, dass die Entscheidung deines Vaters sehr viel gescheiter und mutiger war, als weiterzumachen. Daher bin ich einfach allein noch mal runter. Dein Vater ist mir nachgegangen, um mich zurückzuholen. Und da ist es passiert. Er war abgelenkt durch mich störrischen Esel, hat sich verstiegen, ist ausgerutscht. Ich hab ihn fallen sehen. Keine zwei Meter von mir entfernt. Ich hab sein Gesicht gesehen. Das Erschrecken und die plötzliche Gewissheit, dass es jetzt vorbei ist. Für immer. Er hat in dem Moment gewusst, dass er sterben wird. Ich hab's in seinen Augen gesehen. Und ich wusste, ich bin schuld.» Jack vergrub sein Gesicht in den Händen.

Eine ganze Weile sagte keiner von ihnen ein Wort. Lena versuchte zu verstehen, was sie gerade gehört hatte. *Jack Reiter ist schuld am Tod meines Vaters? Franz hat das gewusst und mir verschwiegen?*

«Warum hat mir das nie jemand gesagt?» Ihre Stimme klang in ihren eigenen Ohren fremd.

«Franz hat mich hochgeholt. Ich konnt mich nicht mehr bewegen vor Entsetzen. Es hätt nicht viel gefehlt, und ich wäre deinem Vater hinterhergestürzt. Als wir endlich zusammen wieder oben waren, war das Wetter so schlecht geworden, dass es zu gefährlich war weiterzugehen. Ein Gewitter war aufgezogen, um uns herum haben die Blitze eingeschlagen, und wir haben im Grathüttl übernachtet. Da hat der Franz mir das Versprechen abgenommen, es nie jemandem zu verraten. ‹Das macht den Rupp nimmer lebendig›, hat er gesagt. ‹Die Kleine verkraftet das nicht. Es ist so schon schlimm genug.› »

Die Kleine, das war Lena gewesen. Vierzehn Jahre alt und von da an Waise.

Sie öffnete den Mund. Sie wollte irgendetwas sagen, doch ihre Lippen bewegten sich tonlos. Alles an ihr fühlte sich taub und abgrundtief traurig an. Nun ergab alles einen Sinn: Jacks

Jähzorn, seine Gereiztheit ihr gegenüber, seine Ablehnung, als sie in die Bergwacht aufgenommen worden war. Sie hatte geglaubt, er hätte sie als die erste Frau in der Truppe nicht akzeptieren wollen, doch vermutlich hatte er einfach ihre Gegenwart nicht ertragen. Seine Schuldgefühle mussten ihn schier erdrückt haben. Und Franz hatte keinen Finger gerührt, es ihm leichter zu machen. Im Gegenteil. Er hatte Lena als Leiterin Jack auch noch vor die Nase gesetzt.

«Deshalb wollte Franz nicht, dass du Leiter der Bergwacht wirst?», fragte sie schließlich.

«Keine Ahnung. Ich glaub, er hat mich nicht für verlässlich genug gehalten. Nicht für stabil genug.»

«Aber mich?»

«Vielleicht wollte er auch etwas wiedergutmachen?»

Lenas Magen ballte sich zusammen wie eine Faust. Ein altbekanntes Gefühl, das früher sogar Panikattacken in ihr ausgelöst hatte. Sie hatte es für nicht gelebte Trauer um ihren Vater gehalten und mit ihrer Tour über den Jubiläumsgrat vor Kurzem erst überwunden geglaubt. Jetzt begriff sie, dass damit noch mehr verbunden war. Es war die unterschwellige Ahnung, nicht die ganze Wahrheit zu wissen. Es war Franz' und Jacks Geheimnis, das sich in ihr eingenistet hatte wie ein dunkler, zäher, bitterer Klumpen aus vagen Vermutungen, dass etwas nicht stimmte, und die Angst davor, was es sein könnte.

Sie wandte sich abrupt um, und ihr Knie sandte dabei einen so stechenden Schmerz aus, dass sie kurz wegsackte und ins Straucheln geriet. Als Jack nach ihrem Arm griff, um sie zu stützen, schüttelte sie ihn rüde ab.

«Lena! Bitte! Sag was!», bat er, und an seiner Stimme konnte sie hören, wie erschüttert er war.

Doch ihr Mitleid für ihn war verflogen. Sie spürte gar nichts.

Kein Mitleid, keinen Zorn, keine Trauer. Nichts. Alles in ihr war taub und kalt.

In diesem Moment zerriss ein Donnerschlag die Stille, und der Nieselregen verwandelte sich binnen weniger Augenblicke in einen Platzregen. Eiskalt und hart wie Nadelspitzen prasselte er auf sie herab, und ein Rauschen erfüllte die Luft, das jedes Gespräch sinnlos machte.

2

Nora war überrascht von dem Trubel, der im Startbereich herrschte. Ein großer, aufblasbarer Plastik-Torbogen in Neongrün, versehen mit dem Logo von Greeneagle, markierte Start und Ziel der Trails. Um den Bogen herum waren die Stände der Sponsoren und Sportartikelhersteller gruppiert, dazu Getränke- und Essenszelte, mehrere Foodtrucks, das Rennbüro, Infostände, Sanitäter, Bergwacht, Presse und eine Bühne, wo später die Siegerehrung stattfinden sollte. Alle Teilnehmer würden zusammen starten, erst nach etwa einem Kilometer teilten sich die einzelnen Trails. Bis dahin führte die Route eine sanfte Anhöhe hinauf und war flankiert von den zahlreichen Zuschauern, die die Läufer anfeuerten.

Von einem Sponsorenstand her dröhnte Hip-Hop, aus einem der Foodtrucks, der vegane Burger, Falafel und Bowls anbot, dudelte irgendein Ethnomix, und dazwischen plärrte der Lautsprecher des Veranstalters, der jetzt von der Bühne aus den Start anmoderierte. Die Stimmung unter den Teilnehmern war gut, regelrecht aufgekratzt, ungeachtet des beständigen Nieselregens und der finsteren Wolken oben am Berg, auf den sie zu laufen gedachten. Jeder schien jeden zu kennen, die Sportler begrüßten sich mit Handschlag, es wurde über vergangene und künftige Veranstaltungen gefachsimpelt. Nora fühlte sich fremd unter diesen gut gelaunten, zäh und zugleich lässig wirkenden Läufern. Das hier war nicht ihre Welt. Mit keinem der Teilnehmer war sie bislang richtig ins Gespräch gekommen, was nicht zuletzt daran lag, dass ihr ein Fernsehteam auf Schritt und Tritt folgte, sodass selbst der Ahnungsloseste schnell checkte, dass sie die berühmte

Nora Demir war, und sie betrachtete wie ein seltsames exotisches Tier, das nur zufällig hier gelandet war. Zudem waren offenbar viele Zuschauer extra ihretwegen gekommen, sie schrien von den Absperrungen um das Startgelände zu ihr herüber, baten um Selfies und Autogramme und verfolgten mit ihren Handykameras jede ihrer Bewegungen. Auf Facebook und Twitter hatte sie auch zahlreiche negative Stimmen zu ihrer Teilnahme an dem Trail gelesen. Diese eingeschworene Läufercommunity nahm es ihr übel, dass sie dieses Event für ihre Publicity nutzte, was wohl auch die Zurückhaltung der anderen Teilnehmer erklärte.

Nora winkte den Zuschauern kurz zu, lächelte und wandte sich dann ab, versuchte, in der Menge zu verschwinden. Sie musste all das ausblenden, wenn sie es heute auf diesen unsympathischen, unheilvoll wirkenden Klotz von Berg schaffen wollte. Überhaupt war Ausblenden ihre Hauptbeschäftigung in den letzten Tagen gewesen. Die Probleme mit ihrer Form: ausblenden. Ihren Widerwillen, Steffen gegenüberzutreten: ausblenden. Die grauenhafte Wahrheit, die er ihr vor die Füße geworfen hatte wie einen unverdaulichen Brocken, an dem sie seitdem würgend herumkaute: ausblenden.

Es donnerte, und ein Läufer, der neben ihr stand, lachte erfreut auf, rieb sich die Hände. «Ich glaub, das wird heute eine echte Challenge.» Er trug ein dottergelbes Shirt mit der Aufschrift *Wer nicht kotzt, läuft nicht am Limit*, dazu kurze, schwarze, hautenge Shorts, aus denen so dünne Beine herausstakten, dass er aussah, als würde er jeden Moment umkippen.

Seine Begleiterin, eine nicht weniger drahtige Frau, trug ebenfalls Shorts und ein Shirt, auf dem stand: *Heul nicht, lauf!* Nora dagegen hatte sich für ein langärmeliges schwarzes Shirt und lange Sporthosen entschieden, was das Gefühl der Fremdheit unter diesen bunten Leuten noch verstärkte, die aussahen, als würden sie zu einem Beachvolleyballturnier gehen. Um den Kopf geschlungen trug sie ein grünes Bandana, um sich ein wenig vor der Nässe zu schützen. Ihre Teilnehmerzahl war die Nummer elf, das war früher ihre Rückennummer gewesen. Die anderen Teilnehmer waren durch dreistellige Nummern ausgewiesen. Nur wenige hatten die empfohlenen Laufrucksäcke dabei oder trugen Regenjacken, auch Nora nicht. Sie hatte auch keine Wasserflasche dabei. «Zu viel Gewicht», hatte ihr Lauftrainer gemeint, und Steffen hatte ihm zugestimmt. «Da ist doch alle paar Meter ein Versorgungsstand, da kannst du mehr als genug trinken. Bei einem Fußballmatch trinkt man ja auch nicht alle fünf Minuten.»

Seit jener Unterredung mit Steffen, bei der er ihr die Wahrheit über den Unfall erzählt hatte, hatte Nora keine freie Minute mehr gehabt. Die Tage waren so angefüllt gewesen mit Lauf- und Krafttraining, Physio und mentalem Coaching, dass sie am Abend nur noch todmüde ins Bett gefallen und sofort eingeschlafen war. Steffen hatte ihr ganz bewusst keine Zeit zum Nachdenken gelassen, um dann womöglich doch noch etwas «Dummes» anzustellen, das ihren gemeinsamen Traum vom Comeback wie eine Seifenblase zerplatzen ließ. Dabei musste er sich deswegen keine Sorgen machen.

Die Aussicht, alle Welt könnte erfahren, dass sie betrunken einen Unfall verursacht hatte, bei der ihre Lebensgefährtin ums Leben gekommen war, ließ sie noch viel härtere Anstrengungen in Kauf nehmen als sonst, um dieses Rennen erfolgreich durchzuziehen. Für sie war es immer die größte Motivation gewesen, ihre Familie stolz zu machen. Sie alle hatten viel für sie geopfert. Ein ambitioniertes Fußballtalent in der Familie zu haben, war kostspielig und zeitraubend. Nicht nur ihre Eltern hatten deswegen auf einiges verzichtet, auch ihre Geschwister hatten oft darunter leiden müssen. Sie konnte es ihnen nur auf eine Weise zurückgeben: indem sie sich anstrengte, egal ob beim Fußball oder nun bei diesem Rennen. Sie musste ihre Familie stolz machen, noch viel mehr als zuvor, jetzt, wo sie wusste, was sie in einem einzigen schwachen Moment angerichtet hatte. Sie stellte sich Baris' strahlende Augen vor, ihre Eltern, wie sie vor dem Fernseher saßen und mitfieberten. Das gab ihr die Kraft, weiterzumachen und alles andere auszublenden.

Jetzt war es so weit. Die Teilnehmer versammelten sich an der Startlinie. Nora befand sich mitten im Pulk, sie hatte sich bewusst dort eingereiht in der Hoffnung, sich ihren Beobachtern damit ein wenig zu entziehen. Steffen würde fluchen, weil das Fernsehteam sie so nicht mehr richtig im Bild hatte. Aber das war ihr nur recht. Sie hatte klaglos alles mitgemacht. Laufen würde sie jetzt jedoch alleine.

Die Erregung der anderen Teilnehmer umspülte sie wie eine Welle, erfasste auch sie und sorgte dafür, dass sich eine Gänsehaut auf ihren Armen bildete. Es wurde still. Alle warteten. Manche hüpften auf und ab, die meisten blieben reglos wie Nora. Ihr Herz klopfte heftig vor nervöser Erwartung. Immer wieder richtete sie den Blick nach oben zu dem Berg, der auf sie wartete, finster, abweisend, feindselig. Sie musste es schaffen. Nicht wegen Steffen, nicht einmal wegen ihrer Familie, sondern für sich selbst. Damit sie weitermachen konnte, trotz allem, was passiert war. Trotz allem, was sie jetzt wusste.

Nora wandte sich von dem Berg ab und ließ ihre Konzentration nach innen wandern. Die übrigen Teilnehmer wurden unwichtig, schienen blasser zu werden, zurückzuweichen, obgleich sie mit ihnen praktisch Schulter an Schulter stand. Sie spürte das Klopfen ihres Herzens überdeutlich, hörte das Rauschen des Bluts in ihren Ohren, und es gab nur noch sie und die Strecke, die vor ihr lag.

Der Startschuss fiel, und die Teilnehmer liefen los. Nora bewegte sich langsam, so wie ihr Trainer es ihr geraten hatte, und wurde daher schon nach den ersten hundert Metern von vielen überholt. «Verausgabe dich nicht am Anfang. Teil dir deine Kräfte ein.» Es ging leicht, der Jubel der Zuschauer, die durch das ganze Dorf an den Absperrungen standen, trug sie. Am Ende des Dorfes wurden die Zuschauer weniger, und bald waren nur noch vereinzelt Menschen am Rand der Laufstrecke zu sehen, die sie anfeuerten. Nora genoss die Weite der Landschaft unterhalb des Bergs, die saftig grünen Wiesen mit ihren putzigen Heustadeln und die Kühe, die entfernt grasten, und legte etwas an Tempo zu. Der Boden unter ihren Füßen flog dahin, sie kam in einen guten Rhythmus, und auch als der erste Anstieg kam, wurde sie nicht langsamer, blieb im Tempo der kleinen Gruppe von Teilnehmern, in der sie lief. Sie tauchte in den Wald ein, und der intensive Geruch nach Harz, Moos und Holz stieg ihr in die Nase, belebte sie und trug sie weiter. Jetzt wurde es steiler, sie und die anderen liefen über knorrige Wurzeln und trampelten durch den Matsch, der sich nach dem heftigen Regen der Nacht dort angesammelt hatte. Der Schmutz spritzte ihnen bis über die Waden, und Nora spürte, wie ihre Laufschuhe sich mit Feuchtigkeit vollsogen und schwer wurden. Es nieselte noch immer, ihre Haare und das Bandana waren jetzt schon nass, obwohl sie noch nicht einmal eine halbe Stunde unterwegs war. Doch das war kein Problem, solange sie in Bewegung blieb. Auch beim Fußballspielen war sie schon unzählige Male bis auf die Haut durchnässt gewesen und hatte es nicht einmal gespürt. Nach einer weiteren halben Stunde verließ sie den Wald und gelangte auf offenes Gelände. Der Weg war inzwischen so steil, dass aus dem Laufen ein behäbiges Trotten geworden war. Das Feld hatte sich auseinandergezogen, die Läufer waren nicht mehr in Grüppchen unterwegs, jeder lief für sich allein. Ein kalter Wind pfiff Nora um die Ohren, während sie dem Weg über die mit Steinen übersäte Wiese folgte. Ihre feuchte Kleidung fühlte sich trotz der Hitze ihres Körpers ein wenig klamm an. Sie senkte den Kopf und erhöhte das Tempo, um sich besser gegen den Wind zu schützen und warm zu bleiben. Sie war etwa noch eine weitere halbe Stunde gelaufen, als ein krachender Donner sie zusammenzucken ließ. Unmittelbar darauf öffnete der Himmel seine Schleusen.

3

Lena und Jack sahen sich beunruhigt an. Schon ging der Regen in Schnee über. Dazu wurde der Wind noch stärker, verschärfte sich zu einem scharfen Ostwind, der ihnen durch Mark und Bein ging. Per Funk nahmen sie Verbindung zu den Kollegen auf, und was sie da zu hören bekamen, entsetzte sie.

«Die haben teilweise nur kurze Hosen und bauchfreie Tops an!», vermeldete Flo von den ersten Läufern, die an ihrem Posten vorbeikamen.

«Ihr müsst sie warnen!», rief Lena. «Hier oben beginnt es schon zu schneien.»

«Wir tun eh, was wir können», erwiderte Flo aufgeregt. «Aber die hören nicht auf uns. Sie trinken ein paar Schlucke, schnappen sich einen Riegel oder eine Tüte Powergel und rennen weiter. Vroni hat eine Läuferin, die bei uns schon total erschöpft war, ganz vorsichtig am Arm genommen, um sie zu einer kurzen Pause zu bewegen. Die Frau hat sie fast umgeschubst und übel beschimpft!»

«Verdammt.» Lena blickte zu Jack, der alles mitbekommen hatte. «Wir müssen etwas tun! Die Leute bringen sich in Lebensgefahr!»

«Wir können sie nicht gegen ihren Willen aus dem Rennen nehmen, solange keine akute Gefahr besteht», sagte Jack. «Das Einzige, was sie stoppen würde, wäre die Absage des Trails.»

«Was nicht passieren wird», stellte Lena frustriert fest. Sie schlug mit den Armen auf ihren Oberkörper, um wieder warm zu werden. Trotz der Fleecejacke und ihres Anoraks fror sie. «Sie müssen doch selbst merken, dass das Wahnsinn ist!», rief sie erregt.

Jack zuckte mit den Schultern. «Normalerweise schon. Aber du weißt doch, wie das ist. Die sind im Wettkampfmodus. Sie haben wochen-, ja monatelang auf dieses Event hintrainiert. Und jetzt laufen sie endlich. Das macht viele regelrecht high.»

Lena nickte. Sie hatte das auch schon erlebt: Bergsteiger, die zu Tode erschöpft waren und trotzdem nicht aufhören konnten weiterzugehen. Weiter, immer weiter, bis sie zusammenbrachen. Eilig setzte sie einen Funkspruch ins Ziel ab. «Hier oben herrschen winterliche Verhältnisse. Die Veranstaltung muss abgebrochen werden! Sofort!», schrie sie in ihr Funkgerät.

Sie musste dem Kollegen vom Roten Kreuz nicht erklären, was Schnee und Wind für die Läufer bedeuteten. Sie kannten alle die Folgen extremer Unterkühlung, gepaart mit ebenso extremer Anstrengung. Die Läufer würden bereits vollkommen durchnässt die höheren Lagen erreichen, und der aufkommende Wind und der Schnee würden sie vollends auskühlen. Egal wie viel sie sich bewegten, der Körper konnte diese Auskühlung nicht mehr kompensieren. Ihr Kollege versprach, es augenblicklich weiterzuleiten und sich wieder zu melden. Er habe ähnliche Meldungen auch schon von anderen Posten erhalten.

Dann war Stille. Es blieb ihnen im Moment nichts weiter übrig, als die Entscheidung abzuwarten.

Nach einer Weile meldete sich Ferdi von seinem Posten unterhalb der Kagelwand. «Die Ersten sind bei uns durch!» rief er, ähnlich aufgebracht wie vorher Flo. «Die sind wahnsinnig ...»

«Halte sie auf!»

Ferdi lachte freudlos auf. «Keine Chance. Wir haben zwei überreden können aufzugeben, der Rest ist weitergelaufen. Die werden bald bei euch oben sein.»

Kurz darauf deutete Jack in das diffuse Grau, wo ein paar dunklere Schatten zu sehen waren. Eine Gruppe Läufer taumelte aus dem Nebel auf sie zu.

Lena trat ihnen in den Weg. «Ihr müsst umkehren!», rief sie. «Geht zurück zur Kagelwandhütte. Es ist zu gefährlich weiterzulaufen.»

Einer der Läufer, ein hagerer Mann mittleren Alters mit vor Kälte krebsrotem Gesicht, lachte. «Spinnst du? Wir sind oben, wir haben den ganzen Anstieg geschafft, da kehren wir doch nicht um. Jetzt geht's wieder runter. Ins Ziel!» Er hob eine sehnige Faust, und seine Kumpane, vier Männer und zwei Frauen, nickten. Zum Sprechen fehlte ihnen die Kraft.

«Der Weg hinunter ist nicht leichter. Es schneit und ...»

«Wer aufgibt, verliert!» Der Mann griff sich eine Flasche Wasser. Er und die anderen tranken ein paar Schlucke, dann stolperten sie weiter.

Lena gab ihre Startnummern an den nächsten Posten durch, damit dieser kontrollieren konnte, dass auch alle dort ankamen. Das waren die schnellsten, am besten trainierten Läufer gewesen. Zwei von ihnen hatten immerhin dünne Regenjacken getragen. Sie wollte sich gar nicht vorstellen, wie es den anderen im Mittelfeld erging und denen, die sich und ihre Kräfte von Anfang an überschätzt hatten. Blieb nur zu hoffen, dass sie rechtzeitig einsahen, dass es besser war, den Lauf abzubrechen.

Inzwischen schneite es richtig. Binnen Minuten war der Boden schneebedeckt. Die Flocken wirbelten im Wind, und die Sicht war gleich null, nur Grau und Weiß um sie herum. Jack und Lena schnürten ihre Kapuzen so eng zusammen, dass nur noch ein kleines Gesichtsfeld frei blieb, trotzdem biss die Kälte in Wangen und Nase, und die Haut wurde langsam taub. Es herrschte eine unheimliche Stille, allein der Wind heulte oben am Gipfel, was das Gefühl der Unwirklichkeit noch verstärkte. Lena funkte erneut ins Tal, doch der Kollege hatte nichts Neues zu berichten. «Die Veranstalter beraten noch», meinte er, und Lena beendete fluchend die Verbindung.

Lange kam kein weiterer Läufer, sodass sie schon zu hoffen begann, die wenigen, die den unteren Posten am Geröllfeld schon passiert hatten, würden freiwillig in der Kagelwandhütte Schutz suchen. Doch dann tauchten plötzlich drei Gestalten im Schneetreiben auf. Zwei von ihnen, ein Mann und eine Frau, hatten den dritten in ihre Mitte genommen und schleiften ihn zwischen sich mit. Seine nackten Beine unter den Shorts waren blaurot vor Kälte. «Hilfe!», flüsterte der Mann, der noch gehen konnte, kaum hörbar im Pfeifen des Windes. Die Frau zitterte so sehr, dass sie kein Wort herausbrachte. Auch die beiden trugen kurze Hosen und völlig durchnässte, mit einer dünnen Schneeschicht überzogene Shirts.

Fast gleichzeitig meldete sich Jonas aufgeregt per Funk. «Hier kommen immer mehr an, die kurz vor dem Zusammenbruch sind. Die Garmischer sind da und holen sie in die Hütte. Sie kommen kaum nach!»

«Wir brechen ab!», schrie Lena in ihr Funkgerät, um das Tosen des Windes zu übertönen.

«Aber der Veranstalter ...»

«Scheiß auf den Veranstalter! Ich nehm das auf meine Kappe. Lass keinen mehr zu uns hoch, egal was er sagt. Das Rennen ist vorbei. Wir kommen runter.»

Sie alarmierte noch per Funk ihre Garmischer Kollegen in der Hütte und bat um Unterstützung, dann wickelten sie und Jack die drei Jammergestalten hastig in Decken und Wärmefolien, flößten ihnen etwas warmen Tee ein und machten sich mit ihnen zusammen auf den gefährlichen Weg hinunter zur

Kagelwandhütte. Die Läufer mussten so rasch wie möglich ins Warme. Der Organismus konnte extreme Unterkühlung nur in gewissem Maße verkraften, sonst drohte Herzversagen. Der mittlere Läufer war fast bewusstlos vor Kälte, er konnte sich kaum bewegen, und auch die beiden anderen wirkten auf Lena vollkommen apathisch. Sie versuchte, sie in ein Gespräch zu verwickeln, doch sie konnten ihr nicht einmal ihre Namen nennen.

«Schockgefrostet», sagte Jack leise zu Lena.

Sobald sie über die Kuppe und aus dem Windschatten des Gipfels heraus auf den schmalen Pfad entlang der Kagelwand traten, traf sie der Schneesturm mit voller Wucht. Lena wurde gegen den Felsen gepresst, und die Schneekristalle stachen ihr in die Haut wie Glasscherben. Jetzt konnte die kleine Gruppe nur noch hintereinandergehen, Jack musste den halb bewusstlosen Mann tragen, während Lena, die zwischen den beiden anderen ging, diese stützte und motivierte, so gut es ging. Sie sah, wie Jack unter dem Gewicht des Mannes schwankte und einige Male gefährlich nahe an den Abgrund geriet. Auch die beiden Läufer stolperten mehr, als dass sie gingen, sie rutschten mit ihren dünnen Laufschuhen immer wieder über den glatten Felsen, und jedes Mal setzte Lenas Herz für einen Augenblick aus.

Während sie quälend langsam den schmalen Steig entlang der Felswand hinunterstiegen, redete Lena unablässig auf die Läufer ein. «Gleich sind wir da. Es gibt heißen Tee und Suppe und Decken. Ein Arzt wird sich um euch kümmern. Gleich, gleich sind wir da ...» Der Wind riss ihr die Worte von den Lippen, und sie wusste nicht, ob die beiden sie überhaupt hörten. Sie gaben keine Antwort. Sie konnten kaum noch einen Schritt vor den anderen setzen, bewegten sich wie automatisch voran. Als sie endlich das Ende der Wand erreichten, kam die Frau vor Lena erneut ins Straucheln und fiel plötzlich um wie ein Stein. Ihr Begleiter, der hinter Lena gegangen war, reagierte nicht. Er lehnte apathisch an der Felswand, umklammerte die Decke und starrte vor sich hin, während Lena sich abmühte, die Frau hochzuhieven.

Dann entdeckte sie durch das dichte Schneegestöber die rot-blauen Anoraks ihrer Garmischer Kollegen, die mit den Tragen auf sie zugelaufen kamen. Sechs Männer kämpften sich geduckt durch den Sturm, und gemeinsam packten sie die drei inzwischen völlig teilnahmslosen Läufer auf die Tragen und stapften im Gänsemarsch zur Hütte. Inzwischen lag der Schnee an einigen Stellen bereits knöchelhoch.

Als sie am Streckenposten vorbeikamen, blieb Lena kurz bei ihren Kollegen stehen, während sie Jack bedeutete, schon weiterzugehen und den Garmischern zu helfen. «Ist das Rennen abgesagt?», fragte sie.

Ferdi nickte, er hatte gerötete Wangen und Eiskristalle auf den Augenbrauen. «Ich habe es so durchgegeben, wie du gesagt hast, und keinen Widerspruch zugelassen. Inzwischen haben sie es mir bestätigt.»

«Trotzdem sind noch viele Läufer auf der Strecke, die nichts davon wissen», meldete sich Jonas zu Wort. «Wir müssen noch warten. Ein paar Kollegen sind zwar schon unterwegs, um sie zu informieren und mit ihnen runterzugehen, aber es kann auch sein, dass jemand einen anderen Weg genommen hat und ihnen durch die Lappen geht.»

«Wenn wir die drei versorgt haben, kommen wir, euch abzulösen», versprach Lena.

Aber Ferdi schüttelte den Kopf. «Danke, aber das brauchts nicht. Uns geht's gut. Wir sind von den Sanis aus der Hütte mit Tee und Suppe versorgt worden.»

«Wir können die Stellung noch gut eine Weile halten»,

stimmte Jonas ihm zu. «Du siehst aus, als hättest du Wärme und Erholung nötiger als wir.»

Lena widersprach nicht. Die Wartezeit dort oben im eisigen Wind und der Abstieg mit den drei Läufern hatten sie erschöpft. Jetzt erst, wo die Anspannung ein wenig nachließ, spürte sie auch wieder ihr Knie. Es stach und pochte bei jeder Bewegung. Sie verabschiedete sich von Jonas und Ferdi und stapfte mühsam weiter, auf die Hütte zu.

Als sie sie endlich erreichte und eintrat, bot sich ihr ein Bild des Schreckens. Überall hockten Menschen in grobe Decken und Wärmefolien gewickelt, starrten dumpf vor sich hin, die meisten bewegten sich nicht. Charlie Seiler kümmerte sich bereits um den Mann, den sie heruntergetragen hatten. Jack und die Kollegen hatten ihn auf eine Decke auf dem Boden gebettet und zogen ihm gerade sein durchnässtes Shirt und die Shorts aus. *Wer nicht kotzt, läuft nicht am Limit*, stand auf dem Shirt, und es wirkte wie bitterer Hohn.

«Er hat nur noch dreißig Grad Körpertemperatur», sagte Charlie leise zu ihr, als sie neben ihm in die Hocke ging. Er war gerade dabei, den Zugang für eine Infusion zu legen.

«Das hätte nicht passieren dürfen», flüsterte Lena schockiert. Sie lauschte ihren Kollegen im Funk, die die Teilnehmer durchgaben, die an ihren jeweiligen Posten ankamen oder von der Bergwacht abgeholt werden mussten. Währenddessen ließ sie ihre Blicke durch den Raum schweifen. Der Hüttenwirt hatte den großen Kachelofen gut geheizt, es war stickig warm in der einfachen Hütte und roch nach feuchter Kleidung, Suppe, Tee. Draußen vor den kleinen, viereckigen Fenstern heulte der Wind. Es hätte fast gemütlich wirken können, wäre da nicht die seltsame Stille gewesen, nur unterbrochen von den knackenden Geräuschen der Funkgeräte, dem leisen Gemurmel der Rettungskräfte. Die völlig erschöpften, entkräfteten Läufer, die auf jedem freien Fleckchen, auf den Bänken und am Boden kauerten, blieben stumm, starrten nur vor sich hin, während ihre Körper versuchten, Wärme aufzunehmen und ihre Funktionen wieder hochzufahren. Nach einer Weile bekam sie über Funk die Nachricht, dass alle Teilnehmer, die nach dem Abbruch des Trails noch auf der Route gewesen waren, registriert und nun – teilweise begleitet von den Bergwachtlern – auf dem Weg ins Tal waren. Sie atmete auf.

In dem Moment hörte sie, wie Max Bader am Handy mit jemandem sprach, der offenbar sehr aufgebracht war. «Wir tun, was wir können», sagte er gerade. «Aber es braucht seine Zeit ...»

Lena trat zu ihm. «Was ist los?», fragte sie.

Der Leiter der Garmischer Bergwacht wandte sich zu ihr um. «Das ist Steffen Meinhart», erklärte er leise. «Er ist der Berater ...»

«Von Nora Demir, ich weiß», unterbrach ihn Lena. «Was will er?»

«Er möchte wissen, wo sie ist. Ich versuche, ihm klarzumachen, dass wir gerade noch die Listen mit den Startnummern mit den Infos der Streckenposten abgleichen, aber er lässt sich nicht abwimmeln ...» Er verdrehte die Augen. «Dabei hab ich echt grad Wichtigeres zu tun, als mit diesem Kerl zu diskutieren.»

«Leg auf! Ich kümmere mich darum», riet ihm Lena. Rasch funkte sie Flo an. «Ist Nora Demir bei euch vorbeigekommen?», fragte sie.

Es dauerte einen Moment, dann meldete sich Vroni Steiger. «Ja, sie ist da gewesen. Das ist aber schon eine Weile her. Sie schien einigermaßen fit.»

Lena runzelte die Stirn und kontaktierte Jonas, um die gleiche Frage zu stellen. Der verneinte. «Bei uns war sie nicht.»

Daraufhin fragte sie bei den Kollegen im Tal nach, die die durchgegebenen Teilnehmer koordinierten. «Wurde Nora Demir irgendwo gemeldet? Ist sie unter denen, die jetzt runterkommen? Sie hat die Startnummer elf.» Als sich einer der Kollegen zurückmeldete und ihr mitteilte, dass eine Nummer elf weder im Ziel noch an einem der Posten registriert worden war, legte sich eine kalte Hand um ihr Herz. Hastig humpelte sie mit ihrem lädierten Knie durch die ganze Hütte, musterte jeden einzelnen der erschöpften Läufer, doch wie sie schon geahnt hatte, war Nora Demir nicht darunter. Die Fußballspielerin musste noch draußen sein, irgendwo zwischen dem ersten Posten und dem Steig über die Kagelwand, von wo Lena und Jack mit den drei Läufern heruntergekommen waren. Doch warum hatten die Kollegen Nora nirgends angetroffen? Was war passiert? War sie vom Weg abgekommen?

Lena schnappte sich ihren Anorak. Jack, der gerade frischen, heißen Tee verteilte, sah auf, als sie zur Tür ging. «Wo willst du hin?», fragte er.

«Nora Demir wird vermisst. Sie ist irgendwo auf dem Feld.»

Mit wenigen Schritten war Jack bei ihr und hielt sie am Arm fest. «Warte! Du kannst nicht alleine da rausgehen.» Er deutete auf ihr Knie. «Du bist nicht in der Verfassung ...»

Abrupt wandte sie sich zu Jack um, und in diesem Moment stürzte die Wahrheit, die sie gehört hatte, bevor diese verdammte Katastrophe über sie hereinbrach, wieder auf sie ein. Er. Er war schuld am Tod ihres Vaters. Er hatte gelogen. Immer nur gelogen. Sein seit Jahren vertrautes, immer leicht gerötetes Gesicht, die roten Haare, die ihm wie einem Kobold zu Berge standen, waren ihr plötzlich fremd. Wer war dieser Mann? Und wer war Franz Schaller, dem sie vertraut hatte wie einem Vater? Sie kannte diese beiden Männer im Grunde gar nicht. Sie hatten sie angelogen. Gemeinsam. Neunzehn

Jahre lang. Alles war eine einzige Lüge gewesen. Sie schüttelte Jacks Arm ab. Als sie endlich sprechen konnte, klang es wie ein Zischen, wuterfüllt und voller Hass. «Sag du mir nicht, was ich zu tun und zu lassen habe!»

Sie lief nach draußen, und der eisige Wind, der ihr ins Gesicht blies, war fast eine Erleichterung.

4

Spätestens nach der Baumgrenze wurde Nora Demir klar, dass sie in Schwierigkeiten steckte. Der Platzregen ging langsam in Schnee über. Dicke nasse Flocken mischten sich unter die Regentropfen, und der braune Matsch unter ihren Schuhen wurde glitschig. Immer wieder rutschte sie aus, was sie Kraft kostete, und sie spürte, wie ihre Bewegungen schwerfälliger wurden. Keuchend blieb sie einen Moment stehen und sah nach oben. Der Gipfel dieses verfluchten Bergs schien noch immer unerreichbar entfernt. Sie war jetzt nass bis auf die Haut, der Regen rann ihr übers Gesicht und den Hals hinunter, sie hatte keinen trockenen Flecken mehr am Leib. Als ein paar Läufer sie überholten, setzte sie sich ebenfalls wieder in Bewegung. Weiter, nur weiter, damit sie warm blieb. Doch während sie weiterlief und das Schneetreiben zunehmend dichter wurde, begriff sie, dass diese Rechnung hier nicht aufging. Ihr war eiskalt trotz der Anstrengung. Sie musste noch schneller laufen.

Nora erhöhte die Schrittzahl, zog an den Läufern vorbei, die vorher sie überholt hatten. Inzwischen ging der Weg steil bergauf. Braunes Wasser schoss von den Felsen links und rechts herunter, floss in ihre Laufschuhe, spülte die Steine unter ihren Füßen weg, sodass sie immer häufiger ins Straucheln geriet. Ihre Beine wurden immer schwerer, die Kälte kroch in ihre Glieder, und irgendwann fiel ihr auf, dass sie schlotterte und ihre Zähne aufeinanderschlugen, obwohl sie vor Anstrengung keuchte. Vor ihr lag jetzt die weiße Fläche eines baumlosen Geröllfelds. Die geschlossene Schneedecke war nahezu unberührt, nur ein paar einsame Fußstapfen der

Läufer vor ihr waren zu sehen, vom Schnee schon wieder halb zugedeckt. Der Wind wehte hier so stark, dass sie kaum etwas sehen konnte. An Laufen war hier nicht mehr zu denken. Mit gesenktem Kopf und hochgezogenen Schultern ging sie weiter. Der Weg, oder was einmal ein Weg gewesen und jetzt unter dem Schnee kaum mehr zu sehen war, lief steil bergauf. Im Training war sie diese Strecke schon mehrmals gelaufen, kannte die ungefähre Richtung, doch jetzt, im eintönigen Grau und Weiß, inmitten wirbelnder Schneeflocken, verlor sie die Orientierung. Alles schien sich um sie zu drehen, sie war gefangen in diesem eisigen Wirbel kalter spitzer Eiskristalle. Ihr wurde kälter und kälter, und sie erinnerte sich daran, wie sie einmal in Amerika im Winter in einem fast zugefrorenen See geschwommen war. Carrie hatte sie dazu überredet. Es war ein seltsames Gefühl gewesen. Zuerst hatte die Kälte ihr den Atem genommen, dann, plötzlich, war ihr warm geworden, ja fast heiß, doch dann, nach ein paar Minuten, wurden die Glieder schwer, sie hatte sich wie gegen einen Widerstand bewegt. So fühlte sie sich auch jetzt. All ihre Kraft schien irgendwo auf dem Weg hierherauf verloren gegangen zu sein, sie spürte, wie auch noch der letzte Funken Energie sie verließ, alle Wärme aus ihrem Körper wich. Als sie mit den Armen schlagen wollte, um den Kreislauf wieder in Schwung zu bringen, bemerkte sie, dass sie sie nicht mehr heben konnte. Die Anstrengung war zu groß. Sie sank in die Knie, ohne es wirklich zu registrieren, kroch weiter, der eisige Schnee lähmte ihre Finger, spitze Steine schnitten ihr in die Handflächen. Dort, ein Schatten in diesem grauenhaften wirbelnden Weiß um sie herum. Konnte das die Schutzhütte unterhalb der Wand sein? Wie hieß sie noch? Sie hatte den Namen vergessen. Ihr Gehirn fühlte sich an wie zu einem Eisklumpen gefroren. Es war die Hütte, jetzt schälte sich das Gebäude aus dem Nebel, grau und schwarz wie eine Burg. Sie stemmte sich hoch, kam wieder zum Stehen, stolperte ein paar Schritte vorwärts, es tat weh, alles an ihr brannte, war feuriges Eis, es verbrannte sie, dann trat sie plötzlich ins Leere. Sie fiel, schlug hart auf, kalter Stein presste sich gegen ihre Wange, ihre ganze rechte Seite, etwas stach ihr ins Gesicht. Nadeln. Sie öffnete die Augen. Um sie herum war es plötzlich grün. Grün und grau, doch der Wind hatte aufgehört. Langsam begriff sie, was passiert war. Sie war einen kleinen Abhang hinuntergestürzt, und ein großer Felsbrocken hatte sie davor bewahrt, noch weiter zu fallen. Latschen wuchsen hier, ein dicker Buschen mit langen dunkelgrünen Nadeln. Sie lag in dem Zwischenraum zwischen dem überhängenden Felsen und den Latschen. Es war kalt, aber windgeschützt, Schnee und Wind drangen nicht herein. Nora sah hoch. Es waren nur wenige Meter bis nach oben, doch es schien unerreichbar. Dort oben brodelte die Hölle aus Eis. Nie mehr würde sie es bis zu der Hütte schaffen.

Mühsam tastete sie nach ihrer Handytasche, die am Oberarm befestigt war, schaffte es jedoch nicht, das Handy aus der Plastikhülle zu ziehen. Vermutlich war ohnehin der Akku hinüber. Er gab schon bei geringeren Temperaturen gern den Geist auf. Sie ließ die Hand sinken. Allein die Bewegung, der Versuch, mit ihren steif gefrorenen Fingern den Reißverschluss der Handytasche zu öffnen, hatte sie völlig erschöpft. Sie rollte sich zusammen, so eng sie konnte. Ein kleines Tier in einer Höhle. Ihre Zähne klapperten so stark, dass sie es hören konnte. Ein kleines Tier in der Höhle ... es macht Winterschlaf ... Sie driftete weg ... weg aus diesem eisigen Grauen.

Es wurde warm. Der Himmel war nachtblau, Sterne funkelten. Eine Palme, bestrahlt von einem Scheinwerfer, die Wedel des Baums bewegten sich sacht im Wind. Sie konnte die Palme riechen, sie duftete, nach Tannenbaum, was seltsam war, aber gut. Tröstlich. Sie war barfuß, tanzte mit Carrie auf dem Rasen, wo die Palme stand, ein Glas in der Hand, durchsichtige Flüssigkeit, mit Limetten, Caipirinha? Dann plötzlich kein Tanz mehr, keine Leichtigkeit. Carrie packte sie am Arm, mit wütender Miene, der Drink schwappte aus dem Glas, floss ihr über die Hand. «Er manipuliert dich!» Carrie schrie jetzt, schüttelte sie. «Kapier das doch!» Sie schrien sich an, dann drehte Carrie sich um, lief zum Auto, das auf dem Parkplatz am Ende des Rasens stand. Sorgfältig gestutzte Oleander- und Ginsterbüsche bildeten eine Hecke zwischen Parkplatz und Rasen, aber Carrie zwängte sich hindurch. Ein kurzes Blinken, als sie mit dem Schlüssel das Auto aufsperrte, ein freundliches Piepsen. Nora folgte Carrie, lief ihr hinterher, barfuß, das leere Glas noch in der Hand. Sie zwängte sich ebenfalls durch die Hecke, das Glas fiel ihr aus der Hand, zersprang auf dem Asphalt. Sie war leicht beschwipst, doch nicht allzu sehr. «Warte!», rief sie. Sie konnte ihre Stimme in ihrem Kopf hören. «Carrie, warte auf mich!» Doch Carrie blieb nicht stehen. Sie stieg in das Auto, die Tür schlug zu. Doch Nora war schnell, sie erreichte das Auto, bevor es losfahren konnte, und schlüpfte auf den Beifahrersitz. Carrie sah sie an. Sie lächelte müde, aber sie war nicht mehr verstimmt. «Lass uns nach Hause fahren», sagte sie und startete den Wagen.

Mit einem Ruck fuhr Nora auf. Sie war nicht in Teneriffa. Es gab keine Palmen und keine Caipirinhas ... Sie lag hier, zwischen Steinen und Latschen auf einem gottverdammten Berg ... und ... erinnerte sich! Mit plötzlicher, eisiger Klarheit wurde ihr bewusst, dass das, was sie eben vor sich gesehen hatte, kein Traum gewesen war, sondern eine Erinnerung. Sie konnte sich wieder an den Abend des Unfalls erinnern, auch jetzt noch, an jedes Detail.

«Nora!» Eine Stimme drang durch das Schneegestöber außerhalb ihres kleinen Refugiums an ihr Ohr. «Nora!»

Sie rappelte sich auf. «Hier!», rief sie mühsam. «Ich bin hier!» Ihre Stimme war leise, zu leise. «Hier!» Sie warf sich gegen die Latschen, brachte sie mit ihrem Körpergewicht zum Wackeln. «Hier ...»

5

Lena hielt inne. Kurz hatte sie geglaubt, eine Antwort gehört zu haben, doch vielleicht hatte sie sich getäuscht? Sie wandte sich um. Es war von der Seite gekommen, dort, wo der Abhang war.

Vorsichtig ging sie zur Kante und sah hinunter. Steinbrocken, Latschen, windverwehte Schneefelder auf dem nackten Fels. Sie konnte nur ein paar Meter weit sehen, dann verlor sich der Abgrund im Nebel. Ein paar Latschenstauden unterhalb eines großen Felsbrockens in unmittelbarer Nähe bewegten sich seltsam. Dann hörte sie die Stimme noch einmal, dieses Mal deutlicher. «Hier!» Es kam von dieser Stelle, wo die Latschen wackelten, und mit einem Mal sah Lena einen Arm und schließlich Nora Demirs Kopf zwischen den Zweigen auftauchen.

Sie winkte. «Ich sehe dich!», schrie sie, so laut sie konnte.

Nora winkte schwach. «Ich bin hier ...» Ihr Arm sank wieder herunter. «Hier ...»

Lena griff nach ihrem Funkgerät und kontaktierte Jack.

«Ja?»

«Ich habe sie gefunden», sagte sie hastig. «Sie ist abgestürzt ...»

«Wo bist du genau?», wollte er wissen.

Noras Arm verschwand, und die Latschen bewegten sich nicht mehr. War sie weiter abgerutscht? Bewusstlos? «Nora!», schrie Lena. «Nora!» Sie schaltete das Funkgerät aus. Ihre genaue Position konnte sie gleich noch durchgeben. Erst musste sie zu ihr hinunter, nachsehen, was passiert war. In dieser Witterung konnte es keiner lange aushalten, eine Verletzte erst recht nicht. «Ich komme!», rief sie gegen den Wind. «Bleib ruhig. Ich bin gleich bei dir.»

Vorsichtig setzte sie den Fuß über die Kante. Der Abhang war abschüssig, aber das Latschengestrüpp, wo sie Nora gesehen hatte, nicht allzu weit entfernt. Seitwärts tastete Lena den Untergrund ab, bevor sie den Fuß belastete. Nur fünf, sechs Schritte, dann war sie unten. Plötzlich durchzuckte ein stechender Schmerz wie von einem Messerstich ihr rechtes Knie. Sie schrie auf, und das Knie gab nach, ganz so, als wäre es aus Gummi. Lena rutschte ab und schlitterte auf den Felsen zu, landete mit einem Ruck in den Latschen. Ihr Knie sendete einen weiteren stechenden Schmerz aus, der sie laut aufstöhnen ließ.

Mühsam kämpfte sie sich durch die dicken Äste, die Nadeln stachen ihr in Gesicht und Hände. Dahinter, in einem Hohlraum zwischen Felsen und Latschen, lag Nora. Sie hob den Kopf, als Lena zu ihr gekrochen kam, mit zusammengebissenen Zähnen, das rechte Bein hinter sich herziehend. Der Schmerz in ihrem Knie tobte, sie konnte es kaum mehr bewegen.

Nora war bleich wie der Tod. Ihre dunklen Augen schienen tiefer in den Höhlen zu liegen. Sie trug ein Tuch um den Kopf geschlungen, und die Haare, die darunter hervorlugten, waren klatschnass, klebten ihr an Stirn und Schläfen. Ihre Lider flackerten, sie hatte Mühe, die Augen offen zu halten.

«Ich komme», sagte Lena. «Alles ist gut. Ich bin gleich bei dir.» Dann hatte sie die Frau erreicht.

Sie legte die Finger an Noras Hals. Der Puls war schwach, aber deutlich spürbar. Eilig zerrte Lena ihren Rucksack von den Schultern, holte die Wärmefolie heraus. Der Hohlraum unter dem Felsen war eng und niedrig und bot kaum Platz für zwei, sie konnte sich kaum bewegen. Endlich gelang es ihr, die

Wärmefolie einigermaßen um Noras Oberkörper zu wickeln. Sie öffnete die Augen, einen Moment lang fixierte sie Lena, wirkte völlig klar und wach. «Er manipuliert mich», sagte sie, drängend, und griff dabei nach Lenas Arm. «Ich bin gar nicht gefahren ...»

Das klang nicht gut. Halluzinierte sie? «Schhhh. Alles gut.» Lena strich ihr über die Haare, dann löste sie sich behutsam aus ihrem Griff und holte die Thermoskanne aus dem Rucksack. Sie goss ein wenig Tee in den Becher und flößte Nora die heiße Flüssigkeit ein. «Gleich bist du im Warmen», sagte sie. «Die Hütte ist nur ein paar Schritte entfernt.» Sie griff nach ihrem Funkgerät, um Hilfe anzufordern. Allein würde sie es mit Nora nicht den Abhang hinaufschaffen. Doch sie griff ins Leere. Die Halterung an ihrem Anorak war leer, ihr Funkgerät war weg. Entsetzt sah Lena sich um. Tastete sich ab. Doch da war nichts. Sie musste es bei ihrer unfreiwilligen Rutschpartie über den Felsen verloren haben. Sie versuchte aufzustehen, doch ihr Bein gehorchte ihr nicht mehr. Das Knie pochte, und jede noch so kleine Bewegung verursachte stechende Schmerzen.

Sie holte ihr Handy heraus und schaltete es ein. Wie erwartet war der Akkustand nach einem ganzen Tag in der Kälte niedrig. Das Netz hier oben war miserabel, aber sie musste es versuchen. Sie wählte Jacks Nummer. Als es klingelte, jubelte sie innerlich. Doch der Jubel währte nicht lange. In dem Moment, als Jack sich meldete, brach die Verbindung ab, und auf dem Display war nur noch ein Kreis aus flimmernden Punkten zu sehen. Da entdeckte sie die Handytasche an Noras Oberarm, zerrte das Gerät heraus – und sah mit Entsetzen, dass das Display zerschlagen war. Offenbar war Nora bei ihrem Sturz mit dem Arm auf den Felsbrocken geknallt. Trotzdem versuchte Lena, es einzuschalten, doch das Display blieb schwarz. Verdammt! Sie war nur wenige Meter von der Hütte entfernt und konnte niemanden um Hilfe bitten?

Mühsam hangelte sie sich aus den Latschen heraus. «Hilfe!», rief sie in den wirbelnden Schnee, den heulenden Wind, das endlose Weiß hinaus und setzte dann ihre Trillerpfeife an die Lippen. Sechs schrille Pfiffe innerhalb einer Minute, dann eine Minute Pause und erneut sechs Pfiffe: das alpine Notsignal. Ihre Kameraden würden sie suchen, Jack würde sie suchen, ihn hatte sie angerufen. Er wusste, dass sie in Gefahr war. Es war nur eine Frage der Zeit. Blieb nur die Frage, wie viel Zeit Nora noch hatte.

Wieder setzte sie die Pfeife an die Lippen. Doch der Abhang über ihr blieb menschenleer. Nur die Schneeflocken wirbelten umher. Sie wandte sich wieder Nora zu, zog ihr das nasse T-Shirt aus und streifte ihr ihre eigene Fleecejacke über, bevor sie erneut nach der Pfeife griff.

Sie pfiff in regelmäßigen Abständen, dazwischen flößte sie Nora immer wieder etwas von dem Tee ein, der langsam zur Neige ging. Als der letzte Tropfen getrunken war, nahm sie Nora in den Arm, versuchte, ihr etwas von ihrer Wärme zu geben, aber auch das Gefühl, dass sie sich an jemandem festhalten konnte, dass sie nicht alleine war. Dieses Gefühl war oft noch wichtiger, brachte den entscheidenden Unterschied zwischen Aufgeben und Durchhalten, und tatsächlich spürte sie, wie Nora ebenfalls ihre Arme um sie legte und ganz schwach den Druck erwiderte.

Und dann, auf einmal, erschien oben an der Kuppe eine vermummte Gestalt im rot-blauen Anorak. Sie erkannte ihn trotzdem, an seiner kräftigen, breiten Statur: Es war Jack. Sie winkte und rief: «Hier! Hier sind wir!»

Kurz darauf waren die Umrisse von zwei weiteren Bergwachtlern zu sehen, sie winkten herunter und bereiteten offenbar die Bergung vor, doch es war Jack, der sich schließlich zu ihnen abseilte.

«Mensch, Lena!», rief er, kaum dass er unten angekommen war, und sie spürte sich von kräftigen Armen gepackt. Er umarmte sie heftig, drückte sie so fest an seine Brust, dass ihr fast die Luft wegblieb. «Was machst du für Sachen! Ich hab dir noch nachgerufen, aber du hast mich nicht gehört. Wir hätten zusammen gehen sollen. Ich hab dich überall gesucht, verflucht noch mal, ich hatte solche Angst ...» Er ließ sie ebenso abrupt wieder los, wie er sie umarmt hatte.

Lena sah ihren langjährigen Kameraden an, spürte seinen Schrecken und seine Erleichterung und nickte. All die Querelen der letzten Wochen, seine Gereiztheit, ihr Ärger, sogar seine entsetzliche Offenbarung vor wenigen Stunden am Teufelsgatterl waren plötzlich nicht mehr wichtig. Sie rückten in weite Ferne, wie etwas, das irgendwann einmal gewesen war, ein verblasster Albtraum, und Lena konnte zum ersten Mal seit Langem wieder sehen, was wirklich wichtig war: Kameradschaft. Gegenseitiges Vertrauen, wenn es darauf ankam. Füreinander einstehen. Und das trotz der Probleme, die es im Alltag vielleicht miteinander gab. Und trotz mancher Geheimnisse, so bedrückend sie auch sein mochten. Auf Jack Reiter konnte sie sich verlassen. Immer. Egal, was gewesen war. Tränen schossen ihr in die Augen, rannen ihr warm über das eisige Gesicht, und sie schmeckte das Salz. Kurz drückte sie seinen Arm. «Ja. Wir hätten zusammen gehen sollen. Es tut mir leid.»

Jack und Lena kümmerten sich zunächst um Nora, hoben sie in einen Bergesack, dann wurde sie von den anderen Bergwachtlern nach oben gezogen.

«Was ist mit dir?», fragte Jack, als sie aus den Latschen

wieder herauskrochen und Lena mit einem Schmerzenslaut zusammenzuckte. «Bist du verletzt?»

«Mein Knie», keuchte Lena durch zusammengebissene Zähne. «Es hat seinen Dienst quittiert.»

Jack erwiderte nichts, stattdessen packte er sie unter den Achseln und zog sie ohne viel Federlesens aus den Latschen heraus. Dann half er ihr, den Klettergurt anzulegen.

Oben wurden sie von den anderen in Empfang genommen. Ferdi und Jonas sahen erleichtert und erschrocken zugleich aus. Spontan fiel Lena den beiden um den Hals. Vielleicht war es nur die nachlassende Anspannung, dennoch hatte sie das Gefühl, dass Jack und sie dort unten am Abhang etwas Entscheidendes begriffen hatten. Etwas, das man brauchte, um eine Bergwachtstruppe leiten zu können: Es reichte nicht, den Teamspirit immer wieder zu beschwören. Man musste dazu auch selbst einen Schritt über die Kante machen – und vertrauen.

Nora war bereits auf einen Akja gebettet und dick vermummt. Nur ihre Augen sahen aus dem wasserdichten, roten Stoff heraus. Jack stützte Lena beim Gehen durch den Schnee, und schweigend stapften – beziehungsweise humpelten – sie im Gänsemarsch zur Hütte zurück.

Einsatzprotokoll

Dienstag, 13. September

Einsatzort: Obermoosalm
Bemerkungen: Vergebung

1

Lena saß auf einem Felsen am äußersten Ende der Almwiese vor Res' Hütte und fixierte ihr Handy. Es gab auf der ganzen Alm keinen Empfang außer hier – gelegentlich. Ihr war das normalerweise egal, wenn sie bei Res war. Heute jedoch wartete sie dringend auf eine Nachricht und wollte nicht ausharren, bis die anderen zur Alm heraufkamen.

Es war kurz nach vier. Die außerordentliche Gemeinderatssitzung mit dem einzigen Tagesordnungspunkt «Hotelprojekt» hatte um halb zwei begonnen, langsam musste sie doch mal vorbei sein! Ihre Kollegen waren geschlossen hingegangen, vermutlich würden auch Miri und Ben dort sein, doch sie selbst hatte abgesagt. Sie war seit dem Teufelskopf-Trail krankgeschrieben, damit sich ihr Knie erholen konnte, doch das war nicht der einzige Grund, weshalb sie auf die Teilnahme verzichtet hatte. Seit knapp zwei Wochen war sie auf der Alm bei Res, und sie hatte den Abstand, den sie mühsam zu den Dingen im Tal gewonnen hatte, nicht zerstören wollen, indem sie sich der Diskussion, dem Streit und nicht zuletzt Alain Rochat aufs Neue aussetzte. Die letzte Sitzung war ihr noch lebhaft in Erinnerung. Politik, Ränkeschmieden, faule Kompromisse finden, das war nicht ihre Welt, es machte sie zornig und bitter, und das wollte sie nicht sein. Ihren Beitrag nach der Pressekonferenz, der im Fernsehen gesendet worden war, hatten alle gesehen. Es gab keinen Zweifel, wo sie und die Bergwacht bei diesem Thema standen. Mehr konnte sie nicht tun.

Sie hob den Kopf und sah in den klaren Herbsthimmel. Obwohl die Sonne schien, trug sie eine warme Walkjacke. Es war bereits empfindlich kühl geworden. Nachts legten Res und sie sich Wärmflaschen in die Betten, und Mimi kroch jeden Abend zu Lena unter die Bettdecke und blieb dort die ganze Nacht. Res hatte sich seit Wochen auf den harten Winter hier heroben vorbereitet. Feuerholz war rund um die Hütte aufgeschichtet, der Boden über dem Stall war bis unters Dach gefüllt mit Heu, und Säcke mit Kraftfutter lehnten an den rau verputzten Wänden im Stall. Für Lena wurde es langsam Zeit, wieder ins Tal zu ziehen. Ihr Knie war fast verheilt, und sie freute sich auf ihre Arbeit, darauf, ihre Kollegen wiederzusehen. Doch sie hatte diese Zeit gebraucht, um sich über einiges klar zu werden. Das Almtelefon hatte natürlich trotzdem funktioniert. So wusste sie, dass Alain und seine Crazy-Heroes-Agentur sich nach dem Teufelskopf-Debakel aus dem Hotelprojekt zurückgezogen hatten und dass auch die Debatte um den Fußballstandort Bichlbrunn vom Tisch war. Nora Demir hatte sich von ihrem

Berater getrennt, das offizielle Ende ihrer Karriere verkündet und war danach aus der Öffentlichkeit verschwunden. Auch Steffen Meinhart hatte keinerlei Erklärung abgegeben. Die Presse hatte eine Weile gerätselt, aber nach ein paar Tagen waren selbst die wildesten Spekulationen langweilig geworden, und so hatte man sich anderen, spannenderen Dingen zugewandt. Lena wusste allerdings, dass Nora noch immer in Alex' Tiny House wohnte, wovon dank der Verschwiegenheit der Familie Wildgruber außer ihr niemand etwas erfahren hatte. Alex und Nora hatten sich angefreundet und schon einen Abend in der Bongo-Bar bei Mike verbracht. Ganz privat und ganz ohne Presserummel. Vielleicht hatten sie auch *Griechischer Wein* gesungen?

Alains Agentur war nach dem Trail ins Kreuzfeuer der Kritik geraten, und man hatte – nicht ganz zu Unrecht – die Frage aufgeworfen, wo die Grenzen des Extremsports lägen und wie zu verhindern sei, dass die Natur als bloße Sportstätte missbraucht würde und die Läufer sich für zweifelhaften Ruhm selbst gefährdeten. Immerhin war die Bergwacht für ihre Entscheidung gelobt worden, in letzter Minute den Trail eigenmächtig zu beenden, bevor noch Schlimmeres hatte geschehen können.

Lena dachte mit Schaudern an diesen Tag zurück. Sie war nicht stolz darauf, diese Entscheidung getroffen zu haben. Es war eine absolute Notwendigkeit gewesen, jeder andere hätte genauso gehandelt. Als Einsatzleiterin war es ihre Pflicht gewesen. Und an Stolz war im Zusammenhang mit diesem Tag überhaupt nicht zu denken. Ganz im Gegenteil. Sie hatte sich fahrlässig verhalten, und das in mehrerlei Hinsicht: Sie hätte ihre Knieverletzung ernst nehmen und ihren Kollegen sagen müssen, dass sie nicht voll einsatzfähig war. Und – noch schlimmer – sie hätte sich auf gar keinen Fall alleine auf die

Suche nach Nora machen dürfen. All das wusste sie. Natürlich. Im Nachhinein konnte sie sich nicht mehr erklären, weshalb sie so und nicht anders reagiert hatte. Ihr Ehrgeiz hatte vermutlich eine Rolle gespielt, ihre Angst, der Aufgabe als Leiterin nicht gerecht zu werden. Ihre Angst, Fehler zu machen. Und natürlich ihre Wut, diese Enttäuschung angesichts Jacks und Franz' Geheimnis, dieses Gefühlschaos, in das Jacks Beichte sie gestürzt hatte.

An alldem hatte sie eine Weile zu kauen gehabt. Bis sie eines Tages aufgewacht war, in ihrer kleinen Kammer unter dem Dach, und eine Entscheidung traf, von der sie vom ersten Moment an wusste, dass sie die einzig richtige war. Sie hatte diesem Gefühl noch eine Weile nachgespürt und dabei den leisen Geräuschen des Morgens gelauscht: Res, wie sie die Stiege hinunter in die Stube ging und den Ofen einheizte, das Klappern beim Öffnen der eisernen Luke, das Kratzen des Schürhakens auf den Schamottsteinen, um die Asche herauszuholen. Wie Res dann nach draußen zum Melken ging, ihr leises Rufen der Tiere, ein lang gezogener Singsang, seit Kindesbeinen vertraut, dann das Bimmeln der Kuhglocken, als die Milchkühe langsam näher kamen, dazwischen das helle Klingeln der Ziegenglöckchen und ein kurzes mahnendes Bellen von Agi, die streng darauf achtete, dass kein Tier aus der Reihe tanzte. Nach einer Weile schließlich das rhythmische Kurbeln des Butterfasses direkt vor der Hütte, das regelmäßige Platschen der Butterklumpen gegen die hölzernen Wände, das leise Plätschern, wenn die Molke durch die Löcher der Innenwände tropfte und schließlich abgelassen wurde. Im Moment war Lena davon befreit, bei der Arbeit zu helfen. Res hatte es ihr strikt verboten. Am Anfang hatte Lena sich dagegen gesträubt, zu ungewohnt war es, auf der Alm zu sein und nichts zu tun zu haben, aber inzwischen genoss sie es.

Nachdem sie die Entscheidung getroffen hatte, war der Rest leicht gewesen. Heute, bei Res' Fest zum Almsommerende, würden es alle erfahren. Das war nur folgerichtig, fand sie. Es hatte mit der Sonnwendfeier zu Franz' sechzigstem Geburtstag hier oben begonnen, kompliziert zu werden – und nach dem heutigen Fest würde es hoffentlich wieder einfacher werden mit ihr, Jack und der Bergwacht.

Mit Franz hatte sie nicht gesprochen und würde es auch nicht tun. Er hatte seine Entscheidungen getroffen, und sie traf die ihren. Sie konnte ihn verstehen, er hatte sie und die Bergwacht schützen wollen, ein bisschen vielleicht auch sich selbst. Deshalb hatte er die Geschichte verheimlicht, wie es zu dem Unfall ihres Vaters gekommen war. Doch bei allem Verständnis war etwas zwischen ihnen kaputtgegangen, was sich so schnell nicht reparieren ließ. Oder womöglich nie. Sie fühlte sich von Franz nicht nur hintergangen, sondern auch manipuliert. Als er sie als Leiterin der Bergwacht vorgeschlagen hatte, hatte er sie auf eine verquere Weise benutzt. Einerseits, um sich ein reines Gewissen zu verschaffen, und andererseits, um Jack auf dieser Position zu verhindern, dem er die Aufgabe offenbar nicht zutraute.

Ein zartes «Pling» riss sie aus ihren Gedanken. Da war sie, die bang ersehnte Nachricht. Schnell sah sie nach. Die Nachricht stammte von Ferdi und bestand nur aus einem Symbol: Daumen nach unten. Lena seufzte und steckte das Handy zurück in die Hosentasche ihrer Jeans. Es war zu befürchten gewesen. Dennoch, nach dem Eklat um den Trail hatte sie gehofft, einige der Gemeinderäte würden ihre Meinung ändern. Vielleicht wäre das auch passiert, hätte Greeneagle nicht so schnell und gerissen reagiert. Der Konzern hatte sich mit sofortiger Wirkung von der Agentur losgesagt und reumütig behauptet, eine Lehre aus dieser Geschichte gezogen zu haben. Von nun an stehe beim Bau des Hotels nicht mehr der Leistungssport und der Eventgedanke im Vordergrund, sondern «Wellness auf hohem Niveau» im Einklang mit der Natur. Greeneagle hatte sich verpflichtet, für jeden gefällten Baum im Rabensteiner Forst einen neuen zu pflanzen und so einen kleinen Wald auf einem brach liegenden Gelände anzulegen, das Erich Habacher freundlicherweise und natürlich vollkommen selbstlos zur Verfügung stellen würde. Das hatte die Gemeinderäte vermutlich überzeugt. Dass ein Wald auf irgendeinem von Erich Habachers zahlreichen Grundstücken an der erhöhten Lawinengefahr nichts, aber auch gar nichts ändern würde, interessierte offenbar niemanden mehr.

Auf ihren Stock gestützt, stand Lena auf. Sie konnte schon fast wieder normal gehen. Statt einer Krücke benutzte sie nur noch den Almstecken, und das auch nur aus Vorsicht, wenn sie draußen auf der buckligen Wiese unterwegs war. Bald würden die Gäste eintreffen. Wie jedes Jahr gab Res zum Abschied eines Almsommers ein kleines Fest, wo sie ihre Freunde und Bekannten bewirtete, die sie das Jahr über unterstützt hatten. Die Bergwacht war wie immer eingeladen, heute zusätzlich mit Vroni Steiger und Hannes Strobl, die sich beim Trail sehr gut geschlagen hatten. Luis Stadler und seine Musikerfreunde würden kommen, um zünftig aufzuspielen, und auch Alex und ihre Tochter Emma waren dabei. Heute würde es allerdings noch drei weitere Gäste geben. Zum einen hatte Lena Nora Demir eingeladen. Und zum anderen hatte sie sich überwunden und sich kurz vor ihrer Auszeit auf der Obermoosalm noch von Ferdi zu Ben fahren lassen. Sie hatte auch ihn zu der Feier eingeladen – zusammen mit Victoria. Er war überrascht gewesen, hatte aber zugesagt, und Lena freute sich darauf, ihn zu sehen. Als guten Freund, der er schließlich geworden war, sagte sie sich. Nichts weiter.

Langsam wanderte sie über die Wiese zurück zur Hütte. Das herbstliche Licht ließ das kurze, harte Gras fast golden erstrahlen, und das sonnenverbrannte Holz der Hütte wirkte warm und heimelig. Doch die Berggipfel rundherum waren bereits weiß, und der Wind, der von dort herunterwehte, war kalt und erzählte von Stürmen, Eis und Schnee. Nach dem Kälteeinbruch Ende August während des Trails war das Wetter im Tal zunächst so schnell wieder schön und warm geworden, dass Lena der Schneesturm auf dem Teufelskopf fast wie ein böser Spuk vorgekommen war. Hier heroben jedoch bestand kein Zweifel daran, dass der Sommer für dieses Jahr vorüber war. Auch der Teufelskopf war schneebedeckt geblieben. Sie warf einen Blick hinauf auf diesen wilden, störrischen Gipfel und nahm sich vor, ihn in diesem Jahr noch einmal zu besteigen. Über den Rupertisteig, den ihr Vater begründet hatte. Sie wollte nicht, dass der Moment, wo sie in den Latschen bei Nora gelandet war, ihre einzige Erinnerung von diesem Jahr an den Teufelskopf blieb. Es war ein bisschen wie beim Reiten. Wenn man hinunterfiel, musste man gleich wieder aufsteigen. Und wenn man abstürzte oder eine Dummheit am Berg beging, musste man noch einmal hinauf. Es besser machen.

«Huhu!», rief jemand fröhlich, und sie drehte sich um. Alex kam über die Wiese gelaufen, zusammen mit ihrer Tochter und mit Nora. Kaum angekommen, umarmte sie Lena stürmisch. «O mei, Lena», sie lachte mit rotem Kopf, «stell dir vor, wir sind den ganzen Weg rauf zu Fuß gegangen! Nora meinte, das packen wir schon. Ich brech gleich zusammen. Es wird Zeit, mal ein bisschen Konditionstraining zu machen. Oder ein paar Pfund abzunehmen.»

Lena drückte sie fest. «Brauchst du beides nicht. Wir können ja öfter mal zusammen wandern gehen.»

«Mit dir wandere ich nicht.» Alex winkte ab. «Das wird nur

wieder eine Kraxlerei. Du kannst ja nicht auf dem Weg bleiben wie normale Menschen.»

«Nur auf den Rabenstein, auf dem Wanderweg», beteuerte Lena. «Wir drei? Kein Kraxeln, versprochen!»

Langsam nickte Alex. «Meinetwegen. Immerhin gibt es da oben ein Lokal, wo wir einkehren können.»

Lena begrüßte nun auch Emma, die zappelig war und es kaum erwarten konnte, zu den Tieren zu gehen, und gab Nora die Hand. Offenbar hatte diese sich von ihrem Zusammenbruch recht schnell erholt und sah gut aus. Ihr Gesicht war gebräunt, und sie schien ein wenig zugenommen zu haben. Kein Wunder, bei dem köstlichen Frühstück, das die Wildgrubers anboten und das so üppig war, dass man den ganzen Tag keinen Hunger mehr bekam.

«Danke für die Einladung.» Nora grinste. «Jetzt komme ich doch noch zu deiner Tante.»

«Es wurde aber auch Zeit.»

Sie sahen sich einen Moment lang an, dann zog Nora sie an sich und umarmte sie. «Danke!», flüsterte sie Lena ins Ohr. «Ich danke dir für alles.»

Lena erwiderte ihre Umarmung. Die endlosen Momente unter dem Felsen mit Nora würde sie nie vergessen.

Gemeinsam setzten sie den Weg zur Hütte fort. Nachdem sie Res begrüßt hatten, nahm Emma Nora bei der Hand und dirigierte sie zum Stall. «Du musst dir die Ziegen ansehen. Und die beiden Schweine. Die haben einen eigenen kleinen Garten vor ihrem Stall, da können sie sich suhlen! Und die zwei Kühe, die ...»

«Ich bin eine echte Stadtpflanze, weißt du?», unterbrach Nora sie und sah etwas zweifelnd drein. «Ich habe keine Ahnung von Tieren. Ich trau mich nicht mal, sie zu streicheln, fürchte ich.»

«Das macht nichts. Das lernst du schon. Ich pass auf dich auf», versicherte ihr Emma und zog sie resolut mit sich.

Alex und Lena sahen ihnen nach. «Sie ist ganz verrückt nach Nora», sagte Alex. «Stell dir vor, jetzt möchte sie Fußball spielen. Ich habe sie vor ein paar Tagen im Verein angemeldet. Sie ist dort das einzige Mädchen in ihrer Altersklasse, aber das ist ihr total wurscht. ‹Ich werd's den Jungs schon zeigen›, hat sie gemeint.»

«Will sie nicht mehr Musikerin werden? Taylor Swift und so?»

«Doch, das auch», antwortete Alex seufzend. «Am liebsten alles auf einmal. Nur die Schule ist total uncool. Das neue Schuljahr ist noch nicht mal eine Woche alt, und sie hat schon keine Lust mehr.»

Lena lachte auf. «Da waren wir doch nicht anders. Das Ende der Sommerferien war immer schrecklich.»

«Echt?» Alex sah sie zweifelnd an. «Kann mich gar nicht mehr erinnern. Verrat ihr das bloß nicht.»

Langsam trudelten die anderen Gäste ein. Lena begrüßte Miri, ihre Bergwachtskollegen und all die anderen Freunde von Res, die sie seit ihrer Kindheit kannte, und hielt dabei immer wieder nach Ben und Victoria Ausschau, jedoch vergeblich. Etwas enttäuscht ging sie in die Hütte, um ihrer Tante zu helfen. Sie hatte sich so auf Ben gefreut. Sogar obwohl sie dafür Victoria in Kauf nehmen musste.

Kurz darauf stießen auch Alex und Nora zu ihnen, um sich nützlich zu machen. Während Alex und Lena die Gäste mit ersten Getränken versorgten, nahm Res Nora mit in den Keller, um all die Köstlichkeiten heraufzutragen, die sie vorbereitet hatten. Zwei Tage lang hatten Lena und Res zusammen gekocht und gebacken. Trotz des Arbeitsverbots, das Res verhängt hatte, hatte sich Lena das nicht nehmen lassen. «Das ist keine Arbeit, sondern gehört zur Erholung dazu», hatte sie entschieden behauptet, und Res hatte nicht widersprochen. Neben mehreren Laiben frischem Brot, Almbutter, Eiern, Speck, Schinken und sämtlichen Sorten selbst hergestelltem Käse gab es Schlutzkrapfen, Kräutertopfen, herzhaften Semmelschmarrn und Topfen- und Apfelstrudel als Nachspeise. Sie hatten drinnen gedeckt, mit einem Zusatztisch und Klappstühlen aus dem Käsekeller, um alle Gäste unterzubringen. Die Musiker würden neben der Stiege sitzen. Außer Luis, der Diatonische spielte, gab es noch einen Gitarren- und einen Zitherspieler. Damit war die kleine Stube gesteckt voll.

Als alle Gäste versammelt waren, gingen sie noch einmal nach draußen vor die Hütte. Res verteilte Schnaps, und sie stießen feierlich auf den vergangenen Almsommer an. Während die Sonne langsam hinter den Bergen versank, begann Luis, Res' Lieblingslied zu spielen, und alle stimmten mit ein:

Da Summa, der is aussi
muass i owi ins Toi.
Pfiat di Gott, du scheana Oima
Pfiat di Gott dir, tausend Moi.
Schia stad is 's scho woarn, ja,
koa Vogel pfeift nimmermehr,
denn es waht scho da Schneawind
vom Wetterstoa her, ja
denn es waht scho da Schneawind
vom Wetterstoa her ...

Lenas Arme überzogen sich mit Gänsehaut, wie jedes Mal bei diesen Zeilen, und sie griff nach Res' Hand. Ihre Tante, deren kräftige Altstimme deutlich aus dem Chor der Sänger herauszuhören war, lächelte ihr zu, und ihre rauen, kräftigen

Finger schlossen sich um Lenas. Sie ließ den Blick über die Wiese hinauf zum Wettersteinmassiv gleiten, das im Abendrot leuchtete. Alles war gut.

Während die Gäste langsam zurück in die Hütte gingen, blieb Lena noch draußen stehen. Ben und Victoria waren nicht gekommen, dabei hatte er fest zugesagt. Jetzt war die Sonne untergegangen, und der Himmel verfärbte sich violett. Es wurde schlagartig kühl.

«Ich glaub, 's is Zeit reinzugehen», rief Res von der Tür her, und Lena nickte.

«Ich komm gleich.» Sie begann, die Schnapsgläser einzusammeln, und trödelte dabei absichtlich noch etwas herum, während sie immer wieder über die Wiese blickte, dorthin, wo der Weg von der Forststraße heraufführte. Sie konnte einfach nicht glauben, dass er nicht gekommen war.

Gerade als ihr kein Grund mehr einfiel, weshalb sie noch länger hier draußen bleiben sollte, sah sie in der Dämmerung einen zottigen Hund heranspringen: Hilde. Ihr Herz machte einen ungebührlichen Sprung, und die inzwischen schon altvertrauten Schmetterlinge in ihrem Bauch begannen aufgeregt umherzuflattern. Dann erschienen Ben und Victoria an der Kuppe. Sie kamen rasch näher.

«Entschuldige!», rief Ben schon von Weitem. «Wir mussten noch zum Tierarzt, Hilde ist in Glasscherben getreten.»

Lena sah zu Hilde hinunter, die schwanzwedelnd neben ihr stand. Tatsächlich hatte sie eine verbundene Pfote. «Scheint sie aber nicht besonders zu beeinträchtigen», stellte sie fest und kraulte Hilde den zottigen Kopf mit beiden Händen. «Sie ist über die Wiese gesprungen wie eine Gams.»

«Der Arzt hat die Scherben rausgezogen. Jetzt ist sie fast schon wieder die Alte.» Ben lächelte, dann trat er einen Schritt auf Lena zu und umarmte sie. «Danke für die Einladung.» Lena schloss einen Atemzug lang die Augen, als sich seine Arme um sie legten und ihr sein Geruch in die Nase stieg. Du lieber Himmel. Was für ein Rasierwasser benutzte dieser Mann?

Sie lösten sich voneinander, sahen sich ein paar Sekunden etwas verlegen lächelnd an. Er trug an diesem Abend nicht die üblichen Rangerklamotten, sondern Jeans und ein lässiges blaues Hemd, darüber eine Lederjacke. Nun machte auch Victoria einen Schritt auf Lena zu, hauchte ihr zwei Küsschen links und rechts auf die Wangen, und ein schwacher Duft nach Vanille und Mandel streifte Lena.

«Ich war ganz aus dem Häuschen, als Ben mir von deiner Einladung erzählt hat! Ich war noch nie auf einer echten Alm, weißt du? Ich fühle mich soooo geehrt. Danke!» Sie lachte.

Lena wollte Victoria weiter hassen. Wegen ihrer Schönheit, wegen ihrer Eleganz und vor allem dafür, dass sie Bens Freundin war, aber sie konnte nicht. Victoria war nett. Sie bemühte sich. Es war nichts gegen sie zu sagen. Was dazu führte, dass Lena sich einen Moment lang doppelt elend fühlte. Doch es gelang ihr, diese Gefühle beiseitezuschieben. Heute war nicht der Tag, um sich elend zu fühlen wegen einer albernen Verliebtheit zu einem Mann, den sie sowieso nicht haben konnte und den sie bis vor ein paar Wochen gar nicht hätte haben wollen. Heute sollte der erfolgreiche Abschluss eines weiteren Sommers mit gesunden Tieren auf der Alm gefeiert werden. Außerdem war heute der Tag, an dem Lena etwas in Ordnung bringen wollte, und das hatte so gar nichts mit Ben zu tun.

Zusammen traten sie in die Hütte, und Ben wurde mit Hallo von Miri und den Bergwachtlern begrüßt. Lena fing einen vielsagenden Blick von ihrer Tante auf, als diese den beiden einen Willkommensschnaps kredenzte, und sie spürte, wie ihr eine höchst unwillkommene Röte ins Gesicht schoss. Zu deutlich war ihr noch das Gespräch mit Res im Gedächtnis, wie fesch Ben als Junge gewesen war und ob er ein Depp war oder keiner. Sie hoffte, Res würde nichts Derartiges verlauten lassen. In der Regel war Lenas Tante zwar sehr diskret, aber ganz genau konnte man es bei ihr nie wissen.

Ben setzte sich mit Victoria zu den Bergwachtlern und zu Alex, die Lena mit hocherhobenen Brauen ansah. Lena hatte ihr nichts von ihrer Einladung an Ben und Victoria erzählt. Sie hatte nicht riskieren wollen, dass Alex herausfand, scharfsinnig, wie sie war, dass sie recht behalten hatte und Lena tatsächlich bis über beide Ohren in ihren früheren Intimfeind verliebt war. Vergeblich verliebt, fügte Lena in Gedanken hinzu, als ihr Blick auf Victoria fiel, die sich mit glänzenden Augen und zart geröteten Wangen in der Stube umblickte und dabei wirklich bezaubernd aussah.

Es wurde gut gelaunt gegessen und getrunken; heute hatte keiner der Bergwachtler Bereitschaft, der Almsommerabend war einer der Tage, an denen die Garmischer die Notfallbereitschaft übernahmen. Alte Geschichten wurden ausgepackt, Vroni und Hannes, die jungen Anwärter, wurden gelobt und gutmütig aufgezogen, und Res erzählte die eine oder andere Anekdote von ihren Tieren und den Leuten, die bei ihr eingekehrt waren. Dazwischen spielten Luis und seine beiden Musikerkollegen auf.

Lena war dieses Mal allerdings nur halb bei der Sache. Sie war nervös, weil sie auf den richtigen Moment wartete, um ihre getroffene Entscheidung zu verkünden. Vor der Nachspeise und bevor der eine oder andere womöglich zu angetrunken war, um zu verstehen, was sie zu sagen hatte, war es so weit. Damit sie es sich bloß nicht mehr anders überlegen konnte, stand Lena schnell auf und klopfte mit ihrer

Kuchengabel an die Bierflasche. Überrascht verstummten die Gäste. Als alle Blicke sich auf sie richteten, begann Lenas Herz heftiger zu klopfen. Das hier war nicht ihr Element. Sie hasste es, auf diese Weise im Mittelpunkt zu stehen.

Nervös räusperte sie sich. «Also. Ja. Ich hätt euch was zu sagen.» Sie sah in die Runde, blieb einen Moment zu lange an Bens blauen Augen hängen, ließ den Blick dann weiter zu Jack wandern, der zwischen Franz und Miri saß, die erstaunlicherweise mitten unter den Bergwachtlern Platz genommen hatte. Als er merkte, dass Lena ihn anschaute, wurde er unruhig. Sie konnte ihm ansehen, dass ihm diese Ankündigung Angst machte. Er befürchtete wohl, dass sie sein lange gehütetes Geheimnis offenbaren würde. Lena bemerkte, wie Miris Hand sich in einer beruhigenden Geste auf die von Jack legte, und wunderte sich flüchtig. War ihr da etwas entgangen? Franz betrachtete Lena ruhig, aber auch in seinen Augen konnte Lena die Beunruhigung sehen. Nun, das konnte sie ihm nicht ersparen.

«Es ist viel passiert in den letzten Wochen, und ich habe ... viel erfahren. Dinge, die ich lange nicht wusste, weil ein paar von euch dachten, ich wäre zu schwach, sie zu wissen. Weil ein paar von euch dachten, sie könnten besser als ich selbst darüber entscheiden, was ich wissen darf und was nicht. Genauso wie sie dachten, dass sie am besten wüssten, wer zur Leitung unserer kleinen Bergwachtstruppe taugt und wer nicht.» Sie registrierte, wie Franz leicht zusammenzuckte. «Nun. Das ist jetzt vorbei. Ich weiß, was ich schon lange hätte wissen sollen, und damit ist die Sache für mich erledigt.» Sie sah Jack jetzt direkt an. «Jeder macht Fehler. Ein guter Freund hat mir das erst vor ein paar Wochen gesagt, als ich behauptet habe, wir von der Bergwacht dürften keine Fehler machen.» Nun richtete sie die Augen auf Ben, der nicht auswich, sondern ihren Blick ruhig erwiderte. Sie glaubte sogar, ein kleines, ermutigendes Lächeln auf seinen Lippen zu erkennen. «Er hat mich ausgelacht deswegen. Und er hat recht gehabt. Ich selbst habe ein paar böse Fehler gemacht, und ich bitte euch dafür um Entschuldigung.»

Leises Murmeln ertönte.

«Wie ihr wisst, wollte ich den Posten als eure Leiterin nicht und habe auch eine Weile gebraucht, um mich in die Rolle einzufinden.» Sie räusperte sich. «Ich habe viel begriffen in den letzten Wochen und einen Entschluss gefasst. Euer Einverständnis vorausgesetzt, möchte ich mir die Leitung von nun an teilen. Und zwar mit jemandem, dem ich voll und ganz vertraue und der die Leitung ebenso verdient hat wie ich. Mit Jack Reiter.» Schlagartig wurde es am Tisch laut, alle redeten durcheinander. Der Einzige, der sich nicht an dem Aufruhr beteiligte, war Ben. Er sah sie unverwandt an, wirkte wie vom Blitz getroffen, und bei der Intensität seines Blicks wurde Lena erneut nervös. Sie wartete, bis sich das allgemeine Gemurmel wieder abschwächte, dann wandte sie sich an Jack. «Lieber Jack. Würdest du uns die Ehre erweisen und unsere Truppe zukünftig mit mir zusammen leiten?»

Jack saß mit gerötetem Gesicht da, seine Augen wurden wässrig, und er schluckte. Miri drückte seine Hand. «Ich ...», begann er, als ihm offenbar klar wurde, dass alle auf seine Antwort warteten, «ich ... ich weiß nicht, ob mich jemand nach dem, wie ich mich in der letzten Zeit benommen habe, noch will?»

Protest brandete auf, und schließlich übertönte Ferdi das laute Gerede. «Also, wenn Lena das so möchte, ich fänd's super!»

Erst war es ganz still, dann wurde geklatscht und gejohlt, und Jack konnte vor Rührung nicht mehr geradeaus schauen.

Er blinzelte und wischte sich verstohlen ein paar Tränen aus den Augenwinkeln.

Lena ließ sich erschöpft auf ihren Stuhl sinken und goss sich von dem Schnaps ein, der auf dem Tisch stand. Sie fühlte sich unendlich erleichtert. Und noch etwas: Sie fühlte sich frei.

Luis und seine Freunde begannen wieder zu spielen. Zur Überraschung aller legte Jack plötzlich den Arm um Miri und küsste sie, und es schien nicht so, als sei Miri dieser Kuss unangenehm.

Irgendwann stand Lena auf und ging nach draußen. Sie musste dringend auf die Toilette, die sich im Stall befand. Es war inzwischen dunkel geworden, und die Sterne funkelten hell. Die Berge lagen im tiefen Schatten, nur von Bichlbrunn blinkten ein paar Lichter herauf. Sie schaltete die Taschenlampe ein, die immer neben der Tür stand, und ging hinüber zum Stall. Der Lichtstrahl hüpfte über die Wiese.

Als sie wieder zurückkam, sprach jemand sie an. «Lena.»

Sie drehte sich um, und aus dem Schatten der Hütte löste sich Ben.

«Ben!» Sie ließ die Taschenlampe sinken, um ihn nicht zu blenden.

«Ich wollte dich nicht erschrecken.» Er trat näher. «Gratuliere zu deiner Rede. Das ... ich ...» Er stockte. «Du hast da drin gerade eine wirklich gute Entscheidung getroffen. Das war mutig und sehr ehrlich.»

«Danke dir.» Bei seinen Worten wurde Lena warm. Nie hätte sie gedacht, dass ein Lob von Ben Fellner sie einmal so berühren würde.

«Ja. Und als ich dich gehört habe ... also ... da habe ich plötzlich begriffen, dass man manchmal einfach mutig und ehrlich sein muss, selbst wenn es einem schwerfällt. Und selbst dann, wenn man damit jemand anders wehtut. Denn mit einer Lüge kann niemand glücklich werden.»

«Äh ... ja.» Lena verstand nicht recht, worauf Ben mit diesen so ernsten und bedeutsam klingenden Worten hinauswollte. Seine tiefe, oft so rau und barsch klingende Stimme bebte, als hätte er sie nicht ganz unter Kontrolle, und plötzlich wurde ihr klar, dass er furchtbar aufgeregt war. Sie konnte sein Gesicht nicht sehen, es war zu dunkel, und sie wollte ihn nicht mit der Lampe anleuchten. Daher blieb sie einfach stehen und wartete mit klopfendem Herzen, während ihre Taschenlampe einen kleinen hellen Kreis auf die Wiese zeichnete. Bereits Bens Nähe machte sie nervös. Aber sie beide, allein hier draußen in der Dunkelheit, das war nicht gut. Es führte dazu, dass sich alle ihre guten Vorsätze, Ben einfach als guten Freund zu sehen, mit rasender Geschwindigkeit in Luft aufzulösen begannen. Plötzlich hatte sie das Gefühl, am ganzen Körper zu vibrieren. Jetzt kam er auf sie zu, blieb so nahe vor ihr stehen, dass sie die Wärme seines Körpers spüren, seinen Duft einatmen konnte. Ihr Mund wurde trocken. Was sollte das werden?

Er räusperte sich, und endlich fuhr er fort: «Ich weiß, es ist nicht richtig, das jetzt zu sagen, wo Victoria in der Hütte sitzt ... Wir wollten es noch mal miteinander versuchen, aber ich bin mir nicht sicher ... nein, ich *bin* mir sicher ... und wo ich dich eben habe stehen sehen, so tapfer und entschlossen, am liebsten wäre ich aufgestanden und hätte dich umarmt und ...» Wieder stockte er, Lena hörte ein schabendes Geräusch und vermutete, dass er sich am Bart kratzte, verlegen, um Worte ringend. Sie sagte noch immer nichts, war schon froh, überhaupt weiteratmen zu können. Er trat noch einen Schritt näher, war jetzt so dicht bei ihr, dass sie sich fast berührten. «Lena, ich muss die ganze Zeit an dich denken. Ich träume von dir, nicht nur nachts, sondern auch tagsüber.

Ich ertappe mich ständig dabei, dass ich wie ein Dummkopf dastehe und völlig unvermittelt lächle, dass ich vergesse, was ich gerade tun wollte, und das nur, weil ich an dich denken muss. Ich ...» Er schluckte. Dann sagte er leise: «Ich liebe dich, Lena Veith. Ich liebe dich mein ganzes Leben schon. Ich war verliebt, als wir uns als Kinder geprügelt haben, und als du mich an der Blauen Gumpe beim Gitarrespielen belauscht hast und ich dich am liebsten umgebracht hätte, da war ich auch in dich verliebt. Und ich bin es heute noch mehr als damals. Ich mag es, wie du lachst, und ich mag es, wenn du zornig bist. Ich kann mich nicht sattsehen am Funkeln deiner Augen und möchte jede einzelne deiner Sommersprossen küssen.»

Seine Hände legten sich um ihre Taille, und er zog sie zu sich heran. Als sich ihre Körper berührten, begann alles an ihr zu pulsieren, und ihre Knie wurden weich.

«Ich, also ... wenn du es auch willst ... ich möchte mit dir zusammen sein.»

Lena konnte nur nicken, was in der Dunkelheit jedoch nicht zu sehen war. Schließlich brachte sie ein heiseres «Ich auch» zustande, und sie hatte die Worte kaum ausgesprochen, als Ben den Kopf senkte und sie seine warmen Lippen auf ihren spürte.

Sie schloss die Augen und ließ die Taschenlampe fallen. Der Kuss dauerte endlos. Sie verschmolzen miteinander, wurden eins. Lena schlang ihre Arme um seinen Nacken, vergrub ihre Finger in seinen Haaren, glitt mit den Händen über seinen Rücken, spürte jeden einzelnen seiner Muskeln, während Ben sie an sich drückte, als wollte er sie nie wieder loslassen. Als sie wieder zu sich kamen, sich widerstrebend ein wenig voneinander lösten, funkelten noch immer die Sterne hoch oben am Himmel, war noch immer das gemächliche Kauen der Kühe im Stall zu hören, drang noch immer Lachen und Reden aus der Hütte. Nichts hatte sich verändert. Und doch war alles anders.

Ende

Da Summa is aussi

Da Summa, der is aussi
muass i owi ins Toi.
Pfiat di Gott, du scheane Oima.
Pfiat di Gott dir, tausend Moi.
Schia stad is ’s scho woarn, ja,
koa Vogel pfeift nimmermehr,
denn es waht scho da Schneawind
vom Wetterstoa her, ja
denn es waht scho da Schneawind
vom Wetterstoa her.

So z’muat wia’s ma heit is,
is ma a no niamois gwen
grad als suit i meine Oima
heit zum letzten Moi segn.
Es Gamsberg, es Bleamaloim
Jetz muass i owi giah ins Toi,
denn es waht scho da Schneawind
vom Wetterstoa her, ja
denn es waht scho da Schneawind
vom Wetterstoa her.

Der Sommer ist vorbei

Der Sommer ist vorbei
Ich muss hinunter ins Tal
Auf Wiedersehen, du schöne Alm.
Auf Wiedersehen dir tausend Mal.
Es ist schon recht still geworden, ja,
kein Vogel singt mehr,
denn es weht schon der Schneewind
vom Wetterstein her, ja
denn es weht schon der Schneewind
vom Wetterstein her.

So wie heute war mir noch nie zumute,
gerade so, als sollte ich meine Almen
heute zum letzten Mal sehen.
Ihr Gamsberge, ihr Blumenalmen
Jetzt muss ich hinuntergehen ins Tal,
denn es weht schon der Schneewind
vom Wetterstein her, ja
denn es weht schon der Schneewind
vom Wetterstein her.

Traditionell

Weitere Titel

Einsatz in den Bayerischen Alpen

Die Bergwacht: Alpenglühen

Die Bergwacht: Gipfelstürme

Die Bergwacht: Schneetreiben